KB177839

어머니 최정희, 동생 김채원과 함께,
「늪 주변」(1963)을 쓰던 무렵.

「겨울나무 사이」(1981)를 쓰던 무렵.

김지원 소설 선집 2
바닷가의 피크닉

김지원 소설 선집 2
바닷가의 피크닉 外

초판 1쇄 인쇄일 2014년 1월 17일
초판 1쇄 발행일 2014년 1월 30일
지은이 김지원 | **펴낸이** 박진숙 | **펴낸곳** 작가정신
편집 김종숙, 황민지 | **디자인** 정인호
마케팅 안치환, 지혜 | **디지털 콘텐츠** 김영란 | **재무** 윤서현
인쇄·제본 한영문화사
주소 413-120 경기도 파주시 문발동 문발로 207 2층
전화 02 335 2854 | **팩스** 031 944 2858 | **이메일** editor@jakka.co.kr
홈페이지 www.jakka.co.kr | **출판등록** 1987년 11월 14일 제1-537호

ISBN 978-89-7288-530-6 (04810)
    978-89-7288-528-3 (세트)

© 김지원, 2014

★ 이 책의 판권은 저작권자와 작가정신에 있습니다. 이 책 내용의 전부 또는 일부를
  재사용하려면 양측의 서면 동의를 받아야 합니다.

이 도서의 국립중앙도서관 출판시도서목록(CIP)은 서지정보유통지원시스템 홈페이지(http://seoji.
nl.go.kr)와 국가자료공동목록시스템(http://www.nl.go.kr/kolisnet)에서 이용하실 수 있습니다.
(CIP제어번호 : CIP2014001619)

김지원 소설선집 2

바닷가의 피크닉

外

작가
정신

일러두기 ————————————

1. 『김지원 소설 선집』에는 김지원 작가의 단편소설, 중편소설 가운데 문학적 의의와 가치가 높다고 판단되는 작품들을 엄선해 수록했다.

2. 선집 각 권은 작품의 발표 순서와 상관없이 초기·중기·후기의 작품들을 고르게 싣는 방향으로 구성했다. 단, 1권에는 김지원 작가의 초기 작품 세계를 대표하는 두 편의 중편소설과 작가 사진을 실었다. 각 작품의 발표 연도는 책의 말미에 넣은 작가 연보를 통해 확인할 수 있다.

3. 이 책의 맞춤법은 국립국어연구원의 '한글 맞춤법'에 따르는 것을 원칙으로 했다. 띄어쓰기의 경우 출판사 내부의 규정에 따랐으며, 방언·의성어·의태어 및 구어적 표현은 작가의 집필 의도와 작품의 성격에 따라 그대로 두었다. 또한 외래어 표기는 국립국어연구원의 '외래어 표기법'에 따랐음을 밝힌다.

4. 선집의 표지는 1권 이제하(소설가)·2권 김승옥(소설가)·3권 김영태(시인·무용평론가)의 그림, 본문 약표제는 조인현의 그림으로 디자인했다.

차례

깊은 골짜기 등불 향하는 마음으로

김채원

어느 날 언니는 전화로, 노숙자한테 저기 가서 줄을 서면 저녁을 준다고 알려주고 지금 들어왔다고 말했다. 언니에게서 뉴욕 거리를 걸어 다니다가 묻혀온 저녁 공기 냄새가 전해져 왔다. 두려움과 부끄러움이 아주 많은 언니가 노숙자에게 다가가 용기 내어 그것도 영어로 말했을 모습이 그려졌다.

나는 그 저녁 정경을 떠올리며, 그리고 평소 언니의 생각들을 떠올리며 자연스레 책을 내야겠다고 마음을 정했다. 주저되는 면이 없지 않았다. 언니는 자신의 흔적을 전부 지우고 싶어 했기 때문이다. "제발 부탁이야!"라고 간곡히 말했었다.

언니가 떠난 후 부탁하던 그 종류의 시간에 반하여 책을 내겠다고 생각한 것은, 위험스럽지만 바로 그렇게, 언니가 독자들에게 줄 수 있는 선물이 이것뿐이기 때문이다. 지나온 날들에 대한 회한, 뉘우침, 수치감 같은 것이 가슴을 짓누르고 있기에 흔적을 지우고 싶어 하는 언니에 대해 공감하지 않는 것은 아니면서도, 이 세상이 아닌 영혼 세계에서의 사고는 다르리라, 허용하리라, 유추해보며…….

이왕 내는 것이니 독자들이 되도록 손쉽게 책을 사볼 수 있도록 책값을 최대한 낮게 책정해주기를 바랐고 '작가정신'에서 그것을 받아들여 주었다.

시인인 박진숙 사장과 김종숙 편집팀장, 책 내는 데 깊이 관여해주신 이제하 작가, 그리고 세상의 모든 분들에게 언니를 대신하여 고마움을 전하며 무언가 힘껏, 삶으로부터의 응원을 보내고 싶다.

천품의 감성, 바다의 정한(情恨)

이제하

1960년대 초두 홍대와 합정동 일대가 논밭과 야산으로 메워져 있던 때 서교동 최정희 선생님 댁을 드나들면서 김지원을 만났다. 동생 김채원도 그렇고 어디에 이런 자매가 있었나 싶게 감동을 받은 것은 그녀들에게서 스며오는 문학적 감수성 때문이었을 것이다. 하나는 팔을 펴 하늘을 감싸고 하나는 초롱한 눈빛으로 앞을 응시하고 있었다고 기억한다. 아름답고 격조 높은 규수 작가의 기본적인 이미지가 원래 그런 것일지 모른다.

데뷔작이자 《여원》 당선작인 「늪 주변」을 두고 후에 김지원은 그 지나치게 정감스러운 스토리와 결구를 별로 마음에 들어 하지 않는 눈치였지만 나는 그렇게 생각지 않는다. 그녀가 그 이후 무수히 천착해 왔던 사랑의 본질이나 정한의 그 중심 뿌리가 거기 놓여 있었던 것이다.

세상으로부터 밀려드는 온갖 파고를 그런 감성으로 감당하고 수용하느라 가끔 어깨를 움찔거리던 그 독특한 제스처와 머릿결들이 지금도 눈에 밟힌다. 늘 남의 사정을 먼저 생각하고 거기서 불행의 기미를 느끼기만 하면 눈빛부터 따뜻하게 변하던 그녀는 어느 시간에 소설을 써왔던 것일까. 호기심 강한 체질이 이 좁은 나라에서는 도저히 채울 수 없는 갈증 때문에 뉴욕 같은 이방으로 그녀를 내몰았을지도 모르고 그런 낯선 풍습에 혼융된 감성은 각별한 아취마저 자아내고 있지만 그녀가 일생 파고든 정한의 근거는 늘 이 나라였다. 강대국 틈에 끼어 항시 질곡을 겪는 이 나라의 흙냄새와 시골길과 도시 변두리 외따로 떨어진 집의 퇴락한 뒤란. 거기 찾아온 옛 친구는 고졸한 의자에 외투를 걸쳐두고 잃어버린 사랑을 얘기하고, 주인은 아득한 눈빛이 되어 있다. 그런 장소 그런 길 위에 수놓이는 그녀의 정한은 마치 바다와도 같이 폭이 넓고 깊다.

그 뒤란에 함박눈이 쌓이는 계절에 그녀가 여태 써온 소설들의 정수를 만난다.

지나갈 어느 날

서영은

뉴욕에 사는 친구로부터 "Aran passed away peacefully at 1:41 AM this morning"으로 시작되는 메일을 받았을 때 정서적 충격에 앞서, 그녀의 전 생애를 말해주는 듯한 이미지가 먼저 떠올랐다.

안개, 또는 눈보라가 자욱한 신비로운 공간에 홀로 서 있는 겨울나무 한 그루. 나무는 있던 자리 그대로, 그 모습이 어딘가로 사라지기 직전 같기도 하고, 어딘가로부터 홀연히 나타나 이제 막 모습을 드러내려는 것 같기도 하다.

이 이미지 속에서 보면, 그녀의 생사는 '있어도 가는 것 같고, 가도 오는 것 같은' 영혼들의 정원의 한 풍경이다.

언제부터 그녀는 소리 없이 성큼성큼 영혼 세계로 중심 이동을 해왔던 것일까. 돌이켜보면, 언제라는 시간을 따져보는 것은 무의미하다. 지원은 날 때부터 '올드 소울(Old Soul)'이었다. 타고난 고결함, 선험적 앎 같은 것이 있었다. 뚜걱뚜걱 물수제비뜨듯 떠오르는 장면들의 귀맞춤이 끝난 지금에서야 친구들은 비로소 고개를 끄덕일 수 있게 된 것이다.

어머니인 최정희 선생님도 그 사실을 알지 못했던 것 같다. 다 큰 딸을 앞에 두고 최 선생님은 손으로 입부터 가리고 웃음을 참지 못하는 듯이,

"저거 아란이는 어렸을 때 글쎄 바람이 무섭다고 엄마, 바람 무서워, 바람 무서워 그랬단다."

그러자 아란이 끼익끼익 하는 웃음을 터뜨리며 부끄러워했다.

어째서 아이는 보이는 형체보다 보이지 않는 것을 '보는 듯이' 무섭다고 했을까.

'끼익끼익 –' 마치 차가 급정거하는 듯한 아란의 기이한 웃음소리는 어쩌면 신비한 새의 울음소리 같았다는 생각이 지금에서야 든다.

결혼 후 미국으로 이주한 지원은 그곳에서 두 아들을 키우고, 가족이 운영하는 '리쿠어 스토어'를 돌보며, 틈틈이 소설을 써서 데뷔를 했다.

당시《문학사상》편집 일을 하고 있었던 까닭에, 나는 편집자로서 검은 얼룩무늬 노트에 동글납작한 글씨로 쓴 그녀의 소설을 가장 먼저 접할 수 있었다. 그리니치빌리지를 배경으로 한 이민자의 고단한 삶이 그려져 있음에도, 그녀의 소설엔 항상 한 가지 특징이 있었다.

비명이 나올 만큼 벅찬 현실에 짓눌리다 못해, 남을 원망하거나 미움을 품는 것이 아니라, 서늘하도록 흔쾌하게 '내가 감당하고 말지'로 자신을 다독이는 장면들이 늘 작품의 정점에 있었다. 그것은 이미 인생을 몇 번 살아본 듯한 작가 자신의 내면의 소리로 느껴졌다. 지원의 소설은 현실임에도, 먼 나라(멀어서 먼 것이 아니라, 차원이 달라서)에서

소풍을 하고 있는 것 같은 아련한 분위기가 감돌고 있어, 경직된 리얼리즘이 대세였던 그 시절, 가려진 듯 돋보이는 여백의 아름다움으로 많은 독자들을 사로잡았다.

사람을 만나기 전, 그렇게 소설을 통해 더 가까워진 친구. 만난 시기는 확실치 않다. 그러나 첫인상은 지금도 또렷하다. 부드럽고 가만가만한 음성, 세상 사람들 누구라도 어렵고 어려워 연신 몸을 낮추는 타고난 겸손, 이마를 삼킨 여신 풍모의 긴 펑크 머리 밑으로 그윽하게 빛나는 눈, 속치마처럼 보이는 허름한 긴 치마, 뒤축이 열려 있는 슬리퍼형 샌들……. 옷차림도 외모도 유형을 찾기 어려운 이채로운 분위기였다.

지원이 귀국해서 어머니 곁을 지키기 시작한 1988년쯤이었다고 기억된다.

연배로 보면 지원이 쪽이 더 가까울 법한데, 정작 내가 친하게 지낸 쪽은 채원이어서, 자매가 포함된 친구 모임에서 돌아오면 채원을 통해서 지원이 했다는 말을 듣는 경우가 많았다. 가령,

"영은아, 언니가 그러는데, 어제 네가 음식 그릇을 막 타 넘는데도 깨끗해 보이더라고 하더라."

'이게 무슨 말?' 했는데, 차츰 지원에겐 남을 흉보는 눈이 아예 없다는 것을 알게 되었다.

어느 날 또다시 "언니가 그러는데, 너는 뒤에서 남을 절대로 흉보지 않는 것 같다고 하더라."

"그건 언니가 그렇지."

언제부터였는지, 지원이 천부경 공부를 하러 다닌다는 얘기를 들었다. 그런 그녀가 어느 날은 우리 집에서 하는 성경 공부에 오고

싶다고 했다. 매주 토요일 아침 열한 시부터 공부가 시작되었다. 두 개의 상을 펴고도 빠듯하게 끼어 앉아 있는 사람들 뒤에서 지원은 혼자 책 무더기에 턱 기대고, 긴 치마 밑으로 다리를 뻗고 있어 누구보다 편안한 자리를 차지한 것 같았지만, 사실은 다른 사람이 더 편하게 비켜준 결과였다.

공부 중에 선생님의 질문을 받고 우리 모두가 정답만 생각하고 있을 때, 그녀는 가만히 있다가 "책에서 봤는데요······."라거나 "누구누구가 그러는데요······." 하는 식으로 조금은 엉뚱한 얘기를 해서 우리를 어리둥절하게 했다. 하지만 나중에 생각해보면, 그녀는 성경 말씀을 지식의 범주에서가 아니라, 내면에서 영으로 더 크고 깊게 공명하고 있었다.

이 무렵이었을까. 지원은 김도희 선생님과 공역으로 『영혼들의 여행』이라는 책을 펴냈다. 그녀가 영혼에 대해 얘기할 때면 가장 열렬하게 공감해온 터여서, 그 책을 계기로 내 독서풍이 한때 스웨덴보리의 『영계 일기』류들로 경도되기도 했다.

지원이 뉴욕으로 떠난 뒤, 사람들은 나를 통해 그녀가 언제 돌아오는지 끈질기게 챙겼지만, 그녀가 기대앉아 있던 책 무더기가 날로 다른 책들로 더 높아져가도 그녀는 돌아오지 않았다.

가끔 뉴욕에 다녀온 친지들에게 그녀에 대한 소식을 물어보면, 마치 깨끗이 치워져 있는 책상을 훔쳤을 때 손에 아무것도 묻어나지 않는 것처럼 "잘 있어." 하는 한마디뿐이었다.

'왜 지원에 대한 소식에는 군더더기가 따르지 않을까. 하다못해 무슨 옷을 입었다든지, 누구랑 같이 있더란 말까지도 생략되는 것일까?' 하고 궁금해하다 보면 저절로 답이 떠올랐다.

어느 모임에서든지 그녀는 항상 한발 물러나 있었다. 그녀의 존재는 있는 듯 없는 듯, 고요하고 부드럽고 희다. 어떤 문제를 놓고 설왕설래하던 얘기가 언쟁에 이를 즈음이면 불현듯 그녀의 조용함이 좌중을 환기시켰다. 그녀는 누군가의 앞으로 접시를 슬그머니 밀어놓는 식으로 자신에게 쏠린 시선을 슬쩍 비켜나거나, 그래도 그 시선들이 집요하게 자기를 지켜보고 있노라면, 할 수 없이 '왜 날 쳐다보지?' 하는 듯이 '끼익끼익'거리는 그 이상한 웃음을 터뜨렸다.

시간이 흘러 그 모임에서의 그녀 얼굴이 떠오르면 그때서야 '아 지원이는 어떤 자리에서든 자의식으로부터 자유로운 상태구나'라고 혼자 중얼거리곤 했다. 지원은 도무지 남 앞에서 잘난 척할 생각이 없었고, 무엇을 꼭 지니고 싶다는 생각도 해본 적이 없었다.

뉴욕에 다녀온 지인들이 그녀의 소식을 한마디로 "잘 있어." 하고 전하는 것은, 그녀가 그들을 만났을 때 자의식의 화살을 함부로 날려, 그들이 자기를 기억할 수밖에 없는 말을 전혀 하지 않았다는 뜻으로 받아들여졌다. 사람이 자기 자신을 주변에 대해 무해(無害)한 존재일 수 있게 하는 것 자체가 이미 영혼 쪽으로 중심 이동을 많이 한 결과로 느껴졌다.

그 이후에 접한 그녀에 대한 소식은 어쩌면 예상된 것이었다. 언젠가부터 머리 염색을 그만두었다는 것. 그래서 새로 나는 머리카락 밑뿌리는 하얗고, 다른 부분은 까매서 그 흑백 대조가 까치를 닮았다는 것인데, 그것은 그녀가 더 이상 외모에 신경 쓰지 않게 되었다는 신호였다. 자신의 저작을 포함해 집에 있던 책을 모두 버렸다고도 했다. 작가가 책을 버렸다는 것은 글을 써야 할 의미도 내려놓았다는 뜻이었다.

사 년 전쯤, 어느 날 밤이었다. 지원의 전화 목소리는 여느 때처럼 가만가만 조용했으나, 급한 부탁이라며 그녀가 하는 말은 의외였다. ○○사 사장님 전화번호를 급히 알려달라는 것이었다. 나는 그분의 집 전화번호를 알지 못할 뿐만 아니라, 그날은 일요일이어서 회사로도 문의해볼 수 없었다. 무슨 얘긴지 나한테 해주면 내가 월요일에 대신 전달해주겠노라, 하고 들어본 얘기에 의하면, 그 사장님 은행 계좌로부터 어떤 손이 돈을 마구 빼간다는 것이었다. 그것이 보인다는 것이었다. 나는 지원이 '본다'는 것이 사실일 거라고 믿었다. 뿐만 아니라, 지원이 너무나 절실한 목소리로 "영은아, 이 세상에 진짜 악이라는 것이 있단다. 나는 그것이 보여. 때문에 사람들이 해코지당하기 전에 도와주고 싶어."

지원이 이제는 몸 밖에서 달덩이처럼 밝고 환하고 둥그런 혼으로 세상일을 꿰뚫어 보고 있었음을 두말할 필요가 없다. 그 말을 백 프로 믿었지만, 나는 사장님에게 그 말을 전할 수가 없었다. 하지만 지원이 말했던 것과 같은 일이 실제로 일어났고, 사장님이 그 사실을 알게 된 것은 삼 년 뒤의 일이었다.

지금 그때 지원의 목소리를 떠올려보면, 내가 좀 더 깊이 감응하지 못한 어떤 것 때문에 눈물이 난다. 삶의 멍에에 숨이 막힐 때마다 '차라리 내가 감당하고 말지'로 자신을 다독일 수밖에 없었던 그 아름답고 순수하고 따뜻한 마음 때문에 자기 먼저 악령의 공격을 당하는 고통을 치르고 나서, 괴롭힘당하는 영들을 위해 스스로 수호령으로 변신한 내 친구 지원.

세월조차도 '지나갈 어느 날'로 모두 비켜준 지금, 그녀가 떠난 너무도 희고 깨끗한 빈자리는 상실이 아니라, 눈부신 채움이어서 나는 그녀처럼 '끼익끼익' 웃을 수 있다.

---

* '지나갈 어느 날'은 김지원의 동명 소설 제목이고, 지원의 본명은 아란, 채원의 본명은 항란으로 지원, 채원은 데뷔 때 김동리가 지어준 이름이다.
* 이 글은 《문학사상》(2013년 3월 호)에 실린 「지나갈 어느 날」에서 발췌·수록한 것이다.

표류하는 섬에서 만난 우수의 여자

문정희

　꿈꾸는 듯한 조용한 어깨 아래로 머리를 길게 늘이고 레이스가 달린 하얀 블라우스를 입은 김지원을 나는 뉴욕에서 처음 만났다.

　그녀의 소설 「알마덴」에 나오는 알마덴이 줄줄이 늘어선 김지원의 집에는 언제나 클래식 음악이 흐르고 있었고 영어만 알아듣는 늑대보다도 더 큰 개가 한 마리 어슬렁거리고 있었다. 눈이 파란 손님들이 문을 밀 적마다 문에 매달아놓은 구리종이 달랑거렸는데 그녀는 그때마다 소녀처럼 조용히 일어섰다.

　나는 그녀가 손님과 얘기를 하고 있는 동안에 그녀가 보다 둔 책을 뒤적이면서 벽에 걸어놓은 그녀의 열쇠고리에 매달린, 노란 계란 프라이 모양의 열쇠고리에서 시장기와 함께 고국에 대한 끝없는 그리움을 동시에 느끼곤 했다. 그러면 그녀는 일을 마치고 돌아서며 선 김에 하는 것처럼 내 눈치 안 보이게 조용히 한국 노래를 틀어놓곤 했다.

　습기 찬 차창으로 세상은 눈물인 듯 번져 보였다. 진주는 문득

17

뻗어 있는 이 길 끝까지 달려가 대륙의 저쪽 끝에 파도치는 바다까지 가볼까 생각했다. 그곳은 지금 한여름 철로 열대식물이 우거지고 파인애플 같은 달이 둥글고 맛있게 떠 있을까. 진주는 가끔씩 이런 종류의 판타지를 보고는 했다.

소설에서 만나는 이 같은 눈물인 듯 번져 보이는 세상 속에 조용하고 고운 김지원은 언제나 전신에 끝없이 흐르는 울음을 참고 있는 듯한 분위기로 살아가고 있었다.

그러나 실제로 그녀는 우울하다기보다는 예쁘다고 함이 훨씬 더 옳다. 따뜻하고 잘 웃고 세상을 끝없이 끝없이 다정하게 보는 고운 여자가 김지원이다.

우리는 뉴욕이라는 큰 바다 한가운데서 표류하는 작은 섬처럼 항상 가슴이 젖어서 만났다. 그녀는 뉴욕에서도 그 유명한 그리니치빌리지에서 작고 사랑스러운 동양 여자로 조용히 살고 있었다.

빌리지라는 곳은 워낙 자유분방한 예술가의 거리인데, 그 사람들을 지원은 하나하나 재미나게 눈여겨보며 언제 쓰는지 모르게 끝없이 소설을 쓰고 끝없이 소설을 읽고 있었다.

그러나 조금도 내색하지 않고 조용히 조용히 했다.

어느 날 나를 찾아온 그녀는 문밖에서 놀고 있는 내 딸을 보고 "너희 엄마가 문정희 씨니?" 하고 물으며 잠시 옛날 생각에 젖었노라고 했다.

정희라는 이름, 그 이름은 그녀의 어머니 최정희로 인해 물기 없이는 부를 수 없는 이름이기 때문이었으리라.

어린 시절 동생 채원이랑 문밖에서 놀고 있으면 시인·소설가 아저씨들이 찾아와서 "너희 엄마가 최정희 씨니?" 하고 물었다고 한다. "정희란 이름 부르며 막 옛날 생각한 거 있지!" 하고 그녀는 또 예쁘게 웃었지만 내 눈에는 그녀의 웃음이 눈물로만 보였다.

아주 어렸을 때, 나 혼자 집을 보고 있는데 언니가 어둠 속에서 내 이름을 부르며 들어왔다. 그런데 무릎에서 피가 펌프질하듯 퐁퐁 솟아나고 온몸에서는 땀이 물에 젖은 사람처럼 흐르고 있었다. 언니는 저녁 예배를 보러 가시는 할머니를 따라갔다가, 할머니가, 동생이 혼자 무서워 울 거라고 빨리 집에 가보라고 하여 뛰어오다 동네 우물께에서 넘어진 것이다. 우물가에는 돌들이 많이 깔려 있었는데 언니는 거기에 무릎을 찢겼다. 나중에 할머니가 예배당에서 돌아오셔서 흉터가 크게 남겠다고 걱정을 하며 된장을 이겨서 발라주었다.

나는 언니가 언덕을 달려오다가 어두운 우물가에서 혼자 넘어지던 모습, 너무 아파서 울다가 내가 기다린다는 생각에 다시 달려서 내 이름을 부르며 대문을 들어서던 모습이 눈에 선하다.

지금은 좋은 소설가가 된 그녀의 동생 김채원이 언니 김지원에 대해서 쓴 대목인데 나는 지원 씨를 떠올리면서 언제나 이 두 자매의 모습과 함께 최정희 선생님을 그 배경으로 함께 떠올리지 않을 수 없다.

실제로 그녀는 채원에 대한 추억과 어머니 얘기를 막 웃으며 하지만 나는 그녀가 잇새로 쏟아놓은 그때의 언어 하나하나가 바늘처럼 꼭꼭 찌르는 것을 느끼곤 했다.

한번은 그녀와 전화를 하고 있는데 갑자기 그녀가 낮은 목소리로 말했다.

"전화 끊지 말고 계속 얘기하세요. 지금 여기 무서운 흑인이 들어왔어요."

나는 겁이 나서 무슨 얘긴가를 막 하면서도 전화선에 매달린 김지원이 꼭 인질이라도 된 듯한 느낌이어서 넓고 넓은 미국 땅이 슬프게만 느껴졌다. 그녀는 강도가 들어왔을 때에는 누군가와 통화 중인 것이 상당히 안전한 거라고 읽었다고 했다.

내가 떠나올 때 김지원은 모처럼의 휴일을 내어 나를 집으로 초대해주었다.

첼로 연주곡을 틀어놓고 세상에서 가장 달콤하다는 이상한 술도 주었다.

그녀의 아파트 안에는 그녀의 목에 매달린 예쁜 펜던트처럼 오밀조밀한 것들이 아주 섬세하게 박혀 있었다.

저긴 빈 구석이려니 하고 쳐다보면 거기엔 작은 인형이 매달려 있고, 설마 저 문 뒤엔…… 하고 보면 그곳엔 예쁜 문고본 책이 서로서로 키를 맞추고 셋씩 넷씩 꽂혀 있었다. 그녀는 아마도 부엌에다 나를 위한 음식 종류를 순서대로 써놓고 그대로 하나씩 가지고 나오는 것 같았다.

조개탕이 나오고, 그것을 먹고 나면 콩나물이(미국에선 흔한 음식이 아니다) 양념장과 함께 나오고 그다음엔 새우들이 나오고…….

소꿉장난하는 애처럼 이렇게 하나하나 예쁘게 담아 날라 왔는데, 내가 그것을 먹는 동안 그녀는 부엌에 혼자 서서 "이담엔 뭐지?" 하고 하나하나 순서를 짚어보고 있다가 가지고 왔다. 나는 내내 먹고 있었고 그녀는 내내 부엌에 서 있었다.

염치없는 나는 그녀의 목욕탕에 있는 원숭이가 긴 팔로 욕조를 끌어안고 있는 모양의 비눗갑까지 탐을 내고 말았는데 그녀는 그 원숭이를 끝내 내 귀국 짐 속에 넣어주었다.

조용하고 물기 어린 목소리의 김지원의 눈엔 어떻게 이런 재미있는 원숭이가 잘도 보이는 것일까? 열쇠고리에 달린 계란 프라이는 뭐며 그녀 블라우스에 꽂힌 손톱이 길고 눈이 째진 노랑머리 서양 미인은 왜 우리 눈엔 잘 띄지 않고 그녀의 눈에만 띄는 것일까?

탁월한 감수성 속에 끝없는 모험이 서려 있는 김지원의 소설들을 읽으며 나는 내내 원숭이와 계란 프라이와 노랑머리 서양 여자 속을 그려볼 수밖에 없었다.

길게 늘어뜨린 파마 머리, 얼굴을 거의 가리다시피 한 머리칼 속에 빨갛게 칠한 그녀의 입술이 머리카락을 젖히고 잠깐 우리들 앞에 비쳐질 때 우리는 김지원이 가진 감성과 눈물이 얼마나 뜨거운 것인가 알고 흠칫 놀란다.

아무 죄도 없는 여자, 꿈꾸는 듯한 어깨. 세상을 뿌연 물안개로 바라보는 그녀에게 뭔가 끝없이 위태한 사건과 황홀한 몰락이 올 것 같은 예감이 들었던 것도 바로 그런 의미와 통한 것이 아니었을까?

예쁘고도 구슬픈 프랑스 소설 같은 분위기, 맑고 편안하면서도 반짝이는 문체 속에 탐미주의적 예감이 깊숙이 흐르는 김지원의 소설은 일찍이 한국의 다른 작가들에게서는 느낄 수 없었던 그녀만의 독특한 방일 것이다. 그래서 내 주위엔 김지원의 소설을 사랑하는 이가 많다.

그녀의 어린 시절과 학창 시절도 모르고 다만 뉴욕이라는 곳에서 두 개의 표류하는 섬과 섬으로 만난 김지원을 나는 좋아한다.

내가 아는 것은 뉴욕의 김지원, 그리고 그 둘레뿐이지만 그러나 외롭고 눈부신 그 타국의 한 귀퉁이를 한때나마 함께 호흡하며 속삭였다는 것만으로 나는 감히 그녀를 알았다고 말하고 싶기도 하다.

---

* 이 글은 「우리 영혼의 암호문 하나」(문학사상사, 1987년)에 실린 「표류하는 섬에서 만난 우수의 여자」의 전문(全文)을 수록한 것이다.

마슬의 사랑

밤 아홉 시밖에 되지 않았건만 이미 폐점을 해버린 문방구점 앞에서 마술사는 여럿 되는 행인을 세워두고서 묘기를 보여주고 있었다. 대개의 상점들이 새벽까지 영업을 하는 밤의 거리라 할 수 있는 뉴욕의 그리니치빌리지에서 그 문방구는 여덟 시 반이면 문을 닫았다. 프랑스어 악센트가 강한 영어를 하는 유대인 주인이 부인을 대동하고 집으로 떠나면 마술사는 그 굳게 닫힌 상점 앞에 모습을 나타내곤 했다. 문방구 옆은 장의사이고 그 건너편은 운동장도 없는 초등학교가 있었으므로 밤이면 더욱 생생하게 살아나는 이 주변에 비해 이곳은 좀 어두운 편이었다. 거리의 악사며, 가수, 초상화가, 행상들은 대부분 밝고 환한 곳을 택하건만 마술사의 자리는 늘 그 한곳이었다.

가끔씩 커다란 관광버스가 비교적 좁은 차도에 멈춰 서서 카메라를 멘 수십 명의 관광객들을 내려놓았다. 마술사로부터 한 블록 떨어진 카페 앞에서는 심장 모양의 풍선을 팔고 있었다. 상인은 끊임없이 풍선에 공기를 채워놓고 어른들은 마치 소풍 나온 아이들같이 풍선을 사 들었다.

문방구 앞의 마술사는 아주 작은 빨간 헝겊을 손가락 사이로 몇 번 빼내더니 아주 없어지게 하고 동전을 하늘로 던졌다 받았다 하다가 아주 동전을 사라지게 했다. 마술사가 없어진 동전을 찾기 위해 하늘을 살피자 관중들도 하늘을 보았다. 오륙 층 높이의 건물들 위로 도시의 밤하늘이 있었다.

이윽고 마술사는 관중의 맨 앞에 있는 꼬마 아이에게로 날렵하게 걸어갔다. 그리고 그 아이 귀 뒤에서 사라졌던 동전을 집어냈다. 꼬마는 신기해서 자기의 귀 뒤를 만져보았다.

이번에 마술사는 접게 되어 있는 받침대 위에 얹힌 네모난 가방에서 동전을 일곱 개 꺼냈다.

"넌 몇 학년이지?"

마술사는 동전을 목판에 벌여놓으며 꼬마에게 물었다.

"이 학년."

"그럼 산수를 알겠구나. 이봐, 여기 동전이 다섯 개가 있지?"

말하고 마술사는 이어 빙 둘러선 관중에게 목판에 다섯 개의 동전이 있음을 알렸다. 길 가던 행인들이 자꾸 발을 멈추어 이제 관중이 꽤 많아졌다. 인도뿐 아니고 차도까지 몇 겹으로 둘러서고 주차되어 있는 차 위에도 올라가 있었다.

"여기 동전이 다섯 있습니다."

마술사의 눈이 길 건너의 가로등 불을 받고 번들번들 빛났다. 마술사는 동전 두 개를 빼냈다.

"그럼 몇 개가 남지?"

시험이라도 치르는 양 꼬마는 열심히 대답했다.

"셋."

자, 세어보자 하며 편 마술사의 손바닥에는 다섯 개의 동전이 고스란히 있었다.

"운희, 욕실을 좀 써야겠어."

그때 한수가 운희에게 작게 말했다. 내 방으로 올라가자는 뜻이겠지, 생각하고 "갔다 오세요." 하고 운희는 지갑에서 열쇠만 꺼내어 건넸다. 책상 위에 놓인 언니의 편지를 볼까 봐 염려스럽고 자기 방을 맘대로 볼까 봐 신경이 쓰였지만 모른 체했다. 한수는 열쇠를 받아 들고 조금 망설이는 기색이더니 운희가 마술사 앞에 그대로 서 있으니까 운희가 사는 아파트의 현관으로 들어갔다. 마술사가 서 있는 문방구점 바로 옆 건물이었다. 현관 앞에도 구경꾼들이 서 있었다.

한수가 간 후로도 동전의 개수를 셈하는 같은 마술이 몇 번씩 반복되고 꼬마는 꼭꼭 대답했다. 그리고 그 대답은 또 꼭꼭 틀렸다. 꼬마는 콧등에 땀이 다 났다. 꼬마가 콧등에 땀 난 것, 또 손바닥에 땀 난 것을 관중이면 누구나 다 느낄 수 있었다. 어린이들이면 잠자리에 들어야 마땅할 밤 시간에 아이는 보호자도 없이 어른들 틈에 끼어 일일이 대답해가며 무척이나 재미있어 했다. 뜻밖에 좋은 보조자를 만나 쇼가 잘 진행되어 가자 마술사는 점점 더 신이 났다.

그는 동전을 하나만 남기고 다 주머니에 집어넣었다. 그리고 관중들에게 그 동전을 잘 살펴보라고 말했다. 마술사가 시키는 대로 사람들은 돌려가며 가로등 불빛에 동전을 비추어보았다. 어떤 사람은 건네받아서 건네주는 정도로 건성 보고 어떤 사람은 동전 수집가인지 앞뒤로 잘 살펴보고 동전을 만든 햇수까지 읽어보았다.

"이것은 여러분이 알다시피 이십오 센트짜리 동전입니다. 이 동전으로 당신은 버스를 탈 수 있으며 사탕을 살 수 있습니다. 말하자면 일상 사용하는 평범한 동전인 것입니다. 이제 담뱃불로 이 동전에 구멍을 뚫어보겠습니다. 아, 거기 태우고 계신 담배 좀 빌려주실까요?"

뒤편쯤에 서 있던 중년 남자의 연기 나는 담배를 마술사는 건네받았다. 자, 이제 시작하겠습니다. 마술사는 동전을 높이 추켜올렸다. 가늘고 긴 손가락을 갈퀴같이 꼬부려서 동전의 가장자리를 잡았다. 관중의 시선이 전부 그 작은 동전에 가서 박혔다.

한수가 관중 틈을 조심스레 비집고 운희 곁으로 돌아왔다. 운희가 사는 곳은 육 층인데 엘리베이터도 없는 그 높은 곳을 그렇게 빨리 다녀올 수는 없었다. 그는 삼 층 계단을 올라가다가 도로 돌아왔다.

마술사는 타고 있는 담배를 조심스럽게 동전 한복판에 갖다 댔다. 그리고 서서히 담배를 돌렸다. 가느스름한 연기를 내며 담배는 동전 속으로 어렵게 뚫고 들어가는 기색이더니 이윽고 동전을 허리에 두르게 되었다. 여기저기서 탄성이 일고 누군가 박수를 치자 따라서 박수가 일었다. 박수 소리는 더욱 행인의 관심을 끌어 관중은 자꾸 불었다.

마술사는 담배가 꽂힌 동전을 앞자리의 관중에게 보였다. 몇 사람이 차례로 그 신기한 동전을 만져보았을 때,

"거긴 잘 안 보이지요, 거기 젊은 레이디 이리로 좀 나오실까요."

지목된 여자는 스물 안팎으로 흰 바지에 흰 재킷을 입고 있었다. 금발이 허리까지 길고 하루 종일 욕실에서 시간을 보내어 치장하고 나온 듯한 분위기였다. 콧수염을 더부룩이 기른 그녀의 데이트 상대는 목을 길게 빼고 자기의 여자가 뽑혀 나가 마술사 앞에서 동전을 검사하는 것을 보았다. 그녀는 별로 대단치 않은 자신의 아름다움을 뽐내

는 듯한 태도였다. 말할 것도 없이 담배는 정확히 동전의 한복판을 꿰뚫고 있었다. 그 신기한 동전을 이리저리 살피던 여자는 마술사에게 손을 보자고 말했다. 마술사가 어려울 것 없다는 듯이 한 손을 얼른 펴 보여주었다. 그러나 가방 위에 놓인 또 다른 한 손을 펴라고 했을 때 마술사는 주저했다. 여자는 악의를 품은 듯 집요해지고 관중은 긴장했다. 마술사는 도리 없이 손바닥을 폈다. 숨겨놓았던 건강한 동전 하나가 반짝하고 그 손바닥에서 빛났다. 어디선가 혀 차는 소리가 들렸다. 여자는 무력한 마술사의 손끝을 잡고 마치 엄마가 아이에게 정말 매 좀 맞아야겠어 하는 듯한 표정을 지었다. 구제할 길 없다는 듯 고개를 절레절레 흔들 때는 긴 머리가 허리께에서 흔들렸다. 관중들이 하나둘 흩어져갔다. 속임수 마술사에게 시간을 뺏기기에는 아까울 정도로 이 거리는 구경거리가 많기 때문이었다. 아주 가까이만 해도 한 젊은이가 기타를 두들기며 컨트리 송을 부르고 또 얼마 안 가면 여자도 낀 세 명의 트리오가 모차르트를 연주하고 있었으며 저쪽 함성이 터지는 곳에는 얼굴을 하얗게 분칠한 피에로와 불 먹는 사람이 있었다.

흩어져가는 관중 속에서 마술사 앞에 놓인 검은 실크햇에 몇 사람이 미안하다는 듯 묵묵히 동전을 던져 넣었다. 보통 한차례의 마술이 끝나면 마술사는 농담조로 이렇게 외치고는 했다.

"신사 숙녀 여러분, 본인의 마술을 즐기셨습니까? 그렇다면 여기 놓인 이 모자에 여러분 재량껏 선심을 바라겠습니다. 일 센트도 좋고 오 센트도 좋고 십 센트도 좋고 또 일 달러, 십 달러, 백 달러도 사양하지 않겠습니다. 마술은 본인의 생활 방편이기 때문입니다."

관중들이 앞으로 나가 동전을 넣으면 그때마다 마술사는 땡큐 땡큐

했다. 그러나 오늘 밤 그는 네모난 가죽 가방만 열었다 닫았다 할 뿐 절망적으로 침묵했다.

"결국 그거였군."

한수가 운희에게 말했다. 모두 흩어진 자리에 아까의 꼬마가 그 자리에 그냥 서 있었다. 이런 밤이 있담, 마술사가 중얼거렸다. 흰옷의 여자는 허리를 유난히 흔들며 저편 모퉁이를 돌아가는 참이었다. 운희는 그 여자를 쫓아가서 욕을 해주고 막 흔들어놓고 싶었다. 그것이 신기한 술수인 것을 너는 몰랐니? 그가 담뱃불로 동전을 실제로 뚫을 수 있다면 이 세상 과학자가 그를 그냥 두었겠니, 신문사가 그를 그냥 두었겠니? 대통령이 만나자고 하지 않았겠니? 불가능한 것을 믿게 만드는 게 그의 재주가 아니니. 그가 오랫동안 연마한 재주가 아니겠니. 너는 마술이 신기해 죽겠는 저 꼬마 아이에게 미안하지도 않니? 넌 대체 몇 살이니? 자리를 뜨며 운희는 일 달러짜리 한 장을 그 모자에 넣었다. 마술사는 흘낏 두어 개의 동전 위에 놓이는 지폐를 보며 이런 밤이 있담, 다시 한 번 변명같이 중얼거렸다.

"사실은 아까 운희 방에 들어가지 않았어. 주인도 없는 빈방에 들어가기가 뭣해서. 욕실을 잠깐 쓸 수 있을까?"

한수가 말했다.

"그러세요."

한수는 운희의 방에 들어오기 위해 욕실을 쓰자고 한 것이 아니었다. 오래 참은 듯한 욕실의 세찬 오줌 소리를 들으며 운희는 창밖을 내다보았다. 훌쩍 큰 마술사의 키도 육 층 높이에서 보면 그냥 땅에 들러붙은 것 같았다. 그는 계속 조그만 빨간 헝겊을 손가락 사이로 빼내고 빼내고 하건만 좀처럼 행인은 멈추지 않았다.

몇 해 전 이맘때에 운희는 저 욕실에서 오줌을 깔기고 있는 남자를 사랑한다고 생각했었다. 그가 술이나 과일을 사들고 이 아파트를 찾으면 운희와 운희의 룸메이트였던 여진은 어려서 느끼던 성탄절의 흥분을 맛보았다. 그들은 같은 책을 돌려가며 읽고 같은 레코드를 듣고 한수는 운희와 여진에게 노래도 두어 개 가르쳐주었다. 나이도 다섯 위이지만 그는 유학생인 그들의 보호자 같은 역할을 했다. 한수가 없을 때면 운희와 여진은 한수의 얘기로 시간을 보냈다.

어느 날 한수가 자기는 여자가 없으면 참 불안해지고 초조해지고 외로워져서 아무것도 못한다고, 책을 읽든가 자신을 개발해야 된다는 것을 알지만 집에 혼자 앉아 있으면 금방 미칠 것 같아서 자꾸 이렇게 쏘다닌다고, 자기는 육체적인 사람이고 또 따뜻한 사람이라고, 그러나 여자를 반드시 섹스 때문에 원하는 것은 아니라고, 결국은 섹스로 귀착되겠지만 자기가 원하는 것은 감정적인 따뜻함이며 여자를 안고 싶음이라고, 사람이 그립다고 해서 남자인 자기가 또 남자를 껴안을 수는 없는 게 아닌가 했을 때 그 말은 운희의 가슴을 쳤다. 운희는 늘 솔직한 말에 감동했다. 판단력을 잃었다. 한수가 몹시 외로워 보였다. 모두 술을 많이 마시고 벽에 기대앉아 있었다. 한수의 그 말은 여진의 가슴도 쳤다.

그해 성탄절 무렵에 여진은 임신해서 한수의 방으로 이사를 갔다. 그리고 아기를 낳은 후 결혼식을 올렸다.

욕실에서 나온 한수는 운희가 앉지도 않고 들어왔던 그대로 창가에 서 있으므로 작별 인사를 하고는 곧 떠났다. 그날 운희는 한수를 학교 도서관에서 만났다. 결혼으로 학업을 중단한 여진은 아기 데리고 돈을 벌고 한수는 인생을 길게 봐야겠다며 뒤늦게 등록을 하고 다시 공부를 시작했다.

이제 한수에 대한 연정은 미열같이 있는 듯 없는 듯하지만 이상하게도 운희는 그를 이해했다. 무엇인가가 서로 이해되고 있었다. 둘이 살았다면 나중에는 서로를 몹시 미워했을 것 같은 느낌도 있었다.

운희는 한수가 떠난 후 다시 창밖을 보았다. 아직도 마술사 앞에는 관객이 없었다. 관객이 없기로는 컨트리 송의 가수도 마찬가지였다. 이쪽 편의 거리는 여하간 좀 죽어 있는 편이었다. 마술사는 홀로 서서 동전 던지기를 하고 있었다.

마이크도 없이 생목소리로 악을 쓰는 가수가 마술사보다 더 적적해 보였지만 좀 전의 일도 있어서 운희는 마술사에게 관객이 모였으면 했다.

마술사는 운희가 전에 보았던 대로 동전을 몇 번 공중으로 던지다가 없어진 동전을 찾기 위해 하늘을 쳐다보았다. 주의를 끌기 위해 이리저리 연극같이 몹시도 두리번거렸다. 그러다가 걸어가는 행인을 쫓아가서 그 귀 뒤에서 동전을 꺼냈다. 그러나 행인은 자기 귀 뒤에서 무엇이 나왔는지조차 모르는 것 같았다. 그저 어떤 사람이, 이 거리에는 별사람이 다 있으니 그런 사람 하나쯤이 나타나 자기 머리를 한 번 쓰다듬는가 하고 걸음을 늦춰보지조차 않았다. 마술사는 다시 자리로 돌아와 빨간 헝겊을 손가락 사이로 빼내고 빼내고 했다. 누군가 봐준다면 그 헝겊은 그 사람 눈앞에서 사라질 것이었다. 누군가 한 사람만 멈추어 구경을 하면 또 하나둘 발걸음을 멈추어 관객은 불어날 것이었다. 운희는 그 사실을 새로 알았으며 또한 마술사가 환한 곳으로 가지 않고 굳이 폐점 후 불 꺼진 문방구 앞에서 마술을 하는 이유도 알 것 같았다.

그 이후로 운희는 가는 길 오는 길에 행인을 모아주기 위해 마술사 앞에 서 있었다. 운희의 생각대로 누군가 한 사람이 서 있으면 지나던 사람도 기웃거리고 발을 멈추고 그리하여 떡에 고물이 붙듯 행인이 불어났다. 처음 나가서 그 앞에 섰을 때 그저 군중이고자 하는 운희의 뜻과는 어긋나게 마술사는 용케도 운희를 알아보았다. 그는 운희를 의식하고 담뱃불 마술을 할 때면 이렇게 말했다. 자, 이제 담뱃불로 이 동전을 뚫어보겠습니다. 아, 이 얼마나 허황된 환각의 놀음인가 여러분에게 보여드리겠습니다. 운희를 귀찮게 여기는 빛이 역력했다. 그럴 때면 운희는 그에게 전처럼 담뱃불로 당장 동전에 구멍을 뚫을 수 있다고 큰소리치라고 말해주고 싶었다. 흥행이란 것은 확실히 연기자의 혼신이 성패를 좌우하는 것인 듯, 마술사가 이렇게 힘없는 말을 하며 동전을 뚫어 보이면 그리도 사람의 흥미와 감탄을 자아내던 그 마술은 이제 그저 또닥또닥 두어 번의 박수만 받고 말았다.

운희는 대개 그 시간이면 도서관에서 돌아오든가 산책 겸 거리를 한 바퀴 걸어오다가 카페에서 차라도 마시던 습관이 있었으므로 마술사 앞에는 특별히 큰맘 먹고 서주는 것도 아니었다. 밤늦은 시간에 군중의 거리에 홀로 나서면 운희의 가슴속에 차오르는 의지 같은 것이 있었다. 자기 자신이 외롭게 단단해지고 강해지고 인생의 느낌이 하나로 뭉쳐지는 듯한 그 기분을 운희는 사랑했다. 할 수만 있다면 자신을 항상 그런 상태에 놓아두고 싶었다.

어느덧 마술사는 운희를 안심스러운 사람이라고 생각하게 되었다. 저 흰옷의 레이디처럼 악의로써 지켜 서 있는 사람이 아니었다. 기회를 보다가 자기를 군중에게 망신시킬 사람이 아니었다. 그래서 이제는 운희가 서 있어도 큰소리치며 담뱃불 마술을 해낼 뿐 아니라 기다란 쇠바늘을 풍선에 꽂는 묘기를 보일 때 혹시 실수로 풍선이 터져 버리더라도 내가 잘한다면 나이트클럽에서 공연하지 길에서 하겠습 니까? 하고 태연히 또 다른 풍선을 볼때기가 불룩해지도록 불어대곤 했다.

한차례 공연이 끝나 사람들이 흩어질 때면 거기 가는 분 여기다 돈 내고 가시오, 가지 마시오, 기부하시오, 영화 한 편 보는데 오 달러씩 이란 걸 생각하시오, 그러나 어조는 전에 마술은 본인의 생활 방편입 니다 할 때보다 더 농담조이고 듣는 이에게 부담이 없었다. 운희는 그 의 변모가 좋아서 맘껏 웃었다. 그렇게 방심하고 자유로워지는 운희 에게 어느 날 마술사는 끓는 물 끼얹는 듯한 소리를 했다. 한차례의 공연이 끝나 구경꾼들이 모자에 동전을 던져 넣고 뿔뿔이 흩어진 후,

"어젯밤 나는 당신이 자는 방에 가보았습니다. 요 앞 빌딩에 살지 요?"

운희는 그 말을 얼른 알아듣지 못했다. 앞으로 부리려는 무슨 마술 의 서두 같기도 했다. 그냥 우뚝 서 있는 운희에게,

"당신은 영혼만 날아본 일이 있어요? 어젯밤 내 영혼은 육신을 떠 나 귀 양 방에 가보았습니다. 시간은 밤 세 시 정각. 귀 양 방의 시계 를 보았습니다. 깊이 잠자고 있더군요."

"옛?"

"못 믿겠다면 오늘 밤 또 갈 수도 있습니다. 어떤 시간이 좋겠어요? 당신이 원하는 바로 그 시간에 당신은 내 모습을 볼 수 있습니다. 베 갯머리에 서 있겠어요."

정확한 뜻은 아직도 잘 모르겠으면서도 말할 수 없는 수치감이 운 희를 휘까닥하며 휩싸 안았다. 뭐라고? 내가 자는 것을 보았다고요?

그렇게 무방비 상태에 있는 나를 당신이 맘대로 보았다고. 그러나 운희는 한마디도 입을 뗄 여유가 없었다. 그가 한 말이 사실인가, 정말 남자는 쉽게 육신을 떠나 그렇게 방에 드나들 수 있기는 한 것인가. 그래, 내가 어떤 모습으로 자고 있던가요? 이불은 잘 덮었던가요(제발 그랬기를!)? 입을 벌리고 혹은 다리를 벌리고 자던가요? 단추 두어 개 떨어져 달아나 버릴까 말까 하는, 내 초라한 잠옷을 보았나요? 생겨짓말이 아닌가 확인하는 질문 한마디도 못하고 뒷머리가 뻣뻣해서 운희는 그 자리를 뛰듯 떠났다. 노엽고 부끄러워서 어찌해야 좋을지를 몰랐다. 마술사는 뒷모습의 운희에게 빙긋 미소 지은 후 다음번 공연의 시작으로 빨간 헝겊을 손가락 사이로 빼내기 시작했다.

크게 쇼크를 받은 운희는 그날 밤을 한수와 여진의 집에서 지냈다. 여진은 마술사가 운희를 놀래주느라 그냥 해본 소리일 거라고 위로해 주고 한수는 영혼이 육체에서 분리될 수 있다는 사실을 믿는다고 말했다. 기절한다는 것이 바로 그 비슷한 경우가 아니겠는가, 고통스러운 육체를 혼이 떠나버리는 것.

그들 셋은 결혼 전처럼 모여 앉아 늦도록 얘기했으나 그전 같은 재미는 없었다. 여진은 간간이 하품을 하고 아이는 손님이 왔다고 잘 시간임에도 생생하게 돌아다녔다.

"얘, 애 아빠는 너하고 나하고는 같이 있어야 매력이 있단다. 우리 둘이 같이 살 때, 나 처녀 때 말이야. 그때 우리 둘이 붙어 다니는 것 보고 자기 말로 황홀함을 느꼈단다."

여진이 말했다.

"한수 씨, 그건 무슨 뜻이에요? 우리 둘은 부족한 사람들이라서 한데 합쳐야 매력이 있다는 뜻인가요, 아니면 여진이 옆에 내가 있어야 여진의 미모가 더 빛난단 뜻인가요?"

"운희는 뭘 만날 그렇게 물어? 전에 두 사람 살던 방에 가면 뭐가 뭔지 그냥 좋기만 했었어. 그 뜻이야."

'아, 그럼 여진이 떠난 나 혼자만의 방은 옛 그대로인데' 하려다가 운희는 입을 다물었다. 한수가 운희의 방에 들른 일은 대단치는 않더라도 여진 앞에서는 비밀로 해야 될 것 같았다.

운희가 먹은 그릇을 씻을 때 여진은 거실의 소파 위에 운희의 잠자리를 만들었다. 밤 두 시쯤 되어서 그들은 각각 자기의 잠자리로 들어갔다. 저만치 거실 소파에 운희를 눕히고 여진 부부는 나란히 침대에 들었다.

여진: 점점 자신 있어지고 강해지는 운희를 보면 나는 우울해지고 고립감을 느낀다. 오늘 저녁만 해도 나는 뭔가 부적당한 자리에 앉은 듯 지루하기만 했었다. 집에서 아이를 돌보고 피아노 레슨을 하고 훌륭한 연주가가 되어보려는 꿈은 저 멀리 동댕이치고 점점 뚱뚱해지고 가끔 골치도 아프다. 운희는 노처녀임에도 조금도 초조해하지 않는다. 그렇게 보인다. 나와 같은 처지의 가정주부들은 모두 바쁘다고 한다. 나는 그들이 뭘 하기에 그리 바쁜가 한다. 주의해본즉 그들도 나같이 청소하고 애를 돌본다. 살림 살고 애 기르고 피아노 레슨을 해도 그 일이 그리 큰 시간을 차지하지 않는다. 아니, 시간은 차지해도 머리는 텅 빈 채 바쁘다는 기분은 아니다. 어디 가서 차 한 잔 마실 시간이 없어도 나는 늘 한가한 기분이다. 따지고 보면 나는 늘 지루함을 느꼈던 것 같다. 어려서도 여학교 때도 대학 때도 심지어 입시 지옥 때도. 나는 남편의 아주 작은 거짓말도 탐지하며 애인을 숨겼다거나 그런 일이 생길 것도 아닌데 그 사소한 거짓말이 내 믿음을 흔들어

놓는다. 남편이 공부를 할 때 나는 나 자신을 실패자로 느낀다. 지금 여기 남편을 사랑하지 않는 삼십삼 세의 여자로서 결혼 생활이 울고 싶게 덫 같지만 그렇다고 다시 결혼하고 싶지도 않으며 혹시 이혼하여 일생 혼자 살게 될 가능성은 두렵기만 하다. 가끔 아이를 또 하나 낳아보고 싶기도 하지만 그 아이의 아빠가 또 그여야 한다는 데 절망한다. 그리고 남편에 대해 무섭게 이는 질투, 지금 옆에 누워 있는 그는 혹시 운희를 그리는 것이 아닌가? 나는 확실히 뭔가 잘못된 사람이다. 나는 나 자신이 부끄럽다.

한수: 요가라든가 정신력을 기르는 훈련을 하면 육체에서 영혼이 분리된다는 사실을 전에 어디선가 들었다. 운희에게 한 마술사의 말이 정말인지 거짓인지 알 바 없으나 정신을 육체에서 분리하고자 하는 욕망이 내게는 늘 있었다. 나는 항상 고통을 느끼지 않으려고 노력해왔다. 내 몸은 오랫동안 만들어진 하나의 외로운 공 같다. 그것은 어디와 연결된 것이 아니고 그대로 하나의 완전한 공이다. 어디 한군데만 만져도 전신이 떨고 감춰진 모든 것이 떤다. 이 내 감정 표현이 어느 한 사람쯤에게는 가능하리라. 운희? 내가 기대고 울 베개 같은 사람. 그런데 운희가 그런 역할을 해주려 할까? 그러나 또 그렇다면 운희는 사람이 아니고 물건이 되어버린다. 사람 사랑하기의 불가능성.

운희: 이 집 안은 이상하게 쓸쓸하다. 한수와 여진은 서로 별로 얘기하지 않는 것 같았다. 뭇 시선을 끌던 여진의 미모는 이제 빛을 잃었다. 로맨스는 짧다는 것을 다시금 명심하자. 로맨스가 지나가도 남을 결혼을 할 것. 나는 항상 이웃의 아이들과 다르게 되리라고 느꼈다. 언제나 다르게 되려고 생각했으며 그러려면 많이 노력해야겠다

고 생각했다. 나이 먹을수록 꿈은 점점 현실적이 되고 좁아져간다. 마술사는 여진의 말처럼 엉터리인지도 몰라. 정말 제가 그런 능력이 있다면 신문 지상에라도 한번 나지 않았을까.

세 사람이 다 각각 누워 생각을 이와 같이 달렸을 때 습관이 된 고마운 잠이 찾아와 그들을 오롯이 잠들게 했다.

명멸하는 수많은 꼬마전구들이 아치형으로 천공을 이루고 길 양편으로 늘어선 노점 철판에서는 지글지글 팔뚝 같은 소시지가 익었다. 얼음에 차게 한 맥주 깡통들이 피웅피웅 푸른 김을 내며 따지고 발 디딜 틈 없이 혼잡한 인파 속을 여섯 명의 악대가 두 줄로 서서, 아마리 아마리 내 맘속에 사무친 그대……, 요란히 연주하며 저편에서 오고 있었다. 악대원들은 이미 몇 잔 들이켠 알코올과 노점의 기름진 음식 냄새 속에서 얼굴들이 불 위의 소시지나 다름없이 번들번들 벌겋에 익었었다. 그들은 더워 보이게도 구세군 같은 국방색 옷에 금테 모자, 하이칼라, 붉은 견장도 붙였다. 성 안소니를 모시는 성당의 축제였다. 성당 앞 일곱 블록 정도의 길은 완전히 교통이 차단되고 길 양편으로 노점이 늘어서고 각종 게임이 함성 속에 벌어지고 있었다. 악대의 연주뿐만 아니라 노점 곳곳에서도 확성기로 또 자기들대로 음악을 틀어대고 있었다. 회전목마와 함께 로큰롤이라고, 탄 사람이 완전히 일회전으로 뒤집혔다 바로 됐다 들볶이다 나오는 데서도 음악 소리와 함께 남녀의 웃음소리와 비명이 계속되고 있었다. 고함치듯 말하지 않으면 서로의 말소리가 들리지 않을 정도로 시끄러웠다. 무엇을 먹을까, 운희는 음식을 파는 노점마다 기웃거렸다. 축제가 열리는 끝까지 길지 않은 거리를 운희는 한번 훑어 올라갔다가 도로 걸어 내려왔다. 운희는 결국 평범한 피자 한 조각을 사 들었다. 그것을 물어뜯으며 운희는 한 눈을 감고 물총을 집어 들었다. 그 옆에는 다섯 살 정도부터 열 살까지 고만고만한 아이들이 쪼르르 늘어서 있었다. 천막을 쳐 만든 게임장으로, 이제 호루라기 소리와 함께 그들이 물총을 쏘아대야 할 과녁은 난쟁이 영감들이 벌리고 있는 입이었다. 쪼르르 나란히 앉아 동그랗게 입을 벌린 사기 인형 영감들의 머리꼭지에는 시든 풍선이 꽂혀 있었다. 물총으로 물줄기를 영감의 입 구멍으로 쏘아대어 그 머리꼭지에 달린 풍선이 부풀어 오르고 그러다가 제일 먼저 풍선을 터뜨린 아이 내지 어른(연령, 성별 제한 없음)이 완구 인형을 갖게 되는 게임이었다. 모든 것이 비쌌다. 그 간단한 게임에 오십 센트나 내야 했다. 선반 위에는 이긴 자에게 줄 싸구려 완구 강아지들이 빼곡히 앉아 있었다. 한 게임에서 단 한 명의 승자에게 돌아갈 상품이라는 것이 오십 센트짜리도 안 되어 보였다.

운희는 어른의 지능으로 다른 경쟁자 어린이들이 못 보는 것을 간파해냈다. 그것은 지난 게임에서 첫째로 풍선을 터뜨린 곳 말고 두 번째로 커졌던 곳에 자리 잡으면 이미 전회에 늘어날 대로 늘어났던 풍선은 대개 쉽게 부풀어 오르고 또 첫 번째로 터지기 마련이었다. 운희가 물총으로 물줄기를 쏘아댈 때 밴드는 영화 〈록키〉의 주제가를 연주했다. 상품으로 완구 강아지를 건네받는데 뒤로부터 운희의 어깨를 치는 손이 있었다. 마술사였다.

"어마!"

"이겼군요. 내가 응원했지요."

마술사는 웃었다. 가까이에서 본 그의 얼굴은 마술 부릴 때와 달리

39

낯설었지만 뜻밖의 장소에서 마주한 탓인지 그들 사이를 묶는 친밀감이 있었다. 그들은 혼잡한 인파 속을 걸어 나왔다. 마침내 축제의 거리를 지나 사 차선 도로의 큰길로 나섰을 때 완구 강아지를 옆구리에 끼고 운희는 숙제같이 궁금했던 것을 물어보았다.

"당신 혼이 내 방에 들렀었다는 것이 정말이에요? 아주 정직하게 말해주세요."

"물론. 책상이 창문 쪽에 붙어 있고 침대 머리에 램프와 라디오가 있고⋯⋯. 당신은 혼자 살지 않습니까?"

그런 정도의 사실은 굳이 영혼이 날아다니며 보지 않아도 얻을 수 있는 것이긴 하지만 그를 대하는 운희의 태도는 순순했다.

"네." 하고 우울한 운희는 신상에 관하여 한 가지를 더 알려주었다.

"학교 다녀요."

큰 거리를 자동차들이 씽씽 달리고 있었다.

"왜 그동안 통 볼 수 없었습니까? 내가 방에 찾아갔다고 해서 화가 났어요?"

마술사의 물음에 운희는 한참 있다가,

"그 이후로 또 내 방에 왔던 일이 있었어요?"

"없습니다. 몸의 컨디션이 안 좋아서."

그들은 길을 건너갔다. 길이 넓어서 사 차선의 중간까지 건너고 그곳에서 다시 신호를 기다려 나머지 이 차선을 말없이 건넜다.

"오늘 저녁엔 공연 안 하세요?"

카페의 처마 밑에 가수가 하나 서 있었다.

"아직 일러요."

그들은 가수가 서 있던 건너편 카페에 자리 잡았다. 축제 장소의 휘황한 불빛이 그곳에서 잘 보였다. 테이블 위 빨간 유리컵에 담긴 초가 그들 얼굴 위에 붉은 조명으로 일렁거렸다.

커피 잔 너머로 마술사가 상체를 깊이 굽혔다. 자기 눈의 반만 한 운희의 눈을 들여다보며,

"나와 함께 날아보지 않으렵니까? 영혼 여행."

"어떻게? 영혼이 난다는 것은 무슨 뜻인가요? 정신을 집중하여 무엇을 알아낸단 뜻인가요? 영혼은 뭐예요? 어떤 물질적인 것인가요? 형체가 있고 무게가 있는 것인가요, 아니면 순수하게 심리적인 것인가요? 영혼은 몸의 어느 부분에 머물러 있어요? 머리, 가슴, 손, 발? 나는 뭐든지 믿기가 힘들어요."

"영혼이 육체에서 제일 잘 떠날 수 있을 때는 본인 자신이 자기 몸에서부터 자기가 떠났다는 것을 모를 때입니다. 너무 분리시키려고 애쓰거나 오래 걸리거나 하면 어떤 때는 전혀 다른 결과가 되지요."

"그렇다면 나한테는 불가능한 일이에요. 나는 보통 정신을 잃었다는 그런 상태에 이르러본 일조차 없어요. 아마 내 영혼은 내 육신 속에 깊이 뿌리내리고 떠날 염을 않는가 봐요. 내 육신을 꼭 붙들고 있나 봐요."

그날 낮 운희는 여진과 두 시간도 넘게 전화했다. 여진이 걸어왔다. 여진은 한수가 집을 나간 사연을 간간이 울음 섞어 얘기했다. 정말 어쩌다가 여진이 외출에서 늦게 들어온즉 한수가 무엇을 해 먹느라고 연기를 내며 부엌에 있다가, 남편을 뭐로 아느냐고 화를 냈다. 서로 소리 지르며 그들은 싸웠다. 한수는 짐을 꾸리고 여진은 그의 옷들을 침대 위에 동댕이쳤다. 한수가 두 개의 트렁크를 들고 층계를 내려갈 때 여진은 계단 위에 서 있다가 구두 두 짝을 그에게 던졌다. 여진

은 한수가 아이가 보고 싶고 아내가 보고 싶어 집으로 돌아와 그의 잘못을 인정하리라 생각했으나 그것은 어디까지나 희망 사항이었다. 여진은 그동안 거의 죽을 것 같았다. 처음에는 화가 났다. 무거운 청소기를 움직일 때, 만약 그가 그 앞에 누워 있다면 기계를 그 위로 몰고 가고 싶었다. 저녁이 되면 외로워서 여진은 그를 그렸다. 한수가 떠날 때 여진은 자기 몸의 반쪽이 떨어져 나간 것만 같았다.

쥐고 있던 수화기가 체온으로 더워지도록 오랫동안 여진의 사연을 듣고 있는 운희는 그동안 여진의 남편인 한수를 만나고 있었다. 한수는 이제 적극적으로 운희에게 구애했다.

"나는 마귀 때문에 높은 탑 꼭대기에 갇힌 공주 같아요. 그 공주는 말예요, 자기의 긴 머리털을 땋아서 창으로 길게 땅까지 늘어뜨리고 누군가 와서 그 꽉 갇힌 불행으로부터 구해주기를 소원했어요."

운희가 한수에게 그 말을 할 때는 자신을 과시해보는 연극적인 교태도 있었으나 또 그것은 대단한 진실이기도 했다.

"결국 어느 늠름한 왕자가 공주의 땋아 내린 머리를 잡고 탑으로 올라가 공주를 구해냈지요, 동화답게."

한수는 곧 반박했다.

"공주가 그 탑에서 뭘 했는지 알아? 이미 알겠지만 그 공주는 노래를 불렀어. 왕자는 노랫소리를 듣고 탑으로 갔거든. 노래를 불렀다는 것이 중요해. 그냥 머리채 늘어뜨리고 팔짱 끼고 기다리고 있기만 한 것이 아니라 노래를 불러 왕자를 유인했지."

"한수 씨는 여진하고 내가 같이 있을 때 매력 있다고 했지요?"

"그랬었나?"

결혼 생활로 한수는 애무에 능숙해 있었다.

"우리 셋이 같이 살아버릴까요? 나는 여진도 좋거든. 어떤 저녁 같은 때 불현듯 여진을 불러내고 싶은 때가 있는데 여진은 살림하느라 꼼짝을 못해요. 나는 애기 낳기 싫으니까, 내가 당신들 애기를 같이 기르고 그러면서 살면?"

한수는 입이 쭉 찢어지게 웃으며,

"그렇다면 나야 잃을 게 없지."

진정 행복한 얼굴을 지었다. 운희는 그가 자기를 구해줄 기사가 아니며 그렇다고 해서 이 세상을 발 앞에 엎드리게 할 인간도 아니며 또한 부자가 될 사람도 아니라는 것을 알았다. 운희는 한수에게서 자기가 가진 한계를 보았다. 운희 자신이 공주가 아니듯 그도 여러모로 괴로운 한 인간이었다. 그 당연한 사실을 인정하기가 운희는 힘들었다.

간간이 흐느낌으로 떨리는 전화 속 여진의 목소리를 들으면서 운희는 죽고 살 정도의 각오도 책임도 없이 한수 앞에서 부렸던 여자가 부끄러웠다. 자신이 때 묻고 더러워진 것 같았다.

마술사를 대하는 운희에게는 장난기가 전혀 없었다.

"내 정신은 아주 건강해요. 아무리 괴로워도 까무러치거나 기절해본 일도 없어요. 고통을 늘 생생하게 체험하고 괴로워해요. 자살 같은 것은 생각해본 일도 없고 오래오래 살고 싶어요. 어찌나 건강한지 사랑에 빠지는 일조차 불가능한 것 같아요. 까막눈이 되어 사랑하는 것, 맹목의 사랑이란 것, 그게 안 돼요."

"우리의 육체는 영혼이 잠시 사는 집입니다. 우리가 죽으면 혼은 육체를 떠나 다시 태어나고 또다시 태어나고 그러지요. 이 정도의 믿음은 동양에는 상식으로 되어 있지 않나요?"

접시를 걷어가는 청년이 바구니에 빈 접시를 집어던지듯 모아 넣었다. 왈가닥달가닥 소리가 났다. 운희 앞 테이블의 중년 여자가 무슨 접시가 이다지도 튼튼한가 궁금해서 접시를 뒤집어 상표를 읽었다.

"뭣하러 우리는 자꾸 태어나는가요? 거듭 태어나고 또 태어났음에도 불구하고 앞날을 이와 같이 전혀 예측할 수 없다면, 뭐가 옳은지 뭐가 그른지 판단 내리기조차 힘들다면."

찻값은 각자가 냈다. 카페에서 나와 마술사는 공연 장소를 향해, 운희는 집을 향해 같은 방향으로 나란히 걸어갈 때 마술사는 다시금 영혼 여행의 동반을 제의했다. 자기가 그 방법을 가르쳐주겠다고. 길고 가파른 그의 얼굴은 가로등 바로 밑에 서 있어서인지 그늘이 막 내려앉으며 형체를 허물었다.

"마술이란 좋은 것 같아요. 어떻게 마술사가 될 생각을 했어요? 불가능한 것을 사람들에게 믿게 해주는 것, 사랑도 결국은 그게 아닌가요? 믿게 해주고 꿈을 주는 것."

얼마 뒤에 운희는 리처드 무슨 코프스키라는 낯선 이름으로부터 편지를 한 통 받았다. 마술사의(그의 이름은 빌리였다) 영혼이 날다가 그만 육체로 들어오는 데 무리가 생겨 빌리는 정신병원에 입원했다는 사연이었다. 그의 혼은 그의 육체를 떠났다가 들어왔다가 들락날락 중이며 가끔 정신이 맑을 때면 운희에게 영혼 여행을 같이 해보자고 중얼거린다는 것이었다.

운희는 그 편지를 마침 놀러왔던 여진에게 보여주었다. 한수는 이제 여진에게로 아이에게로 돌아가 있었다. 상황은 조금도 나아진 것 없이 그들 결혼 이력에 또 하나의 추한 기억만 더했을 뿐이라고 여진은 한숨지었다.

한수가 돌아간 것이 운희는 다행스러우면서도 그가 굳게 맹세했듯 운희를 사랑한다면 운희에게 한마디 의논도 없이 그리 쉽사리 돌아가서는 안 되는 것이었다.

이제는 중년 티가 나는 여진이 아이를 걸려 좁은 빌리지의 밤 보도를 걸어가는 것을 운희는 창문에서 내려다보았다. 운희에게 있어서 여진은 이제 친구가 아니라 한수와 꺼안고 입 맞췄다고 야단칠 무서운 엄마였다.

주말이어서 거리에는 사람이 평일의 세 곱은 되어 보였다. 마술사 빌리가 섰던 자리는 당연히 비어 있었다. 그의 영혼은 마술을 익힌 잽싼 손놀림의 마르고 키 큰 육체를 떠나면 이제 다시 무엇으로 태어나려 하는가.

불멸이라는 내 영혼이여, 외부로부터는 어떤 고난이 오더라도 내가 이 인생에서 근본적으로 행복했다는 것, 외롭고 쓸쓸한 것 같으면서도 사실은 살아 있다는 사실에 늘 행복했었다는 것을 기억해다오. 햇볕 밑에 있는 모든 자연이 내게 기쁨을 주었다는 것, 오늘 밤의 내 방 풍경과 더불어 부디 아로새기어 다음 생 어느 날 꿈에라도 한번 보여다오. 그리하여 내가 지금 하는 노력을 그때도 계속할 수 있도록.

여러 인생을 거쳤다면서도 아직도 해답을 모르고 갈팡질팡 흐르는 자신을 운희는 두 팔로 감싸 안았다.

한밤 나그네

하옥이 샤워를 마치고 나왔을 때 경수는 손잡이가 달린 하옥의 손거울을 창가에 세워놓고 면도를 하고 있었다. 그의 머리통 너머 창으로 빗속에 젖은 맞은편 건물의 벽과 그 위로 어둡게 가라앉은 뉴욕 하늘이 조금 보였다.

"왜 그렇게 서성거리고만 있어?"

앉지 않고 왔다 갔다 하는 하옥에게 면도하던 얼굴을 돌리고 경수는 못마땅한 표정을 지었다. 수건에 싸인 머리를 흔들어 털며 하옥은 소파에 쿡 앉았다. 남자가 섹스에서 얻는 만족은 어느 만큼일까? 기지개를 켜는 정도? 그보다는 더해서 참았던 오줌을 누는 정도? 땅이 흔들리는 정도? 살았는지 죽었는지 모를 정도……? 이 아침 곤한 잠에 잠겼던 하옥은 경수가 자기 몸에 들어와 사정(射精)할 때쯤에 잠이 깨어 분한 마음으로 일어나 샤워를 하고 나왔다.

겨우 오줌을 누는 정도의 만족이었든지 녹신녹신 천지가 혼미해지는 만족이었든지 간에 어쩌면 내 잠 같은 것은 조금도 상관 않고 – 더구나 불면증이 있는 줄도 잘 알면서 송장과 자듯 그렇게 일방적일 수가 있나. 일거리가 많은 오늘 같은 날은 잠이 부족하면 빈혈이 이는 걸 생각하니, 하옥은 화가 점점 더 났다. 소리를 지르고 싶었다.

"동태 재어놓은 거 있지? 그거 구워 먹자."

아침 운동을 했으니 잘 먹자고? 차하고 토스트 같은 것으로 간단히 아침을 먹으려던 하옥은 끊임없이 스토브 앞에서 음식을 만들고 그릇을 씻어야 되는 오늘 내일 주말을 길고 지루하게 느꼈다.

러닝셔츠에 반바지 차림으로 면도한 얼굴에 하옥의 로션을 문지른 경수는 신문을 집어 들고 소파 팔걸이에 머리를 놓으며 길게 누웠다. 그의 발이 하옥의 무릎에 와서 무겁게 놓였다. 못 들은 척 하옥은 수건으로 머리의 물기를 털어냈다. 물방울이 경수가 집어 들고 있는 신문에 튀자 그가 커튼처럼 얼굴을 가렸던 신문을 내렸다.

"배고파. 벌써 열 시 반이야."

이거 봐요. 나를 밥이나 하고 데리고 잠이나 자는 여자로서만 만나려 말아요. 하옥은 쌀을 씻어 밥솥에 안치고 고추장 양념을 한 동태를 오븐에 넣었다.

경수가 창턱에 세워놓은 동그란 거울에 흰 벽이 비쳐 떠 있었다. 까만 옻칠을 입힌 쌍으로 된 그 거울은 영준이 준 것이었다. 여행길에 절에서 샀다고 했다. 열여덟 살이었던 하옥은 길에서 영준이 건네주는 저 거울을 책가방에 집어넣고, 영준의 친구들이 모인 다방으로 갔다. 어둡고 음악이 요란했다. 그즈음 그들은 잘 싸우고 만나다 말다 하고 있었다. '길원이는 너 같은 애가 소원인 거라.' 술에 취한 영준은 그날 그렇게 말하더니 종내에는 하옥과 길원만 남겨두고 어디론가 가버렸다. 미국에 오기까지 하옥은 영준과 길원의 아이를 합해서 세 번

유산시켰다. 요즘도 영준은 잔인한 웃음을 띠고 가끔씩 하옥의 꿈에 보였다. 안타까운 마음을 느끼다가 하옥은 깨곤 했다.

경수의 뜻에 따라 그들은 동태와 된장국으로 아침밥을 먹고 경수는 낮잠 자러 침대에 들어가고 하옥은 기계 앞에 앉아 편물을 했다.

아무도 나를 모르는 먼 나라에 가서 살고 있으면 전혀 다른 사람이 될 수 있지 않을까, 하옥은 그렇게 생각하면서 미국에 왔다. 하옥을 불러준 이모는 뉴욕 근교에 살고 있었다. 가지고 있는 공장 일이 바빠 이모와 이모부는 이른 아침 집을 나서서 저녁 늦게야 돌아왔다. 하옥은 사촌동생이라는 유대감도 없이 두 명의 어린 여자아이를 의무적으로 돌보며 지냈다.

한국말을 모르는 여자애들은 하옥이 하는 말을 못 알아듣겠다고 불평을 하고, 이모가 시키는 대로 하옥이 『백설공주』라든가 『로엔그린』, 『하늘의 궁성』 같은 동화책을 읽어줄라치면 무슨 소린지 모르겠다고 제 엄마에게 영어로 고자질했다. 여자애들은 매일 옷장을 뒤져내어 봄·여름·가을·겨울의 저희 옷, 엄마 옷을 입어보고 머리에 써보고 화장품을 바르고, 종이에는 공주님을 그려달라고 하옥을 졸라댔다. 여자애들이 원하는 공주님이란 허리가 가늘고 머리는 길고, 왕관과 목걸이는 반짝이는 보석으로 만들어졌다. 그런 그림만 그리며 지낸 시절이 자신에게도 있었으므로 하옥은 향수를 느끼며 긴 속눈썹이 위로 예쁘게 추어올려지고 입술이 조그만 공주를 그려보기도 했다. "내 건 미운데 미화 건 이뻐." 두 장의 그림을 똑같이 그릴 수 없는 하옥은 여자애들이 자기가 그려준 공주 그림을 가지고 서로 할퀴고 싸우는 모습을 지긋지긋이 구경했다.

서울에서 듣기로 이모는 사업에 기반이 잡혀 집을 사고 잘살고 있다고 했으나 와본즉 집만 덩그렇지 주부가 비우는 집이라 뜰에는 잡초가 자라고 집 안은 난리가 쳐나간 것 같았다. 어느 물건이든 제자리에 없고, 집 안에서 어디를 걸어가든 장난감을 밟아야 했으며, 여자애들이 스테레오고 라디오고 고장을 내놓아서 텔레비전 외에는 소리 나는 것이 없었다. 커튼도 애들이 매달리고 그 속에 들어가 놀고 해서 기울어지거나 틀어져 있었다.

추운 겨울은 집 안에서만 지내야 하기 때문에 하옥에게는 더욱 어려운 계절이었다. 따뜻한 봄볕에 해풍이 실려 와 꽃의 눈을 틔우면 하옥은 성급히 여자애들에게 코트를 입혀 뜰에 나와 하루 종일을 지냈다. 밤에 아이들이 콧물을 흘리고 기침을 하는 것이 쑤셔댄 옷장을 정리하는 것보다 나았다. 아이들이 넘어져 울거나 서로 싸워도 상관하지 않고 하옥은 조그만 야외 의자에 앉아 있었다. 더 넓은 세계로, 미지의 세계로 새가 날듯 떠나본다던 자신이 이제 황막하고 쓸쓸한 무인도에 내려 어찌할 바를 모르고 있었다. 하늘의 기사 로엔그린은 아름다운 엘자의 꿈에 나타나 지금은 때가 아니오, 언젠가 꿈이 차면 당신에게로 가리다 하고 말했다. 내가 더 예쁘고, 더 좋은 성품을 갖추고, 더 외로워지면─그래서 엘자처럼 지내고 있으면 내게도 로엔그린이 올까. 내가 늙어 쇠잔해진 다음, 지금의 나를 그리워할 수가 있을까. 이 지루하고 막막한 시절을 단지 젊다는 이유로 훗날 행복하게 돌이킨다면 나는 절대로 그런 나를 용서할 수가 없어.

꽃망울이 확 터지고 나뭇잎이 연초록빛 새 잎사귀를 어느새인가 펼치면 하옥은 아이들을 데리고 바다에 갔다. 이십 분쯤 걸어가면 인근 주민을 위한 작고 조용한 해변의 공원이 있었다. 해풍이 센 그곳에

는 여러 가지 색을 칠한 시소도 있고 그네도 있고 범선의 모양을 흉내
낸 철봉도 있었다. 하옥이 경수를 처음 본 것도 해변으로 가는 길에
서였다. 뜨거운 날 수영복을 입은 여자아이들을 줄을 세워 하옥이 장
난감 물통과 타월 같은 것을 들고 걸어갈 때 어느 집의 들판같이 넓은
잔디밭에 한가히 나와 섰는 한국 청년이 있었다.

"실례지만 한국분이십니까?"

경수는 그렇게 하옥에게 말을 걸었다. 그는 하옥과 비슷한 때에 이
곳에 온 사람으로 미국인의 별장을 관리해주고 있었다. 하옥이 살고
있는 집보다 열 배나 큰 집은 그러니까 별장인 셈이었다. 별장 주인의
것이라는 자동차를 타고 경수는 서머스쿨에도 나가고 한번은 길에서
마주친 하옥과 여자애들을 태워 해변에 데려다 주기도 했다.

"밤에는 무서워요. 실내 풀장도 무섭고. 큰 집 안에 혼자 있는 게 안
무서울 수가 없군요."

"뭐가 무서워요? 귀신? 강도?"

"다 무서워요. 괜히 무서워요. 밤에는 샤워도 못하고 쫓기듯 지
내다 해가 뜨면 다 잊어버리고 밤이 되면 또 무서워지고. 미스 신은
미국이 좋습니까? (경수는 쓴웃음을 짓곤) 미스 신은 다르겠죠. 이모님
댁에서 저렇게 귀여운 동생들이랑 살고 있으니."

"그런데 왜 돌아가지 않으세요?"

하옥은 자신에게 묻듯 작게 속삭였다.

"창피해서 못 가요. 생각해보세요. 어떻게 지금 갈 수가 있습니
까?"

꿈이 다 차는 날, 로엔그린이 오는 날. 하옥은 소리쳐 울고 싶었다.
바다는 된소나기라도 만난 듯 부신 햇볕에 멀리 은빛 띠같이 누워 부

서지고 있었다.

"나는 말만 좀 알아도 나을 것 같아요. 경수 씨는 학교를 다니신다니 영어를 잘하실 것 아녜요."

"뭘, 마찬가지죠."

"물건 하나 바로 못 사고. 꼭 감옥 사는 것 같아요."

말만 알아도 어디 도시에 일자리를 얻어 이 집을 나가련만. 영어 회화 책을-시시해 보이나 막상 하자면 못하는 말들을-외려고 들여다볼 때면 그 막막함이 자신의 미래인 것같이 하옥은 느꼈다.

이 사람은 미스터 스미스입니다.

당신은 미스터 앨리슨입니까?

나는 콜라가 마시고 싶어요.

콜라 말고 뭐 다른 것 필요하세요?

아니요, 그거면 돼요.

뭐가 그거면 되는가. 하옥은 입술을 비쭉하고 책을 집어던졌다.

어느 날 하옥은 바닷가 공원에서 아름다운 서양 남자를 보았다. 그는 감색 티셔츠에 베이지색 바지를 입고 긴 다리로 서서 바다를 보고 서 있었다. 모래빛 머리카락은 바람에 날리고 갈매기가 그의 머리와 어깨에 날개를 접고 내려앉았다. 갈매기는 긴 항해의 고달픔을 달래듯 믿음직한 그의 어깨에서 움직이지 않았다. 하옥은 모래밭에 앉아 황혼에 동상인 듯 서 있는 그의 모습을 바라보았다.

"어마, 쟤는 참 착한 아이인가 봐."

잠자리가 날아와 가르마 한가운데 앉은 동무를 보고 선생님이 말했다. 초등학교 운동장에서였다. 하옥은 그 말을 듣는 동무가 부러웠다.

아이들을 씻기고 옷을 입혀 재운 후 혼자 있는 늦은 밤 시간 같은 때 하옥은 가끔 해변의 남자를 생각했다. 바람에 덜컹거리는 유리창 너머 그 남자는 숙명적인 항로의 선장인 양 어둠을 지키고 서서 하옥에게 고개를 돌리고 내 이름은 로엔그린, 지금은 때가 아니오. 언젠가 당신의 시련, 당신의 꿈이 차면 당신에게로 가리라, 당신을 위로하리라.

태풍 때문에 며칠 동안 해변에 가지 못한 하옥은 경수가 서 있던 별장에서 까만 피부의 낯선 청년을 보았다. 하옥은 곧 경수가 어디론가 떠났음을 깨달았다. 그는 창피를 무릅쓰고 한국으로 돌아갔을까. 아니면 꿈이 차서 적적하고 무서운 이곳을 떠나 위안과 평안이 있는 곳으로 갔을까. 태풍으로 해변은 해초가 널리고 더럽혀져 있었다.

경수도 가버리고 해변의 남자도 다시 만나는 일이 없이 하옥은 청소와 빨래, 음식 같은 집안일을 마지못해 해나갔다. 지루하고 갇힌 생활이었다. 깨어서부터 잘 때까지 아이들의 끊임없는 요구가 하옥을 화나게 하고 집안일이 하옥을 지치게 했다.

"너는 애가 이렇게 다치도록 뭘 하고 있었니? 원, 생판 남이라도 일으켜 약을 발라줬겠다."

몇 시간이 지나 피가 굳어버린 아이의 무릎 상처에 약을 바르고 반창고를 붙이며 이모는 화를 냈다. 하옥의 간청도 있었지만, 부족한 집안 일손을 도와줄 수도 있겠다고 하옥을 데려온 것을 후회하는 순간이었다. 쥐똥 주워 먹은 듯한 얼굴로 하옥은 밤의 창을 응시하며, "이모, 나는 걔들 나이가 아니야. 내가 어떻게 걔들하고만 놀면서 만족할 수 있겠어요?" 속으로 외쳤다.

가을이 깊어질 때 하옥은 뉴욕 시내로 방을 얻어 나와 편물 가게에

서 일하며 살아갔다. 이모집을 나와 맨해튼 거리를 걷던 때의 해방감
은 일 년을 지나는 사이에 사라지고 첫눈 내리는 어느 날 하옥은 핏기
없는 작은 몸을 쪽빛 외투로 싸고 지하철에 앉아 있었다.

가끔씩 빈혈로 어지러우면 하옥은 늪에 빠진 듯 절망했다. 감기가
온다든가 머리가 아프다든가 피곤이 밀려오면 하옥은 다시 낫는다는
생각보다 지금 나는 죽을병에 걸려 있는지 모른다고만 생각했다. 남
들이 피는 꽃이라고 말하는 스물넷. 인생이 기쁨 없이, 덧없이 흐르는
것에 하옥은 초조했다. 백화점에서 산 빨간 꽃이 피는 화초는 하옥이
물을 너무 많이 주어 죽어버렸다.

첫눈 내리던 날의 지하철에서 하옥은 경수와 일 년 반 만에 재회를
했다. 그는 창피를 무릅쓰고 고국으로 돌아간 것이 아니었으며 꿈이
이루어진 생활을 하고 있는 것 같지도 않았다. 경수는 답답하게 목까
지 단추를 잠근 반코트를 입고 의자에 기대어 졸고 있었다. 내려 감기
는 눈을 어찌할 도리가 없는지 경수는 수양버들 가지처럼 고개를 흔
들거리다가 번쩍 눈을 뜨고 그러다가 다시 스르륵 눈을 감았다.

하옥은 자리에서 일어나 경수에게 가서 그의 발을 밟았다.

"아, 이게 누군가. 얼마 만인가요. 일 년? 그보다도 더 되나?"

졸던 것이 부끄러운 듯 눈을 번쩍 뜨고, 경수가 소리쳤다.

"어디 사세요?"

두 사람은 거의 동시에 말했다. 그들은 서로의 전화번호를 적었다.

"나는 룸메이트랑 같이 있어요. 한국 사람 셋이 한방에서 살아요."

경수가 말했다.

집에 돌아온 하옥은 가로등 불빛을 받아 어두운 밤 속으로 소리 없
이 지는 굵은 눈송이를 지켜보며 걷잡을 수 없이 마음이 설렜다.

눈은 다음 날 열 시경에 그쳤다. 제설차가 차도의 눈을 인도 쪽으로 밀어붙여 눈 더미는 주차되어 있는 자동차 높이까지 덮었다. 하옥은 미끄러운 빙판길을 걸어서 한국 식료품 가게에서 고추 장아찌 한 병, 어리굴젓 한 병, 생선 한 마리를 샀다. 그사이에 경수는 하옥의 집을 찾았다. 경수는 초인종을 몇 번이나 울려보다가 응답 없음에 실연당한 듯 허전한 심경으로 발길을 돌리며 젊은 처녀가 토요일 날 집에 있을 리 없다고 전화도 없이 왔던 것을 어리석게 여겼다.

하옥은 복도를 꺾어 돌며 아파트 현관문 손잡이에 무엇이 매달려 있는 것을 보았다. 흰 종이에 싸인 것이 넥타이로 비끄러매어져 있었다. 음식점에서 산 것이 분명한 초밥이었다. 식료품 봉투를 내려놓고 빨간 바탕에 잿빛 사선이 간 넥타이를 풀어내며 하옥은 눈물이 나도록 웃었다. 그가 왔어. 그가 왔었어.

경수는 곧 전화를 받았다.

"지금 어디 계십니까? 집이십니까?"

"네."

한 시간도 못 되어 경수는 장화를 신고 코끝이 빨갛게 되어 왔다. 문 입구에 벗어놓은 장화는 문간을 적셨다.

"아파트가 아늑합니다. 가정집 같습니다."

경수는 사방을 두리번 살피며 새삼 겸연쩍어 했다. 경수가 오기까지 하옥은 광풍에 소나기가 몰아치듯 욕실과 마룻바닥을 걸레질하고 새 타월을 욕실에 걸고 침대를 정돈하고 부엌 스토브를 닦았다.

하옥이 끓인 된장국에 그들은 초밥을 먹었다. 바지 자락이 젖어 경수는 스팀 위에 책을 놓고 뻗은 다리를 올려놓고 앉았다. 바지 자락에서 더운 김이 오르고 창밖에 다시 눈이 소리 없이 내렸다.

"요새도 학교에 나가세요?"

"아니요. 우선 학비나 벌어놓고."

그러다가 경수는 쓸쓸히

"먹고사는 일이 왜 이리 복잡하고 힘드는지."

"그래요, 왜 사는가 모르겠어요."

"매력적인 젊은 처녀도 그런 말을 합니까?"

전등불을 뒤로 받고 앉은 하옥의 가는 실루엣을 바라보며 경수는 다시 살아난 듯 흥분되고 내부에 혼란이 일었다.

"나는 말예요, 하나도 안 젊어요."

"영주권이 있을 텐데 왜 그런 소릴 하십니까?"

웃을 수 없는 여운이 있어 하옥은

"아직 영주권이 없으세요?"

"네, 없어요. 한국에서는 조국 떠나서 뭐하러 영주권 탄다고 저 야단일까 싶었는데 와보니 그게 아니더군요."

"있어도 누가 보잔 말 안 하는데요."

"영주권이 없으면 일을 못하지 않아요. 그 약점을 가지고 사람을 인간 취급 안 하는 비인도적인 동포들이 있단 말입니다. 남보다 먼저 법적으로 안정이 되었다 해서 그렇게 날뛰는 그것들이야말로 인간도 아니죠. 영주권이고 뭐고 다 집어치우고 한국 가고 싶은 생각이 못견디게 나지요. 그러다가도 가로막는 건 가족들 얼굴이에요. 특히 동생이 미국에 굉장히 오고 싶어 해요. 그런 나이니까요."

경수는 한국인의 목공소에서 매일 최저임금으로 잡일을 보고 있다고 말했다.

"먹고살 일이 막연해서 다른 직업을 얻어보려 하면 이민국에 고발

해서 쫓아버린다고 그래요."

"어마, 참 운이 나쁘세요. 그런 일에 적극 힘써주는 사람도 많은데, 그럼 어떻게 생활하세요."

"저녁에도 일하고 주말에도 닥치는 대로 일해요."

그들은 각자 자신을 순수하고 정직하고 사랑받을 수 있는 인간인데 이제까지 그렇지 못했던 듯 느꼈다.

두어 시간 머물다 경수는 돌아갔다. 밤 열 시가 되어 있었다. 불이 환히 켜진 버스를 타고 떠나는 경수를 하옥은 창가에서 내려다보았다. 감정이 함께 나는 그들은 이미 여로의 동반자였다.

다음 주말 그들은 맨해튼의 센트럴파크를 거닐고 한국 식당에서 저녁을 먹었다. 초밥을 묶었던 넥타이를 하옥은 다림질해 돌려주었다.

"뭐하러 줘요? 허리띠로라도 쓰지."

하다가 경수는 길거리에 서 있는 창녀들을 보고

"쟤들은 영주권도 있고 시민권도 있을 텐데 뭐하러 저러고 섰나."

그날 경수는 하옥을 아파트 앞까지 데려다 주고 돌아갔지만 그다음 날인 일요일 날 만나서는 함께 잠들었다. 아침에 경수가 처음으로 하옥의 손거울에 대고 면도를 하는 동안 하옥은 경수와 자신의 점심으로 두 개의 샌드위치를 만들었다. 같이 있는 것이 무척 즐거워서 두 사람이 앞으로 같이 지내는 데 아무런 문제도 없는 듯했다. 점심 봉투를 하나씩 나누어 들고 경수는 목공소로, 하옥은 편물 가게로 나란히 향했다. 그날로부터 일 년여가 흐르고 있었다. 하옥은 편물 손을 계속 움직였다. 눈 내리는 겨울이 지나고 비가 많은 봄철이었다. 하옥과의 결혼으로 경수는 영주권이 해결되고 하옥은 공장을 그만두고 집에서 물건을 만들어 몇 군데 가게에 내고 있었다.

스지 엄마의 가게는 렉싱턴 가에 있었다. 가게는 크지 않지만 내부 인테리어가 고급스럽고 장사가 잘되는 듯 하옥이 물건을 가져가면 위탁판매로 하지 않고 돈을 먼저 주었다.

"얼굴이 더 야위었어. 보약이라도 먹어보지그래."

눈꺼풀에 번쩍이는 아이섀도를 바르고 짙은 자줏빛 입술로 화려히 웃으며 스지 엄마가 말했다.

"잠을 통 못 자요."

손님이 있어서 하옥은 카운터 뒤 둥그런 의자에 앉아 있었다. 여자 손님이 고른 티셔츠를 익숙한 솜씨로 포장하며

"지난 주말은 굉장히 요상한 데 갔었지. 사방에 거울이고 욕조는 하트 모양이고 핑크 무드가 굉장하더군."

한국말을 알아듣는 사람이 없기 때문에 음성을 낮추지 않고 스지 엄마는 말했다.

"어디, 시내에?"

"응. 댕큐(Thank you). 해브 어 나이스 데이(Have a nice day)."

물건을 가지고 손님은 가버렸다.

"요상한 영화도 보여주고."

스지 엄마는 가게 앞을 지나다니는 미국인 전기회사 사원과 연애하고 있었다.

"그런데 제프 말이 와이프가 무슨 눈치를 챈 것 같더라고 그래. 아까 아침에 잠깐 들렀는데 와이프가 차이니즈 식당에서 전화가 왔었다고 그러더래. 차이니즈 식당은 아는 데도 없고 그런 데서 전화 올 리도 없는데 뭘 떠보려고 그러는 것 같다고. 아마 어디서 나를 보고 중국 식당 여급으로 알았나 봐. 와이프 사진 보니까 무섭게 생겼던데."

그러나 별로 걱정스럽지 않은 듯했다. 한국에 파견되었던 군무원과 결혼해 미국에 온 스지 엄마는 남편과 헤어져 어린 스지를 데리고 혼자 살고 있었다.

핑크 무드 넘치는 호텔에서 스지 엄마는 생애 최초로 육체의 극치감을 경험했다고 말했다.

"굉장한 경험이었어. 내 몸속에 그런 숨은 화산이 있는 줄 몰랐지. 오르가슴을 가장하느라 예쁘게 신음하던 일이 정말 가소로워. 그럴 여유가 어딨어. 있는 대로 얼굴을 찡그리고 땀이 전신에 내돋고 이건 참을 수 없는 폭발이야."

"어머, 부러워라. 나는 방향감각이 없나 봐요. 여기가 싫어서 저기를 뚫고 나가면 또 답답하고, 거기서 또 다른 문을 나가도 내 성에 안 차요."

"요기를 좀 펴고."

웃으며 스지 엄마는 하옥의 미간을 손으로 펴놓았다.

"좋은 일이 있으면 저절로 펴질 텐데요. 내가 더 매력 있고 아름다우면 인생이 달라질지."

"나도 이혼하게 되었을 때는 정말 세상 끝인 줄 알았었지. 그런데 지금은 오히려 누에고치 같은 가정 속에서 뛰어나오면 여자로서 자기충실과 행복을 찾을 일이 많다고 생각하게 되었으니 많이 변했지."

이건 참을 수 없는 폭발이야. 스지 엄마의 말을 생각하고 하옥은 밤이면 초조한 환상 속에서 지냈다. 모든 것을 잊을 환희의 폭발, 그런 것이 인생에 있다지 않는가. 한두 번 있는 것이 아니라 매일매일…… 수백, 수천, 수만 번도 있을 수 있지.

하옥은 누군가를 만나는 꿈을 항상 꾸었다. 열다섯부터 아니 열 살부터, 아니 다섯 살부터, 아니 두 살부터, 아니 나서부터? 대상을 세워놓았다가 싫증 나면 다른 대상으로 바꾸고 밤이면 공상했다. 요즈음도 경수에 앞서 그 가상의 인물 때문에 하옥은 일찍 자리에 들기도 했다. 그렇지만 정말 누가 자신을 원할지 하옥은 확신이 없었다. 아침이면 지치고, 화나고, 초조해가지고 일어나서 여러 현명한 사람들이 살면서 남긴 말들—이를테면 행복은 아무 데도 없고 잡으면 신기루처럼 꺼져버리는 것이다라든가, 남의 집의 풀밭이 더 푸르게 보인다, 인생에는 오로지 잔재미만 있는 것이다, 빈손으로 왔다가 빈손으로 가는 외로운 인생길 같은 말들—을 생각하고 마음을 진정하고 편물 디자인 같은 것을 해보곤 했다.

어느 날인가 스지 엄마의 가게에서 남자 손님 하나가 넥타이를 사며 좋다고 칭찬한 일이 있었다. 스지 엄마가 옆에 있는 하옥이 만든 물건이라고 말하자, 그 남자는 호기심을 보이며 자기는 다른 도시의 세일즈맨으로 가끔 뉴욕에 오는데 그때마다 하옥을 만나고 싶다고 했다. 농담처럼 듣고 웃고 말았지만 그때 하옥은 그가 진심이기를 바랐다. 제발 내게 좀 무슨 일이든 일어나라. 경수와 침묵의 밥을 먹는 외에, 빨래와 설거지와 돈벌이 외에, 백점 받는 아이들을 가진 이웃 여자들과 잡담하는 외에.

서울에서 우편물이 와 있으니 가져가고 그 집에 남겨둔 하옥의 소지품들도 가져가라는 이모의 전화가 있었다. 누구에게서 온 것인가 우편물은 궁금했지만 소지품이라는 그 헌것들은 삼 년이 되도록 버리지 않고 가져가라 성화 대는 이모가 하옥은 짜증스러웠다.

이모의 집을 나올 때 하옥과 이모는 다시 보지 않을 듯 좋지 않은 감정이었다. 경수와 사는 하옥의 아파트도 이모는 찾은 일이 없었다.

그것은 또한 하옥이 원하는 바이기도 했다.

그러던 이모가 꽤 느긋한 목소리로 말했다.

"미화 생일이고 그러니 오랜만에 와서 하룻밤 자고 가라."

우편물은 뜻밖에도 영준에게서 온 것이었다. 제3종 우편물이라고 쓰인 봉투 속에는 태권도를 하는 눈이 큰 소년을 그린 만화책 한 권이 들어 있었다. 후루룩 넘겨보는 책갈피에도 편지 한 장 없고 책 표지 한 귀퉁이에 "여기 요새 유행하는 말 다 있다. 광화문서 삼, 영준." 하고 볼펜으로 쓰여 있었다. 눈에 띄어 사가지고 근처 우체국에 가서 훌쩍 부쳤는가, 하옥은 영준이 한 일에 웃음이 났다. 그도 나와 동갑이니 스물다섯이 됐겠다. 학교를 안 빼먹었으면 지금은 졸업을 했겠지. 그러면 군대에 갔을까. 어머니와 와이프 사이에 있는, 남자만의 방학이라는 군인 생활을 하고 있을까. 아, 여기 뭐라고 써 있다. 하옥은 표지 뒤에 써 있는 잔글씨를 읽었다.

'나 좀 어떻게 미국 갈 수 없겠니, 가게만 해주면 신세 하나 안 진다. 은혜는 단단히 갚을게.'

영준의 아이를 유산시키던 병원 창 너머로 보이던 하늘은 음산하게 흐려 있었다. 어느 병실에선가 듣기도 무섭던 산모의 비명이 들렸다. 세 번 인공유산을 한 후 하옥은 낯도 모르는 이모에게, 영준이 하옥에게 했듯 편지를 썼다. 가게만 해주면 폐를 안 끼치겠다고. 하옥이 과거를 생각하면 원하던 일은 언제고 이루어졌다. 좀 늦게, 지쳐 있을 때쯤 해서. 그리고 이루어진 기쁨은 상상했던 것보다 작았다.

아, 한결같이 지루한 날들이여. 하옥은 밤에 이모의 여자애들 곁에 누워 눈을 뜨고 있었다. 바람이 바다를 건너와 세게 불었다. 외부로부

터 오는 기쁨은 운으로 치더라도, 같은 여자의 몸을 가지고 참을 수
없는 폭발이라는 동물적인 기쁨 정도는 느껴야 하지 않을까. 세 번의
인공유산을 거쳐 현재에 이르기까지 하옥은 자기의 육체가 하수구처
럼 사용되었다고 느꼈다. 경수는 늘 내게 골을 내고 있다. 내가 좀 더
돈을 벌지 않는 것에 대해, 음식 만들기를 싫어하는 것에 대해, 시중
을 잘 들어주지 않는 것에 대해, 불면증 호소에 대해, 피곤하다고 늘
상 말하는 것에 대해, 잘 웃지 않는 것에 대해, 공부를 계속하지 못하
는 자신의 경제적 처지에 대해. 그가 없는 생활이 그와 함께 지내는
생활보다 나쁠 게 없다는 결론에 하옥은 도달했다.

　잠깐 잠이 들었는가. 눈을 뜨니 창이 밝아오고 새가 시끄럽게 우짖
고 있었다. 부엌에서 인기척이 났다. 옷을 입고 내려간 하옥에게 일찍
일어났구나, 이모가 말했다.

　찻물을 올려놓고 채 밝지 않은 식탁에 앉아 이모는 나이트캡을 쓰
고 콜드크림 마사지를 했다.

　"바람이 굉장했지요? 무서웠어."

　"어디 보자, 아주 예뻐졌어. 살림이 깨가 쏟아지나 보지."

　"어디가. 누군 너무 말랐다고 보약 먹어보라던데요."

　"서로 좋아서 결혼한 사람들인데 재밌겠지. 난 말이다, 이 년 전까
지만 해도 항상 떠날 준비를 했었다."

　"어디로?"

　"하여튼 이 집을 나가 사는 것. 옷 한 가지를 사도 이걸 혼자 살 때
입을 수 있을까 생각하며 샀다."

　그랬나. 하옥은 새삼스레 이모를 보았다. 그런데 왜 안 나갔나, 여
자가 신 나게 사는 것 구경 좀 했으면. 그런데 누에고치에서 나와 여

자가 찾는 행복은? 돈 벌고 마음대로 다니고 그러는 것? 스지 엄마처럼 오르가즘을 느끼는 것? 그런 정도?

"너도 발라."

이모는 콜드크림을 하옥 앞으로 밀어놓았다.

"어떤 프랑스 여자가 말했다더라, 여자는 숙명적으로 부정하다고. 남자 중심의 이 사회에서 여자는 속임수와 부정에 의해서만 아무에게도 안 속고 자유롭다고."

"그럼, 이모는 애인이 있어요?"

"내 꼴을 봐라. 바빠 죽겠는데 무슨 애인이……."

─왜 전에는 내게 그런 얘기를 안 했어? 이모가 그런 소리를 한 번만 했어도 나는 아이들을 잘 돌보고 집 안도 좀 치웠을 텐데. 치마를 두른 듯 반만 커튼을 친 부엌 창 너머로 한 사내가 홀연 뜰을 걸어 들어오는 것이 보였다. 넓은 어깨, 모래빛 머리털, 긴 다리. 옷은 다르게 입었지만 그는 하옥이 한때 로엔그린이라 생각했던 해변의 사내였다. 사내는 개집에서 개를 끌어내어 아침 안개 서린 뜰을 도로 걸어 나갔다. 소리도 없이 짤막한 무성영화 같았다.

"이모, 저 사람은 누구?"

자기의 눈을 믿지 못하며 하옥은 싱크대 위로 몸을 굽히고 부엌 창문에 얼굴을 바싹 대고 내다보았다.

"응, 개를 산책시킨다. 이모부도 나도 바빠서 그럴 틈이 있어야지. 든든해서 개를 키우기는 하는데. 개가 있으니까 집을 비워도 든든해. 개가 그렇게 저 사람을 따르는구나."

"가까이 살아요?"

"요 윗동네에."

"결혼했어요?"

"그럼, 아이가 몇인데."

저 남자를 밤이면 생각했던 자신이 하옥은 지독히 우습게 생각되었다. 꿈이 차면 나타나겠다던 로엔그린 기사처럼 뜻밖에도 이모네 집 개를 보는 일로 그는 가까이에 왔건만 그가 하옥을 알 리 없고 하옥 또한 그러한 그를 원하는 것은 아니었다. 하옥이 원하는 바는 이와 같이 이루어지기는 하되 늦게 오거나 충만하지가 않았다.

두 여자는 밝아오는 뜰을 바라보며 커피를 마셨다. 이미 하옥은 개 보는 사나이를 잊고 있었다. 아무 데나 쉽게 꿈을 걸고 그 대신 무섭게 후퇴하여 단념할 줄도 알고 있었다.

아침 설거지를 끝내고 하옥은 뉴욕으로 돌아오는 기차를 탔다. 기차에 오르기 전 이모가 쥐어준 자기의 소지품과 어젯밤에 다 읽은 영준의 만화책을 하옥은 쓰레기통에 버렸다.

기차간에서 처음으로 하옥은 자신이 임신하고 있는지도 모른다고 생각했다. 생리가 예정일을 약간 넘겼으나 좀 늦을 수도 있다고 생각했는데 정말 문득 그 가능성을 깨달았다. 만일 임신이라면 – 아이가 이 세상에 나와서 아직 시작도 안 된 인생 계획을 산산이 부수고 어찌해야 좋을지 모를 상황으로 자기를 몰아넣을 것이 두려웠다. 하옥은 별로 심각하게 생각하지 않으려 창밖으로 시선을 돌렸다. 바람 이는 나뭇잎마다 햇살이 튀는 첫여름의 싱그러운 날씨가 차창 뒤로 재빨리 흐르고 있었다.

저녁 식탁에서 경수는 계란 부침의 흰자위만을 긁어 먹었다. 그는 몸에 나쁘다는 것은 되도록이면 먹지 않는다. 동그란 섬같이 남겨진

네 개의 노른자위를 하옥은 골이 나서 떠먹었다. 쌓여라, 쌓여라, 콜레스테롤인가 뭔가, 내 혈관을 막아라.

　말 없는 식사 후 목욕을 하고 목욕 파우더를 탁탁탁 몸에다 바르고 있는 경수에게 하옥은

　"나는 늙는 것이 두렵고 죽는 게 무서워요."

　농담으로 알아듣고 경수는

　"누구는? 젊은 여자가 그런 소리 하면 벌 받아."

　"정말이에요. 내겐 펄펄 뛰게 좋은 일이 한 번도 없었어요."

　움직이던 손을 멈추고 경수는 하옥을 바라보았다. 얼룩얼룩 뿌연 분이 묻은 몸에 번듯이 드러난 어른의 고추가 우스꽝스러웠다.

　"우린 떨어져 있는 게 나아요. 어젯밤 내내 생각했어. 날 미워하지? 난 잘 알고 있어요."

　갑자기 경수가 쥐었던 타월을 하옥의 얼굴을 향해 세게 던졌다.

　"옛 이년아, 니가 뭘 알아?"

　축축히 젖은 타월은 꽤 아프게 하옥의 눈 근처에 와서 맞았다.

　"난 무슨 소린가 했지. 그런 말을 그렇게 때도 없이 불쑥 해? 에잇, 너란 애는 이상하게 조숙하고 신경을 건드려."

　"어렸을 때 집안 아저씨가 날 보고 열 살만 되면 야단날 애라고 했어요. 그런데 뭐야? 열 살의 두 곱이 넘어도 뭐 좋은 일 하나 없었어."

　큰 소리로 그들은 다투기 시작했다. 그동안 쌓였던 여러 가지 감정들이 터져 나왔다. 사과밭에 놀러 가서 더 무거운 바구니를 하옥에게 들게 했던 경수에 대한 결혼 초의 섭섭함에서 너는 치약을 왜 위로부터 짜느냐 일부러 그러느냐는 등, 모든 게 논쟁거리가 되었다. 서로를 괴물같이 느꼈다.

"네 모든 불행의 원인은 그래, 나란 말이지. 네년 눈에 보이는 나를 생각하면 치가 떨린다. 그래, 그럼 너는 어떤 애냐? 뭐 잘하는 게 하나나 있어? 제 남편 하나 데리고 잘 줄도 모르면서."

경수는 트렁크에 소지품을 되는대로 쑤셔 넣기 시작했다. 화가 안 풀리는 듯 짐 싸던 손을 멈추고 달려들어 하옥을 몇 번씩 쥐어박았다. 옷가지들이 미어져 나온 트렁크를 들고 경수는 떠나고 하옥은 혼자가 되었다. 하옥은 스지 엄마의 가게에 정식 점원으로 일자리를 얻었다.

이제는 생리가 기다릴 필요도 없이 늦어져서 언제나 임신하면 다가왔던 무섭고 잔인한 감정이 하옥을 또 짓누르기 시작했다. 세 번째 인공유산 때 의사는 하옥이 빈혈이 심해서 유산이 위험하다고 말했었다. 그때보다 형편없이 어지럽고 약해진 자신을 느끼고 있기에 이번 임신이 하옥은 죽을 듯 겁이 났다.

잠들 무렵이나 새벽이면 경수가 그리웠다. 원했던 바였지만, 그러나 경수가 전화 한 통 없는 것이 괘씸해 하옥은 그가 지금 온다면 문에서 확 떠다 밀어버리리라 마음먹는 순간도 있었다. 반면 이렇게 영원히 헤어져버리고 싶다는 생각도 강했다.

잠이 드는 순간만이 평화이고 눈만 뜨면 임신이라는 차가운 현실이었다. 경수도 없고 인생의 기쁨을 찾아볼까 하는 이때 옴짝달싹도 할 수 없는 덫에 갇힌 기분이었다.

대부분의 여자들에게는 임신이란 축복받는 경이의 경험이건만 나에게는 왜 잔인하게 공포로만 올까.

서울에서의 세 번의 임신 때, 하옥은 하루하루 늦어지는 생리를 초조히 기다리며 일상생활을 했다. 학교에 나가고 친구들을 만났다. 그러는 동안 얼음 같은 차가움이 온몸을 떨게 하고 살아 있는 신경에 망치질하듯 악마는 끊임없이 하옥의 귓가에 붙어서 "너는 임신이다." 하고 지껄였다.

이제 하옥은 세상의 눈이 두려운 것보다, 골치만 아파도 나는 죽을 병에 걸려 있는지 모른다고 절망했듯 임신도 그저 죽으려고 그 길에 들어선 것 같기만 했다. 피임 기구를 잘못 쓴 경수에게도 하옥은 단단히 속은 것 같았다.

하옥은 앞서 세 번의 임신 때와 마찬가지로 몸을 학대하기 시작했다. 오슬오슬 한기를 느끼며 하루 종일 걸어 다니고 층계를 두 계단씩 뛰어 오르내리고 뜨거운 목욕을 하고 수영을 하고 꽤 높은 담에서 팔을 벌리고 뛰어내려도 보았다. 임산부로서 하지 말라는 일은 거의 다 해보았다. 먹지도 않고 지칠 때까지 하옥은 움직였다. 자궁에 든 생명과 생사를 건 싸움을 또 시작했다.

황혼에 가게에서 아파트로 돌아와 문을 열면 모든 것은 나갔던 때 그대로 있었다. 전등을 켜고 메스꺼운 속을 과일 주스나 고추장으로 달래며 임신한 독신녀의 자유 속에서 하옥은 망연히 창밖을 바라보았다. 잠자리도 날아들지 않고 꽃도 피지 않는 황폐한 영토였다.

어떠한 자유와 행복이 앞날에 기다리고 있다고 해도, 그것을 찾는 모험을 포기하고 하옥은 경수에게 다시 시작해보자고 애걸할 생각까지 했다. 가게가 한가할 때 하옥은 경수에게 전화를 걸었다. 경수는 자리에 없었다. 수화기를 놓으며 오히려 잘됐다고 하옥은 생각했다. 그러나 그 생각도 두어 시간 후에는 사라져 하옥은 근처 문방구에서 엽서를 사서 만나고 싶다고 경수에게 편지를 썼다. 그 엽서는 우습게도 하옥에게로 되돌아왔다. 주소를 자리를 바꿔 쓴 탓이었다. 하옥은 낯익은 자기 글씨가 헤엄을 치는 엽서를 찢어버렸다.

뉴욕 브롱크스에 사는 이십오 세의 주부가 온 가족이 모인 생일 파티를 하던 중 비명을 지르며 냉장고 앞에 쓰러졌다. 여자는 병원에 실려 갔으나 혼수상태에 빠졌으며, 그 여자의 몸에는 사 개월 된 태아가 자라고 있었다. 여자가 깨어날 가능성은 없다 해도 과언이 아니라고 병원 측은 말하고 있었다. 남편은 아내는 단념하겠으니 자궁에 든 태아만은 살려달라고 관계 당국에 호소했고, 관련 기사가 그들 부부의 결혼식 사진들과 함께 신문마다 톱으로 실렸다. 남편의 호소는 받아들여져 병원은 태아를 살리기 위해 여자에게 계속 기계로 호흡시키고 태아에게 영양을 공급하고 있었다. 만약 성공하면 태아는 식물인간인 여자의 몸에서 만삭 분만될 때까지 자랄 것이었다. 신문을 읽고 하옥은 동년배의 여자가 겪은 일을 알게 되었다. 잔인해라. 죽어가는 엄마 속에서 손가락으로 자궁의 벽을 움켜쥐고 있는 태아의 모습을 하옥은 그렸다. 그 여자의 남편은 무엇 때문에 태아를 살리려는 것일까. 아내에 대한 센티멘털한 사랑? 속에 든 것이 도대체 어떤 아이인가 하는 극심한 호기심? 내 생각으로는 가늠할 수 없는 지고지순한 부성애?

정말 하옥의 엽서를 받기나 한 듯 토요일 오후 경수가 하옥의 아파트를 찾아왔다. 비가 내리고 있었다. 현관께에 우산을 접어놓고 새삼스러운 눈으로 경수가 실내를 둘러보았다. 떠나고 스무 날 만이었다. 전의 경수라면 싱크대에 있는 씻지 않은 그릇에 눈을 흘겼으리라.

"변한 게 없군."

"난 매일매일 똑같아요."

"네 입에서 나오는 말도 변하지 않고. 그런데 더 말랐어. 내가 없어져줘서 살이 오를 줄 알았더니."

하옥은 임신한 사실을 알리고 싶었다. 도와줘요. 난 죽을지도 몰라요. 아이란 건 한번 생기면 죽이든가 낳든가 해야 해요. 아무리 원해도 저절로 없어지진 않아. 내 몸은 그래요. 튼튼한 쥐덫 같아요.

경수는 조금 열린 창문을 더 크게 열며

"요새는 매일 비야. 주말인데도 집에 있나? 어디 일자리를 얻었다지? 재미있어?"

"무슨 상관이에요?"

경수는 주전자의 물을 엎으며

"그렇지. 상관없지. 내가 처음 여기 오던 날 같을 수는 없지. 오늘 온 것은 남은 짐들을 가져가려고. 보고 있으면 속상할 테니까."

"왜 전화도 없이."

"혹시 오지 말랄까 봐 겁나서."

"부치려고 상자에 넣었는데 우체국에 들고 갈 일이 기막혔어."

"나는 볼 때마다 발길질하고 있을 줄 알았는데 제법 얌전히 쌌군. 저거야?"

경수가 구석에 세 개 나란히 쌓여 있는 누런 상자를 가리켰다.

"보기는 그럴듯해도 신발 한 짝은 이 상자에, 한 짝은 저 상자에 막 그럴 거야."

화내지 않고 경수는 씩 웃었다.

"왜 의자에 앉지 않아?"

"이렇게 바닥에 꼬부리고 있어야 편해."

"빈혈이 심한가?"

"상관없지."

"그렇지, 그렇지."

경수는 고개를 깊이 끄덕이며 일어나 인스턴트 인삼차를 만들었다.

"너두 한잔할 테야?"

"싫어요."

"싫어요, 좋아요, 쓸쓸해요, 미안해요(경수는 하옥의 말투를 흉내 내보고). 하숙을 하고 있다가 불편해서 어디 싼 아파트가 있길래 얻었어, 회사 근처에. 거처도 정해지고 그래서 짐을 가져가려고."

"뭐하러 하필 비 오는 날."

"글쎄, 가져가지 말라면 안 가져가지."

"미시즈 리가 한 번 봤대. 어떤 여자랑 같이 가더라고."

"언제?"

경수는 생각해내려고 눈을 가느스름 떴다.

"여자가 머리는 여기까지 길고(하옥은 자기 어깨에 손을 대 보였다) 등 그런 색안경을 썼더래요. 극장에서 나오더래."

아, 짐작 가는 데가 있는 듯 경수는 웃으며

"독신 남자가 발 가는 데가 어디 한 군데뿐일까."

차를 두어 모금 마시던 경수가 찻잔을 마룻바닥에 놓고 동그랗게 무릎을 안고 앉아 있는 하옥에게 다가왔다.

"이제 보니 몹시 상했어. 눈도 움푹 꺼지고. 내 안아주지, 어디 어디."

경수는 하옥을 팔베개에 베어 마룻바닥에 부드럽게 눕혔다. 어지러워서 하옥은 눈을 감았다. 임신 중에는 격심한 섹스를 삼가라 했지.

"그냥 해두 돼요."

경수는 빙긋 웃다 말고 곧 성난 사람처럼 되어 옷을 벗기 시작했다.

"안전할 때라 말씀이지."

등이 배기고 무겁기만 하고 기쁨 없는 한순간이 지나갔다. 전의 경수라면 일어나서 뭐든 영양이 될 만한 것을 먹었을 텐데 그는 그냥 누워 있었다.

하옥은 손으로 머리를 쓸며 일어나 앉았다. 하염없이 비가 내리고 있었다. 열려 있는 창턱에 빗물이 튀었다.

천장을 보고 누워 경수도 말이 없고 하옥은 울고 싶었다. 미래고, 과거고, 또 현재고 뭐든지 구제할 길 없이 망치고 만 기분이었다.

경수가 몸을 일으켰다. 하옥이 말이 없으니까 경수는 기죽은 듯 침묵 속에 옷을 입었다. 끈을 매지 않아 미끄러운 상자를 그가 가슴에 안고 하나씩 하나씩 들고 나갈 때 하옥은 문간 벽에 몸을 붙이고 서 있었다.

"나가면 택시가 있을 거야. 자, 바이."

"없으면 비 오는데 어떡해. 전화로 불러줄까?"

"뭐 괜찮아, 있을 거야!"

경수는 가버렸다.

"지금 들은 것처럼 여덟 주일밖에 안 된 태아가 코를 간질이면 고개를 돌린다 해도, 그렇게 귀엽고 장난스러운 생명이라고 해도 할 수 없어요. 나는 아무 생각도 하기 싫어. 나는 그냥 잠재운 후 일을 끝마치고 깨워주는 의사를 찾아갈 거야. 아주 못 깨고 말아도 괜찮아요."

스지 엄마는 유산 비용을 내주었다. 하옥이 회복실에서 눈을 떴을 때는 오후 두 시였다. 하얀 벽에 창 하나 없는 커다란 홀을 형광등이 환하게 밝히고 있었다. 넓은 실내에 침대들이 나란히 들어차고 침대 하나하나 위에 피를 쏟으며 생명을 떼어낸 여자들이 누워 있었다. 이

른바 인간 방앗간이라 불리는 인공유산 전문의 클리닉이었다.

하옥이 눈을 뜨는 것을 보고 간호원이 와서 손의 맥박을 짚었다. 눈부시게 흰 가운 옷깃이 청결하고 얼굴 또한 그에 못지않게 깨끗했다. 간호원은 차트에 무엇인가 적으며 만사 오케이인 듯 "올 라이트." 하고 하옥에게 웃어 보였다.

어느 침대에선가 신음 소리가 들려오고 어떤 침대에서는 딸꾹질을 시작했다. 의식이 없는 동안 나는 제발 저런 괴상한 소리를 내지 않았기를.

문이 열리고 보조 간호원이 침대 하나를 또 밀고 들어왔다. 젊은 여자가 정신없이 그 위에 널브러져 있었다. 내 다신 이런 데 안 오리라. 하옥은 자신에게 거듭 맹세했다. 계속해서 신음 소리와 딸꾹질 소리만 들려오고 하옥은 눈을 감고 누워 있었다. 어제 저녁을 가볍게 먹고 물 한 모금 안 마신 탓으로 배가 고팠다. 아침 여덟 시 반에 이곳에 와서 지금 두 시까지 하루해를 보냈다.

간호원은 이제 하옥 옆 여자의 맥을 보고 있었다. 주의 깊게 시계를 보느라 고운 미간에 주름이 잡혔다.

"다 끝나서 기뻐요."

옆의 여자는 간호원에게 천천히 말했다. 하옥은 그 말에 깊이 감동했다. 생사가 걸린 듯 무섭게 고민스럽던 일이 다 끝나서 다행이었다. 옆의 여자의 말은 단조롭게 계속되었다. 말이 너무 느려서 슬프게 들렸다.

"어쩐지 죽을 것 같았어요."

노노, 간호원은 살랑바람처럼 투명히 부정했다.

"인공유산이 처음이에요?"

옆의 여자에게 간호원은 물었다.

"두 번째예요. 난 이제 곧 그리스로 돌아가요."

하옥은 곁눈질로 옆 침대를 보았다. 그리스 여자는 눈썹이 짙고 하옥 정도의 나이로 보였다.

"그럼 그리스에서 여기까지 유산하러 왔어요?"

"아니요. 컴퓨터 공부를 했는데 팔월이면 집에 가요."

"왜 여기서 일하지 그래요?"

"여긴 다 자리가 잡혔고 그리스에 가면 일자리가 많아요."

"피임은 했었어요?"

"네. 굉장히 조심했는데도."

"당신은 임신을 안 원해도 당신 몸은 원해요. 자궁이란 몸의 일부분이 아니에요. 그것은 여자 몸속에 있지만."

여자는 잠시 주저하다가

"당신도 유산해본 일이 있어요?"

간호원은 또 맑은 웃음을 지었다.

"없어요."

"애기는 있어요?"

"없어요."

하옥은 찬탄과 경이의 시선으로 중년의 간호원을 올려다보았다. 이 얼마나 자유롭고 얼마나 순결한 몸인가. 아담과 이브 이래 도도히 이어온 우울한 인간 종족의 대열에서 훌쩍 벗어나 있는 여자.

간호원은 올려다보는 하옥에게 웃어 보이고 이제는 저편 쪽 침대로 가버렸다.

두 명의 보조 간호원이 와서 하옥을 바퀴 의자에 앉혔다. 거기에 앉아서 형광등으로 눈부시게 환한 복도를 지나 하옥은 병실로 돌아갔다.

이제 옷을 입고 밖으로 나가면 거기 혼자 겪고 만들어가야 할 인생이 공허한 입을 벌리고 있음을 하옥은 생각했다.

풍랑 이는 바다 앞에 선 듯 오랫동안 기다려왔던 그 출발은 어쩐지 몹시 두려웠다. 할 수만 있다면 도망가고 싶었다.

하옥보다 먼저 돌아와 네모난 벽에 붙어 서서 속눈썹에 마스카라를 바르고 있던 낯선 여자가

"담배 있어요?"

"없어요."

"나는 대기실에 두고 올라왔어요."

그 여자는 담배가 없는 것이 몹시 언짢은 듯했다.

옷을 입고 보조 간호원의 안내로 과자와 차가 있는 휴게실로 갔을 때 하옥은 먼저 와 있는 그리스 여자를 보았다. 누웠을 때보다 예쁘지 않고 몸도 뚱뚱했다. 그 여자를 임신시킨 남자를 하옥은 생각해보려 했다. 그들의 엉킨 몸, 그것은 환희의 폭발이었을까.

여자들이 서넛 모이자 처음 보는 간호원이 나와서 유산 후의 몸조리와 피임에 관한 기계적인 브리핑을 했다. 헤어질 때 그리스 여자는 하옥에게 말했다.

"행운을."

행운을, 제멋대로 의지를 행사하는 자궁을 조종할 행운을.

병원 현관 입구에 경수가 와 있었다. 수풀 사진이 프린트된 벽 앞 벤치에 앉아서인지 퍽 정취 있게 보였다. 하옥을 보고 경수는 일어섰다. 그는 하옥이 못 보던 흰빛에 가까운 양복을 입고 그 비슷한 빛

깔의 넥타이를 매고 있었다. 하옥은 그가 기막히게 반가웠다.

"스지 엄마한테서 들었지. 일부러 알려주러 왔더군. 왜 말 안 했어?"

"했으면 어떡했을 것 같아요."

무슨 대단한 일을 치른 듯 그들은 남자와 여자로서 자신을 장하게 느꼈다. 경수가 거기 있어준 것이 하옥은 고마웠다. 혼자 떠나는 것은 좀 더 후에, 힘이 좀 붙은 후에.

바람이 세게 불어 신문지가 거리를 뒹굴었다. 그들은 사나운 바람에 머리카락을 날리고 옷자락을 날리며 거리를 가로질러 건너가서 지하철 있는 곳으로 걸어갔다.

"배고파요."

"응, 그동안 어디 좋은 데 알아났어. 된장국을 맛있게 끓이는 집이야."

사라져간 작은 생명의 공모자로서 어둡고 지저분한 지하철 층계를 그들은 걸어 내려갔다. 하옥은 어지러워 자꾸 경수에게 기댔다.

"우선 먹고 내 방에 가서 푹 쉬어. 녹음기를 하나 사다 났어. 소리 나는 게 없으니 심심해서. 라디오를 살까, 전축을 살까, 조그만 텔레비전을 살까, 그러다가 전에 녹음기나 하나 있었으면 덜 심심하겠다던 말이 생각나서. 라디오도 붙어 있는 건데 빨갛고 장난감같이 아주 이쁘게 생겼어."

기차는 어두운 땅속을 요란한 소리를 내며 달려갔다. 하옥은 건너편 검은 유리창에 떠 있는 자신의 모습을 보았다. 경수의 어깨에 머리를 기대고 있는 얼굴이 꽤 예뻐 보였다.

"빨리 먹고 집에 가서 쉬어."

건너편 창의 하옥을 건너다보며 경수가 말했다. 두 사람의 시선이 연인같이 보이는 자신들 모습에 가 있었다.

노래나 듣고 푹 쉰 다음에? 밥하고 빨래하고 청소하고 기쁨 없는 잠을 자고……. 한 주일 후에는 떠나리. 그때도 힘이 안 붙는다면? 그럼 두 주일 후에. 그때도 마찬가지면? 그러다가 끝까지 못 떠나고 만다면? 그 가능성은 생각만 해도 싫어서 비쭉 울고 싶어지는 마음으로 하옥은 경수의 어깨에 어지러운 머리를 기댔다.

바닷가의 피크닉

　미스터 호레이스의 한국인 신부(新婦)를 환영하는 피크닉이 존스 해변에서 있었다. 눈 많고 길던 겨울도 물러가고 이젠 누가 뭐라 해도 봄이 완연하기도 했지만, 그들 고등학교 동창들은 모두 아파트 살림이므로 아이까지 달린 네 가족이 한데 모이기란 야외 아니고는 어려운 일이었다.

　미스터 호레이스는 오늘 모이는 네 가장(家長)의 고등학교 영어 선생이었다. 지금은 모두 아버지가 된 삼십 대의 그들이 까까머리로 고등학교에 다니던 그 무렵에도 미스터 호레이스는 결코 젊지 않았다. 학생들은 그들 영어 독본의 이름을 따서 유니온 할아버지라 불렀다.

　그들은 특별한 그의 애제자도 아니었으며, 더군다나 그들이 가르침을 받던 고등학교 일 학년 때 미스터 호레이스는 한 학기만 마치고 곧 정년퇴직해 미국으로 날아가버렸으므로 그들에게 특별히 기억에 남는 선생도 아니었다.

　짧은 동안이나마 그들이 그때 유니온 할아버지에 대해 느꼈던 것은 스승에 대한 존경이나 사랑이라기보다 우리나라 전체를 책임져야 하는 듯한 열등감이었다. 신문이고 잡지에서고 또 학식 높고 견문 높은 분의 강연에서 그들은 선진국이 얼마나 깨끗하고 정직하며 아이들은 얼마나 자립심을 가지고 크는가를 듣고 있었으므로 교통의 무질서나 골목 같은 데서 눈에 띄는 불결, 가난, 소매치기, 불량 식품 그리고 자기들의 영어 실력, 버릇없음 같은 것을 부끄러워했다.

그러던 그들은 대학, 군대를 거쳐 뉴욕으로 오게 되면서 미스터 호레이스 앞에 하나씩 뚜렷이 이름과 얼굴을 가지고 나타나게 되었다.

김승언만 빼놓고는 모두 가족을 한국에 두고 먼저 온 사람들로, 당장 숙소가 없어 남의 집 신세를 지는 그들에게 미스터 호레이스는 기꺼이 숙식을 제공했다. 홀몸인 그의 아파트는 넓었고 연금으로 살아가는 그의 생활은 소박한 대로 안정되어 보였다. 물론 그들 세 명은 단체로 미스터 호레이스에게 밀어닥친 것이 아니고 일이 년 이상적인 간격을 두고 미스터 호레이스의 신세를 졌다. 룸메이트를 찾든가 아파트를 얻기까지 신세 진 기간은 일주일이나 길어야 한 달은 넘지 않았지만, 이 한국의 아들들은 고달파 불평하는 아내 때문에 친구도 자기를 받아주기를 꺼려 하던 그 시절에 미스터 호레이스가 베푼 은혜를 결코 잊지 않았다.

한국에 두고 왔던 가족이 수속을 마치고 와서 종이에 싸 쥔 햄버거를 서서 먹고 누워서 먹고, 요리라 하면 냄비를 태워가며 라면이나 끓여 먹던 그들이 더운밥에 불고기를 먹게끔 되면서 그들은 아내더러 미스터 호레이스에게 가져갈 김치나 반찬 같은 것을 만들게 했다.

물론 바쁜 생활들이므로 일 년에 두어 번씩 정도로 마치 명절날 웃어른 찾아뵙듯 아이를 조롱조롱 앞세우고 반찬 같은 작은 선물 꾸러

미를 들고 갔다. 그런 날 미스터 호레이스가 그들에게 냉장고에서 꺼내주는 한국 음식은 대개는 이미 그전에 다른 동창 부인이 만들어 온 것이었다. 그들 외에 특별히 미스터 호레이스가 아들이라고 하는 한국 청년이 보스턴에 있다고 했다.

호레이스와 그들이 모여 앉을 때면 처음에는 영어로 시작들 하다가 나중에는 대개 한국말 판이 되고 말았다. 그러면 알아듣지 못하는 호레이스는 가만히 앉아 있었다. 그는 영어로도 별로 말이 없는 조용한 노인이었다.

일생 독신으로 지낸 그가 이제 일흔이 되어 휴가 여행으로 한 달 남짓 한국에 다녀오면서 결혼을 했다고 했다.

"결혼하러 간 건 아닌데 떠나기 전, 바로 이삼 일 전에 그렇게 됐다는군."

"아이구, 영감님이 미국 오고 싶어 미치는 젊은 여대생한테 빠졌는가."

"아니, 나이가 지긋하다는데?"

"야, 넌 봤니?"

"아니, 아직 색신 안 왔대. 영감님만 먼저 오고 색신 수속해서 올 거라는군."

"나이 지긋하다면 요염한 다방 마담한테 홀딱 반한 건가."

정작 신부가 왔다고 했을 때는 이미 봄이 가까웠건만 연일 눈이 내리는 나쁜 날씨였다. 그러다가 오늘 이런 자리를 마련하고 신혼의 호레이스 부부를 청했을 때, 그들 중 김승언 가족은 갑자기 귀국하게 되어 범상해 보이는 피크닉이 사실은 축하와 송별의 의미를 지니게 되었다.

시내에는 봄이 완연하건만 해변은 바람이 세게 불고 있었다. 정작 오늘의 주인공인 호레이스 부부와 같이 오기로 한 양무인의 차만 안 와서 먼저 도착한 김승언을 포함한 세 가족은 무료히 자동차 주변에 서 있었다.

"어쩌면 그렇게 소식도 없이 갑자기 떠나세요? 오늘 여기 나오라고 전화 안 했으면 가신 줄도 몰랐겠어요."

미시즈 한의 말에 정이는 웃었다.

"모레라지요? 몇 시예요?"

"네 시요. 비행장에 나오지 마세요."

"네 시라, 아이참 가게가 한창 바쁠 때네. 아, 어쩌면 윤애 아빠만 갈 수 있을 거예요."

"정말예요, 나오지 마세요."

정이는 울고 싶은 마음으로 간곡히 말했다. 남편은 어디 있는가? 남편 김승언은 저편에 친구들과 둥그렇게 둘러서 있었다. 바람 속의 날카로운 햇볕이 그의 머리 주변에 금빛 띠를 둘러놓았다. 저렇게 좋은 용모가 왜 어떤 때는 괴물로 여겨지는가, 왜 우리 사이에는 전혀 가망이 없다고 느껴질 때가 있는가, 정이는 아파오는 가슴을 한 손으로 눌러놓았다.

"어디 좋은 자리가 있어 가시나 봐, 그렇죠? 대학에서 오라고 해요?"

"아니요."

"아이, 터놓고 말해보세요. 학위도 따셨겠다 잘돼서 가신다면 누가 뭐라나요. 친구 중에 끝까지 공부한 사람은 미스터 김밖에 더 있어요?"

너무 괴로워서 정이는 앉았던 풀밭에서 일어섰다. 남편과 성격 차이에서 오는 갈등으로 나갈 길 없이 꽉 막힌 듯 답답했을 때 이 도시의 누구에게도 눈물을 보이지 않고 시카고의 친구에게만 털어놓았던 것을 새삼 다행스럽게 여겼다. 그 친구는 지리적으로 딴 도시에 살기도 하지만 남의 말을 잘 안 하고 자기 일에만 열심이고 또 이해심이 넓은 것을 떠올리며 정이는 아파오는 자기의 가슴을 위로하려 했다. 울음 섞인 목소리로 비싼 장거리 전화를 걸어 친구에게 하소연했던 일이 이젠 또 이 세상 누구보다도 친한 자기 남편을 남에게 함부로 내돌린 듯한 죄책감으로 변해 정이를 괴롭혔다.

"어떤 대학인가요? 모교요?"

"아니에요, 그냥 가는 거예요."

하이웨이 저편에서 노란 빛깔의 택시가 한 대 나타났다. 하이웨이에서 택시는 곧 눈에 띄었다.

"아, 오시나 봐요."

미시즈 한이 말하고 먼저 주차장 입구로 갔다. 남자들은 모두 택시를 향해 손을 흔들어 신호를 보냈다. 택시의 주인은 양무인으로 그는 아직 가족을 데려오지 못한 채 뉴욕 시가지를 누비며 착실히 돈을 벌었다.

택시가 와 멎자 먼저 와 있던 일행 사이에 호레이스의 신부에 대한 호기심이 갑자기 고조되었다.

먼저 내린 것은 잠바 차림의 호레이스로 그는 언제 봐도 꼿꼿하고 깨끗한 노인이었다. 차에서 얼른 몸을 잘 빼내지 못하는 호레이스의 신부는 해변의 나들이건만 신부답게 흰 투피스로 정장을 하고 있었다. 신부는 먼저 발부터 차 밖에 내놓아야 된다는 것을 몰라 차 안에서 뚱기적거리다가 부축하는 사람들의 손을 잡고 간신히 밖으로 나왔다. 신부는 누런 금니를 입안 가득히 물고 호박꽃이 흐드러지듯 웃었다.

"오랜만에 한국 사람들 보니 참 좋구만."

호레이스의 신부는 나이를 종잡을 수 없이 버스 차장에게고 누구에게고 그냥 할머니라 불리울 사람이었다. 일생을 고생하며 살아온 듯한 밭고랑같이 깊이 팬 주름, 광대뼈가 둥글넓적하게 튀어나오고 검게 그을린 원시인같이 생긴 얼굴, 숨 가빠 보이도록 짤막한 목, 작은 키, 보통날은 아들이나 남편의 구멍 난 러닝셔츠를 입고 어디라도 다니다가 특별히 좋은 날 싸구려로 야하게 번쩍거리는 한복을 입고 호사스러운 외출을 하는 저 할머니를 서울 어느 골목에서 본 듯 그들은 느꼈다.

호레이스의 신부는 흰 투피스 앞자락을 만지며 입을 다물지 못하고 연신 웃었다. 검은 얼굴에 흰 분이 얼룩지고 입술에는 분홍색 립스틱이 두껍게 칠해져 있었다. 그는 화장도 양장도 일생 처음 시작한 터였다.

"야, 이눔아야, 그래 소식도 없이 사알 빼서 한국 가기가?"

운적석에서 내린 양무인은 호레이스 신부 쪽에는 눈도 두지 않고 다짜고짜 달려와 정이 남편의 등판을 치며 말했다.

"인정머리 없는 놈, 내 오늘 혼내줄라고 나왔다."

무료히 있던 그들 사이에 갑자기 활기가 돌기 시작했다. 비에 씻기고 햇볕과 해충에 바랜 야외 식탁에 각자의 차에서 내린 아이스박스가 얹혀지고 석탄이 내려졌다. 남자들은 석탄불을 피우고 여자들은 각자가 준비해온 음식을 식탁 위에 펴놓았다. 저편 놀이터에서 놀던 아이들도 모두 불려 왔다.

"자, 자, 고기 구워 밥 먹자. 먹고 가서 놀아."

호레이스의 신부는 오늘 손님이므로 물론 그냥 맨손이고 정이 부부도 음식을 가져오지 않았다. 지금 그들이 살던 아파트는 짐 더미들이 널리고 웬만한 살림 도구는 다 다른 사람에게 줘버렸다.

식탁이 차려지는 동안 빈손으로 온 정이와 호레이스의 신부는 한옆 풀밭에 앉아 있었다. 이 해변은 수영을 할 수 없게 자갈이 많은 곳이었다. 이곳으로 정한 것은 조개를 캐서 구워 먹기 위해서라 했다.

푸른 바닷물이 펼쳐진 시야 한끝으로 아물아물 등대가 보였다. 미스터 호레이스를 포함한 남자들은 둥글게 서서 맥주들을 마시고 있었다.

"이봐, 색신 언제 미국 왔는가?"

호레이스의 신부가 물었다.

"벌써 사 년 돼가나 봐요. 미국은 어떠세요?"

정이는 애써 호칭을 피했다.

"글쎄 뭐 나야 아나, 그저 끼니때 되면 밥 만들고, 저 양반이 참 정말로 양반이야. 하루 종일 가야 뭐 해달라 소리 안 하고 통 말이 없으셔. 밥도 해선 거진 나 혼자 먹어. 저 양반은 달걀하고 토스트 그런 거 잡숫구. 어떤 땐 하루 종일 아파트에 박혀 있으려니 답답하지만서두……. 난 아직 한 번두 슈퍼마켓 안 가봤어. 다 저 양반이 사다 주시구."

호레이스의 신부는 분명 투피스 스커트보다 레이스가 달린 속치마를 더 보이고 싶어 하는 듯했다. 그는 스커트 자락은 올라가는 대로 내버려두고 속치마만 자꾸 밑으로 당겨놓았다.

갑자기 남자들 편에서 왁자 웃음소리가 나더니 한길훈이 다가와서는,

"아주머니, 할아버지가 뭐 물어볼 때 꼭 물어보는 것만 대답하세요. 이러신다죠. 이게 뭐냐고 물어보면 밥요 그런다죠, 그러면 잘 모른다고 그냥 밥, 그래요. 밥요인지 밥인지 잘 모르시겠대요."

남자들 사이에서 다시 웃음이 일고 그들 웃음을 합친 것보다 더 큰 소리로 호레이스 신부는 웃었다.

"밥요 그러지요, 신발요 그러구요, 국요 그러구요."

한길훈이 남자들 그룹으로 돌아간 뒤에도 두 눈을 질끈 감고 호레이스의 신부는 웃음을 그치지 않았다.

"이 신발두 저 양반이 아침에 사 오신 거야."

호레이스의 신부는 신고 있는 흰 운동화를 가리켜 보였다.

"아침에 어딜 나가셔서 어딜 가셨나 하고 있었더니만 이 신발을 가지고 오셨어. 뭘 뒷등에다 숨겨가지고 와서 자꾸 신어보라고 하셔. 저 양반이 구두도 두 켤레나 사준 게 있거든. 그런데 이런 데 오려면 구두는 안 된다고 운동화를 신어야 한다는 게야. 신어봤더니 좀 커. 그래도 자꾸 괜찮다고 하는데도 또 나가서 바꿔가지고 오셨어. 말이 통하나, 말이 통하면 말리기나 하지."

"오세요, 이리 오세요."

어느새 석탄불 위에서 고기가 익었다. 아이들은 벌써 종이 접시에 고기와 밥을 받아가지고 앉아 먹고 있었다.

정이는 자기의 아이가 어디쯤 앉아 있나 눈으로 찾아보았다. 대강 그 또래의 여러 아이들과 섞여 앉아 웃으며 먹는 것이 몹시 귀엽게 느껴졌다. 저애가 있는 한 앞으로 어떠한 어려운 일이 있어도 남편과는 헤어지지 말아야지.

해가 구름 속에 가려지면서 바람이 세지더니 불편할 만큼 추워졌다.

"그래, 색신 어디 살우? 난 어디가 어딘지 모르지만서두 혹시 가까우면 좀 놀러 와. 너무 심심해. 참 색신 일해? 여긴 모두 나가서 남정네처럼 일하더구만."

"그만뒀어요. 저, 그리구 저흰 모레 한국 가요."

"아니, 왜 가?"

호레이스의 신부는 펄쩍 뛰듯 물었다. 아니, 왜 간다지? 내가 가까스로 온, 아 이 좋은 데를 두구, 하는 듯했다.

"자, 아주머니도 오시고 모두 오세요."

둘러서서 맥주를 마시던 남자들이 고기가 익고 있는 불께로 다가서며 호레이스의 신부와 정이를 불렀다.

해는 이제 완전히 두꺼운 구름 뒤편으로 들어가서 바람 부는 잿빛 해변을 물새가 낮게 날았다.

"내 서울 가면 니 와이프 만나보지. 아직도 친정에 계신가?"

김승언이 양무인에게 말했다.

"친정 있으면 내가 와 걱정해. 우리 집에 있는데 우리 어무이가 시집살이 되게 시키는 모양이라, 가거든 내 잘 있다고 해주고 내 사고 난 애기는 하지 마래이, 그냥 잘 있다고만 해다고."

처음 계획은 조개를 잡아 온 뒤 밥을 먹을 생각이었으나 주빈 호레이스 부부를 태운 양무인의 차가 너무 늦게 나타나 점심때가 훨씬 지났으므로 그들은 우선 대강 요기를 했다. 고픈 배를 채운 뒤 남자들은 조개를 잡는다고 바람을 옆구리로 맞으며 해안을 따라 걸어갔다.

해변에는 여자와 아이들만이 있게 되었다. 먹고 남긴 음식들을 식탁 한가운데로 모아놓고 호레이스의 신부를 위시한 여자들은 자갈밭에 편안히 내려앉았다. 여자들끼리만 있을 때의 무엄한 분위기가 되었다.

호레이스의 신부는 두꺼비같이 뻘건 손으로 섬세한 속치마 레이스를 만지면서 십 년도 훨씬 전에 호레이스가 영어 교사로 처음 한국에 와서는 자기 집에 하숙을 했을 때 오늘날 이와 같이 될 줄은 꿈에도 몰랐으며 또 호레이스가 자기 아들을 보고 시내 구경을 시켜달라고 했을 때 자기 아들이 쓰고 남은 비용을 그에게 돌려주었던 것 같은 자잘한 에피소드들을 얘기했다.

"아마 그때 이 양반이 우리 아들이 마음에 들으셨는가 봐. 그때까진 한국 사람은 죄다 속인다고 생각하셨던가 봐. 그랬다가 우리 아들이 오늘 차비, 점심값 얼마 얼마 비용 제하고 이거요 내놓으니까, 니 주머니 좀 보자 하시더래. 그랬는데 숨긴 게 없거든. 그다음부터는 딱 믿고 어디든지 같이 가자 하고 그러셨지. 우리 아들 미국 공부 올 때도 저 양반이 많이 도와주셨어. 서류랑 다 챙겨 보내구."

호레이스의 신부는 황후같이 앉아 빙 둘러앉은 여자들을 둘러보며 한국말을 마음대로 해보는 즐거움을 만끽했다. 침팬지가 양장한 듯한 어색한 모습으로 신이 나서 점점 내려가는 기온도 별로 느끼지 못했다. 그러나 찬바람은 그 얼굴에 주름살 뻗힌 대로 분 고랑을 푸르딩딩 이루어놓고 두꺼운 입술도 세로 주름대로 립스틱을 더께로 뭉쳐놓았다.

여자들은 사실 호레이스 신부를 오늘 처음 보게 된다고 남편으로부터 들었을 때 새색시가 물론 살림에 짓눌린 자기들보다 훨씬 아름다우리라고 생각하고 질투도 했었다. 이제 그 질투가 안도로 변하자 곧 얕잡아보는 마음으로 치닫게 되었다. 그래서 그들은 호레이스 신부의 말 중간중간에 서로 우습다는 시선을 몰래 교환했다.

정이는 다시 한 번 자기가 남편과 헤어져 한국으로 돌아가려던 결심을 이들에게 얘기하지 않은 것을 다행으로 여겼다.

"내가 우리 남편 살았을 때 너무 고생스러워서 어느 날 정말 죽어버릴라고 그랬었지. 그러면서 마루 끝에 앉아 있는데 웬 중이 들어왔어, 동냥중. 그 중이 말이야, 날 보고 이 고생도 지나고 말년에 가서 두 발 쭉 피고 있는 호강 다 한다고 하더구만. 아마 지금이 바로 그 호강 줄로 들어섰나 봐, 허허허. 내가 한국 있는 애들이 너인데 막내가 시방 중학교 다니지. 그 기집애가 오빠들 밥해줄 테니 염려 말고 나보고 미국 가라고."

분명 한국인으로 보이는 한 무리의 남녀노소가 이쪽을 향해 걸어오고 있었다. 이쪽만큼 그쪽도 서너 가구가 모인 듯 대부대였다. 조개를 잡아가지고 오는 길로 이 손 저 손에 비닐 쇼핑백들이 들려 있었다. 바닷가 돌밭의 황량한 풍경 속에 빠지며 치마들을 둥둥 걷어 올린 그 모습들이 몹시 을씨년스럽고 지저분해 보였다.

한국 사람인가, 이쪽도 얘기를 멈추고 보고, 걸어오던 그들도 정이들을 보고 있었다.

"한국분들이세요?"

그중 한 청년이 시원스레 먼저 물었다.

"네에, 조개 많이 잡으셨어요?"

미시즈 한이 말했다.

"요전 날 왔을 땐 많았는데 큰 게 뭐 별루 없구만요. 하두들 잡으니까 씨가 마르나 봐요."

"어디 보세요."

그들은 모두 몰려가서 청년이 들고 있는 쇼핑백 속을 들여다보았다. 그가 낯선 총각임에도 애들을 낳아본 여자들은 모두 바싹 붙어서서 들여다보았다.

"꽤 큰데요, 그만하면 커요."

"우리 집들도 모두 지금 잡으러 갔는데 아직도 많이 있나요."

"조개 캐는 사람들이 많던가요."

한마디씩 하는데 청년이,

"혹시 석탄불 남았으면 불 좀 붙일까요?"

"그러세요."

그때 저쪽 편의 한 노파가 문득 호레이스의 신부에게 물었다.

"할머니, 할머니두 딸네 집에 오셨수?"

호레이스의 신부는 어색하게 웃으며 어중간하게 예에 하고 손을 저었다. 노파는 다시,

"딸네 집이셔, 아들네 집이셔? 서울서 오셨어? 서울에서 사셨어?"

백설 같은 투피스에 레이스 달린 속치마에 스타킹에 또 화장까지 신식으로 했건만 저 노인네가 날 애 봐주러 온 자기와 똑같이 취급하는가 싶어 호레이스의 신부는 골이 좀 났다. 난 이래 봬도 뽑혀가지고 설랑 시집온 사람이야. 그래서 호레이스의 신부는 이번엔 좀 더 시무룩하게 그냥 에에에 하고 다시 한 번 손을 저어 보였다.

이제 그들은 정이들에게서 가져간 석탄불을 일구느라고 저편 야외 식탁에 모여 서 있었다. 호레이스의 신부가 핸드백을 열고 콤팩트를 꺼냈다. 아주 새것으로 위에 간 동그란 셀로판지도 유리창같이 깨끗했다. 호레이스의 신부는 그 조그만 거울에 얼굴을 비춰보고 이미 과하게 분이 몰려 있는 콧등과 턱에 다시금 분을 두들겼다.

"이봐, 애기 엄마."

콤팩트를 검은 칠피 가죽 핸드백에 넣던 호레이스의 신부가 문득 정이를 불렀다. 호레이스의 신부는 좀 외로웠는지 일행 중 정이를 친밀한 사람으로 삼은 듯했다.

"저 노인네하고 나하고 누가 더 늙어 봬?"

정이는 아까 호레이스 신부에게 말을 걸었던 노파를 찾아보았다. 그 노파는 서너 살 된 아이를 느슨히 업고 식탁 주변에 서 있었다.

얼른 대답이 없자,

"응? 나하고 저 할먼네하고."

호레이스의 신부가 더 나이가 많은 것이 명확했다. 정이는 그를 얕잡아볼 생각은 없었지만 그가 나이답지 않게 들떠 있고 남의 생각은 조금도 안 하고 마치 사랑에 빠진 사춘기 소녀같이 오로지 영감님과 자기만 사람이라고 생각하는 것 같은 태도가 서운했다. 아까 정이의 아이가 머리에 맨 리본을 다시 고쳐 매달라고 왔을 때 아이의 발이 스커트에 살짝 스칠락 말락 했건만 호레이스의 신부는 그 자리를 털고 또 털고, 아직까지도 자꾸 그 자리를 들여다보며 께름하게 여기고 있는 듯했다. 결혼 전에는 자신도 그랬을지 모르지만(그랬었나?) 이젠 아이가 운동화 발로 무릎을 막 밟아대고 등으로 기어올라도 싫은 줄 모르게 되었으므로 자기보다 곱절은 더 살았을 것 같은 호레이스 신부가 그러는 것이 정이에게는 인격의 결함같이 보였다.

"비가 오네."

누군가 말했다. 과연 빗방울이 가끔씩 후둑후둑 떨어지고 있었다. 바람은 더욱 세어지고 파도는 높았다. 조개 잡으러 떠났던 방향으로부터 남자들이 홀연 나타났다. 그들 등 뒤로 마구 흔들리는 광활한 잿

93

빛 하늘이 무한인 듯 펼쳐져 있었다.

남편도 바지 자락을 걷어붙이고 있었으므로 그가 가까이 왔을 때 정이는 말했다.

"당신도 물에 들어갔었어요? 춥지요?"

"뭐 별로."

비가 온다고 해도 아직은 가끔 뿌리는 상태이므로 일껏 잡은 조개를 우선 구워 먹기로 얘기가 되어졌다. 사위어가는 석탄불에 다시 새로운 석탄이 얹혀졌다.

저편 식탁의 동포 일행은 서둘러 식사를 마치더니 곧 모두 황황히 거두어 싣고 떠나버렸다. 바람이 귓가에 빨래 퍼덕이는 소리를 메어 붙여서인지 급히 떠나는 그들의 모습이 무성영화의 한 장면같이 보였다.

이제 바닷가의 야외 바비큐 장소는 호레이스들만의 것이 되었다. 하이웨이 건너편으로 드문드문 서 있는 서머 하우스의 지붕 위로 키 큰 나무들이 쓰러졌다 일어났다 했다. 고만한 비에 호레이스 신부가 핸드백을 자기 머리 위에 달랑 얹어놓았다.

어른들이 아이들을 불러 자기들이 입고 있던 옷들을 벗어 입혔다. 호레이스도 슬그머니 자기의 잠바를 벗어 신부 어깨 위에 얹어주었다. 신부는 그것을 받으며 흐흐덕 웃었다.

"이 양반이 참 부끄럼을 타셔."

호레이스가 옆에 서 있건만 호레이스의 신부는 그가 한국말을 모르므로 거리낌 없이 말했다.

"밤만 되면 이 양반이 침대 저편 짝으로 가서 벽을 보고 누우시지. 문 쪽으로만 보고 누워도 부끄러우신가 봐. 그래서 나도 얼른 방 이짝

94

편에 붙은 내 침대로 가서 눕지, 허허."

자기 얘기를 하는 아내 옆에 호레이스는 아주 순하게 서 있었다.

떨어지는 빗방울 속에서 조개가 익었다. 엉거주춤 둘러선 채로 그들은 익은 대로 집어서 조갯살을 먹고 조개껍질 안에 고인 짠물을 마셨다.

너무 추워 별맛도 느끼지 못했다.

강풍에 실려 날리던 빗방울은 더 이상 세지지 않고 다행히 얼마 후에 그쳤다. 이미 황혼으로, 두껍던 하늘의 한 귀퉁이가 열리며 바다 위에는 엷은 노을까지 섰다.

헤어지는 시간이었다.

하루 종일 찬바람과 간간이 뿌린 비에 시달린 그들은 이제 한시라도 빨리 차 속으로 들어가고 싶었다. 차가 없는 호레이스 부부는 한길훈 가족의 차에 타기로 했고 정이네는 양무인의 택시에 타게 되었다.

"오늘 재밌었어. 맛있는 것두 많이 먹구. 시상에, 음식 솜씨들두 어쩌면 그렇게 좋지. 좀 놀러와, 색시두, 색시두."

하루 동안 덤덤히 보던 여자들의 손을 붙들고 호레이스의 신부는 부산스럽게 작별 인사를 했다. 차에 오르려던 호레이스가 꽤 오래 걸리는 아내의 작별을 지켜보다가 '쉬 이즈(She is) 이팔청춘' 하고 자기가 아는 한국말을 섞어 농담을 했다. 건성 들떠 좀 놀러 와 놀러 와 하고 여자들 손을 덥석덥석 잡던 호레이스의 신부는 이번에는 정이에게,

"아이 시상에, 서운해서 어떡하지. 그럼 서울루 잘 가슈."

그래도 하루 동안 제일 친했던 정이에게는 홀러덩 팽개치듯 말하고 한길훈의 아이들이 먼저 타고 있는 차 속으로 내릴 때와 마찬가지로 몸을 비비대듯 어렵게 올랐다.

귀로에는 네 대의 차 속에서 아이들이 친구들을 못 잊어 차 뒤창에 달라붙어 서로에게 손을 흔들어 보였다.

길과 그 주위의 들판 위로 어둠이 서리는가 싶더니 금세 어두워졌다. 가로등은 이미 불을 켜고, 달리는 차들도 헤드라이트를 켜고 있었다.

"호레이스 영감 따라다니는 양아들이라고 하는 놈이 나쁜 놈이야."

핸들을 잡은 양무인이 말했다.

"왜?"

"제 엄마를 갖다가 결혼시키는 놈이 어디 있어."

뭔가 상당히 부도덕하다는 투였다.

"그래, 안 맞기는 해. 학식으로 보나."

정이 남편 김승언이 무감동하게 말했다.

"그 할머니 남편은 작년에 죽었다더라. 그러니까 남편 죽은 지 겨우 일 년 된 거라."

"그런데 그 사람은 정말 양아들인가?"

"아니야. 그냥 파파 파파 하고 따라다니는데 그 자슥 와이프가 곧 해산이란다. 그래서 제 어무이를 데려오는 거지. 아까 호레이스 영감이 그러대, 이제 와이프는 한 달 뒤엔 보스턴 가서 살 거라고."

"그럼, 그 아들은 제 어머니 자기 힘으로 초청도 못했나."

"할 수 없지. 유학생이거든."

차는 마치 밤을 향해 달려 들어가는 것 같았다. 달릴수록 어둠은 짙어져 들판을 지나고 인가와 아파트가 보이는 도시에 이르렀을 즈음에는 이미 화려한 밤이었다.

"나는 그래 여기서 오줌도 제때 못 누고 밥도 제때 못 묵고 버느라

고 고생하는데, 니는 메칠 후면 벌써 서울 사람이지. 아침에도 딱 밥
상 채려 따신 밥 묵겠네."

남편과 헤어져 한국으로 돌아가려고 생각해서 여비도 없으면서 정
이가 여행사에 전화를 우선 돌려보았을 때,

"언제 떠나실 겁니까?"

건조하고 상냥한 여자 음성은 대뜸 물었다. 죽기보다 더 무섭게 느
껴지는 헤어져 귀국하는 문은 아주 넓게 수월히 열려 있었던 것이
었다.

"가믄 어디서 일할 거지?"

"아직 몰라."

양무인의 물음에 김승언은 간단히 대답해버렸다.

"정말 자꾸 물어보지 마세요. 그냥 가보는 거예요. 왜, 여기 농담도
있잖아요. 정치학 박사 취직난. 여기서 너무 힘들어서 그러느니 가는
게 낫겠다, 그런 거예요."

정이가 딱한 남편을 거들었다. 학위가 끝난 후 일 년간 남편은 집에
서 아이를 돌보며 지냈다. 어느 날의 말다툼 끝에 정이는 이혼과 같은
귀국을 생각했으며 짐 싸는 아내를 보고 남편도 같이 가겠다고 하여
이루어진 황황한 귀국길이었다.

창밖으로 정이 아이가 다니는 유치원이 보였다. 창문은 전부 불이
꺼지고 현관에 외등만이 호젓이 켜져 아이가 매달려 놀던 그네나 시
소를 비추었다.

"아까 호레이스 영감이 그러는데 한국이 물가가 비싸다는데. 여기
랑 거의 같다는데? 가서 살 일이 걱정이다."

김승언이 말했다.

"호레이스 영감 말이다. 차라리 결혼하려면 뒤나 잘 봐줄 다소곳하고 진득한 여자나 택하지, 그거 어디 딱 미친년 같은 걸."

양무인이 너무 심하게 하는 농담이 우스워서 정이는 웃었다.

"그래도 두 분 사이에 전기 작용이 있는 것 같잖아요? 혹시 그 아들이란 이가 시킨 결혼이라 해도 할머니는 모르시는 것 같았어요."

"전기라, 헤헤……."

양무인이 웃었다. 김승언도 따라 웃었다.

"한국 가서 좋은 자리 있거든 내도 좀 불러라." 말하고 양무인은 아파트 앞에 정이 부부를 내려주고 떠나갔다.

열쇠를 꺼내다 남편이,

"어, 이거."

하며 주머니에서 열쇠와 함께 집혀 나온 것을 정이에게 건넸다. 정이는 차 속에서 잠든 아이를 업고 있었다.

"아까 바다에서 주웠는데 어디 쓸 만한가."

구멍이 숭숭 뚫린 얇은 조개껍질이었다.

"아, 이뻐라. 목걸이에 끼울까?"

남편이 열쇠를 돌리는 등 뒤에 서서 정이는 그 조개껍질을 한 손바닥에 놓고 가만히 보았다. 정이는 수집가였다.

이와 같은 작은 조개껍질로부터 뜻 아니한 타인의 친절, 꽃, 정다운 말씀, 아름다운 사람, 노래, 날씨, 풍경, 한 번 지나가면 언제 다시 그 같은 것과 만나게 되는지 전혀 확신이 없는 때문이었다.

잊혀진 전쟁

1

심심해서 그렇지, 날씨만으로 보자면 이상적인 일요일이다. 구름이 두어 점 높이 뜨고 노곤한 햇살이 가득해 해변에도, 시내의 공원에도 있기 좋은 느릿한 여름날의 일요일이다.

도혜는 청바지를 사겠다는 친구를 따라 백화점에 갔다가 돌아왔다. 친구랑 백화점을 다닐 때는 집에 가서 쉬고 싶기만 하더니 집에 막상 오니까 아무것도 하기 싫게 심심하다. 소파에 앉았던 도혜는 일어나서 텔레비전의 채널을 돌려본다. 영화와 게임쇼, 스포츠 중계 같은 것이 대낮의 화면에 흐릿하고 스산스럽게 나타난다.

채널을 돌리던 도혜의 손이 멈칫한다. 화면에 흑백으로 나타난 산하가 꼭 한국만 같다. 배낭을 메고 철모를 쓴 미국 군인들이 외투를 입고서 행진해가고 있다.

전쟁 영화인가 하는데 '코리아, 잊혀진 전쟁'이란 붉은 글씨가 나오더니 광고가 시작이다. 도혜는 채널을 돌린다. 광고가 나오기도 했지만 도혜는 전쟁 다큐멘터리를 볼 생각이 아니다. 세상의 무게를 느끼며 감정을 소모하고 싶지는 않다.

그러나 텔레비전을 끄고 돌아섰던 도혜는 다시 텔레비전을 틀고 그 앞에 뻗선다. 한국이 어떻게 표현되었는가, 미국 사람들에게 한국의 사람이나 풍물은 어떻게 보일까, 그 점만을 잠깐 관찰하려고 한다.

광고가 끝나자 미국 군인들이 희끗희끗 날리는 눈발 속을 걷는다. 밭과 언덕 사이에 난 느슨히 구부러진 신작로인데 인가는 보이지 않는다. 한국에서는 당연하게 보이던 외국 병정들의 모습이 미국에서 보니까 낯설다. '동·서반구 육대주와 오대양에서 모인 평화의 사도, 유엔군 아저씨'로 보이지 않고 그들은 왜 저기를 걷나, 저게 다 누구의 아들인가 싶다. 군인을 보면 저게 누구의 애인일까 했던 때도 있었는데 이제 도혜는 저게 다 누구의 자식일까 한다. 마침내 도혜가 기다리던 우리나라 사람들이 나타난다. 피난민의 행렬이다. 우리나라 사람들이 짐을 머리에 이고 등에 지고 달구지를 끌고—남쪽을 향해 걷는다. 그들이 꾸려 싼 보퉁이들이 힘겨워 보인다. 도혜네도 피난길에 짐덩이를 가지고 갔건만 두 발로 걷기만도 어려울 정처 없는 길에 저렇게 가지고 갈 것들이 무엇이었을까 싶다. 도혜가 보고 싶은 피난민의 모습은 사라지고 다시 미군들이다. 한국 산야에 흩어진 미군들의 시체와 고통스러워 울부짖는 부상병, 탱크·헬리콥터·비행기, 비행기로부터 떨어져 내리는 폭탄, 우리나라 강토에 푹푹 박히는 폭탄과 포탄과 총탄. 후방에서는 높은 미군들이 헬리콥터와 지프차에서 오르내리고 악수하고 포옹하고, 미국 워싱턴에서는 한국전쟁에 대한 회의를 거듭한다. 삭막한 겨울 벌판에서 미국 병정들이 웅숭그리고 앉아

무엇을 먹기도 한다. 우리나라 군인들은 보이지 않는다. 도혜의 오빠를 비롯해 우리나라의 젊은 아버지와 아들들은 여자들을 울리며 거의 다 군인이 되었건만 필름만으로 보면 우리나라는 군인이 한 명도 없고 미국 병정들이 우리 강토를 지키는 것만 같다. 다시 반갑게도 피난민의 행렬이다. 중공군이 밀려 내려오자 우리나라 이북 사람들이 후퇴하는 미군을 따라 남으로 피난을 떠난다는 해설이 따른다.

피난길에 나선 대여섯 살 되어 보이는 여자애의 모습이 나타난다. 옷을 잔뜩 입고 목에다가 흰 명주 수건을 친친 동여맸다. 단발머리를 한 아이는 울다 지친 얼굴로 길에 그냥 서 있다.

도혜는 큰 목소리로 부엌에 있는 고등학생인 아이에게 "저기 엄마가 있다." 한다.

아이는 와보지 않고 "응." 그런다. 텔레비전에 나온 것이 정말 엄마가 아니라는 걸 알고 있는 듯하다. 그걸 일러 아들의 직관이라 할지.

2

시선이 가 닿는 곳은 며칠 동안 내린 눈으로 희고, 집과 길과 나무 같은 것들의 윤곽은 검게 드러나 있다. 여관 앞길은 남으로 향하는 피난민들로 혼잡하다. 걷는 사람들 속에 섞여 자동차와 달구지와 지게 같은 것들이 꾸역꾸역 지나간다. 너는 여관집 앞에서 발을 구르며 울고 있다. 너는 일곱 살이다.

아침만 해도 너는 혼자가 아니었다. 신분이 높은 두 아주머니와 그들의 두어 살 먹은 아이들과 일행이었다. 아주머니들을 사모님이라 부르며 극진히 모시고 있는 운전수도 있었다. 이틀 전 서울에서 군인 가족들을 위한 피난 트럭에 엄마와 동생과 또 다른 가족들과 빼곡히 탔을 때 불안정하게 자리 잡았던 너를, 정리와 진행을 맡아보던 군인이 안아다가 자리가 하나 있다고 승용차에 태워주었다. 너희는 원래는 군인 가족이 아니었다. 군인 가족으로서 피난을 떠날 수 있었던 것은 너의 열일곱 살 된 오빠 때문이다. 너의 오빠는 어려서 아버지를 여의었는데 다섯 살 때쯤 엄마가 너의 아버지와 사는 바람에 대구의 작은아버지 집에서 엄마를 그리며 자라났다. 오빠가 고등학생일 때 육이오사변이 났다. 군대로 보내지 않으려고 오빠의 친할머니는 오빠를 밤이면 나무 위에다가 숨겼는데 어느 날 아침에 나가보니 빈 나무뿐이더라 했다. 기어이 들켜 지척에 있는 집에다 간다는 말 한마디 못하고 학도병이 된 오빠가 대구 집에 보낸 편지를 보고 오빠의 친할머니는 어지러워라 하고 눕더니 세상을 떴다. 서울에서 살고 있던 너의 가족은 육이오로 소식이 두절되어 대구의 오빠가 연필 쥐던 손에 총을 들고 최전선에 배치된 것을 몰랐다. 감자 구하러 나간 너의 아빠는 육이오 때 행방불명이 되었다. 너희는 구이팔수복을 아빠 없이 맞았다. 상근이는 죽었는지 살았는지, 앉을 때 설 때마다 한숨짓던 엄마 앞에 상근 오빠는 군복을 입고 나타났다. 군인 수송차가 서울을 지나는데 몇 시간의 틈이 있어 폭격으로 집이 없어졌으려니 하면서도 와보았다고 했다. 엄마가 부디 살아 있으라고 전방에서 잘 때에도 똑바로 누워 두 발을 모았다고 했다. 오빠는 엄마와 외할머니의 눈에 든 눈물을 다 쏟게 하고는 떠나갔다. 비록 졸병이었어도 오빠 때문에 일사후퇴 때 너의 가족은 군에서 마련한 피난 트럭을 탈 수 있었다.

사모님들과 동행인 너는 피난길이지만 안락한 승용차 안에서 고생을 몰랐다. 사모님들을 따라 밤이 되면 따뜻한 여관방에서 이부자리를 덮고 자고 점심은 더운 음식을 먹었다. 너의 처지가 다른 사람과 비교가 안 되게 편하다는 것을 너는 몰랐다. 너는 왜 이 차를 탔는지 어디로 가는지 아무것도 몰랐다. 엄마와 같은 곳으로 가고 있으며 도착한 곳에서 엄마를 만난다고만 알았다. 너는 엄마와 동생이 탄 트럭이 어디 보이지 않는가 하고 자동차의 뒤창·옆창·앞창으로 정신없이 살피기만 했다. 사모님의 어린 자식들이 지루한 여로에 못 이겨 칭얼대고 제 엄마를 못살게 굴었건만 너는 걔들을 한번 안아줄 줄도 몰랐다. 너는 혼자서 낯선 사람들과 있어본 일이 없었다. 너는 사모님들이 앉으라면 앉고 서라면 섰다. 괜찮다든가 고맙다는 말이 있는 줄도 몰랐다. 잘 때는 사모님들이 자기 자식들과 너를 벗기고 오자미같이 만들어진 디디티 주머니로 디디티를 뿌려주었다. 사모님 자신들도 뿌렸다. 길은 사고 난 자동차나 끊어진 다리로 자주 막히고 네가 탄 자동차가 진흙 구덩이에 처박히기도 수없었지만 애를 쓰는 것은 운전수뿐이었다.

저기 잠깐 갔다 올 테니까 넌 여기서 기다리고 있어라. 그날 아침 사모님과 아이들을 따라 차에 오르려는 네게 운전수가 말했다.

너는 지금 그 차를 기다린다. 차는 보이지 않는다. 차가 사라진 쪽을 보며 너는 조금 울다가 말다가 한다. 그러다가 목놓아 운다. 피난 가던 사람들이 가끔씩 걸음을 멈추고 왜 우느냐고 묻는다. 너는 옳은 대답이 아닌 줄 알면서도 엄마를 잃었다고 한다. 물은 사람에게도 해답이 있을 리 없다. 그 사람은 안타까이 잘 봐라, 여기저기, 한다. 기다리는 것은 자동차이나 너는 그가 시키는 대로 가는 사람 오는 사람들을 허황히 살펴본다. 그 사람은 가던 길로 가고 너는 또 운다. 머리에 커다란 보퉁이를 이고 가던 아주머니는, 서서 울지만 말고 기차 있는 데 가서 크게 불러봐, 엄마아 하고, 너의 등을 민다. 거기에 엄마가 없는 것을 알지만 너는 간다. 기차 가까이 가서 목메게 엄마를 열 번쯤 부르다가 다시 여관집 앞으로 돌아와 선다. 자동차가 그동안 왔을까 봐 안타까워진다. 우는 너에게 자동차로 떠난 그이들이 누구냐고 여관 아주머니가 묻는다. 너는 아는 사람이라고 대답한다. 여관 아주머니가 사람들에게 누가 데리고 가다가 버린 애라고 하는 믿을 수 없는 소리를 너는 듣는다.

여관 아주머니는 너에게 여기 서 있지 말고 사람들을 따라 한 발자국이라도 빨리 가라고 한다. 그냥 길 가는 사람들을 따라 걸어가거라 한다. 여관 아주머니는 너를 귀찮게 여기는 듯하다. 너는 주춤주춤 걷기 시작한다.

웬 트럭이 네 옆에 멈춘다. 트럭 운전석에서 점퍼를 입은 청년이 내린다. 너에게 왜 우느냐고 묻는다. 너는 엄마를 잃어버렸다고 대답한다. 청년은 너의 손을 쥐고, 엄마가 어디로 갔느냐, 어디서 왔느냐, 그런 것을 묻는다. 청년은 너에게 트럭에 타라고 말한다. 너는 트럭 앞자리의 청년 옆에 눈물, 콧물 범벅으로 앉는다. 여기서 엄마를 찾을 수가 없으니 서울 집에 계신 할머니에게 데려다 주겠다고, 집이 어딘지 아느냐고 청년이 묻는다. 너는 창경원만 가면 안다고 대답한다. 청년은 피난 행렬을 거슬러 차를 몬다. 너는 또 막막해진다. 며칠을 걸려서 서울에서 여기까지 왔는데 도로 서울로 갈 수 있을 것 같지가 않다. 우는 아이, 울부짖는 어른, 굴러 박힌 자동차들이 도처에 있다. 길을 떠날 때 피난이란 것이 이런 것인 줄 너는 몰랐다. 너와 너의 동생은 피난 짐을 싸는 동네 집에 가서 구경을 하다가는 집에 와서 엄마에게 피난을 가자고 졸랐었다.

네가 탄 트럭은 밀려 내려오는 피난 행렬을 거스를 수가 없어서 자꾸 멈춘다. 청년은 너의 할머니한테는 아무리 해도 갈 수가 없겠다고 말한다. 청년은 차에서 여러 번 내려 사람들에게 무엇을 묻는다. 차의 방향을 돌린다. 청년은 너를 네모난 시멘트 건물로 데려간다. 안에는 경찰관이 서너 명 있다. 청년은 그들에게 뭐라고 말하고 너를 두고 도망치듯 떠난다.

난로 가까이에 앉았던 남자가 천천히 일어나며, 우리 집에 가자 한다. 너는 그를 따라 얼어붙은 논과 밭을 가로질러 걸어간다. 너는 시간도 공간도 없는 허공을 걷는 것만 같다. 오붓이 집들이 모여 있는 마을에 도달한다. 널찍하고 단정하게 생긴 기와집에 이른다. 대문은 잠겨 있지 않다. 그가 대문을 밀고 마당으로 들어선다. 평평하고 넓은 겨울 마당이다.

깨끗하게 옷을 입은 부인이 마루를 쓸고 있다가 "또 거지애를 데려 왔어요!" 소리친다.

너는 멀뚱 서고 남자는 "아냐, 앤 그런 애가 아냐." 한다.

너만 한 여자애가 마루에 나와 선다. 그 애는 너를 보자마자 눈에 드러나게 반가움을 표시한다. 너처럼 단발머리를 한 그 애는 눈이 은행알같이 얄팍하고 살결이 희다.

"영희야, 아버지가 동무를 데려왔다."

영희 아버지가 말하고 너의 손을 끈다.

"들어가자, 추운데. 방으로."

너는 영희 아버지를 따라 마당을 걸어 마루 쪽으로 간다. 마루 끝에 빗자루를 들고 섰던 영희 어머니가 가까이 온 너를 보고는,

"또 거지애를 주워 왔나 했더니 아니구먼."

웃는다. 주워온 거지애 때문에 이 집에 무슨 나쁜 일이 있었던 듯하다.

너는 그들과 집의 안방으로 들어간다. 장판과 벽지가 깨끗하고 절간 방같이 고즈넉하다. 두 개나 껴 신은 너의 더러운 양말은 양말목이 늘어나 발 앞 부근에 가서 누더기로 뭉쳐 있다. 방금 청소한 마루에 너는 구정물 발자국을 남긴다.

영희 어머니가 너의 옷을 벗겨 못에 건다. 모자를 벗기고 목도리를 풀어내고 반코트를 벗기고 스웨터를 한 개 두 개 세 개 벗긴다. 엄마가 옷을 많이 입혔구나, 영희 어머니가 말한다.

"난리는 곧 끝난다. 우리 집에 있다가 난리가 끝나면 엄마, 아빠를 찾아줄게."

영희 아버지가 말한다.

너는 흐느낌을 멈추지 않는다. 영희가 울 듯한 얼굴로 우는 너를 들여다본다.

몇 살이냐, 식구는 몇이냐, 어디 살았었냐, 그런 것들을 영희의 부모가 묻는다. 그때 너는 육이오로 아버지와 영원한 이별을 한 것을 몰랐으므로, 식구는 외할머니가 있고 아빠와 엄마와 여동생이라고 대답한다. 영희와 너는 지난봄에 국민학교에 입학하자마자 전쟁을 만난 동갑내기인 것이 알려진다. 너의 생일이 영희보다 넉 달쯤 빠르다. 영희 아버지가 너보고 영희 언니 하라고 그런다. 영희가 책가방을 꺼내온다.

"언니도 이런 거 배웠어?"

국어책을 펴며 영희는 벌써 너를 언니라고 부른다. 무궁화꽃이 가

방 뚜껑에 그려진, 네가 서울에 두고 온 가방과 똑같다. 필통을 꺼내
는데 뿔필통도 네가 쓰던 것과 같다. 필통 안에는 깨끗이 깎인 키 큰
연필이 가지런히 들어 있다. 책도 학용품도 네 것보다 훨씬 깨끗하다.
학용품이 또 네게 눈물을 쏟게 한다. 일 년도 채 안 되게 나이 차이가
지는 동생 생각이 몹시도 난다.

영희 아버지가 책을 펴고 너와 영희에게 읽어보라고 한다. 너의 학
력을 검사하려는 게 아니고 꺼내온 책가방으로 애들과 놀아보려는 것
같다. 공부는 꼴찌에서 둘째쯤 하면 된다는 아빠의 철학을 거스르고
엄마가 몰래 꼬집어놓으며 가르쳐서인지 또는 서울의 교육이 나은 탓
인지 네가 영희보다 글도 덜 더듬거리고 산수도 약간 낫게 한다.

영희가 그림책을 가지고 온다. 나비 나비 호랑나비 호랑나비가 있
습니다, 그런 책이다. 아빠가 사다 주어서 너에게도 그 책이 있었다.
아빠는 너희 형제뿐 아니라 같이 노는 너희 동무들에게도 무엇을 똑
같이 사다 주었다.

해가 지자 피난민들이 영희의 집 안으로 몰려든다. 몇 시간 전까지
만 해도 같은 처지였던 너는 이제 영희의 집 안방에 영희와 앉아 문턱
너머로 그들을 내다본다. 피난길이어도 그들은 다 가족끼리이다. 너
처럼 혼자인 사람은 없다.

아래채와 광이 다 차자 영희 어머니가 대문을 잠갔는데도 피난민
들은 막 들어온다. 마당에다 불을 피우고 음식을 만들기도 한다. 영희
어머니가 땔감과 김치·된장·고추장 같은 것을 담아 내준다. 피난민
들과 영희 어머니는 서로 공손하게 전쟁 얘기, 신상 얘기를 한다. 영
희 아버지는 들어오지 않고 집 안에 어른이라고는 영희 어머니 혼자
이다. 영희 어머니는 너에게, 오늘 저녁만 건넌방에서 피난민들과 자

라고 그런다.

다음 날이다. 집 안을 꽉 채웠던 피난민들이 길을 떠나 집 안이 비었을 때 영희 어머니는 부엌에서 너를 씻겨준다. 씻긴 후에 디디티를 뿌려주고 영희가 입던 옷을 입으라고 한다. 너는 네 옷을 내놓기가 싫다. 옷이 너와 엄마의 마지막 끈인 것만 같다. 영희 어머니가 빨아줄 테니 마르거든 네 옷을 입으라고 한다.

그날 밤 너는 영희네 안방에서 영희 모녀와 함께 잔다. 영희 아버지는 집에 없다. 잘 때는 영희 어머니와 영희와 너뿐이었는데, 아침에보니 할머니도 낀 한 가족이 윗목에서 자고 조용히 일어나 나간다. 벌써 가시게요? 하는 영희 어머니의 목소리를 너는 누워서 듣는다.

영희네는 먹을 것이 여러 가지다. 영희가 다락에 올라가서는 자꾸먹을 것을 가지고 내려온다. 너희는 서울에서 육이오를 겪느라고 엿이나 떡은 물론이고 밥도 귀했는데 영희네는 강정 같은 한국 과자와곶감 같은 것들이 있다.

너는 어린이답지 않게 음울하게 쭈그리고 앉아 눈물을 그치지를 못한다. 무엇을 먹을 마음도 없다. 가끔씩 네가 울음을 그치고 잠잠한것은 평정을 찾아서가 아니라 울 기운이 없기 때문이다. 밥상을 받으면 영희는 네 손에 숟가락을 쥐어주고 먹어, 언니, 푹푹 퍼먹어, 하고영희 어머니도 옆에 앉아 먹으라고 권한다. 네가 먹기 시작해야 영희도 먹는다 그런다. 네가 눈물을 주루룩 흘리면 영희가 소리쳐 운다. 즐거워야 할 남의 집 밥때를 너는 매번 울음바다로 만들어놓고야만다.

사흘째 되던 저녁 땅거미 질 무렵에 너는 영희와 함께 영희의 친척집으로 간다. 영희 어머니가 재밌게 놀다 오라고 문간 밖까지 따라 나와 배웅한다.

영희의 친척집은 전쟁 때 같지가 않고 방마다 불이 환하고 사람들이 북적거린다. 생일날이나 제삿날인 듯하다. 이 동네는 길목이 아니어서인지 피난민은 보이지 않는다. 엊저녁 아랫집에는 그래도 피난민이 자러 들어왔더라든가, 지금 어디서 전쟁을 하고 있다는 얘기들을 사람들이 한다.

영희가 부엌 문간에 서서 "나 언니 생겼다." 한다.

부뚜막에 솥이 네 개나 걸린 부엌은 널따랗고 깊숙하다. 불이 활활 타는 아궁이 앞에 앉았던 아주머니를 위시해 서넛 되는 처녀들이 모두 좋겠다고 영희에게 말해준다. 사람들은 영희를 참 귀여워하는 것 같다. 너는 처음으로 열등감 비슷한 것을 느꼈던 것 같다. 네가 어떻게 해서 된 언니인지 영희가 자랑스럽게 설명할 때 너는 수많은 피난민 중의 평범한 하나일 뿐인 것이 더 드러난다. 너는 네가 예쁘기나 했으면 좋겠다고 생각했던 것 같다. 아닌지도 모르겠다. 네가 예쁜지 안 예쁜지 그런 데 대해 너는 아직 의식이 없었으며 그냥 막연히 네가 영희보다 멋없이 크고 귀하지 않다고 느꼈던 듯하다.

영희가 뛰자고 해서 너는 널에 올라가서 힘없이 두어 번 뛰다가 내려온다. 저녁을 먹고는 처녀들과 윷놀이를 한다. 너는 윷이란 걸 처음 본다. 네 차례가 와서 윷가락을 던지면 처녀들이 높이 다시 던지라고 한다.

집에 오는 밤길은 두 처녀가 영희의 집이 보이는 지점까지 너희들을 데려다 준다. 처녀들은 저희들끼리 재미있게 웃고 얘기한다.

영희네 집 대문에 들어서는데,

"데리러 갈 것도 없이 저기 오는구먼."

영희 어머니가 말한다. 영희의 집에 피난민이 가득 들어찬 것은 어제와 같은데 대문 밖에 군용 지프차가 세워져 있고 다부지게 생긴 젊은 군인이 마당에 서 있다. 영희 아버지도 와 있다. 너를 찾으러 군에서 왔다고 영희 아버지가 말한다.

영희가 먼저 알아듣고 몰라 몰라, 하고 땅에 주저앉아 운다. 영희의 부모가 나중에 네가 엄마하고 같이 올 거라고 영희를 달랜다.

너는 안으로 들어가서 영희네 집에서 입혀줬던 옷들을 벗고 네 옷을 입고 나온다. 네 옷은 싸줄 테니 그냥 입고 가라는데도 말을 안 듣는다.

"울기만 하더니 엄마한테 간다니 저렇게 좋아하는군요."

영희 어머니가 서운한 듯 말한다.

영희가 언니 가지 마, 몸부림치다가 헉헉 흐느끼다가 한다. 영희 어머니가 보자기에 강정과 곶감을 싸가지고 나온다. 너의 코트 주머니에도 무엇을 넣어주려 한다. 그러나 너의 주머니는 끈끈한 게 녹아 붙어서 손이 들어가지가 않는다.

"동생 준다고 안 먹고 이렇게 넣어놨어요. 집에 갈 땐 새로 다 만들어준대두요."

영희 어머니가 말한다. 먹을 것들을 몰래 주머니 속에 넣어두었던 너는 들킨 것이 부끄럽다.

우뚝 섰는 네가 민망한지 군인이 네 머리를 눌러놓으며,

"고맙습니다, 안녕히 계세요 해야지."

군인은 네게 절을 시킨 후 자기도 영희 부모에게 고맙다고 인사말을 한다. 이제 너는 지프차를 타고 갈 일만 남았다. 영희 어머니가 영희에게 그렇게 울지만 말고 언니가 가는데 잘 가라고 해야지, 하니까

영희가 울음 사이로 언니, 잘 가, 간신히 말한다. 영희의 우는 소리를 들으며 너는 지프차에 오른다. 영희 아버지도 같이 탄다. 경찰지서에 있던 영희 아버지는 군인을 안내하느라고 잠시 집에 왔던 듯하다. 영희 아버지는 지서 앞에서 내린다. 내리기 전 너에게 난리 끝나거든 영희랑 우리 다 만나자, 그때까지 몸 성히 있거라, 한다. 너도 영희네를 다시 만나고 싶다. 엄마·아빠·동생이랑 같이 영희와 영희의 부모를 만나겠다고 생각한다.

달빛이 환한 밤길을 지프차는 달려간다. 팔공산 화투장에 그려진 것처럼 달은 동그랗게 하늘에 떠 있고 희끗희끗 눈 쌓인 산천은 선명한 그림자를 띠고 낮처럼 밝다. 물결처럼 흐르던 피난민의 행렬은 잠자리를 찾아 흩어진 듯 길은 비어 있다. 지프차는 여러 개의 검문소를 무사통과한다.

스무 살의 젊은 군인은 지프차의 앞을 두들기며 쉬지 않고 노래를 부른다. 뒷자리의 너를 돌아다보며 나, 김 대위다, 조금만 가면 엄마가 있다라든가 뭘 좋아하느냐, 그런 말들을 씩씩한 목소리로 한다. 김 대위와 운전병은 공비 얘기도 하며 에워싼 산들을 의심스럽게 둘러보기도 한다. '공비 토벌로 떠나온 이 내 몸이'를 김 대위가 노래할 때면 너는 엄마에게 갈 것 같지가 않아지고 '싸리문 여잡고 기다리는가'를 노래할 때는 영희네 친척집의 싸리 울타리와 그 집에 있던 건강하고 잘 웃던 처녀들이 생각난다.

지프차를 타고 간 곳에 정말로 엄마가 있었다. 엄마는 피난지인 대구에 내려, 사모님들은 그 전날 왔는데 네가 없는 것을 알자 사모님의 남편인 높은 군인의 집무실에 쳐들어가서 광란의 소란을 피우고 있는 중이었다. 우리 도혜를 찾아내시오, 당장 찾아내시오, 몸부림을 치고

있었다. 친정어머니는 이북으로 넘어간 아들을 기다린다고 서울 집에
남아 있고 전쟁 통에 남편은 행방불명이 되었으며 격전의 전쟁터로
떠난 아들은 생사를 몰랐으니 이제 엄마는 이 세상에 부끄럽거나 두
려운 것이 없는 듯했다. 김 대위가 너를 데려왔다고 하니까 뭐어? 도
혜가? 하고 돌아서는 엄마는 머리카락과 옷자락이 산지사방으로 날
리고 미친 여자 같았다.

엄마는 너를 끌고 합숙소같이 생긴 다다미방이 많은 집으로 간다.
그 집은 거의 새벽인데도 아무도 자고 있지 않다. 천신만고로 어렵게
도착한 피난 기착지에 서울에서 온 사람들은 이상한 기운과 흥분에
들떠 모여서 얘기하고 왔다 갔다 한다. 돌아다니지 않고 누워 있는 사
람들은 아픈 사람들이다. 그들은 신음 소리를 무섭게 내지른다. 엄마
와 동생이 탔던 트럭이 뒤집혀서 다친 사람들이 많이 있었다.

너의 동생은 겁먹은 것같이 생긴 눈을 더 동그랗게 뜨고 깡총거리
며 대구 사람들이 말을 이상스럽게 한다고 새새거린다. 혼자 그동안
탐험해둔 집의 이 구석 저 구석을 네게 구경시켜 준다. 동생은 너를
본 것이 참 기쁜 것 같다.

3

전선이 북으로 올라가기 시작하자 어머니는 영희네를 찾아 은혜를
갚고자 했다. 트럭 청년도 찾고 싶었으나 그에 관해서는 아는 것이 정
말 없었다. 청년이 도혜를 데리고 서울로 가겠다고 한 것도 어머니는
믿을 수 없을 정도로 고마웠고, 그가 도혜를 지서로 데려다 주어서 영

동에 간 김 대위는 알고 간 듯이 도혜를 곧바로 찾을 수가 있었다.

영희네를 찾으려면 먼저 영희 아버지의 신원을 알아야만 했다. 당시 도혜는 영희의 집과 사람들이 생생했지만 어머니에게 시원하게 대답을 할 수가 없었다. 도혜는 영희 아버지가 경찰관인 것도 몰랐다. 그것은 김 대위가 알았다. 도혜는 영희가 김영희였으며 그 집 성씨가 김씨인 것을 말할 수 있었다.

아이들은 정직하게 말을 한다고 하지만 도혜 자신의 경험에 비추면 아이들은 위험하다. 지서에서 몇 분이나 걸어갔니, 길이 어떻게 나 있디, 경찰서 안에서 영희 아버지가 어디에 앉아 있었니, 어머니가 이것저것 물으며 잘 생각해보라고 하면 도혜는 잘 생각해보기에 앞서 어머니 마음에 맞는 대답을 찾으려고만 했다.

어떤 때는 애타게 묻는 어머니에게 세도 쓰고 싶어서, 모른다고 하면 혼란이나 막을 것을 아무렇게나 대강 말했다. 어머니는 꾀를 낸 사람이나 지을 듯한 웃음을 띠고 너희 둘을 다 내가 데리고 피난을 갔으면 너희 중의 하나는 꼭 죽이는 거야, 모든 일들이 자기 세 모녀를 살리기 위해 일어난 것처럼 말하기도 했다. 그럴 때 어머니는 정신 나간 여자 같았다.

찾는다고 해도 별나게 은혜를 갚을 힘도 없건마는 어머니는 영동 방송국에 편지를 써서 영희네를 찾는 방송을 하고 김 대위는 어머니 성화에 영동으로 영희의 집을 찾아가기도 했다.

김 대위는 도혜네 셋방에 가끔 지프차를 타고 와서 도혜 형제에게 초콜릿이나 껌 같은 것을 주었다. 도혜의 동생은 커서 김 대위에게 시집가겠다고 하여 김 대위가 오면 도혜 이웃의 셋집 사람들까지 도경이 신랑 왔다고 놀렸다.

김 대위가 알아본 바에 의하면 영희네 집이 있던 마을 일대는 폭격으로 폐허가 되었고 김씨 성에 외동딸과 부인이 있어 영희네와 인적 사항이 맞는 당시의 영동지서 주임은 공비에게 총살당하고 부인과 딸은 폭격에 죽었다고 했다.

전쟁이 끝났을 때 도혜 식구 중에서 살아남은 사람은 도혜 형제뿐이 되었다. 육이오 때 사라진 아버지는 끝내 돌아오지 않았고 오빠는 포병으로 전사하고 어머니는 환도 직후에 세상을 떴으며 미군 부대에서 나오는 빨래를 하던 할머니는 교통사고로 길에서 숨을 거뒀다(할머니는 미국 사람 코는 지독하다고, 수건에 인들인들한 게 딱 들러붙어서 빨랫방망이로 아무리 떼려 해도 안 떨어지더라고 했다).

부엌에 있던 아이가 신문을 가지고 도혜에게로 온다. 여기 〈코리아, 잊혀진 전쟁〉 텔레비전 리뷰가 났다고 말한다. 아이는 야구 중계를 보고 싶어서 조바심을 나타낸다.

"넌 목욕 못하면 큰일 나는 줄 알지만, 봐라 저기 피난 가는 데 목욕이 뭐야."

도혜가 말한다. 도혜는 텔레비전에 비친 우리나라 사람들이 자랑스럽고 감동스럽다. 그런 시선으로 보자면 외국 병사들도 마찬가지다. 아침에 일어나서 샤워하고 촬영장에 도착한 배우들이 군인으로 분장한 것만 같다. 변소도 세면소도 따로 있을 리 없는 거친 흙 위에서 자고 목욕도 안 한 사람들 같지가 않다.

사는 일은 제자리를 지키려는 노력만으로도 힘겹다고 도혜는 생각하고 있었다. 근래에 영화 〈바람과 함께 사라지다〉를 비디오로 다시 보았는데, 클라크 게이블이 떠난 후 계단에 쓰러졌던 비비언 리가 "내일은 또 다른 날이다." 하고 눈물 젖은 얼굴을 힘있게 들 때 도혜는 전에 볼 때와 달리 그 '내일'이란 것이 왠지 오늘보다 못할 것만 같았었다. 내일이란 꿈꾸는 미래가 살아 숨 쉬는 곳이 아니고 예측을 불허하는 위험하고 불안한 곳이었다. 오늘은 버틴다만 내일은 병마·가난·늙음 같은 데 굴복하고 떼밀려가야 되는 듯했다. 핵전쟁으로 인류가 전멸할 수도 있는 현대의 삶은 생명의 가치가 없고 인간관계들도 잠정적일 뿐으로 느껴졌었다. 이런 세상에다가 내가 왜 아이를 데려왔을까 싶기도 했었다. 그러나 사람은 그리 쉽사리 부서지거나 추해지는 것이 아닌 듯하다. 원시의 인간들이 자연을 이겨냈듯 이 땅 위에서 그래도 한번 믿어볼 만한 것은 사람뿐인 듯하다. 영희네 집으로 밀려들었던 피난민들도 남의 집을 차지하고 누웠을망정 전쟁이 났다고 함부로 굴지 않았으며, 영희 어머니도 도혜를 재우던 첫날, 건넌방의 두어 가족 여남은 명에게 '애 자리를 여기다 좀 볼 수 있을까요?' 하고 도혜의 이불을 아랫목에 깔며 자기 집인데도 미안한 듯 말을 했었다. 디디티를 사람 몸에 직접 뿌리면 죽는다는 소리를 어른이 되어 들었는데 전쟁 때 우리나라 사람들은 이를 죽인다고 디디티를 뒤집어 쓰듯 하고도 살았다.

아무와도 나눌 수 없는 옛 기억들이 살아나서 도혜는 혼자이다. 같은 일을 겪었다 해도 너와 나는 각자의 기억을 간직하며, 그 기억의 조각들을 서로 맞추어도 그림 맞추기 게임처럼 꼭 맞아 들어가서 한 개의 그림을 이루지 않는다. 기억에 없는 일은 안 일어난 일과 같으며 정확하거나 틀리거나 다른 사람이 기억하고 있는 것에 관해 너는 어떻게 해볼 도리가 없다. 추억은 삶처럼 혼자 돌리는 물레이다.

인간 찬미의 감정에 북받쳐 도혜는 옆에 앉은 아이에게 말한다.

"우리는 이 세상에다가 살아도 좋은 사람이라는 증명을 해 보여야 해."

"코리아, 잊혀진 전쟁"-《뉴욕타임스》TV 논평

요즘 연일 남한의 데모가 신문의 헤드라인과 방송을 장식하지만 한국이 생존할 수 있는 나라로, 한국 번영의 기초를 다진 한국전쟁은 반쯤 잊혀지고 있다.

두 시간의 다큐멘터리〈코리아, 잊혀진 전쟁〉은 미국인에게 한국전쟁의 승리와 패배를 상기시켜 준다. 한국전쟁은 더 이상 '잊혀진 전쟁'이어서는 안 된다. 한국전쟁은 전선에서의 전투 이상의 것이다. 한국전쟁의 부산물은 미국 내에서 트루먼 대통령과 맥아더 장군이 관여되는 정부와 군부의 권력 투쟁을 낳았다. 이 기본적인 갈등은 아시아에서 중요한 군세력으로서 중공을 부상시켰다.

이 다큐멘터리가 만들어지기까지는 전투 카메라맨의 기여가 크지만 그보다도 심히 불리한 여건에서 싸운 무명의 육·해·공군과 미국 무기의 공은 지대하다. 나는 한국전에서 미국을 상대해서 싸웠다는 중공 장교를 만난 일이 있는데 그는 "우리는 거의 무엇이든 할 수 있었으나 미국과 영국의 대포는 우리를 주저하게 했다."고 말했다. 그의 말은 중요한 것을 상기시킨다. 한국전쟁은 연합군의 전쟁이었다. 이 필름은 연합군의 공헌을 별로 보여주지 않는다. 훌륭했던 영국군의 임진강 전투 같은 것이 빠졌다. 군인들을 고생시켰던 지리와 기후의 문제도 보여주지 않는다. 나무가 없는 울퉁불퉁한 언덕과 인천의 조수와 미군들을 강타했던 뼈를 깎는 추위, 적기의 관찰을 어렵게 했던 하늘의 구름 같은 것들을.

필름 프로듀서의 공이라면 전세가 역전되어 미군들이 고생했던 것을 과소하게 취급하지 않은 점이다. 부산으로의 후퇴, 훈련된 보병의 부족, 적당한 정보의 부재, 이런 것들이 필름에 잘 나타나 있다.

중공군의 인해전술로 미 해군이 후퇴하는 신들은 압권이다. 관객은 전쟁의 최악과 최고를 경험한다. 혼란, 친구를 잃는 고통, 살아남지 못할지도 모른다는 비장감과 가능한 한 적군을 죽여야만 이길 수 있다는 공통된 운명이 장면을 일관하고 있다.

한국전은 회고해보면 맥아더 장군의 아집이기도 했다. 맥아더는 인천상륙작전을 계획하고 지휘했다. 인천상륙작전은 한국전쟁뿐 아니라 다른 어떤 전쟁 중에서도 훌륭한 것이었다. 동료들의 주저에도 불구하고 맥아더는 작전을 성공시켰다. 그러나 맥아더는 그의 행운을 너무 사용해 압록강까지 갔다. 카메라맨은 중공군 자체는 찍지 못했다. 단지 중공군 보병이 무서운 능력으로 미군을 고생시킨 것을 보여준다. 맥아더는 압록강 너머로 가고 싶어 했고 그것이 중공과 아마도 소련의 개입을 불러 트루먼에 의해 맥아더는 사임해야 되었다.

배우 로버트 스택이 해설자로 등장한 이 필름은 한국전쟁을 미국의 승리라고 가장하지 않는다. 이 필름은 제2차 세계대전이 끝난 지 불과 5년 후에 미국을 무장시키는 갈등을 보여주며 당시 태어나지 않은 세대에게는 그들이 알지 못하거나 잊혀진 역사의 생생한 한 페이지를 보여준다.

사실이란 소설보다 더 이상하다고 흔히들 말한다. 한국전쟁

의 경우는 단순히 이상한 것을 넘어서 우리에게 감명을 불러일으
킨다. 직업군인이 아니라 우리 동네의 보통 아이인 조가 가혹한
기후의 낯선 땅에 가서 처음의 참패를 거쳐 국가에 영광을 돌리며
전쟁을 끝냈다.

．

내 노래가 꽃이면

나무 그늘은 그물같이 지붕에 드리워지고 창과 마루문은 모두 열려
있다. 열린 문 사이로 들여다보이는 집 안은 고요하다.

안방 창가에 '아내'가 앉아 있다. 두 팔을 의자 팔걸이에 얹고 눈길
은 뜰에 두고 있다.

자세히 볼수록 '아내'는 아름다운 여자임을 알게 된다. 희고 투명한
피부, 고전적인 이마, 둥근 눈썹, 반듯한 코, 상큼한 목, 머리털은 포
도단 같고, 의자 위에 맥없이 놓인 두 팔조차 어깨에서 그린 듯 내리
뻗었다. 진주빛 에나멜이 칠해져 있는 발은 깨끗하고 상냥하다.

공치기하는 '아내'를 열두 살 때 보았다는 한 사람이 전하기를, 그
무렵의 '아내'는 대단히 사랑스러워 보면 눈물이 솟았다 한다. 아름답
게 타고난 것은 우연이건만 아내 자신이 노력하여 만든 장점인 것만
같이 찬탄을 자아낸다.

'아내'가 시선을 주고 있는 뜰 수돗가에는 '아내'의 두 딸들이 학교
에 가져갈 공작 숙제를 하느라고 잡지 하나를 갈기갈기 찢어 대야에

담그고 있다. 열두 살, 열한 살 연년생이다. 아이들 머리가 햇볕 속에서 부서진다. 그 애들의 몸 움직임은 어느덧 여자가 막 되려는 분위기를 풍긴다.

'아내'의 시선은 딸들에게로 가 있지만 딸들을 보고 있는 것은 아니다. 언제부터인가 '아내'는 의문을 품고 걱정하고 있다. 남편에게 다른 여자가 있나 하는 의문은 '아내'에게 조용하게 퍼져나가는 암 같다. 암세포같이 '아내'가 하는 모든 일에 영향을 미친다. 공포 영화의 괴물같이 모든 것을 파괴하며 '아내'가 무슨 일을 하든 두려움, 갈망, 불확실함 그리고 하수구 속으로 소용돌이치며 빠져 내려가는 자존심을 보게 한다.

'아내'는 누운 위치가 어떻게 되는가 눈을 감은 채 생각한다. 자던 잠의 끝을 붙들고 눈을 감고 생각하면 남편과 서로 머리를 다른 방향으로 두고 있는 것 같다.

손을 뻗어 그의 발을 만져봐야지, '아내'는 생각한다. 다시 깜박 자다가는 왜 이렇게 거꾸로 누워 잘까, 남편의 발을 만져야지 하고 다시 생각한다. 애써 눈을 떠본다. 요즘은 무슨 일을 하든 노력이 따른다.

'아내'는 남편과 자기가 머리를 나란히 하고 누웠음을 깨닫는다. 왜 그런 착각이 들었을까, '아내'는 눈을 뜨고 어둠 속에서 희뿌연 창을 바라본다. '아내'는 유령처럼 일어나 앉는다. 남편을 흔들어본다. 처음에는 주저하다가 점점 강하게, 확실히. 남편은 돌아누우려다가 '아내'가 집요히 어깨를 흔들자 눈을 떠본다.

"이보세요, 이번 아기는."

"음?" 하고 남편은 잠 속의 소리를 낸다.

"잘못될 것 같아."

"또."

"아이를 낳을 때 내 옆에 있을 거지요?"

"물론."

그 대답에 언제나처럼 '아내'는 짧은 순간이나마 안도를 느낀다. 해산 때까지 앞으로 칠팔 개월. 그 기간은 선고로부터 유예받은 것 같다.

이제 정말 잠이 깨었는지 남편은 일어난다. 부엌으로 나간다. 냉장고에서 뭔가 먹을 것을 꺼내가지고 마루로 나간다.

남편이 나간 빈방에 누워 '아내'는 두 팔을 벌리고 잠옷의 폭이 허용하는 한 두 다리를 벌려본다. 온몸을 편안히 던지듯 하고 누워 어두운 천장을 응시한다.

내가 할 일이란, 내 배 속 아기가 사람 형체를 이루게 그냥 게으르게 있는 거지, 뭐 서두를 게 있을까, 뭐 걱정할 게 있을까.

'아내'는 아직은 납작한 배에 두 손을 얹어본다.

밖에는 들리지 않게 비가 내리기 시작한다.

자명종이 일제히 울린다. 하나는 안방에서, 하나는 아이들 방에서. 기상. 새로운 날이 또 시작이다. 네 활개를 펴고 잠을 청했던 '아내'는 몸을 꼬부린 자세로 잠이 깬다. 남편은 마루 소파에서 깬다. 아이들은 자명종을 눌러놓고 다시 얼굴 위로 이불을 뒤집어쓴다.

제일 먼저 몸을 일으킨 것은 '아내'이다. 부엌으로 나가 전기밥솥의 스위치를 꽂는다. 다음은 아이들 방으로 가서 뒤집어쓴 이불을 걷어내고 아이들을 깨운다.

"비가 오는군."

마루의 남편이 말한다. 그는 마루 장의자에서 자느라고 목이 불편하다고 말한다. 남편은 하나 둘 셋 구령을 붙이며 일어난다. 안방으로 간다. 잠깐이라도 좀 더 자고 싶다고 말한다.

'아내'는 비로소 비 내리는 뜰을 바라본다. 수목이 젖고, 젖은 나무로부터 빗물이 땅으로 떨어지고 있다. 바람에 잎을 가득 인 나뭇가지가 휘청인다.

딱 하고 밥이 다 된 소리가 전기밥솥에서 난다. '아내'는 아이들의 도시락을 싸고 아이들을 식탁으로 부른다. 남편이 일어나 한번 부엌을 들여다보고 욕실로 세수하러 나간다.

그로부터 삼십 분 내에 남편도 아이들도 집을 나가버린다. 작은아이가 나가며 내 연극 옷 오늘 꼭 만들어, 말한다.

대문 빗장 소리가 빗물에 젖어 들린다. 멀어지는 식구들을 보며 오늘 어떤 재난이 닥칠지 모른다고 '아내'는 불안해한다. 내 불찰로 뭔가 잘못을 저지를지 몰라, 스토브 끄는 것을 잊는다든가, 대문을 안 잠근다든가, 자신이 위험할 정도로 부적당한 인물같이 느껴진다.

'아내'는 부엌 식탁을 치운다. 그릇을 들고 고개를 들 때 비바람에 몸부림치는 뜰의 나무가 '아내'의 눈에 든다. 비가 더 심해진다. 그에게 여자가 있는가 하고 '아내'는 나무에게 질문을 던진다.

길죽길죽 선으로만 생긴 듯한 가냘픈 여자가 검은 가죽 바지를 입고 입술을 새빨갛게 칠하고 침침한 아파트 층계를 걸어 올라간다. 유리같이 투명한 하이힐이 계단에서 따가닥따가닥 소리를 낸다. 들고 있는 우산에서 물이 떨어진다.

남자만큼이나 짧게 자른 머리를 두 손으로 쓸어 넘긴다. 머리는 붉은 빛깔로 염색되어 있다. 칠 층에 머문다. 어깨에 멘 금빛 가방을 뒤져 열쇠를 찾아 든다. 열쇠를 열쇠 구멍에 넣는다. 문을 열고 들어간다.

비 오는 탓에 실내는 그늘 같다. 가구라고는 아무것도 없다. 무용 교습소같이 단정하고 적막한 마룻바닥이다.

방 하나, 마루 하나, 스토브와 싱크대뿐인 간이 부엌이 마루 끝에 붙어 있다. 그 옆에 보이는 문은 욕실이다.

여자는 창가로 간다. 멀리 산과 비원 쪽 서울 경치가 눈 안에 잡힌다. 산 쪽은 비안개로 뿌옇다.

환기를 위해 여자는 두 개의 창문을 조금씩 열어놓는다. 벽에 기대 앉는다. 하이힐을 한 짝씩 벗어 던진다.

금빛 숄더백에서 풍선 뭉치를 집어낸다. 오십 개들이가 자그마치 세 봉지나 된다. 여자는 봉지를 이빨로 물어 찢는다. 풍선을 하나 꺼낸다. 불기 시작한다.

풍선 속에 바람이 든다. 풍선이 커진다. 커진다, 점점 커진다. 좀 더하고 부는데 빵 터져버린다. 여자는 그 풍선을 버리고 새로운 풍선을 집어 든다. 거기에 바람을 넣는다. 커진다, 커진다. 이번에는 욕심을 내지 않고 적당한 데서 멈추고 풍선을 실로 잡아맨다. 손톱은 피 흘리듯 빨갛다. 매의 발톱 같다.

여자는 풍선을 손바닥에 올리고 살짝 쳐본다. 풍선은 가볍게 떠올랐다가 바닥에 떨어진다.

여자는 또 다른 풍선을 집어 든다. 입에 가져간다.

'아내'는 부엌문을 잠그고 마루문을 잠근다. 잠근 후에 잘 잠겼는가 하고 밀어본다. 꿈쩍 않는다.

돌이 깔린 정원을 걸어 '아내'는 대문으로 나간다. 떨어지는 빗속을 걷는다. 대문 밖에서 문을 잠근다. 잠근 문을 밀어본다. 집 안을 한번 둘러본다. 빈집같이 보이는가.

자신의 어리석음이 무슨 잘못을 저지를 것만 같은 불안이 다시 인다. '아내'는 불안을 누르고 꽃무늬 양산을 편다. 그런 불안은 오늘 만 있었던 것이 아님을 '아내'는 생각한다. 그런 불안이 있었어도 나 날은 평온히 흘러갔으며 밥을 하고 장을 보고 빨래를 하고 아이들을 돌봤다.

'아내'는 골목 어귀에 있는 장으로 간다. 작은아이가 연극에서 입을 옷을 만들 옷감을 사기 위해서이다. 아이가 학교에서 가지고 온 통지 서에는 하늘 빛깔로 되어 있다. 그리스극인데 코러스 걸 역이다.

십여 년을 드나들던 낯익은 길을 '아내'는 걸어간다. 낯익은 집들을 지나 낯익은 사람들을 만나고 낯익은 점포를 기웃거린다. 시장 안은 좁고 복잡하고 질척거린다.

점포 주인이 서너 가지 하늘빛 옷감들을 '아내' 앞에 펼쳐 보인다. '아내'는 손끝으로 옷감을 만져본다. 포목점 주인이 플라스틱 사람 같다. 주위 사람들이 모두 플라스틱 사람같이 느껴진다. 모든 것이 낡 고 지쳐 있고 폐쇄되어 있다. '아내'는 자기가 거기 속해 있지 않음을 느낀다. 사람들이 십 년 전이나 어제나 오늘이나 똑같은 태도로 물건 을 사고 똑같은 태도로 물건을 팔고 똑같은 태도로 얘기하고 똑같은 태도로 웃는다. 격전장이었던 곳을 휴일에 돌아보는 노장군같이 노숙 한 눈으로 '아내'는 주위를 본다. 아무것도 의미 있는 것은 없다.

'아내'는 제일 부드러운 감촉의 천으로 옷감을 끊는다. 물건값을 지불한다. 고기와 호박을 더 사들고 집으로 향한다. 집이 비어 있음을 '아내'는 안다.

빨간 머리 여자가 아직도 풍선을 불고 있다. 마룻바닥에는 바람을 넣은 풍선이 육십여 개 흩어져 있다.

입이 아파온다. 여자는 일어난다. 수도로 가서 수도꼭지를 튼다. 입을 대고 물을 마신다. 팔을 올리고 허리를 돌리고 몇 가지 운동을 해본다. 마루 한복판에 머리를 대고 거꾸로 서본다. 전문가답게 동작이 정확하다.

여자가 몸을 움직이니까 풍선 몇 개가 낮게 떠오르다 흔들리다 한다.

여자는 다시 벽에 기대앉는다. 풍선을 불기 시작한다.

돌돌돌돌, '아내'는 재봉틀을 밟는다. 작은아이의 무대의상은 자루만큼이나 간단하다. 단을 박고 뒤집는다. 다 되었다.

'아내'는 자신의 원피스를 꺼낸다. 거기에 붙어 있는 헝겊 꽃을 떼어낸다. 통지서에는 그렇게 안 되어 있지만 '아내'는 그 꽃을 무대의상 어깨에 붙인다.

만든 옷을 개킨다. 그것을 들고 아이들 방으로 간다. 아이의 책상 위에 놓는다.

재봉틀 주위에 쓰고 남은 헝겊 조각이 흩어져 있다. 아내는 하늘색과 보라색 조각을 이어 붙여 서양 자두만 한 주머니를 만든다. 그런 주머니를 네 개 만든다. 남은 헝겊은 버린다. 실 찌꺼기며 헝겊 오가리들은 전부 쓰레기통에 들어간다. '아내'는 재봉틀을 덮고 일어선다.

방금 만든 주머니에 쌀을 담는다. 쌀을 담고 위를 여민다. 네 개의 오자미가 되었다. 엄마 어렸을 때 많이 가지고 놀던 거야, 이렇게 이렇게 하는 거야. '아내'는 두 개의 오자미를 몇 번 공중으로 번갈아 던지고 받아본다. 세 개로도 해본다. '아내'는 네 개의 오자미를 두 개씩 갈라 작은아이 큰아이 책상 위에 놓아준다.

풍선 불기를 마친 빨간 머리 여자가 목욕을 하고 젖은 머리를 타월로 탁탁 쳐 말린다. 작고 가느다란 몸은 알몸이다. 음모는 하트 모양으로 손질되었다. 머리는 빨갛고 음모는 검다. 머리 물기를 대강 털어내고 여자는 팬티를 입고 브래지어를 걸친다.

숄더백에서 몇 개의 화장품 백들을 꺼낸다. 화장품들은 저것들을 어디다 바르는가 싶게 다양하다. 여자는 서너 가지 빛깔을 노파같이 움푹 꺼진 눈꺼풀에 바르고 눈썹을 올리고 마스카라를 칠한다. 벽에 기대앉아서 동그란 손거울을 들여다보며 민첩하게 손을 놀린다. 마침내 화장이 끝난다.

여자는 화장품들을 몇 개의 플라스틱 지갑에다 집어넣는다. 그 많은 화장품들이 전부 분류되어 이제는 입을 딱 다문 조개 같은 몇 개의 지갑 속으로 자취를 감춘다. 여자는 숄더백에서 이번에는 한 움큼 되는 헝겊 같은 것을 집어낸다. 원피스다. 광택이 나는 노란빛 원피스는 아무리 쥐어짜도 구겨지지 않는다.

화장이 안 묻게 주의하며 여자는 그것을 머리로부터 입는다. 지퍼를 올린다. 풍선이 마룻바닥 가득히 앉아 너울너울 어울린다.

옷을 입은 여자는 시계를 본다. 세 시 십 분이다. 화장품이 든 작은 지갑들과 입고 들어왔던 검은 티셔츠, 검은 가죽 바지는 조그맣게 접혀 큰직한 숄더백 속으로 자취를 감춘다. 여자는 함부로 던졌던 하이힐을 벽 쪽에 나란히 놓는다.

시계를 다시 본다. 세 시 십칠 분이다. 여자는 현관문의 열쇠를 따 놓는다. 걸을 때마다 풍선 몇 개가 떠올랐다가 가라앉는다.

여자는 마루 한가운데 앉는다. 오색 풍선 속에 앉아 있는 작은 요정 같다.

학교에서 돌아온 작은아이가 옷에 붙인 꽃이 싫다고 '아내'에게 말한다. 입고 서서 어깨의 꽃을 한 손으로 잡아채려 한다.

"우선 학교에 가봐. 선생님이 나쁘다고 하면 그때 떼내." '아내'는 말한다.

다른 애들은 이런 걸 안 달아, 아이는 터무니없이 성을 낸다. 그 작은 일에 '아내'는 울고 싶다. '아내'는 그 감정이 부끄럽다. 어른 노릇이 힘들어, 그러면 '아내'의 모친은 '아내'를 부른다. 정신적인 부름이 아니라 거의 육체적인 힘이다. 모친의 손이 '아내'를 끌어들인다. 끄는 힘에 이끌려 아이들에게 집을 맡기고 '아내'는 집을 나선다.

"할머니한테 갔다 올게."

'아내'는 아이들의 배웅을 받으며 대문을 나선다. 대문께에서 '아내'는 작은아이에게 말한다. 옷의 꽃은 네 맘대로 해. '아내'는 우산을 펴 들고 낯익은 골목을 걸어 내려간다. 시장 앞에서 버스를 기다린다. 남편에게 여자가 있는가, 아내는 빗속을 달려오는 버스에 묻는다. 구름을 산허리에 두른 아찔하게 높은 산이 '아내'는 그립다. 거기에 올라 하늘 깊숙이 그 질문을 던져보고 싶다. 대답이 있을까?

아파트 층계에서 발소리가 난다. 풍선 속에 앉아 있는 빨간 머리 여자는 움직이지 않는다. 눈도 깜박이지 않고 숨도 멈춘 것 같다.

마침내 발소리가 방 앞에서 멎는다. 문손잡이가 돌아간다. 문이 열리고 '아내'의 남편이 들어선다. 커다란 손에 접는 우산이 들려 있다. 바바리코트는 빗방울로 얼룩져 있다.

풍선 가운데 앉은 여자를 보고 '남편'의 눈이 커진다. 얼굴에 웃음이 번진다. 축제 같구나, 우앗 소리 지르며 그는 껑충 뛴다.

한 번 껑충 뛰고 여자에게로 달려간다. 풍선들이 그 발길에 채여 연거푸 날아오르고 떨어진다. '남편'은 마침내 여자에게 닿는다. 여자를 안는다. 빨간 머리 꼭대기에 입 맞추고 이마에 입 맞추고 코에 입 맞추고 정신없이 여기저기 도장 찍듯 입 맞춘다. 도장을 찍어 자기 것임을 확인한다. 조그만 여자의 몸은 커다란 '남편'의 품속에 폭 안긴다.

집으로 가서 보호받는 아이가 다시 되고 싶다. '아내'는 원효로에서 버스를 내린다. 비가 뜸해졌으므로 '아내'는 우산을 펴지 않는다.

전파사에서 〈모모〉라는, 가사를 해득 못하겠는 노래가 들린다. 작년까지만 해도 구두수선집이었는데 지금은 새로 단장하고 레코드 가게가 되었다.

'아내'는 골목을 이리 돌고 저리 돈다. 마침내 친정집이 보인다. 모친과 올케와 아이들이 있을 것이다. '아내'의 발걸음은 느려진다. 뭘 하러 내가 여기에 왔는가, '아내'는 주저한다. '아내'는 보이지 않는 끈에 매달린 공같이 친정집 문에 다가선다. 그 사람한테 딴 여자가 있는 거 같아 증거는 없어 하며, 모친은 너는 너무 잘 울지, 너는 너무 잘 웃지, 너는 너무 조용하지, 너는 너무 시끄럽지, 네 음식은 짜지,

네 음식은 싱겁지, 엄마는 여기가 이렇게 아프고 저기가 저렇게 아팠다, 네 올케가 나한테 이러고 동네 여편네가 나한테 저랬다.

'아내'는 안다. 문제는 풀어진 것이 아니고, 자라야 될 일은 아직도 과제로 남아 있고 정신적으로 물질적으로 모친에게 진 빚은 하나도 못 갚았다. 빚쟁이같이 자신 없는 손가락으로 '아내'는 벨을 누른다.

어린 조카가 문을 연다. 이어 마루 끝에 섰던 모친이 달려 내려온다. 웬일이니 전화도 없이, 모친은 '아내'를 얼싸안는다. 죽음같이 질기고 숙명적인 포옹이 그들 사이에 이루어진다. 모친은 딸을 조종하고 '아내'는 반항하면서도 모친에게 돌아간다. 모친에게로 되돌아가고 또 되돌아가서 조종당한다. 그러면서 어느덧 모친같이 변해 간다.

빨간 머리 여자에게 '남편'이 말한다.

"당신은 참 이상한 여자야. 나를 있는 대로 받아들이지, 나를 고치려 하지 않고 나를 염려하지도 않지. 너는 어디에서 그런 힘을 얻었을까, 너한테는 모든 게 자연스럽고 실망이 없지. 노력을 안 해도 그렇게 되지, 참."

칭찬을 받고도 여자는 가만 있는다. 웃지도 않는다. '남편'의 손길이 여자의 짧은 머리칼을 빗질한다.

"아니면 이렇게 뭐든지를 그대로 받아들이는 게 더 편해서인가, 응? 우리 관계는 잠깐이고 한계가 있기 때문일까, 응?" 여자의 얼굴을 들여다보며 진지하게 묻는다.

"한계가 없는 관계가 뭘까, 혈육?" 여자가 말한다.

"하긴 지속적인 관계가 되면 네 태도도 달라질지 몰라. 서로 자기가 좋은 형태로 상대방을 만들 궁리를 하겠지. 우리 아버지가 나한테 그렇게 했거든. 그래서 그 과정을 잘 알아."

"대학을 졸업하니까 우리 엄마는 날 어른이라고 남자들 세계로 밀어 넣었어. 넌 나같이 살지 마라면서. 세상에 나가서 특별한 남자, 여성적인 남자를 찾아라 했어. 남달리 신비한 데가 있는 너를 보호할 남자, 엄마가 그럴 때 난 에덴동산에서 쫓겨나는 기분이었어. 엄마는 심장마비로 죽었어. 의사는 그렇게 말하지만 내 생각에 엄마는 그냥 사는 걸 포기해버린 것만 같아."

"그럼 자살하셨단 말야?"

"아니 자살도 아니고, 내가 포기한다고 말할 때는 포기한다는 뜻밖에 없어. 물질적으로나 정신적으로 엄마는 지옥같이 살았거든. 죽기 얼마 전에 엄마는 이제 난 자유로워질 거다 했어요."

"지금 있는 집이 불편하면 이 아파트로 짐을 옮겨. 여기다 사무실을 차린다고 해도 두어 달 후에나 될 거야. 여길 비워둘 필요는 없잖아."

'남편'이 말한다.

여자가 눈을 들어 '남편'을 올려다본다. 고개를 천천히 가로젓는다.

어린 시절의 골목을 '아내'는 걸어 내려온다. 대문에서 딸을 배웅하던 모친이 돌아서서 집 안으로 들어간다. 철대문 닫히는 소리가 난다.

'아내'는 어느 집 담장 위로 솟은 노란 찔레꽃에 눈길을 준다. 비에 씻기며 청신하게 피어 있다. '아내' 속에서 '내'가 살아난다.

ㅡ 나라니? 궁금해지는가? 열두 살의 '아내'를 보고 너무 사랑스러워 눈물을 흘렸다는 사람을 기억하는가? 그가 바로 나이다.

'아내'가 열두 살이었을 때 나는 일흔여덟이었다. 머리에 흰 서리 얹고 딸의 집에서 뜰이나 손질하며 소일하던 노인네였다. 가정에 등한했던 벌을 받느라 늘그막의 나는 구박덩이 노인네였다. 그 집이 바로 지금 '아내'의 눈을 황홀하게 하는 찔레꽃 핀 집이다.

구름이니 물이니 햇볕이니 수목이 나를 끊임없이 불러내어 나는 내 생애 대부분을 떠돌며 지냈다. 배 타고 일본도 가고 만주도 갔었다.

자연처럼 아름다운 것은 없지만 사람이 자연보다 아름다워 보일 때가 있었다. 그 아름다움이 주는 충격은 아픔으로 왔다.

'아내'는 어울려 노는 여자애들 중에서 뛰어나 보였다. 약수를 뜨러 주전자를 들고 동네 산길로 향하던 나는 걸음을 멈추고 '아내'를 바라보았다. 곧고 가는 긴 허리에 발은 맨발이었다. 부쩍부쩍 커지는 키를 따르지 못하겠는 듯 입고 있는 원피스는 몸에 작았다. 공치기할 때마다 머리가 흔들렸다. 마상의 왕녀같이 기품이 있었다. 앞으로 살아갈 미지수의 앞날이 그 애의 어깨 위에서 신비롭게 빛났다. 이, 목, 구, 비, 손, 발, 눈 가는 데마다 내 마음을 잡아당겨 흔들어놓았다.

사람이 자연보다 아름다워 보일 때면 나는 내가 사랑에 빠졌음을 깨닫고는 했다. 남자의 역사는 여자이다.

이제 일흔여덟 노인으로 저 어린 여자애를 어찌해야 하는가, 바라보는 도리밖에 없었다. 산천을 저리게 바라보듯 이 여자애도 바라보기만 해야 하며 또 내가 두고 갈 것이었다. 내 눈에 눈물이 고였다.

'아내'는 내 장례 때에도 왔다. '아내'를 처음 보고 두 주일쯤 후였다. '아내'는 그 모친을 따라 모르는 이웃 노인 장례식에 무심히 와서 뜰에 서 있었다. 그 어머니만 분향했다. 문상객도 별로 없는 쓸쓸한 장례식이었다.

내가 돌보던 뜰은 꽃철이어서 꽃이 가득했다. 이미 나는 죽은 몸이었으므로 내 눈에 더 이상 눈물이 고일 수는 없었다. 가슴이 아프지도 않았다. 나는 고요했다.

'아내'와 그 어머니가 문상을 끝내고 돌아갈 때 딸은 그들을 문간까지 배웅하며 내 얘기를 했다. '아내'는 나를 기억하지 못했다(딸은 죽으려고 아파 누워 있는 내게 아부지, 밖에 개가 나와 노네요. 잠시 일어나시겠어요? 놀리곤 했었다).

내 딸의 얘기를 듣던 열두 살 '아내'는 시선을 돌려 검은 띠 두른 나의 사진을 바라보았다. 가득 핀 꽃 너머를 날아 주의 깊은 시선은 활짝 열린 건넌방 문을 건너 내 사진에 가서 꽂혔다. 하얼빈 어느 나뭇등걸에 앉아 바이올린을 들고 찍은 젊은 나였다.

다시 한 번 말하지만 나는 죽었다. 느끼지도 숨 쉬지도 못하며 내 육신은 흙이 된 지 오래다.

'아내' 속에 살아난 지금의 나는 사진의 모습 그대로, 바이올린을 타며 구름을 등에 지고 나무 그루터기에 앉아 있다. 하나님같이 넓고 따스한 존재로.

빨간 머리 여자가 그리스신화를 소리 내어 읽는다. 손수건 한 장만큼 간단한 원피스를 입고 가느다란 다리를 엇갈려 모으고 여자는 전신부호처럼 단조롭게 읽어나간다.

생명의 여신인 데메테르는 네 명의 딸을 낳았다. 이 세상 최초의 아이들인 이들은 그지없이 행복했다. 딸들은 사랑하는 어머니를 위해 말과 음악과 웃음을 지어냈다.

어느 날 큰딸이 생리를 시작했다. 형제들은 들에 나가 꽃을 가지고 노래를 부르며 이 사건을 축복했다. 이때 갑자기 우레 소리와 함께 마차가 나타났다. 거기에는 죽음의 신인 하데스가 타고 있었다. 하데스는 큰딸을 강간한 후 지하 왕궁으로 데려갔다. 자기 옆에 앉히고 왕비로 삼았다.

딸을 뺏긴 데메테르는 울며 태양에게로 가서 하소연했다. 태양은 데메테르를 위로했다. 딸들의 운명을 왜 슬퍼하느냐, 걔들은 어머니의 집을 떠나 처녀성을 잃고 아이를 낳게 되어 있다.

읽다가 여자가 눈을 든다.

"당신 딸이 맡은 역이 뭔지 알어?"

"무슨 단역이라는 거 같더군."

"코러스예요. 일 학년 반에서는 코러스만 뽑았어. 내가 뽑은 게 아니고 담임이 뽑아서 보냈어."

"뽑혔다고 좋아하더군."

"연극이라지만 거의 무용 같은 거야, 그렇게 해볼 생각이야."

여자는 '남편'의 딸이 다니는 학교를 졸업했다. 이제 그 방면에서 어느 정도 명성을 얻은 여자는 모교 개교 기념행사 연극을 지도한다.

"당신 딸 눈 언저리가 당신 비슷하던데."

"걘 제 엄마라고들 하지, 큰애가 날 닮았어."

여자가 다시 책을 읽지 못하게 '남편'은 여자의 손목을 잡아끈다. 방 안 가득한 풍선이 이리저리 밀리며 날아오르고 움직인다.

'아내'는 아이들에게 저녁을 준다.

'아내'는 안방에 가서 어둠 속에 눕는다. 나무에 맺히며 빗물이 지고 아이들이 내는 수저 소리가 멀리 들린다.

남편에게 여자가 있는가. 그 증거는? '아내'는 자신의 발가락에 물어본다. 남편에게 여자가 있는가. 그 증거는? 등뼈에게 물어본다. 남편에게 여자가 있는가. 그 증거는? 팔에게 물어본다. 남편에게 여자가 있는가. 그 증거는? 손가락에게 물어본다. 남편에게 여자가 있는가. 그 증거는? 생식기관에 물어본다. 반복되는 질문은 비에 두들겨 맞으며 리드미컬해지고 슬픈 노래 같아진다. 대답을 못 찾았는데 침묵이 온다.

'아내'는 얼굴을 감싸고 어둠 속에서 흐느낀다. 부엌 식탁에서 밥을 먹던 아이들은 '아내'의 울음소리를 듣고 수저를 멈춘다. 서로 얼굴을 바라본다. 가끔씩 '아내'가 혼자 울어도 아이들은 그것을 다른 사람에게 얘기하지 않는다.

학교 교정에서 우연히 부딪치면 그들 형제는 아는 눈길로 만난다. '아내'의 영문 모를 울음은 집안의 비밀이다. 아이들은 개인으로서 그 비밀을 지니고 친구들 속으로 섞인다.

'아내'의 울음소리를 조금 듣다가 아이들은 조용히 다시 수저를 움직인다. 숨을 죽이고 밥을 먹는다.

빨간 머리 여자가 말한다. 한쪽 팔로 팔베개를 하고 모로 누워 있다.

"이 방이 참 마음에 들어. 마루하고 창문만 있는 게. 뭐든지 기본만 있는 게 좋아."

여자 옆에 번듯이 누웠던 '남편'이 엎드린다. 담배를 당겨 불을 붙인다.

여자가 말한다.

"나는 하루를 다 살 수는 없어요. 하루에 서너 시간쯤을 산다고 할까."

'남편'이 담뱃불로 풍선 하나를 빵 터뜨린다.

"꼭 정해진 일이 있는 시간은 아니지요. 그냥 하루를 다 살 수는 없다 그런 말이지. 서너 시간을 살기 위해서 힘을 모은다는 뜻이지요. 먹지도 자지도 않는 신비로울 정도로 초현실적인 시간. 피곤하거나 아파도 안 되지요. 스물네 시간이 그랬으면 좋겠는데 그게 안 되지요. 영화를 보면 그게 가능해. 전쟁 영화라든가 우주 영화, 갱 영화를. 영화 속의 사람들은 생리작용을 초월해 있지. 정말 매혹적이에요."

"그런 생각이라면 나는 이미 초등학교 때 했어. 그 단계 넘고 또 넘고 또 넘어서 다시 제자리로 왔어. 난 말이야 기분 좋은 일은 나쁠 수가 없다, 이런 결론에 도달했어. 물론 남을 해치지 않는 한도 안에서. 그런 상식은 있다구. 비록 도둑놈같이 손발이 크게 생겨두."

'남편'이 웃는다.

'남편'은 담뱃불로 풍선을 하나씩 하나씩 터뜨린다.

"그거 하나하나 다 내가 분 거야. 하루 종일 불었어. 내 숨으로."

여자가 '남편'의 손가락 사이에 낀 담배를 뽑아 든다. 그것으로 여자가 천천히 풍선을 터뜨린다. 표정이 없다. 눈화장이 번져 둥근 눈이 어두운 동굴 같고 반대로 얼굴빛은 흰 분필 같다.

"처음 만나던 날 당신은 동물 같은 눈으로 나를 봤어. 회장님 회갑 파티 때요. 첫 대면인데도 순전히 야수 같은 번쩍임이 있었어. 내 예감이 옳았어. 당신은 그날 밤 나를 따라왔었지. 미행하는 낌새를 알면서도 난 두어 시간을 그냥 끌고 다녔지."

"그랬었지."

'남편'이 웃는다.

"당신이 동물같이 나를 탐내는 게 좋았어. 내가 누군지 뭐하는 사람인지 시집갔는지 아닌지도 모르면서. 혼자 있을 때 당신 시선을 생각하면 안기고 싶어서 내 몸이 아팠어."

"그랬으면서도 날 그렇게 고문했군. 너야말로 먹지도 자지도 않고 심지어 말도 안 하는 초현실적인 존재 같았어. 더구나 머리카락은 빨갛지."

"당신 회사 모델 일 때문에 당신과 이런저런 일로 만나게 되고 당신과 손가락이 스치고 옷깃이 스치고 그래가면서 긴장이 가속화되었는데…… 뭐든지 잠시야."

여자의 음성은 깊이 가라앉는다.

마루에 놓인 흔들의자에 '아내'가 앉아 있다. 비에 젖는 정원은 어둡다.

'아내'를 그 안에 잠그고 흔들의자는 일정한 간격의 소리를 내며 앞뒤로 흔들린다. 적막한 집 안에 크게 울린다.

우리 아가 금동 아가 쌔근쌔근 잠들라.

'아내'는 자장가를 부른다. 배 속의 아기를 '아내'는 먼 세계로 끌고 간다. 새 엄마와 새 아기를 감싸줄 벽이 없고 천장이 없고 바닥이 없는 망각 같은 세계로.

빨간 머리 여자와 '남편'이 어둑시그레하게 조명된 아파트 층계를 돌아 내려온다. 아파트 정문을 빠져나온다. 두 사람의 그림자가 가로등을 받고 빗물 젖은 포도 위에 옆으로 길게 선다. 주변은 인적 없이 고요하다.

"여기."

여자가 금속 숄더백에서 아파트 열쇠를 꺼내 '남편'에게 준다.

"이걸로 굿바이, 그만 만나요."

여자가 말한다.

"아파트 열쇠를 나눠 가질 때 나는 길게 잡아 한 달쯤 하고 생각했었지요. 두 달이나 끌었으니 오래 지났지."

"이러지 말어."

'남편'은 여자의 가방 속에 열쇠를 도로 넣어주려 한다. 그것을 피해 여자가 몸을 돌린다. 몇 걸음 빨리 걷는가 하다가 여자가 아쿠 하며 앞으로 훅 쓰러진다.

'남편'이 가까이 간다. 여자는 젖은 포도에 엎드린 채 움직이지 않는다. 남편이 구부리고 앉아 여자를 들여다본다. 문득 여자가 고개를 든다. 뜻밖에도 웃는 얼굴이다. 가로등 불빛에 반들거리는 눈빛은 장난이 가득하다.

"구두 때문이에요. 힐이 어떻게 된 모양이야. 아침에도 넘어졌었어."

"어서 일어나, 옷 다 버려."

"이렇게 땅에 귀 대면 뭐가 들리는지 아세요? 땅속에 잡혀간 딸들이 땅속에서 노래해."

"당연하지, 백화점 지하실에는 그래서 여자들이 그렇게 많더군."

'남편'은 농담한다.

이제는 제법 불룩해진 배를 하고 '아내'는 오자미 던지기를 한다. 일기예보대로 오후부터는 눈이 오려는지 하늘은 흐려 있다. 겨울나무는 잎이 없다.

한때 '아내'의 마음을 그리도 위안했던 뜰은 이제는 걸어두고 자꾸 보아 싫증 난 명화 같다. '아내'는 이제 그 풍경에서 우정을 못 느낀다. 우정은 다른 모서리를 보이며 돌아서지 않는다. 우정은 서로 얘기한다. 서로의 요구, 열망, 꿈, 환상, 뜬소문들을. 우정을 느낄 수 없는 뜰을 아내는 더 이상 가꾸지도 않고 바라보지도 않는다. 내 몸은 구멍이 숭숭 뚫린 것 같아, 왜 이렇게 힘이 물 새는 듯 빠져나가는지.

불룩한 배를 하고 머리에는 헤드폰을 끼고 아내는 오자미를 계속해서 공중으로 던져 올린다. 음악의 리듬에 맞춰 오자미를 쫓노라면 생각은 불빛처럼 자유로이 흐르고 있는 것 없는 것에서 느끼던 불안이 사라진다.

음악은 낯선 것일수록 좋다. 시장길에 '아내'는 테이프를 산다. 멜로디가 익숙해질 때까지 한 가지로만 하다가 다시 새로운 테이프로 바꾼다.

올해의 첫눈이 올지도 모르는 일요일이다. '남편'은 새로 꾸미는 사무실 일로 바쁘다고 아침부터 나갔다.

예린아, 예정아, 밖에서 아이들 친구가 부른다. '아내'는 헤드폰 때문에 그 소리를 듣지 못한다. 때로는 전화벨 소리도 듣지 못한다.

방에 있던 아이들이 응, 크게 대답하며 현관으로 나간다. '아내'는 아이들이 나가는 기척도 못 느낀다.

아이들은 마루를 나가며 안방의 '아내'를 보지 않는다. 거기 '아내'가 없는 듯 아이들은 침묵 속에서 신발을 신는다. 현관문을 열고 댓돌을 내려서서 정원을 지나 문간으로 간다. 호되게 춥다. 고만고만한 아이 셋이 문밖에 서 있다.

대문을 열고 아이들은 친구와 섞인다. 죽은 사람을 집에 두고 나온 것같이 아이들은 뒷손으로 대문을 쾅 닫는다. 친구와 줄넘기를 하러 공터로 향한다.

돌아온 날개

검은 구름이 겹겹이 모여들어 해를 가리니 세상은 깜깜해졌다. 사람들의 간을 콩알만 하게 만들어놓으며 번개가 계속 쳐서 어둠을 밝히고 우레는 하늘 자락을 입속에 털어 넣고 괴롭게 신음하고 바람은 동서남북 네 굽으로 불어제치며 빗줄기를 땅 위에다가 휘갈겨댔다. 이것이 괴물이 사람을 잡으러 오는 것이라고 알았으므로 어른들은 미친 듯이 아이들을 집으로 불러들이고 대문과 방문을 걸어 잠갔다. 길을 가던 사람들도 황급히 아무 곳으로나 몸을 숨겼다.

썩는다, 썩는다 곡식단 썩는다. 부모처자 먹일
곡식단 썩는다.
썩어두 백성 게라 내 모른다네 랄랄라 랄랄라
호화 궁궐 짓네
사람이 못나서 백성질 하나 사람이 좋아서 이
대역 치르나

몸에 받는 매, 돌이라도 울리라 랄랄라 랄랄라

매 못 이겨 짓네 [1]

궐 짓는 일에 동원되었던 백성들도, 그들을 감독하던 감독관도 신분의 처지를 벗고 두려움에 떠는 인간들이 되어 나무나 바위거나 아무 데나 의지되는 데로 가서 몸을 낮추었다. 비나이다, 내 몸이 괴물의 눈에 띄지만 않게 해주십시오. 괴물이 나를 탐내지 않도록만 해주십시오.

냉혹하고 무자비하게 찌르고 할퀴며 난리를 치던 천둥과 번개와 비바람이 멈추고 구름이 흩어지고 햇빛이 나왔다. 사람들은 가슴을 쓸어내리며 안도의 숨을 쉬었다. 나는 살았구나, 내 가족도 살았구나. 이번에는 누가 괴물에게 잡혀갔을까?

이번에 괴물이 잡아간 것은 궁궐 속에 있는 세 공주였다. 일반 백성이 잡혀가는 것과 공주가 잡혀가는 것에는 천지 차이가 있었다. 적어도 임금과 왕비에게는 그러했다. 임금과 왕비가 슬프고 괴로우니 만백성도 마땅히 슬프고 괴로워야 했다.

임금은 용감하고 무술에 뛰어난 장군들과 군사를 풀어 공주를 찾아보았으나 하나같이 괴물이 어디에 있는지조차 모르고 돌아왔다.

"오랫동안 괴물이 숱한 사람을 잡아갔음에도 아직까지 그 괴물의 정체가 무엇인지 어디에 살고 있는지 아는 사람이 하나도 없어 마침내는 고귀한 신분인 내 딸들을 잃고야 말았구나. 그래, 이럴 수가 있어? 여봐라, 공주를 찾아오는 자는 신분의 고하를 가리지 않고 세 명의 공주 중에서도 그가 원하는 공주를 그 마음대로 골라가지고 결혼

을 하며 나는 그에게 왕위를 물려주겠다고 이 나라 방방곡곡 깊은 산
곡간까지도 방을 붙여라. 공주들이 없으면 왕위가 무슨 소용이 있으
며 내가 백성들의 원성을 들어가며 굳이 호화 궁궐을 새로 지어 무엇
을 하느냐."

왕은 명을 내렸다.

> 청초(靑草) 우거진 풀밭 위에
> 뉘 집 말인지 사지 미끈한 호마 한 필
> 내 낫으로 매논 줄바 썩 끊어버리어
> 맘대로 뛰며 놀며 너른 벌판서 풀 뜯어라 외치다
>
> 뜯어 먹다가, 맘대로 네 굽을 안고 뛰놀다가
> 가을철 되어 서릿바람에 만물이 시들 제
> 내게로 오라, 내 외양간 찾아오라
> 마초(馬草) 마련했다가 한겨울 내어주리 [2]

이 나라 산속 바위 굴에 젊은이가 살고 있었다. 젊은이는 태어나서
부터 자연의 정조(情調)에 마음과 눈과 귀가 젖어왔다. 사계절은 시시
각각으로 새로운 아름다움을 보여주며 젊은이의 앞을 지나갔다. 가없
이 너른 하늘을 열을 지어 날던 새 떼들은 연못에 기하학적인 열을 흐
트러뜨림이 없이 고스란히 내려앉고 비에 흐뭇이 젖은 흙을 뚫고 우
산인 양 버섯이 솟아나고 밤하늘에는 은하수가 뽀얗게 흐르고 햇빛은
나뭇잎의 가장자리를 금물로 두르고 풀은 바람에 춤추고 온 세상을
덮는 흰 눈은 깨끗하게 반짝거리니 모두가 장관이었다.

기쁨이 거기에 있었다. 자기를 힘껏 표현하느라니 곧 기진맥진해지고 말 것 같건만도 자연은 늠름히 창조에 창조를 거듭하며 사는 것은 기쁜 것이라고 젊은이에게 약속했다.

젊은이는 홀몸이었으나 외로움을 몰랐다. 하늘에 뜬 구름도 사람 얼굴이고 바위도 얼굴이고 흙도 꽃도 표정 짓는 얼굴이었다. 누가 어깨를 붙잡아서 뒤돌아보노라면 나는 화살을 피했고 발밑에서 돌멩이가 튀어 올라 놀라서 물러서노라면 짐승의 덫이었다. 보이지 않는 얼굴들이 항상 그의 옆을 따라다니고 있었다.

이보세요, 둔덕 위 바구니 끼고 가는 저 처자야
임자낸 꽃밭에 들거든 빛깔 고운 양귀비꽃을 먼저 따겠어요?
향기 온 동산을 덮는 백합꽃을
그러찮으면 너불거리는 모란꽃에 먼저 손대겠어요?

모두 다 좋지만요, 그렇더라도 그렇더라도
귀여운 것도 고운 빛깔도 잠깐 제쳐놓고
향그러운 냄새 온몸을 싸주는 그 백합꽃을 따시구려
내 성미에 꼭 맞게, 제발 내 성미에 꼭 맞게

이보시오, 오솔길 나뭇짐 지고 가는 저 소동패야
그대는 과일밭에 들거든 먼저 살구낡에 기어오르겠어요?
주렁주렁 잘도 달린 포도 덩굴에
그러찮으면 설익어 떨어지는 돌배낡에 달려들겠어요?

모두 다 좋지만요, 그렇더라도 그렇더라도

한 개 두 개 따로따로 따는 살구 돌배 잠깐 제쳐놓고

한 움큼씩 손에 쥐이는 그득한 포도송이에 손대구려

내 성미에 꼭 맞게 제발 내 성미에 꼭 맞게 3

어느 날 젊은이는 산꼭대기로 올라갔다. 산이 험하여 걷다가 어떤 데서는 짐승이나 된 듯이 네발로 기었다. 전에 못 듣던 소리가 들려 귀 기울이니 울음소리였다. 소리를 따라간즉 여인들이 대여섯 명 모여 앉아 울고 있었다.

"이보세요, 왜 여기에서 울고들 계십니까? 놀라지 마십시오. 저는 이 산에 살고 있는 사람입니다."

"우리는 약초를 캐러 산으로 왔다가 괴물에게 끌려간 가족들 생각을 하고는 누가 듣는 줄도 모르고 설움이 북받쳐 울고 말았구려."

"괴물이라니오?"

"젊은이는 괴물을 모르오? 당신은 땅에서 솟았소? 하늘에서 떨어졌소? 이 땅에 괴물을 모르는 사람이 다 있구려. 청천 하늘에 난데없이 구름장이 곤두서고 천둥 번개가 사납게 칠 때 당신은 무엇을 했소?"

"굴속에서 폭풍이 지나기를 기다렸지요. 나무의 싹을 틔우는 부드러운 비바람, 나뭇가지를 휘젓는 거친 비바람, 몇백 년 된 나무의 뿌리를 통째로 뽑아내는 무서운 비바람, 이와 같이 비바람은 쉬지 않고 기세가 변하니 기다리고 있으면 지나가리라 하고 그때그때 견뎌냈지요."

"그때 괴물이 오는 거예요. 괴물은 하늘과 땅을 땅땅 울러대면서

와서는 이번에는 구중궁궐에 있는 세 공주를 한꺼번에 잡아갔다지 않아요. 임금님은 공주를 찾아오는 사람을 사위로 삼고 왕위를 물려 준다고 방을 방방곡곡에 붙였는데 젊은이는 그럼 그것도 못 보았소?"

"저는 글을 몰라요."

"임금님이 저렇게 공주를 찾겠다고 병력을 동원하고 야단을 하시니 그 덕에 붙잡혀 갔던 우리 백성들도 돌아왔으면 좋겠어요."

"할머니, 우리 그이는 죽었겠죠? 죽었을 거예요. 허약한 몸으로 끌려갔는걸."

복숭아털이 가시지 않은 앳된 색시가 말하자 새로운 설움이 복받쳐 여인들은 다시 머리를 맞대고 울기 시작했다.

길을 잃어서 여울물 둑을 터뜨리고 흐르고
길을 잃어서 모래알 사태를 일쿠며 내린다
길을 잃어서 헤매는 이 백성 앞에
내일 날 무엇이 올까 소름이 친다

어린아이 철없는 칼끝에 은가락지 생채기 들고
함부로 부는 바람에 꽃밭이 짓이겨져 간다
길이 잘못 나니 모든 것이 부서지고 망가질 뿐
내일 날 이 터전에 무엇이 남을까 소름이 끼친다 4

이 세상을 환하게 밝힐 것같이 용솟음치는 기운을 느끼며 젊은이는 대궐을 향해 길을 떠났다. 그는 뒤를 돌아다보지 않았다. 현재에도 살지 않았다. 사람의 마음속에 근심과 고통이 없고 평화로움이 깃든 미래의 세상만을 들여다볼 뿐이었다.

> 섣불리, 사내대장부로 왜 태어났던고
> 섣골 산 구석 촌각시 되어서
> 나물 캐다 보리 베다 죽었더라면,
> 뜻 맞는 세상에 맘 맞게 살아갔을 것을 5

길을 떠난 장군과 군사와 장정들이 괴물 찾기를 단념하고 돌아오고 나니 이제는 괴물을 찾겠다고 나서는 사람조차 없었다.

초조로이 서성거리는 임금 앞에 어느 날 괴나리봇짐을 진 시골뜨기 총각이 나타났다.

"산속에서 살고 있는 돌쇠입니다. 어렸을 때 육친을 삭풍 부는 모래벌판에 여의어 그 이후로 부모의 생사를 모르고 지내는 처지였다가 칠 남매의 누나와 동생을 저세상에 혹은 천 리 타국에 보내어 이 나라 강산을 굽이굽이 찾아본대도 같은 혈기 띤 족친이라고는 저 한 몸뿐이옵니다. 십수 년 만에 옛 고장을 찾았더니 수양버들 토담 안에 청기와 높던 저의 집은 이미 쓰러져 평토가 되었고 어릴 때 고기잡이 열기 따기 하던 앞내 강변 백사벌에는 해당화 무더기 속에 어머님 무덤과 두 누나와 두 형님의 다섯 무덤이 풀이 파란 채 가지런히 누워 계시니 옛 마을이라고 찾아간 나그네의 심회를 달랠 길이 없었습니다."

"그렇구나, 그럼 너는 헤어지는 쓰라림이 무엇인지를 알겠구나. 슬픔을 아는 자만이 다른 사람의 슬픔을 위로할 수 있으며 죽음을 껴안아본 자만이 남의 병을 고칠 수가 있다. 그런데 너는 산속에서 무슨 도술을 연마했는고? 활쏘기? 창던지기? 칼 쓰기?"

"저는 이 몸뚱이와 믿음뿐이옵니다. 괴물을 만나고 오겠습니다. 하늘에 뜬 단 하나의 달은 우리들의 눈동자에도 있고 우물 속에도 있고 강물에도 있고 아주 작은 이슬방울에도 있습니다. 바람은 바람을 따라 흐르고 물은 물을 따르고 마음은 마음을 따르더이다. 괴물도 마음이 있을진대 이에서 벗어나지 않을 것입니다."

"이제까지 내로라하는 젊은이들이 용기를 뽐내며 길을 떠났다가 모두 그냥 돌아왔으나 나는 아직도 희망을 버릴 수가 없다. 세상이 날 비웃어도 좋다. 나는 다시 한 번 더 바보가 되련다. 지붕에 뛰어오르고 내리기를 비호같이 하는 세 명의 무사를 너에게 딸려 보내니 무슨 수를 써서라도 내 딸들을 내 앞에다가 데려다 주게. 그냥 돌아오면 나는 너의 목을 베겠노라. 너와 같이 가는 무사들의 목도 이번에는 베겠노라. 제발 부탁한다. 이루고 돌아오라."

임금은 무섭게 위엄을 보이다가 다음 순간에는 물에 빠진 사람이 지푸라기라도 잡는 듯이 자식을 잃고 정신이 없는 아버지의 모습을 촌뜨기 젊은이에게 들쑥날쑥 드러냈다.

잉어같이 뛰어볼까, 열 길 폭포 솟아볼까
솟다가 채 못 솟으면 바위덩이에 골 쪼아버릴까
시절 탄식으로 이대로 썩긴 아섭고 분하여라 6

젊은이와 세 명의 무사는 길을 떠났다. 길이 다가오는 대로 그들은 갔다. 젊은이는 밤이나 낮이나를 가리지 않고 고단하면 쉬었다가 계속 길을 가고 싶었으나 함께 있는 무사들 때문에 밤이면 잠을 자고 낮이면 길을 갔다.

"코가 가서 부딪기 전에는 뭐가 뭔지를 못 보는 촌놈을 자존심을 꿀꺽덕 삼키고 따라다니려니 밸이 꼴린다."

"아슬아슬 위태위태. 한 얼음덩이를 디뎌 다음 얼음으로 밟아 뛰며 강을 건너는 형국이라. 이대로 돌아가도 임금님께 목을 베이겠고 저 놈과 있어도 죽겠고. 내가 오늘날 이렇게 쓰려고 눈비 속에 무술을 갈고닦는 고행을 치렀을까?"

"여하튼 소 가래침처럼 질긴 놈이야. 처음 구경해."

"이럴 바엔 내가 먼저 괴물을 찾겠다고 자청하고 나설걸. 군대를 끌고 한번 나갔다가 돌아온 것으로 이 임무는 끝이 난 줄만 알았다네. 자네들 공주를 가까이서 보았나? 공주 셋이 다 미인이지만 셋째 공주는 정말 마음에 쏙 들더라구."

이때 먼저 세수를 마치고 주변을 돌아다니던 젊은이가 과일을 손에 들고 나타나 에푸수수하게 앉은 무사들에게 말했다.

"저 위에 샘에 가서 가랑잎으로 물을 떠먹고 내려왔어요. 무사님들 이걸 잡숴보세요. 어찌나 신선한지 씹으면 깨지는 소리가 납니다."

"자네나 먹게. 이보게 젊은이, 자네야 가족도 없고 산속에서 혼자 살았다니 거기나 여기나 다를 바가 없겠으나 우리는 아니야. 죽기 전에 장가도 들어야 하겠고 조상님 모실 아들자식도 낳아야겠어. 그런데 이래도 죽고 저래도 죽게 생겼단 말이야."

"무사님들, 나도 청춘이오. 나도 고운 색시가 그리워요. 어쩐지 오늘은 무슨 좋은 소식이 있을 것 같군요. 업은 아이 사흘 찾는다는 말도 있듯이 괴물이 이 근처에 있을지 모르겠어요."

"좋은 소식이라니? 괴물을 만나니 좋은 일인가, 안 만나니 좋은 일인가? 아직 괴물을 제대로 볼 만큼 담이 큰 사람도 없었어. 괴물이 왔다 하면 우선 숨었다네."

"무사님들, 괴물을 만나면 우리는 무력을 쓰기 전에 화해와 평화를 애기합시다."

젊은이는 눈을 빛내며 말했다. 주변의 모든 것을 고통 없는 행복으로 녹여놓을 것같이 그는 생기에 넘쳤다. 어디에 괴물이 있을까, 괴물을 어떻게 대할까 근심스러우면서도 그는 느낌이 좋았다.

> 바람에 겨자씨 흩어지듯
> 지극히 적게 값없게 오늘은 몰려가나
> 이 뒷날 묻힌 곳곳마다 정정(亭亭)한 나무가 서서
> 그 아래 새 동네 생기고 많은 인총이 모여 살리
> 그러기에 나그네여 어서 서슴지 말고 가는 곳마다 일러라
> 여기 불우한 사내들이 있어
> 삭풍에 겨자씨같이 몰려 오늘 산산이 흩어지더라고 [7]

희망차게 시작했던 하루는 어제처럼 보람 없이 끝맺음을 하고 있었다. 해는 뜨거운 바윗덩이에 화살같이 강한 햇살을 쏘아대며 천천히 바다로 지고 있었다. 바닷물이 붙잡고 놓아주지 않으니 해는 바닷물을 빨갛게 물들이며 한참 승강이질을 치다가 바다 밑으로 내려갔다. 밤이 되었다.

젊은이 일행은 바닷가 마을의 여인숙에 들었다.

"자네 어딜 가나? 눕기도 전에 벌써 일어나긴가?"

"나가서 바람 좀 쐬고 들어오겠어요."

젊은이는 방문을 열고 바깥으로 나왔다. 부서지지 않고 흐르는 달

빛 속에 반딧불이 날아다니고 나무 꼭대기를 흔들던 바람은 내려와서 갓 핀 꽃들의 짙은 향기를 흩뜨려놓았다.

"달님, 웃는 얼굴로 막 도망가는 달님, 사실 달님은 가만히 있고 구름이 빠르게 가는 거지요. 함께 있는 무사들에게 우리는 괴물을 만나 잡혀간 사람들을 구해낼 수 있다고 우겼습니다만 저는 불안과 의혹에 싸여갑니다. 괴물아, 너는 대체 어디에 있느냐. 비와 바람과 어둠 속에 출몰하지 말고 당당히 나와서 나와 대면하여라. 나를 잡아가려고라도 나와보거라."

젊은이는 외쳤다. 젊은이가 괴물아 어디 있느냐 할 때 그것은 질문이 아니라 고통과 노여움과 의혹 속에서 구원을 청하는 부르짖음이었다.

젊은이가 다음 날 깨었을 때는 싹싹한 아침 햇살이 창호지 문에 가득했다.

"너무 늦도록 잠을 잤나 보군요."

여인숙 주인이 한상 잘 차려준 아침밥을 먹고 있던 무사들은,

"일찍 일어나봐야 뭐 별일도 없을걸. 넘어진 김에 쉬어 간다고 더 누워 있지."

젊은이는 조롱하는 그들의 말을 못 들은 듯 일어나서 길 떠날 준비를 했다.

여인숙을 떠난 젊은이와 무사들은 커다란 바위들이 서로 등을 기대고 있는 곳을 지나 무궁화꽃 벌판에 이르렀다. 흰색, 분홍색, 보라색 여러 가지 빛깔의 무궁화로 천지가 꽃빛 안개와 아지랑이였다. 꽃들은 자유로이 높고 넓게 떠돌았다.

말 타고 꺼덕꺼덕 가는 그들의 까만 그림자는 울퉁불퉁한 땅에 떨어지고 산들바람은 기색으로만 있었다. 자연은 시간 속에 무엇이건 품고 무엇이건 놓아주었다. 언제나 현재만이 존재했다.

밤사이에 젊은이는 희망을 잃고 초췌한 모습이었다. 그는 전에 한 번 살아보았던 삶을 이번에는 좀 괜찮을까 해서 다시 살고 있는 것만 같고 짜증이 났다.

"무사님들 쉬고 계신 동안에 저는 근처를 좀 둘러보겠습니다. 곧 올게요."

"이따가 와도 된다네. 염려 말고 가보게."

젊은이는 꽃 속으로 걸어가서 모든 것을 잊고 그 잊어버린 머릿속에 무엇이 들어오나 보고 싶었다. 벌판에 들어서니 꽃들이 와자자 다가들었다가 와자자 와자자 물러났다.

티끌에 묻힌 몸이매 용을 그리워합니다
깊고 넓은 연못 속 숨죽여 천 년도 더 지내다가
마음 한번 동하는 날 수천 길 물속 뛰어, 허공마저 뛰어넘어서
하늘로 올라 달려 다시 태허 속에 제 몸 파묻혀버리거니

해 뜬 날 고요한 날은 돌비늘 하나 번득이지 않다가
번개 치고 우레 울 제 무지개보다도 더 긴 그 허리
하늘 한끝에서 한끝으로 걸치고 구불, 구불, 구불
마음껏 뛰어보거니, 소리쳐보거니, 몸부림쳐 보거니

콧구멍으로는 구름 같은 연기를 내뿜고

입가론 불길을 훽훽 토하면서
어지러운 세상 불살라버릴 듯이
흐린 하늘 무찔러버릴 듯이 뛰고 우는 용이여

티끌에 묻힌 몸이매 용을 그리워합니다
평시엔 있는 듯 없는 듯 천 년을 잠잠타가
뇌성 쳐 하늘땅 갈라질 젠 뛰어나와 크게 움직이는
가슴속 끝없는 불과 연기 간직한 용이 이날 몹시 그리워집니다 [8]

　노래를 부르며 젊은이는 갔다. 갈수록 따뜻한 축복이고 눈부신 빛
이었다. 더 이상 갈 수 없고 더 이상 볼 수 없는 밝음 속에 닿았을 때
시간은 느려지더니 멈추었다. 그는 자기가 누구인지 어디서 왔는지를
잊어버렸다. 막연히 어디 갈 곳이 있으며 지금 먼 곳을 돌아다니는 도
중에 있는데 여기는 언제나 있었으며 앞으로도 영원히 있고 온 세상
의 중심이라고 생각했다. 그의 뼈들은 제각각 떨어져나가고, 정체를
알 수 없는 휘도는 음성이 그의 몸을 지나갔다. '한'은 비롯이 없는 가
운데 비롯함이며 마침이 없는 가운데 마침이 있나니, 다시 새 하늘이
열리느니라. 하나는 없음으로 끝나니, 다시 크고, 새로운 하나가 비롯
되느니라.
　"웬 바윗돌을 그렇게 연인 동지같이 껴안고 있소?"
　"바위에 엎디어 지금 청춘의 꿈을 꾸는 중이오?"
　"하하하."
　무사들의 소리에 젊은이는 정신이 들어본즉 검은 바위에 엎디어 있
었다.

"무사님들, 이 바위를 움직여봅시다. 이 바위가 보통 바위가 아닌 듯해요."

젊은이는 굶주리고 미친 짐승 같았다.

"이 사람이 지금 잠꼬대를 하는구먼."

"네, 잠꼬대를 합니다."

젊은이가 일어나 바위를 미니 사람 하나가 겨우 들어갈 만한 좁은 구멍이 땅 밑으로 뚫려 있었다.

젊은이는 큰 바위를 밀어내는 자기의 힘에 스스로 놀랐다. 고양이가 호랑이가 된 것 같았다.

"무사님들, 이 굴속으로 들어가봅시다. 괴물이 필시 이 땅속에 살기에 그동안 땅 위를 그렇게 다녀도 찾을 수 없었던가 봅니다."

"괴물이 왜 땅속에 살아, 괴물은 큰데 구멍은 작은걸."

"거길 갔다가 어떻게 나오려구."

"그럼 저 혼자 들어가보지요. 무사님들은 여기서 내가 신호를 할 때까지 기다리세요."

젊은이는 밧줄로 몸을 묶고 땅 밑으로 들어갔다. 무사들은 밧줄을 천천히 풀어주었다.

거미가 줄에 매달리듯 밧줄을 타고 캄캄한 곳을 미끄러져 내려가는데 갑자기 땅 위와 다름이 없는 환한 세상이 되었다. 하늘도 있고 땅도 있고 물도 있고 나무도 있었다.

허리에 맨 밧줄이 모자라서 그는 빙빙 돌다가 밑으로 떨어졌다. 그는 한참을 굴렀다. 굴러가다가 뻗으니 그의 정신은 그 옆에 가서 누웠다. 그는 정신이 나갔으므로 아무 생각도 못했다.

이마 위에 부드러운 손길을 느끼고 그는 눈을 떴다. 시간이 한참 흐른 듯 하늘에는 별이 빛나고 있었다. 아름다운 여자가 얼굴 전체에 애수를 띠고 눈물이 곧 흐를 듯한 애잔한 눈으로 그를 보고 있었다. 젊은이는 마음으로 그 여자를 꽉 끌어안았다.

"많이 아프십니까? 왜 여기에 쓰러져 신음을 하고 계십니까?"

"나는 괴물을 찾으러 다니는 사람입니다. 땅 위를 뒤지고 다니다가 구멍이 있길래 혹시나 하고 땅속으로 내려와보았습니다. 땅 밑에 이런 세상이 있는 줄을 몰랐습니다."

"바로 찾아오셨습니다. 이곳에 괴물이 있으며 저는 두 언니 공주와 함께 여기 잡혀와서 절망의 나날을 보내고 있어요."

"바깥세상과 별로 다름이 없는 풍경이나 무언지 꽉 눌린 듯 무겁고 소름 끼치게 두려운 공기는 칼로 벨 듯하군요. 벌써 알겠습니다."

"그렇지요?"

공주는 젊은이를 광에 데려다가 놓고는 언니 공주들에게 갔다.

"아버지와 어머니가 우리를 찾으러 젊은이를 보냈어요. 그런데 그 사람은 괴물과 싸우기는커녕 나보다도 기운이 없어 보였어요. 불쌍해서 광에다가 숨겨놓았는데요, 괴물의 눈에 띄지 않게 무사하게 있어야 할 텐데 언니들 어디 좋은 데가 없을까요?"

"봐라, 내가 뭐라든? 아버지 어머니가 우리를 잃고 가만 계시겠냐고 그랬지? 인두로 지지는 것 같은 고통 속에서도 그 무엇을 참을성 있게 믿고 있으면 꼭 담벽을 뛰어넘게 되고 말더라. 왠지 난 우리가 살아날 것만 같구나."

"그래, 그 젊은이를 보러 가자. 막내야, 넌 뭘 걱정하니? 설마 아버지가 힘 못 쓰는 사람을 보내셨겠어?"

언니들을 데리고 셋째 공주는 젊은이에게로 갔다.

"괴물은 지금 외출 중입니다. 괴물이 쓰는 칼을 보러 갑시다. 우리를 따라오세요."

첫째 공주가 시원시원히 말했다.

그들은 관솔불이 대낮같이 어둠을 밝히고 있는 정원을 지나 마루로 올라가서 칼이 있는 방으로 갔다.

칼은 젊은이의 상상을 초월하여 무겁기 한량없었다. 첫째 공주는 젊은이가 기운이 없는 것이 실망스럽다 못해 때려주고 싶도록 분했다.

"칼이 꼼짝을 않는군요. 참, 칼 하나도 들지 못하면서 어떻게 괴물과 싸우려 하십니까? 괴물은 이 칼을 새의 깃털인 듯 자유롭게 사용한답니다."

"공주님들, 저는 목숨을 걸었습니다. 담벽을 뛰어넘을 수가 없다면 바깥세상으로 발돋움을 하고 담 주변을 돌기라도 해야지요. 별이진다고 울면 떠오르는 해를 보지 못합니다."

젊은이는 셋째 공주와 평화가 깃든 세상에서 오순도순 살고 싶었다. 그 이상의 원이 없었다.

"잘못하다간 당신은 우리까지 다 죽이고 말겠어요. 막내의 말처럼 그냥 숨어 있는 것이 낫겠어요. 당신은 참 무얼 모르십니다. 바보입니까?"

"바보라 하십시오. 그러나 바보는 무엇이든 할 수가 있고 자유롭습니다."

"언니, 이 젊은이에게 괴물이 마시는 약수를 드릴까요?"

젊은이가 기운을 얻어 괴물을 물리치기를 바라서가 아니라 약수를 마시고 도망이라도 잘 다니라고 셋째 공주는 측은한 정을 느끼며 약수를 떠 왔다.

약수가 담긴 그릇을 받아들고 젊은이는 마음의 갈등을 느꼈다. 괴물에게 힘을 주는 이 약수를 마시면 나는 무엇이 되는 것이냐, 나도 괴물이 되고 마는 것이냐, 아니면 내 안에 있는 의심과 거짓의 괴물이 죽고 새로운 내가 탄생되는 것이냐? 눈앞에 있는 이 약수를 안 마실 때 그것은 회피냐, 용기냐? 힘을 못 쓰는 진실이 진정한 선함이냐.

"고맙습니다. 괴물과는 마음으로 대결해보려고 했는데 그가 쓰는 칼 하나도 이렇게 무거우니 힘부터 길러야겠어요. 공주님."

풀이 죽어 젊은이는 약수를 마셨다.

하늘의 소나기도 제가 한 번 오려면
수십 수백의 구름 조각을 한데 끌어모은다
먼 하늘 끝에 버리운 수지 조각 같은 일편운(一片雲)마저
여러 날 두고 정성 들여 끌어모아 뭉친다

친구야, 큰일이 어찌 하룻밤 노력으로 되랴
약수 두세 그릇과 한두 달의 경륜으로 되랴
구름 속 숨은 번개 일쿠는 저 소나기같이
하늘에 통하는 열과 오랜 정성이 있어야 하옴을 9

젊은이는 약물을 마시며 몸을 단련했다. 칼을 들어볼 때마다 힘의 부족함을 느끼고 괴물과 대적하는 것이 만만치 않은 현실임을 깨달으며 젊은이는 눈물이 솟았다. 셋째 공주를 매일 보는 것만이 낙이었다.

나는 머리를 하늘에 부딪고 선녀를 구경했으니 하늘나라를 본 자로

서 예전과 같을 수가 없다. 다르다, 달라야만 한다 하고 열심히 수련한 결과로 젊은이는 마침내 긴 칼을 한 손으로 들 수 있게 되었다. 그러나 마음대로 휘두를 정도는 아니었다.

그대 뵈옵고 온 날 아침은
구름도 내 소원하는 방향으로 가는 것 같고
새들도 내 즐기는 노래만 골라 부르는 듯해
끝없이 이 마음 즐거웁다

그대 뵈옵고 온 날 저녁은
동산에 나무는 모두 꽃 필 것 같고
꽃 핀 가지엔 모두 굵은 열매 맺힐 것만 같아
끝없이 이 마음 든든하다 [10]

이대로만 가면 혹시, 하고 공주들이 젊은이에게 한 가닥 희망을 품게 된 어느 날 천지가 우르릉 요란한 소리를 냈다. 공주들이 달려왔다.

"괴물이 오는 소리입니다. 어서 숨으셔야겠습니다. 여우가 자기 지난 자취를 지우려고 하는 것처럼 우리들은 당신이 여기에 있는 흔적을 지워야 합니다."

괴물을 찾아온 그는 정작 괴물을 만나게 되니 공주들이 이끄는 대로 광 속으로 들어가 곡식 가마니 뒤에 굴욕적으로 몸을 숨기고 있어야만 했다.

일진광풍 속에 꽝 하고 하늘이 깨지는 듯한 소리가 났다.

"이건 무슨 소리입니까?"

"괴물이 백 리 밖에 와 있다는 소리입니다."

또 한바탕 전보다도 거센 바람이 소용돌이치며 꽝 했다.

"이건 괴물이 십 리 밖에 왔다는 소리지요. 꼭꼭 숨어 계세요. 당신이 들키는 날이면 우리도 죽습니다."

분해라. 이 정신에 이 몸에 힘만 있다면, 젊은이가 한탄하는데 귀청터지게 하하하하 웃는 소리가 들렸다.

"대문에 와 있어요."

세 공주는 괴물을 맞이하기 위해 대문으로 달려갔다.

젊은이는 무릎을 껴안고 앉아서 공주들이 치맛자락을 날리며 찬비 속에 흐느끼는 나비처럼 멀어지는 모습을 광의 문틈 사이로 보았다. 집 안 곳곳에서 타오르는 관솔불은 수천 개의 생각으로 춤을 추고, 모든 것이 소리 없는 꿈 같았다. 아무 소리도 없고 움직여 다니는 것도 없었으나 그것은 평화가 아니고 공포가 응고된 것이었다.

> 내 힘이 모자라 허할 적에도
> 두 팔을 들어 슬픔에 그 님을 불렀삽고
> 내 힘이 남아서 충족할 적에도
> 두 팔을 들어 기쁨에 그 님을 불렀더니
> 지금은 허하지도 족하지도 않은데
> 밤을 낮으로 이렇게 간절히 불리워짐은
> 불현듯 앞날이 없는 듯도 하여, 쩌른 듯도 하여 11

괴물은 집에 들어서자마자,

"흠 이상하다. 어디서 사람 냄새가 난다."

"저희들한테서 나는 냄새겠지요. 아직 저희들이 이곳에 익숙하지 못해서 그런가 봅니다. 어서 안으로 드세요."

"맛있는 음식도 많이 있고 술도 많이 담가놓았습니다."

자기를 피하기만 하던 공주들이 이번에는 다투어가며 잘해주니 괴물은 기분이 좋았다. 방에는 촛불이 타오르고 아늑했다.

"나의 힘은 날로 기승을 부리며 커지고 사람들은 이젠 내 이름만 들어도 벌벌 떨고 간다. 왓핫하, 너희들에게 그 꼴을 한번 보여주고 싶구나."

"정말 이번에 오실 때는 소리가 더 크고 땅이 더 울리고 그러던걸요."

"이렇게도 강한 자가 될 줄을 나는 예전에 몰랐다. 나는 머리가 아홉 개나 달리고 그 무거운 머리를 이기지 못하여 비실거리는 병약한 아이였다. 동네 아이들이 자라나 모두 아름다운 젊은이가 되었을 때 나는 부끄러워서 밖에 나가지 못하고 집에서만 지냈다. 공평치 못한 인생을 한탄하고 저주하던 어느 날 산사태가 나서 고을이 흙 속에 파묻혔다. 나 살던 곳은 이 세상에 있었던 흔적조차 없이 삽시간에 거친 황야로 변하고 말았다. 고을 사람들은 흙 속에 묻혀 얌전히들 썩어가건만 나는 그럴 수가 없었다. 나는 노여움과 복수의 욕망에 사로잡혀 한사코 죽음을 거부했다. 머리 꼭대기까지 독이 오르니 나는 독살스러운 독덩어리였다. 힘이란 것은 내게 큰 의미를 지니게 되었다."

"그럼 처음부터 괴물인 것은 아니셨군요."

"그렇다. 이렇게 되기까지 보통 인간에게 수백 평생이 되는 긴 시간을 거쳤다. 얘들아, 온 세상 사람이 나를 잡으러 다닌다고 말해다오.”

“예, 온 세상 사람들이 괴물님을 잡으러 다니고 있습니다.”

“온 우주가 나의 존재를 알고 있다고 말해다오.”

“예, 온 우주가 괴물님의 존재를 알고 있습니다.”

“술도 좋고 음식도 맛있구나. 실망스럽지 않은 음식을 만나기도 힘들고 실망스럽지 않은 인간을 만나기도 힘들다. 이곳에 내 왕국을 건설하려고 인간들을 잡아다가 놓으면 잿덩이로 변하더라. 너희들도 곧 그렇게 되겠지. 다 그렇게 되고 말더라. 그러나 난 걱정 없다. 자꾸 새 사람을 잡아오면 되거든. 인간들은 끊임없이 태어나거든. 눈물을 짜던 너희들이 오늘은 이렇게 아양을 떠는구나. 너희들을 잡아온 뒤로는 어디 갔다가도 곧 도로 오고 싶어지더라. 너희들은 어떻더냐, 내가 없어 외롭더냐?”

“예.”

“너희들은 내 집에서 함께 살고 있는 내 가족이며 내 손가락들이며 내 대가리들이다. 귓속에다가 독을 집어넣고 그 독이 귀에만 있고 온 몸에 퍼지지 않는다고, 고런 맹꽁이 같은 생각은 설마 않겠지. 나를 배반하거나 해칠 마음을 먹으면 그건 바로 너희들이 너희들 귓속에다가 독약을 집어넣는 자살행위이다. 지금 너희들은 해를 우러르는 해바라기같이 나를 흠모의 시선으로 보고 있구나.”

“저희들은 이때까지 임금님이신 아버님을 세상에서 제일 강한 줄로 알고 있었어요. 괴물님, 그런데 대체 몸 어디에서 어마어마한 그 괴력이 나오나요?”

“생명은 머릿속에 산다. 너희들 머리를 한 대 얻어맞으면 띵해서 아무 생각도 할 수가 없지? 의식을 잃지 않니. 생각을 잃으면 인간은 무엇을 해야 될지 모른다."

"그렇군요."

"인간들은 곰곰이 생각들을 많이 한다. 저한테서 나온 생각도 아닌 생각을 붙들고 쉬지 않고 생각하며 그 생각을 자기라고 생각한다. 경멸스럽다. 나는 너희들한테 뭘 생각해야 될지 가르쳐주겠다."

"예."

"난 대가리가 아홉 개나 된다. 독이 꽉꽉 차오르고 생각할 줄 아는 대가리가 무려 아홉 개란 말이다."

"술을 더 가져올까요?"

"그래라, 대가리가 아홉이니 입도 아홉이다. 눈과 귀와 콧구멍은 각각 열여덟 개씩이다. 예순세 개나 되는 얼굴의 구멍들이 확확 열리니 거 기분이 썩 좋구나. 내 몸에 좋다라고 크게 써 있지? 너희들도 내가 좋으니 좋지?"

"예, 좋아요."

"그렇게 좋거들랑 너희들, 지금 당장 내 발밑에다가 생명을 내놓거라. 누가 먼저 내놓겠느냐, 언니부터냐 동생부터냐? 하하, 얼굴에다가 있는 대로 웃음을 처바르고 교태를 부리던 너희들이 금세 새파랗게들 질리는구나. 내가 그걸 모를 줄 알구? 나는 대단한 존재다. 내게 무지무지한 고통을 안겨주던 것들이 힘이 되어 몽땅 다 내게로 돌아왔다. 간특한 계집들, 죽은 듯이 누워 있다가 갑자기 살아나 해를 입히는 벌레 같은 것들."

"아닙니다."

"죽는 게 무섭지? 너희들이 싫어하고 미워할수록 나는 힘이 꺾이는 것이 아니라 더욱 독스러워진다. 이제까지 수많은 사람들이 내게 생

명을 애걸복걸하면서 픽픽 죽어갔다. 내 주변에는 죽음뿐이다. 여자
는 땅이다. 흙이 생명의 씨를 품어 싹을 틔워서 세상에 내보내듯이 너
희들은 이 불모의 땅에다가 생명을 탄생시키거라. 내게 목숨을 바치
기 싫거든 노래 한 곡 정성껏 불러라. 들어보고 시시하면 한꺼번에 죽
여버리겠다."

"예."

죽지 않으려고 공주들은 일어나서 노래를 부르며 춤을 추었다.

　　　산 너머 남촌에는 누가 살길래
　　　해마다 봄바람이 남으로 오데.
　　　꽃 피는 사월이면 진달래 향기
　　　밀 익는 오월이면 보릿내음새,
　　　어느 것 한 가진들 실어 안 오리
　　　남촌서 남풍 불 제 나는 좋데나.

　　　산 너머 남촌에는 누가 살길래
　　　저 하늘 저 빛깔이 저리 고울까.
　　　금잔디 너른 벌엔 호랑나비 떼
　　　버들밭 실개천엔 종달새 노래,
　　　어느 것 한 가진들 들려 안 오리
　　　남촌서 남풍 불 제 나는 좋데나.

　　　산 너머 남촌에는 배나무 있고
　　　배나무꽃 아래엔 누가 섰다기,

그리운 생각에 영(嶺)에 오르니
구름에 가리어 아니 보이네.

끊었다 이어오는 가는 노래는
바람을 타고서 고이 들리데. 12

　음식을 배부르게 먹고 술을 많이 마신 괴물은 공주들의 춤과 노래를 끝까지 보지도 않고 쓰러져 잠이 들었다.
　"괴물이 자요. 석 달 열흘 후에나 깨어날 테니 어서 도망을 가세요."
　"내가 무엇 때문에 왔는데 이제 도망을 가다니요. 도망가는 기운으로 나는 그동안 힘을 더 기르겠습니다. 희망을 품고 앞날을 오는 대로 맞닥뜨리겠습니다. 한번 바람에 내보낸 언약은 도로 잡을 수가 없습니다."

홈을 파고 담장 두르고
그 위에 성을 쌓아 에워놓고
병풍마저 두른 그 속에 가둬두시려뇨
그런데도 향하는 뜻 없사오면 뛰쳐나오리
여우 울고 이리 떼 뛰다니는
광막한 벌판에 내쳐두시려뇨
그런데도 뜻만 있으면 즐겨 거기 사오리
이 뒷날은 오직 가시밭, 돌밭임을 가리지 않고
님 계신 뜻 속에서 살아지이다 13

젊은이는 약수를 마시고 칼 쓰기 연습을 게을리하지 않았다. 석 달이 지나니 무거운 칼을 자유롭게 쓰게 되었다.

첫째 공주는 동생 공주들을 대동하고 와서 젊은이를 다그쳤다.

"이제 괴물이 곧 깨어나게 생겼습니다. 자고 있을 때 죽여버려야 합니다."

"자고 있는 것을 어떻게 죽여요. 깨어나면 우선 마음을 열고 대화를 해보겠습니다."

"괴물은 아무 때나 와서 우리들을 막 잡아왔어요. 막 죽였어요. 제발 문이 열려도 왜 문이 열렸는지를 모르고 도망 못 가는 어리석은 개같이 굴지 마세요. 문은 아무 때나 열리지 않아요."

"괴물의 힘은 머릿골 속에 있다고 해요. 그러니 아홉 개의 머리를 몽땅 베어야 합니다. 잊지 마세요."

둘째 공주도 재촉했다.

젊은이는 공주들과 함께 괴물이 자고 있는 방으로 갔다. 열여덟 개의 눈을 부릅뜨고 있는 괴물의 모습은 상상을 능가하도록 흉측스러웠다. 소름이 온몸에 쭉 돋으며 젊은이는 흠칫했다.

"자고 있으니 안심하세요. 괴물은 눈을 뜨고 잔답니다."

젊은이는 떨리는 몸에 힘을 꽉 주고 외쳤다.

"괴물아, 나는 너를 만나러 왔다. 온 세상 사람들이 활을 들고 너를 겨냥하고 있다. 여기 이 한 몸은 나 혼자가 아니다. 평화를 염원하는 모든 사람이다."

"시끄럽다, 누가 내 잠을 방해하느냐, 어디 좀 보자. 흥, 보잘것없는 놈이로구나. 바윗덩이를 바늘로 파겠다고 덤비고 있구나."

"괴물과 노닥거릴 시간이 어디 있어요? 빨리 목을 좀 베세요. 칼은 장식으로 들고 있어요? 우리들을 다 죽일 작정이세요?"

"흠, 이제 보니 간교한 계집들이 그래도 너를 사내자식이라고 믿고 숨겨놓았었구나."

괴물은 벌떡 일어나 공주들을 한 손으로 잡으려 들었다. 괴물은 자신만만해 보였다.

과녁은 하나인데 활 든 분 여럿이라
활 들었다고 다 맞히랴, 맞힌 살은
분명 이 몸의 것인 줄, 웃고 받으소

님의 가슴 돌인가, 무쇠런가
맞힌 살 도루 튕겨 나온다
대번에 받는 가슴이면 무에 높다 하오리 14

젊은이는 날쌔게 칼을 휘둘러 괴물의 머리 하나를 베어냈다. 괴물의 목에서 검붉은 피가 솟구쳐 올랐다. 목 하나를 잃자 괴물은 화가 나서 여덟 개의 목이 빙글빙글 제각기 막 돌아갔다. 젊은이는 뒤통수에 눈이 없으므로 뒤도 못 보는데 괴물은 아직 열여섯 개나 남은 눈이 사방팔방으로 돌아가며 무엇이든 놓치지 않고 다 보았다.

젊은이는 펄쩍 뛰어오르며 두 번째로 괴물의 목을 베었다. 목이 두 개가 떨어져나가자 괴물은 공중으로 솟아올랐다. 젊은이도 붕붕 솟구치는 힘을 느끼며 공중으로 따라갔다. 젊은이와 괴물은 공중에서 쫓고 쫓기며 힘껏 싸웠다. 젊은이가 칼로 괴물의 목을 뎅겅뎅겅 베면 피묻은 얼굴들이 땅에 툭툭 떨어졌다. 그러나 미처 기뻐할 새도 없이 땅에 떨어진 얼굴들은 휙휙 공중으로 올라가서 괴물의 목에 붙었다.

"와하하하."

도로 붙은 얼굴들이 웃었다.

젊은이는 잘 싸워 계속 목을 베어내건만 얼굴이 번번이 괴물의 목에 가서 붙으니 끝이 없는 싸움이 될 듯했다.

공주들은 아궁이에 있는 재를 대야에 담다가 괴물의 머리가 땅에 떨어지자마자 부어보았다. 괴물의 머리들은 재를 뒤집어쓴 채 땅에 나뒹굴더니 마침내 움직임을 멈추었다.

마지막 남은 아홉 번째 머리의 힘은 대단했다. 베기도 어려웠으나 떨어진 뒤에 재를 부었음에도 재를 뒤집어쓴 채 공중으로 솟아 괴물의 목에 가서 도로 붙었다. 그러나 괴물이 움직이니 다시 땅에 떨어지고 말았다.

머리 아홉 개를 다 잃자 괴물은 땅에 누워 펄떡거렸다. 젊은이는 괴물의 심장을 칼로 찔렀다.

"내 칼에 내가 죽는구나."

땅에 나뒹군 괴물의 머리에서 아홉 개의 입이 벌어지더니 듣는 이의 몸을 관통하는 비명이 흘러나왔다. 괴물의 몸은 검붉은 물로 땅에 잦아들어 버렸다. 몸이 녹아버리자 괴물의 머리들도 액체가 되어 땅으로 스며들었다.

날 찾지 말라, 내 간 곳 묻지 말라

바람 탓 천백번 한들 그 뉘가 알아줄랴

굳은 제 모습 뵈이기 싫어 묘 뒤에 듭노니 [15]

괴물은 해체되어 다른 생명들과 합쳐졌다. 다른 생명들과 괴물은 서로에 영향을 미치며 전에 없었던 새로운 무엇들이 되었다.

어느 풀밭이 독사 지난 자취 아니랴만

무서움 없이 거기 맘 놓고 쉬며

어느 샘이 표범 먹던 물 아니랴

그렇지만 아침나절 그 감로로 목 축이고 즐겁게 사노라

명리에 생각 없고

부귀와도 연 없음에

표범과 독사 그리운 벗이라 [16]

젊은이는 공주들을 데리고 바깥세상으로 나가는 구멍이 있는 곳으로 갔다.

"까마득히 높아서 여기서는 보이지 않으나 저 위에 구멍이 뚫려 있어요. 그 밖에는 무사 세 분이 우리를 기다리고 있습니다."

젊은이는 공중으로 솟아올라 가 준비해온 끈을 밧줄에다가 잇고 내려왔다. 끈의 끝에는 광주리를 매달았다. 괴물과 싸우느라 힘을 쓴 탓인지 공중으로 솟아오를 때 현기증이 나서 젊은이는 밧줄 잇는 일을 겨우 마칠 수 있었다.

"구멍이 좁으니 한 사람씩 올라가도록 합시다. 올라간 후에는 다시 끈을 내려뜨리세요."

첫째 공주가 올라가고 둘째 공주가 올라갔다. 젊은이와 셋째 공주만이 밑에 남았다. 젊은이의 가슴은 호수 위에서 번개와 비바람이 아우성을 치는 것같이 드높이 고동쳤다. 젊은이는 행복하기도 하고 수

줍기도 하고 황홀하기도 하고 황송스럽기도 하고 이유 없이 슬프기도 했다.

마침내 줄이 내려왔다. 셋째 공주를 광주리에 태우는 젊은이의 손길은 위의 두 공주 때보다 친절하고 다정했다.

"이 순간을 맞다니 꿈만 같아요. 그럼 먼저 올라가니 곧 밖에서 만나요."

광주리에 아담하게 앉아서 올라가는 공주는 사랑스럽기 그지없었다. 젊은이는 그 모습을 자기의 두 눈동자 속에다가 잠가 넣었다.

이날 석합(石盒)같이 닫혔던 문이

소라 입처럼 벌어지고

바늘귀같이 좁던 길이

소리개도 날개 치게 넓어진다

모든 문, 모든 길이 열려지는 속에

가장 큰 길은 왕의 길이다 17

그동안 무사들은 구멍 근처에다가 인가에서 사람을 동원하여 초가 삼간을 짓고 땅속에 들어간 젊은이를 기다리고 있었다. 공주 없이 궁에 가면 임금에게 죽을 것이므로 여기서 놀며 지내던 참인데 어느 날 기둥에 매단 줄이 팽팽히 당겨지므로 무사들은 먹던 밥상을 물리치고 밧줄을 끌어올렸다. 뭐가 올라오느냐, 괴물이냐? 촌놈이냐? 혹은 공주들이냐?

올라온 것이 공주였으므로 무사들은 썩 기분이 좋았다.

"옛? 정말입니까? 정말로 그놈이 괴물을 처치했습니까?"

"글쎄 말이에요. 될 법도 안 한 일을 해냈어요."

둘째 공주도 올라오고 셋째 공주도 올라와서 공주 셋이 다 구출되었다.

"공주님, 이 촌놈이 환장을 했는가 봅니다. 밧줄을 내려보냈더니 그냥 잡아당겨 없애버렸어요. 괴물이 남긴 재산이 탐이 나서 안 나오는가 봅니다. 우리끼리 궁으로 떠납시다."

"그럴 리가 없어요. 무슨 실수가 있었겠지요. 다른 밧줄을 내려보내요."

셋째 공주가 말했다.

"그런 튼튼한 밧줄은 궁에 가야만 있습니다. 공주님 어서 말에 오르십시오. 나중에 저희가 밧줄을 가지고 다시 한 번 와보겠습니다."

"그럼 나는 여기서 기다릴 테니 무사님과 언니들은 궁으로 먼저 가세요."

"얘야, 너는 땅속에서 고생을 하더니만 정신이 좀 어떻게 된 것 아니냐, 그 사람 때문에 여기 들판에 남겠다니, 그 사람과 우리는 신분과 처지가 다르다."

"알아요, 언니. 우리는 태어나면서부터 금은보화를 무겁게 절그렁거리며 살았으나 그이는 아무것도 없어요. 그이는 가진 것을 전부 두 주먹에 쥐고 있어요."

"공주님, 그놈은 우리가 데려온 부하이고 우리가 땅에 내려가라 하니 내려갔을 뿐입니다."

"우리 왕족들을 위해 일반 백성들은 뼈마디가 부러져나가도록 일을 하고 충성을 바치잖니. 너 정말 이상하구나. 네가 그 젊은이 때문에 여기를 못 뜨겠다는 것은 우리 인간을 먹으려고 수많은 짐승이 죽어가는 판에 어느 닭 한 마리를 붙들고 가엾다고 법석을 떠는 것과 같구나."

"그렇습니다, 공주님. 백성들은 왕족을 우러러 모시며 왕가의 복락을 자기들의 것인 양 아끼고 기뻐합니다. 이 세상의 모든 인간이 동등하다면 세상은 조각조각 갈라지고 사람들은 모두 다 혼자 서야 되는 무거운 짐을 지게 됩니다. 공주님도 어서 언니들처럼 말에 오르십시오. 멀리서 뵙고 사모하던 공주님을 이렇게 가까이 모시니 그 광영은 어디에 비할 바가 없습니다."

젊고 잘생긴 무사의 말은 꿀을 칠한 듯 달았다.

셋째 공주는 구멍에다가 얼굴을 디밀고 외쳤다.

"곧 밧줄을 가지고 구하러 오겠으니 참고 기다려주세요."

땅속으로부터는 아무 소리도 없었다.

셋째 공주는 다시 올 앞날을 마음에 다짐하며 말에 올라 무사의 허리를 잡았다. 벌 나비는 꽃을 찾고 꽃은 벌 나비를 부르는 봄철이었으며 그들은 푸른 청춘이었다.

> 서로 바라뵈는 데서라야
> 한 쌍으로 살고
> 혼자 세워두면 꽃도 피들 않고, 열매도 맺들 않는
> 동구 앞 은행나무와도 같이
> 우리 만날 바라다보며 웃으며 살꺼나
> 또 씨앗 심어도 당대에도 아들 대에도 건너뛰어
> 손주 대에나 꽃과 열매 맺히며 산다는 저 은행나무와도 같이
> 백 년 먼 기약에 우리 서로 길게 살아갈꺼나 [18]

땅속에서 밧줄이 내려오기만을 고대하던 젊은이는 하루 이틀 사흘이 지나니 마침내 포기하는 마음을 먹게 되었다. 그는 무엇보다도 막내 공주의 배반이 쓰라렸다. 나는 나비를 날려 보냈다. 나비는 어디나 갈 수 있다. 나비는 어디나 앉을 수 있다.

젊은이는 괴물의 집으로 가서 괴물이 뺏어다 놓은 곡식과 재물들을 정리했다.

괴물은 존재했던 흔적조차 없고 공주들도 없고 커다란 집은 찬바람이 돌고 고적했다. 그곳에 있기가 싫어 젊은이는 땅 밑의 세상을 돌아다니기로 했다.

한곳에 이르니 높게 둘러친 담이 있고 그 안에는 괴물에게 잡혀 온 사람들이 여러 가지 노동을 하고 있었다. 그들이 움직이지 않았다면 돌덩이들이라고 생각했을 터였다.

"여러분들, 문이 열렸습니다. 밖으로 나오세요."

"……"

"괴물은 죽었어요. 여러분은 자유롭습니다."

"?"

"내가 이 손으로 괴물을 죽였다니깐요."

"당신이 괴물을 죽였다면 나는 괴물의 할애비를 죽였소."

"정말입니다. 괴물은 산산분해되어 우주 만물 속으로 스며들어 종적도 없어요."

"스며들었다면 아직도 어디엔가 살아 있다는 것 아니오. 보이지 않는 존재를 내 등에 업고 있는 것 같아 더 무섭소. 괴물에게 잡혀 온 우리는 산 채로 불에 타 죽기도 하고 매장되기도 했소. 아무리 비명을 지르고 몸부림을 쳐도 괴물은 눈 하나 깜짝 않았소. 우리는 여기서 일을 하라고 괴물이 남겨둔 사람들이고 어느 때라도 괴물의 기분에 따라 죽음을 맞이해야 했소."

"괴물은 살아 있다고 해도 그 형태가 변했어요. 그는 이제 더 이상 괴물이 아니오. 우리가 불 가운데 있을 때와 물 가운데 있을 때 같은 생각을 합니까? 형태와 환경이 변하면 생각도 변합니다. 당신들의 가족과 애인들이 이 세상 밖에서 당신들을 그리워하고 있습니다. 봄이 되어 꽃이 피어도, 물 한 모금 밥 한 숟갈 목에 넘길 때도 당신들 생각뿐이오. 그이들은 없는 기억을 억지로 만들어내는 것이 아니라 있는 기억에 새 숨을 불어넣어 항상 새롭게 간직한다오."

황철나무에 저녁 해 깃들일 제 동구 앞에 섰노라면 -.

옹기 이고 나갔던 섬마을 아낙네들, 먼촌 돌아다니며 오지 뚝배기와 항아리를 주고서 밀, 보리 바꿔 이고, 그 보리쌀 속엔 젖먹이 어린것들 먹이려 돌배와 살구 몰래 파묻어가지고 숨차게 돌아오는 모양이 보이고요,

장날도 아닌데 대장간서 호미 벼려 메고 증조부 제삿날 가까웠는지 북어꿰미 꿰쳐 막대 끝에 끼어 들고서 주막집 신청주에 얼근히 취한 걸음 빗실빗실, 산고개로 올라가는 나그네 옷자락이 펄럭펄럭, 그림같이 보이고요,

물이 채 끼지 않은 숭어 든 대광주리를 둘러메고서 아이 녀석들 오손도손 앞뒤에 거느리고 강기슭서 올라오는 늙은 사공의 모양

이 보이고요,

　책보를 꽁무니에 차고 어떤 놈 피리 불고 어떤 놈 싸리말 타고
어떤 놈 장타령 하면서 왁자지껄 웃고 떠들며 지나다가 비석거리
서 제각기 헤어져 저녁연기 떠오르는 보리밭 녘 제집을 향해 가는
모자조차 안 쓴 어린 학생패들 많이도 보이더군요. [19]

　젊은이가 말하니 고향이 그들 앞에 와 누우며 돌같이 굳었던 사람
들의 얼굴에는 표정이 살아나기 시작했다. 기억의 조각들이 바람에
휘날리는 꽃 이파리처럼 그들의 마음속에서 어지럽게 춤추었다. 어떤
기억은 엿가락처럼 눌어붙어 마음에서 떠나지를 않고 어떤 기억은 마
음속에서 빠져나가 자취가 없고 어떤 기억은 마음의 뒤쪽 구석에 가
서 숨죽이고 숨어 있었다.
　젊은이는 사람들을 데리고 괴물이 살던 집으로 갔다. 괴물의 집은
이제 그들의 집이 되었다.

　　닦는다, 닦는다, 우리의 집 닦는다,
　　새 새끼 들추느라 구렁이가 뒤져논 기왓골 바로잡고, 올빼미와
박쥐 떼 드나들기에 헝클어논 추녀 끝 바로잡고 지렁이와 거미가
어지러이 줄 쳐논 천장을 깨끗이 치고서는 여름날 먹장비에 겨울
밤 눈보라에 퇴색한 저 두리기둥마저 말끔히 닦아를 놓는다.

　　집을 둘러싼 마당에는 어젯밤 보슬비에 얼었던 흙이 갈리면서
연두색 잔디에 새싹이 뾰족뾰족 올라 솟고 돌담 밑 봉선화도 어느

새 움터 내밀고, 진달래도 떡잎이 두 쪽으로 갈리며 버드나무조차
벌써 휘어져 봄바람을 제법 받아넘긴다. [20]

"여보 젊은이, 괴물이 없어지고 편안한 집에서 배불리 먹게 된 것
은 좋으나 여기서 세상 밖으로 나갈 길이 없으니 이 자유가 무슨 소용
이 있소? 이제는 두고 온 순이가 보고 싶어 미치겠소."

> 우리 만나던 시절이 언제이던가구요
> 밭머리서 눈 같은 원두꽃 뜯어 머리 얹히고
> 춘향 각시 이야기에 물이 오르다가
> 뒷장태서 노루 쫓아 내리던 소동패에 들키어서
> 짐승 대신 우리들이 쫓기우기도 하였더니
> 그러니 아마 짙은 봄, 첫여름 무렵인걸요
>
> 우리 갈라지던 시절이 언제이던가구요
> 가지취, 고사리, 두릅순 나물을 뜯어
> 나는 그대 바구니에, 그대는 내 삼태기에
> 소먹이 꼴 베어 가득 담기로 내기해놓고는
> 서로 마주 보며 노래로 춤으로 해를 보내놓고는
> 그만 손 털고 일어서던 철이니 초복 전일걸요
>
> 우리 다시 만나기로 언약한 때는 언제던가구요
> 뒷동산에 밤송이 익어서 툭툭 터져
> 알은 굴러 홈에 떨어지고 가시돋이 송이만이

내왕 길을 쫙 덮어, 가도 오도 못하게 할 제

그대는 앞장태에 나는 뒷장태에 서서

서로 마주 쳐다보며 웃자고 할 때니 늦은 가을철인걸요 [21]

애인 생각에 눈물 흘리는 그를 붙잡고 젊은이는 말했다.

"희망을 가지시오. 우리는 마음만 먹으면 무엇이든 할 수가 있소. 최악으로도 할 수가 있고 최선으로도 할 수가 있고 최저로도 할 수 있고 최고로도 할 수가 있고 추악하게도 할 수가 있고 아름답게도 할 수가 있소. 사람하고는 물론이고 짐승과 통할 수도 있고 하늘과 통할 수도 있소."

"거 시끄럽구만. 어떤 사람한테는 자유가 애인을 만나는 것이고 어떤 사람한테는 돈과 권력이고 어떤 사람한테는 하늘과 통하는 것일지 몰라도 늙은 내게는 건강이오. 귀로 듣고 눈으로 보고 두 다리로 걸으면 족하오. 바깥세상으로 가겠다는 엄청난 욕심만 버리면 마음이 평안할걸, 이게 우리 운명이거니 하고 그냥 삽시다."

"여러분, 이 세상 밖으로 나가는 일은 어쩌면 아주 간단하고 쉬울 수 있소. 우리는 얻기 어렵고 오랜 시간 애써서 이룩하는 것만이 가치 있다고 믿기 때문에 이 땅속에 갇혀 이토록 그리운 고향 산천을 못 가고 있는지도 모르오. 연한 싹이 무거운 흙을 뚫고 솟아나는 것을 생각해보시오. 우리에게 필요한 것은 새싹의 용기뿐이오."

"아니오, 기적뿐이오. 기적이 일어나기 전에는 불가능한 것이 우리 현실이오."

"약한 자가 강하게 되고 비겁한 사람이 용기를 갖는 것은 기적입니다. 글 한 자 모르고 칼 한 번 잡아보지 않은 내가 괴물을 물리쳤소.

그것은 기적이오, 아니오? 하늘의 신인 환웅과 짐승인 곰 사이에서
태어난 것이 우리 인간들이오. 신은 인간이 되고 싶어 하늘에서 하강
했고 곰은 마늘과 쑥을 먹으며 애를 써서 인간이 되었소. 신과 짐승과
인간은 혼연일체이며 우리 인간에 의해서만 세상의 참가치는 드러나
오. 나를 믿고 나를 따르라는 말이 아닙니다. 여러분이 여러분 자신을
믿고 사랑하라는 말입니다. 그래서 사랑하는 사람, 사랑하는 곳을 만
날 수 있도록이오. 우리 움직여나갑시다, 움직여서 뭔가 다른 것, 우
리가 언제나 하고 싶었던 것들을 합시다. 위를 보고 삽시다."

　자연의 힘을 빌려 힘차게 솟구치는 용암처럼 그의 입에서 뜨겁게
말이 쏟아져 나왔다. 셋째 공주에 대한 끓는 연모로 병이 날 정도면서
도 사람들의 마음에 희망을 불붙여주려고 연설을 해댈 때 젊은이는
자기 말의 내용과 현실 사이에 깊고 넓은 거리를 느꼈다. 차라리 나도
저 사람들과 같은 입장을 취하는 것이 편하지 않을까 싶었다. 그러다
가도 내일이 굉장히 보고 싶었다.

흙 속에 뿌리운 씨앗이라고 모두 다 나는가요
따스한 지온(地溫)을 받은 거라야 나지요
지온을 받았대서 어느 때나 싹트는가요
춘삼월 하늘 기운이 풀려야 솟아나오지요
그러기에 저는 제 힘에 큰다고 믿들 안 해요
님의 따스한 온기 속에 살고,
그러기에 저는 언제나 살려 하지 안 해요
님의 기쁜 날 때를 같이하여 그 한철만 살려 하지요 [22]

세 명의 무사와 세 공주는 무사히 궁에 돌아왔다. 임금과 왕비 앞에
선 그들은 물에서 즉시 낚아낸 잉어처럼 싱싱했다. 피로의 기색이라
고는 없었으니 당연한 것이 궁으로 오는 사이에 사랑이 싹터 그들은
이미 아름다운 세 쌍의 연인들이었다.

임금은 기뻐하며 즉시 잔치를 벌이고 세 공주의 혼례식을 치르고자
했다. 모두 찬성이었으나 셋째 공주만이 이의를 제기했다.

"그 전에 땅속에 아직 있는 젊은이를 꺼내 오도록 허락해주십시오.
그 젊은이가 땅속에 있으니 저의 일부도 땅속에 남아 있는 것만 같습
니다. 선택하고 남은 것도 다 저입니다. 제 모든 것을 용기 있게 받아
안아 조화롭게 융합하는 것이 소원이옵니다."

젊은이가 나오면 자기들의 배반이 알려지겠으므로 무사들은 극구
반대했다.

임금도 다른 이유로지만 무사들과 의견을 같이했다. 땅속에서 안
나오겠다는 젊은이를 굳이 데리러 갈 것이 무언가 싫었고, 임금의 눈
으로 볼 때 공주를 구한 공훈은 무사들에게 있었다. 군대가 나가서 승
전을 하면 그것은 졸개들이 잘 싸운 것이 아니라 장군의 공로 때문이
었다.

무사들이 용맹스럽게 나아가 괴물을 죽이고 공주를 구해 돌아왔다
는 말은 날개가 있는 듯 삽시간에 전국 방방곡곡에 퍼졌다. 괴물에게
가족을 납치당한 사람들은 연일 대궐문 앞으로 모여들었다.

임금은 대궐문을 굳게 닫고 번잡스러운 백성들의 접근을 막았다.
그러나 셋째 공주는 대궐문 밖에 나가 그들을 만났다.

"네, 괴물은 정말 죽었습니다. 이 두 눈으로 괴물의 최후를 똑똑히
보았습니다. 괴물은 머리가 아홉 개이고 비뚱그러진 마음에 흉측하게

생겼어요."

"아니요, 납치당한 다른 사람들을 본 일이 없어요. 괴물의 집에는 우리 세 공주만이 있었습니다."

"괴물은 땅속에 그만의 세상을 만들고 살았어요."

"네, 저로서는 납치당한 사람들의 생사를 알 수가 없어요. 잡혀가서 어디서 무엇을 하다가 어떻게 되었는지 모른답니다. 정말입니다."

"저희들만 이렇게 살아 돌아와서 죄송스럽습니다."

> 이날 나는 길거리 헤매 다녔노라
>
> 어떤 사내를 찾아서
>
> 그는 가슴팍 넓고 키 크고 이마 번듯하고
>
> 가슴속엔 동이 같은 불꽃이 붙고
>
> 머리엔 지혜로, 손은 재간으로, 몸은 용맹으로 찬
>
> 그래서 그 사내를 본떠 새 나라 국민을 만들려고
>
> 마치 좋은 가지를 꺾어 딴 나무에 접붙여서
>
> 향그럽고 살이 두꺼운 좋은 열매 맺는 과목 만들듯이 [23]

어느 맑은 날 셋째 공주는 젊은이를 찾으러 길을 떠났다.

"정 그렇다면 가거라. 나는 네가 벌써 거기 있는 것 같은 착각이 드는구나."

임금님이 시종들을 딸려 보내고 괴물에게 납치당해 간 가족들이 혹시나 생존자가 있을까 해서 뒤를 따르고 거기에 괴물이 죽었다고 기뻐하는 백성들이 합치니 행렬은 길었다. 위의 두 공주와 두 명의 무사는 궁에 남고 한 사람의 무사만이 셋째 공주와 나란히 행렬의 선두에 섰다.

무사의 얼굴은 수척했다. 그는 괴로웠다. 젊은이가 땅속에서 나오면 그간의 경위가 임금님을 비롯한 만천하에 알려질 것이 두려운 것보다도 그의 아내가 되겠노라고 맹세한 공주가 왜 이다지도 그 젊은이에게 마음을 기울이는가, 공주의 두 언니들은 그러지 않는데, 하고 그는 질투심을 느꼈다. 하도 괴로운 나머지 미치는 것이 쉬울 것 같았다. 내가 보지 않을 때 무슨 일이 일어나게 하지는 않겠다고 마음먹고 그는 공주 곁에 붙어 있었다.

행렬은 갈수록 길게 불어났다. 북을 치고 꽹과리를 두드리고 춤을 추고 밤에는 횃불을 들고 그들은 갔다.

저 우렁찬 목청들이 이 마을서 썩었던가
저리 장한 춤꾼들이 이 동리서 묵었던가
천하 근심 모두 잊고 풍류 화랑 되어
선소리에 장단에 짧은 밤 밝는 줄 모르네

둥둥둥 저 북소리 깊은 밤 울릴 제
젊은 색시 가슴속도 부풀어 오르고
멀리서 풍겨오는 보리삭 냄새에
온 동리 마을이 훈훈히 익어가네 24

한편 땅 밑에 있는 젊은이와 사람들은 할 수 없다, 현실적이 되자하고 그들이 살 집을 짓고 곡식의 씨를 심었다.

어느 날 비둘기 한 마리가 바깥세상으로부터 날아 내려와 젊은이의 어깨에 앉았다. 비둘기는 입에다가 편지를 물고 있었다.

'지금 당신을 구하러 사람들이 많이 와 있습니다. 불러보아도 밧줄을 내려뜨려도 기척이 없기에 최후 방법으로 비둘기를 보냅니다. 회답이 없으면 안 계신 줄 알고 돌아가렵니다. 셋째 공주.'

우리는 살았다, 저절로 나오는 함성이기에 그 소리는 두꺼운 지층을 뚫고 바깥세상에도 들렸다.

땅 밑에 사람들이 있다, 밧줄을 내려라. 함성과 함께 동요가 일며 바깥에서도 밧줄을 찾아 쥐었다. 북소리와 꽹과리, 피리 소리가 드높았다. 피는 피를 불렀다. 두 곳의 함성이 하나로 합치니 땅이 흔들렸다.

> 이날 성문이 열리고 잉경이 운다
> 한 사람이 치는 종소리
> 만 가슴에 울리고
> 만 가슴의 만세 소리
> 한 귀에 뭉친다
> 죽든 살든 인제부턴 소리도 한 곬으로, 피도 한 곬으로
> 죽든 살든 인제부턴 소리도 맘대로, 피도 맘대로 [25]

밧줄을 내려보낼 필요도 없었다. 믿을 수 없는 일이 일어났다. 바깥과 땅 세상을 갈랐던 두터운 흙의 장벽이 없어졌다. 무너져 내리지도 않고 금방 있던 장벽이 소리에 녹아버린 듯 다음 순간에 없었다.

땅속 사람들과 땅 위의 사람들은 달려가서 얼싸안았다. 반대편에서 흐르는 두 줄기의 물살이 소용돌이치며 합치는 것 같았다.

오월에 첫 꽃 피어

지고는, 유월에 또 피고

지고는, 칠팔월에 되돌아 다시 피어

한 해에 네다섯 번 지고는 피는

앞마당의 호사스런 월계꽃같이,

깨끗한 이는 첫째 번 꽃으로

때 묻고 죄지은 몸도 둘째 번 셋째 번 피는 꽃으로

모두들 한 번씩 활짝 피는 꽃으로

만백성 살아지이다, 이날부터는─[26]

마술같이 흙의 장벽이 열리고 젊은이 앞에 마술의 일부인 양 보고 싶던 공주가 있었다.

"우세요?"

공주는 젊은이의 손을 잡았다. 공주의 눈도 젖어 있었다.

"네. 빛 속에 있으므로, 우리 모두가 빛이므로. 기쁜 날은 정말 이래야 하는 것처럼 최고로 기쁘군요."

무엇 때문에 사는지를 젊은이는 이제야 맑고 깨끗하게 깨달을 것 같았다. 이제까지 그에게 일어났던 일들이 왜 일어났는지 다 이해할 수 있을 것 같았다. 우리 모두가 연결되어 있다는 느낌, 한 덩어리라는 감격 속에서 젊은이는 자꾸 눈물이 나서 울었다. 다른 사람들도 모두 웃다가 울다가 하고 있었다.

"그런데 그때 왜 밧줄을 붙잡고 나오지 않았어요?"

"그게 바로 내가 물어보고 싶은 말입니다. 밧줄이 내려오지를 않던 걸요."

"그래요? 왜 그랬을까요?"

"나는 공주님이 일부러 나를 두고 간 줄만 알고 슬펐었습니다."

이때 공주의 곁을 뜨지 않고 지키던 무사가 말했다.

"용서하시오. 당신을 배반한 것은 우리 무사들이었소. 땅덩어리가 합치고 혈육이 만나는 이 감격의 순간에 과거의 일이 정말 부끄러워지는군요. 인간은 가고 오나 우물을 움직이지 못하는 것은 땅속에 줄기차게 솟는 샘의 근원이 있기 때문이듯, 욕심 속에 지푸라기 날리듯 하는 보잘것없는 인간이나 민족은 영원불멸임을 알겠습니다."

무사의 음성은 힘이 있고 부드러웠으며 눈에는 눈물이 고여 있었다. 하늘에 감사하는 제를 준비하던 스님이 이 말을 듣고,

"그렇소, 하늘이 움직이는 것 같지만 사실 하늘은 가만히 있고 해와 달이 움직이는 것입니다. 공주님을 구하고 백성들의 염원이던 괴물을 죽인 것은 이 젊은이이니 공주님은 처음의 약속대로 이 사람의 아내가 되어야 마땅합니다. 사실이 밝혀진 이상 옳게 거행합시다. 어서 궁에 가서 임금님께 아룁시다."

"그러나 스님, 무사님은 사실이 알려질 것을 알면서도 저를 따라 여기 와주셨어요. 모든 것을 알게 된 지금 저는 이 무사님을 더욱 사모하고 존경하게 되었습니다."

"임금님이 백성에게 하신 약속을 깨뜨릴 수는 없습니다. 두 공주님은 이미 약혼식을 치르고 셋째 공주님만이 남으셨습니다. 저는 이 젊은이가 이 나라의 왕위를 계승하여 새로운 정치를 펴는 것을 보고 싶나이다. 변화가 있기 전에는 성장이 있을 수 없습니다. 열 살 때 입던 옷을 스무 살에 입을 수가 없습니다. 그러므로 옛것은 과감히 버려야 합니다. 더 이상 무엇을 어떻게 해야 될지 모를 때, 더 이상 어디로 방

향을 잡아야 할지 모를 때 죽음이 옵니다. 그리고 새로 태어납니다. 이미 있는 것을 파괴하지 않고서 새것을 건설할 수 없으며 우리는 작은 죽음을 겪어가면서 자라납니다. 여러분 들으시오. 괴물을 처치한 것은 무사가 아니라 여기에 있는 이 젊은이였소."

감격 속에 웃고 울던 사람들은 일시에 조용해졌다. 그러다가 다시 술렁댔다.

"옳소, 젊은이가 우리의 새 임금이오. 나라가 어려울 때 먼저 도망 간 사람은 왕족과 고관대작이었으며 나라를 지킨 것은 우리 서민이었소."

"맞아요. 저 젊은이가 땅속에 갇혀 있는 우리들에게 용기와 희망을 주었어요. 오늘 여기까지 우리를 이끌고 온 참용사요."

민심의 동요를 보고 공주는 눈물이 글썽하여 무사의 가슴에 얼굴을 파묻었다.

"어떻게 선의로 시작한 일들이 이렇게 되어가나요. 나는 약속을 지키고 자유롭기 위해 여기에 왔을 뿐입니다. 무사님, 나는 당신과 있으면 언제나 세상일이 다 괜찮다고 생각했었어요. 당신과 함께 마시면 차는 더 향기롭고 음식은 더 맛이 있고 우스운 말은 더 우습고 재미있는 일은 더 재미있었어요. 당신이 함께해준 길이었기에 여기도 즐겁게 올 수 있었어요. 젊은 분과의 약속도 지킬 수가 있었어요."

"공주님의 마음이 아리송해서 괴롭다가 이제 진정을 알게 되니 오히려 감격스러울 지경이오. 나는 당신을 사랑합니다."

무사는 공주의 두 손을 잡고 말했다.

일순간에 젊은이는 공주에 대한 자기의 사랑이 이해와 축복으로 변함을 느꼈다. 그는 커지고 빛이 나는 것 같았다.

"아닙니다. 스님. 스님은 제 마음의 방향도 물어보지 않고 어떻게 그렇게 말씀하십니까. 그때 무사님들이 저를 구해냈으면 땅속에 이 많은 분들이 납치되어 있는 것을 몰랐을 것이며 따라서 오늘날 이 겨레의 기쁨도 없었을 것이 아닙니까. 강물을 밀지 못합니다. 강은 저 스스로 흘러요. 이미 이렇게 되도록 예정된 일이었습니다. 왕국은 여기 내 안에 있습니다. 한번 내 안에 영접했으니 어디 가지 않는 귀한 내 것입니다. 물고기가 되어 바다를 헤엄치고 새가 되어 하늘을 날고 들말이 되어 들판을 달릴지라도."

셋째 공주를 못 볼 바엔 죽는 것이 낫다고 생각했던 때도 있었으나 이제는 공주가 자기에게 오든 어디에 가든 그의 사랑은 변함이 없고 다른 모든 것에도 별 차이가 없는 것 같았다. 설명할 수 없으나 그것이 젊은이의 솔직한 느낌이었다.

그러나 백성은 두 파로 갈리기 시작했다. 젊은이가 왕위에 올라야 한다는 무리와 아닌 무리가 싸웠다. 군중 속에서 북을 멘 총각이 일어났다.

큰물에 둑 터지듯, 좁던 세상 넓어져
괴물도, 포리도 채찍도 멀어가서
만백성이 잘살 날 온 줄 알았더니
어찌 다시 젊은이는 내란 일듯 근심하고
늙은이는 흉년 온다 한숨짓는고
기와집 밑엔 왕의 꿈에 몸 여위어가는 이 있고
초가집 속엔 반심 품고 칼 가는 이 느는고
이 어인 일고, 우리끼린 풀 이파리 하나로라도 따지지 말고

우리끼린 방아 끝에 묻은 떡가루마저도 나눠 먹을 것을 [27]

　총각이 북을 치고 노래 부르니 군중들은 싸움을 멈추고 노래와 춤으로 이를 따랐다.

　　하늘이 비로소 이날 날개 폈거니
　　다시야 진흙 위에 발붙이랴, 날개 제치랴
　　장대 같은 소낙비 퍼붓는 아침이 와도
　　뇌우 속 뛰치고 나의 날개는 그 속에 번득일지며
　　하늬바람 드센 저녁철 와도 바람 위 더 높이 떠돌리
　　우러러 하늘 공중 안 보이거든
　　그는 뜨지 않음 아니오 그대 시선 밖
　　멀리 천심에 이르러 빙빙 돌고 있음을
　　가장 자유롭게 가장 높으게, 꺾일 줄 가둘 줄 모두 모르게
　　이 날개 뜨고 있음을 아시라.

　　날개를 쳐라
　　날개를 쳐라
　　소리개와도 같이
　　하늘엔 눈보라가 가고 오나
　　그물은 이미 벗겨졌고
　　낮은 덴 사냥꾼의 화살 날리기도 하나
　　구름 위엔 산들바람 불 뿐이다
　　막는 것 없는 이 너른 하늘 끝에서

젊은이는 공주와 무사에게 작별을 고했다.

"낯선 곳에 가서 나의 길을 찾아낼 수 있나 보겠습니다."

"네. 꼭 찾아낼 거예요. 어디에 계시더라도."

공주는 젊은이가 마음속에 간직하고 있다는 왕국을 볼 수 있었다. 하늘과 땅이 함께 춤을 추고 싸움이 없고 두려움이 없고 평화로운 곳. 맑고 환하게 세부까지 보이는 젊은이의 왕국은 공주 자신 안에서도 태어나고 있었다.

"당신은 언제나 우리들의 일부입니다. 가끔 잊을지라도."

말을 타고 떠나가는 젊은이에게 무사는 말했다. 젊은이의 왕국은 무사에게도 보였다. 스님에게도 보이고 다른 사람들에게도 보였다. 그들 모두는 한나라 한겨레였다.

임금은 왕위를 첫째 사위에게 물려주었다. 백성들은 서로 아끼며 오순도순 살아가고 둘째 공주와 셋째 공주 내외는 새 임금을 돕고 임금은 권력이 아니라 도와 덕으로 어진 정치를 베푸니 나라에는 영원 무궁한 평화가 깃들었다.

* 인용 시 ─ 파인(巴人) 김동환(金東煥)

1 〈경복궁 타령〉 일부
2 〈마부(馬草)〉
3 〈꽃밭에 들거든〉
4 〈길을 잃어서〉
5 〈촌각시 되어〉
6 〈시절도 저러하니〉
7 〈오늘은 몰려가나〉
8 〈용〉
9 〈소나기〉
10 〈님에게 님을 위하여 님 때문에〉 2절
11 〈님에게 님을 위하여 님 때문에〉 3절
12 〈산 너머 남촌에는〉
13 〈님에게 님을 위하여 님 때문에〉 8절
14 〈님에게 님을 위하여 님 때문에〉 1절
15 〈바람에 휘었노라〉
16 〈산가초(山家抄)〉 7절
17 〈돌아온 날개〉 10절 일부
18 〈돌아온 날개〉 7절
19 〈동구 앞에 섰노라면〉
20 〈33인(人)의 송가(頌歌)〉 일부
21 〈우리 만나던 시절이〉
22 〈님에게 님을 위하여 님 때문에〉 16절
23 〈돌아온 날개〉 12절
24 〈우물치기〉 일부
25 〈돌아온 날개〉 16절
26 〈돌아온 날개〉 6절
27 〈풀 이파리 하나라도〉
28 〈돌아온 날개〉 17~18절

늪 주변

때는 마침 황혼이어서 늪 저편의 낡은 이층집 유리창들은 황금빛으로 빛나고 있었다.

상희는 계란을 가지고 잡초가 무성한 길을 팔랑팔랑 걸어갔다. 유리창이 황금빛으로 빛나는 그 이층집으로 가는 것이다.

무더웠던 여름의 하루도 저물 무렵이 되면 시원해진다.

노을이 짙은 하늘과 숲의 그림자를 담은 이 조용한 늪가엔 오솔길이 뚫려 있는 것이다.

아직까지도 상희는 아무도 모르게 어디 먼 데로 가서 살자고 말한 석현 씨의 의견을 따르는 것이 좋을지 결정을 못하고 있었다. 그 때문에 그녀의 맑은 두 눈은 더욱 깊어졌으며, 닭의 시중을 게을리하여 언니한테 야단을 맞고 하루 종일 뒤숭숭한 기분으로 지내게 되는 것이다. 오늘도 그 집에 가면 석현 씨를 만날 것이고, 그는 또 여전히 상희가 좋아하는 그 낮은 목소리로 먼 데 가서 아무도 모르게 살자고 상희를 설복하려 들 것이다.

'나를 주저하게 하는 것은 무엇일까?'

상희는 붉게 물든 하늘을 보며 생각했다.

'두려움.'

단지 그것뿐인 것같이 생각되었다. 언니네는 영월에 가 있는 엔지니어인 형부를 따라 조만간 그곳으로 이사를 가려고 하고 있었다. 그래서 요새 매일 짐을 정리해가고 닭들도 팔기 시작한 것이다.

석현 씨를 따라 멀리 떠나고 싶다는 욕망과 두려움은 서로 싸우고 있었다.

석현 씨가 조용한 곳으로 떠나자고 했을 때 상희는 참나무가 울창한 야산(野山)의 겨울을 생각했었다.

상희는 그의 첫인상에서 문득 여학교 때의 선생님을 떠올렸던 것이다. 선생님을 그녀는 특별히 좋아했는데, 그 선생님이 무언가 열심히 쓰고 있을 때의 뒷모습이 그녀의 아버지와 닮았기 때문이었다.

언젠가 선생님은 겨울방학 동안을 산사(山寺)에서 지냈다는 얘기를 한 일이 있었다.

"너희들은 눈이 내리는데 소리가 난다면 모두 이상하게 생각할 테지만 그곳 산에는 참나무가 많아서 눈이 내리는 소리가 들린다."

선생님이 말했을 때 한 번도 실제로 들어본 일이 없었던 눈 내리는 소리가 희미하게 귓가에 들려왔었던 것을 상희는 기억하고 있다. 그 때문에 그녀는 석현 씨가 말하는 '조용한 곳'을 야산의 어느 산사로 상상하고 있었을 것이다.

그런 곳에서 정말로 눈 내리는 소리를 들으며 그분을 사랑하고 싶다고 상희는 생각하고 있었다. 언니가 새로 만든 생선 요리를 먹었다고 식모애를 야단치던가 할 때도 문득 그와 떠나버리고 싶은 생각이 강렬해지곤 했다.

그러나 그 모든 생각의 근저를 두려움이 무시 못할 무게로 누르고 있었다.

산새가 근처의 숲에서 후두둑 날아갔다.

'언제부터 그분을 사랑했을까?'

이 물음에 대한 답변은 상희 자신으로서도 할 수 없었다.

다만 이 늪지대 건너 그의 집에 계란을 배달하러 갔던 어느 날 그가,

"난 상희가 세상에서 제일 좋아."

하고 말했을 때 그녀는 몹시 놀랐다. 서양 여자와 살고 있는 이 잘생긴 남자는 그녀와는 먼 거리의, 그런 엄두 같은 것은 감히 낼 수도 없는 위치에 있다고 생각했었기 때문이었다.

얼굴이 예쁜지 미운지조차 모를 정도로 화장이 진한 석현 씨의 하와이 태생인 여자 메리 깁슨은 상희의 단 일주일 동안의 영어 선생님이기도 했다. 그녀는 구자나 미숙이들하고 같이 영어 회화를 공부했던 것이다. 언니의 형편이 넉넉지 못하기 때문에 상희는 수업료 조로 매일 두 개의 계란을 가져가기로 양해가 성립되었다. 물론 계란값은 수업료보다 훨씬 모자랐지만.

그리하여 석 달 전 어느 날 상희는 구자를 따라 늪 저편의 그 집으로 가게 되었다. 그 이층집과 상희의 집은 검고 칙칙한 타원형의 늪을 사이로 마주 보고 있었다. 그 때문에 황혼이면 유리창이 황금빛으로 빛나는 그 이층집을 그녀는 이미 알고 있었다.

그러나 늪 저편으로 가본 일이 그녀에겐 한 번도 없었다. 하지만 나

무와 풀 사이로 좁게 뚫린 길은 낯선 느낌을 주지 않았다. 그런 종류의 길이 이곳에는 어디고 있는 까닭이었다.

가까이서 보니까 그 집은 생각보다 몹시 낡고 거친 느낌이었다. 황혼이면 상희의 가슴을 설레게 했던 아래위층의 유리창들은 모두 상처투성이의 더러운 유리로 메꾸어져 있었다.

공부는 일주일 만에 끝이 났다. 서양 여자가 고향으로 갔다는 것이다. 그날 상희는 언니의 심부름을 하느라고 좀 늦게 갔었는데 잡초가 깔린 정원에는 이미 구자를 비롯한 여섯 명의 여대생들이 몰려 서 있었다.

"메리가 고향 갔대."

그들의 얼굴에는 분노 비슷한 것이 어려 있었다.

허술한 옷차림의 이 집 주인 여자는 현관에 기대선 채 마당의 아이들을 내려다보고 있었다. 가난한 살림이 그녀를 그렇게 만들었겠지만 늘 메리 깁슨에게 무언가를 바라는 표정을 짓고 있었으며 서양 여자가 자기 집 이 층에 세를 들어 있다는 사실을 퍽 자랑스럽게 여기는 눈치를 보이곤 했다.

"떠나면서 아무 얘기도 없었나요?"

주인 여자는 고개를 저었다.

"……벌써 며칠 전부터 떠난다는 거 알았을 거 아냐? 돈만 떼먹구."

정자가 말하자 모두 그렇다고 하면서 분해했다.

공부를 하게 되었다는 상희의 기쁨이 마음속에서 허물어져 내렸다.

마당에는 나무가 무성하여 짙은 그늘을 지우고 있었다.

"가자."

두 손에 들린 계란을 보니까 처량한 생각이 들어서 상희는 이렇게 말했다.

"남편이란 작자나 만나구 가자."

구자가 말했다.

상희는 피곤해져서 키 큰 포플러 그늘 밑에 놓인 돌 위에 앉아버렸다. 조금 전까지 떠 있던 희고 조그만 구름 조각들이 어느새 사라져버리고 그저 하늘은 파랗기만 했다.

메리 깁슨의 남편이란 사람을 상희들은 거의 한 시간을 기다려서야 만날 수 있었다. 그것이 바로 상희와 석현 씨의 첫 대면이었던 것이다.

"온다."

높은 금속성의 음성에 아이들이 바라보고 있는 곳으로 고개를 돌렸을 때 상희는 나무와 잡초 사이의 샛길로 흰 와이셔츠 차림의 청년이 이편을 향해 오고 있는 것을 볼 수 있었다. 와이셔츠의 흰빛이 눈이 부실 정도로 인상적이었다.

"단단히 따져야지."

또 누군가가 말했다.

그렇다면 저 사람이 메리 깁슨의 남편이란 말인가 하고 상희는 생각했다. 서양 여자의 남편이라면 키가 크고 배가 나온 중년의 서양 사람일 것이라고 생각하고 있었는데 ─ .

"어이, 웬일들이세요?"

가까이 온 남자는 굴곡이 뚜렷하고 창백한 얼굴을 한 아주 잘생긴 청년이었다. 그의 주변에는 질 좋은 화장품 냄새가 퍼져서 마치 영화 배우 같은 짙은 분위기를 이루고 있었다.

'아아, 언젠가 저런 남자를 본 일이 있었다'라고 상희는 생각했다. 그리고 마침내 그가 선생님을 닮았음을 기억해냈다.

석현 씨는 아이들을 둘러보다가 포플러 그늘 밑에 서 있는 상희를 보고 조금 눈이 부신 듯이 웃었다. 그 웃음이 매우 매력적이었고 또 자극적이었다고 상희는 생각하고 있다.

그 후에 석현 씨는 그녀에게 말한 일이 있었다.

"그때 어떻게 예쁘던지. 지금도 동감이지만."

석현 씨를 둘러싸고 아이들은 필요 이상 큰 소리로 돈을 요구하고 있었다.

"한 달에 오백 원씩이니까 토요일 일요일 빼구 하루면 이십사 곱하기 이는 사십팔에다가…… 이십 원 좀 넘지만 이십 원으로 치면 일주일 동안 공부했으니까 삼백사십 원……."

석현 씨는 잠깐 망연히 서 있다가 곧 보기 좋게 웃었다. 그 웃음에는 자신의 멋을 충분히 인식하고 있는 듯한 기색이 있었다.

"아니, 이러실 거 없습니다."

그는 말했다.

"고향으로 갔다면서요?"

선경이가 말하자

"그런데 어떻게 오지요?"

미숙이가 이어 받았다.

"아니, 여행을 떠났을 뿐입니다."

"마찬가지예요. 언제 오는지 모르는 거니깐."

미숙이가 얼른 또 대답했다.

일순 어두워졌던 석현 씨의 얼굴에는 다시 미소가 떠올랐다. 그리고 결론을 내리듯이 말했다.

"그럼 돈을 돌려드리도록 하지요. 얼마라구요? 아, 한 분에 삼백사십 원씩 하면 하나 둘 셋 넷…… 일곱 분 해서……."

상희의 얼굴은 빨개졌다.

"전 아니에요."

모기 소리만 하게 상희는 간신히 말했다. 진작 집으로 돌아갔어야 하는 걸 그랬다고 상희는 후회하고 있었다. 무엇 때문에 바보같이 머물러 있었던가…….

"매일 계란 두 개씩 가져오기루 했어요. 양계를 하거든요. 상희네는."

결국 구자들은 돈을 나누어 받았다.

석현 씨는 상희에게 앞으로도 계속해서 계란을 갖다 줄 것을 부탁했다.

그날 부끄러웠던 얘기를 상희가 언니에게 했을 때

"너는 머저리다. 그래, 배우겠다는 게 뭐가 부끄럽다구 돈 적게 내구 많이 내는 걸 상관하냐?"

하면서 허영심을 버리라고 야단을 쳤다.

저 밑 거리 쪽에서 확성기를 통해 나온 유성기 소리가 크게 들려오고 있었다. 누군가가 저쪽 숲 사이에 우뚝 선 것이 검은 형체로 보여왔다. 그것이 석현 씨라고 상희는 대번에 알 수 있었다.

그녀가 가까이 갈 때까지 석현 씨는 아무 말 없이 그대로 서 있었다. 그래서 상희는 그 앞에 주춤 멈춰 서는 도리밖에 없었다.

얼마를 그러고 있었을까?

마침내 석현 씨는 조금 성급히 다가와서 상희의 어깨에 두 손을 얹었다. 그에게서는 여전히 질 좋은 쉐이빙 로션 냄새가 났다.

그는 마치 그녀 때문에 자기가 얼마나 괴로워하고 있으며, 그리하여 마침내 화가 났다는 것을 알아달라는 듯이 상희를 뚫어지게 들여다보았다. 상희의 가슴은 고동치기 시작하고 머리는 아무것도 생각할 수 없게 되어버렸다.

그녀가 길옆 숲 사이에 앉자 석현 씨도 따라서 옆에 앉았다. 그들은 잿빛으로 변해오는 늪 주변과 저쪽 거리 쪽을 굽어보았다.

"이제 계란을 가지고 오지 못합니다."

상희는 들꽃 잎을 뜯어 치마 위에 놓으며 감기 들린 듯한 음성으로 조금 딱딱하게 말했다.

"이사를 가요. 닭도 팔아버린대요."

얼굴도 안 돌리고 상희는 계속했다.

"무슨 소리를 하는 거야?"

석현 씨는 음성에 노기를 띠어 투정 부리듯이 말했다.

"지금까지 내가 한 말 못 들었어? 우린 떠나는 거야. 가서 조용한 데서 사는 거야. 둘이만."

그리고 이어,

"난 세상에서 상희가 제일 좋으니깐."

성급하게 덧붙였다.

아무 말도 상희는 할 수가 없었다.

사면은 점점 어두워오고 좀 오랜 침묵이 계속되었다.

"난 도대체 네 속을 알 수가 없어. 그래서 속상하단 말이야."

여전히 노한 듯한 음성이었다. 그런 음성은 상희를 약간 겁나게 했다.

"왜 좋단 말도 싫단 말도 안 하는 거야. 싫으면 싫다고 해. 단념이나 하게."

'내가 만일 싫다고 한다면 이분은 다시는 나를 만나지 않겠다고 명백히 말씀하고 있지 않은가.'

상희는 조심조심 생각했다.

'그리고 난 사실 따라가고 싶어 하지 않나.'

석현 씨는 조금 더 다가앉으며 상희의 귓가에 속삭였다.

"어서 좋다고 해. 그렇게 말해줘. 응, 어서…….'"

그는 어린애같이 보챘다.

"나두 따라가고 싶어요. 그렇지만…….'"

"그럼 됐어."

하고 석현 씨는 상희의 말을 더 들으려고 하지 않고 가로채버렸다. 상희는 자기가 막연히 가지고 있는 두려움 – 언니도 모르게 떠난다는 그 두려움을 이미 얘기할 수가 없어졌다.

"이제 됐어. 그 말 하기가 그렇게 힘들었나?"

귀여워 죽겠다는 듯이 그는 상희의 등을 한 팔로 안았다.

그러자 이제까지 있었던 마음의 두려움이 엷어지면서 상희의 온몸은 따뜻해지고 행복해졌다.

석현 씨는 상희의 등을 토닥토닥 두드리며 〈돌아오지 않는 강〉을 휘파람으로 불렀다. 그가 좋아하는 노래였다. 휘파람 소리는 높고 가늘게 떨리고 있었으나 멀리멀리까지 들리는 것 같았다.

거리의 상점가와 주택에 불이 들어오고 하늘에도 별들이 반짝이기 시작했다. 토닥토닥 상희의 등을 두드려주는 석현 씨의 그 동작은 몹시 정겨워 보였다.

상희는 눈물이 글썽해졌다.

"어디 가서 사는지 알아?"

석현 씨가 문득 휘파람을 멈추고 상희를 보았다. 그녀는 순진하게
또 양순하게 고개를 가로저었지만 그녀의 머릿속에는 눈 내리는 어느
산사의 적막함이 희미하게 떠올랐다.

"여기서 기차 타구 두 시간쯤 가면 D읍이 있어. 거기 가서 사는 거
야. 고향은 아니지만 친척들이 있지."

"산이 있어요?"

"그럼, 거기선 뻐꾸기가 울어. 몸은 보이지 않고 소리만 들리는 새
야."

"어머닌?"

"새로 시집갔어. 혼자 살기 싫었던 모양이지. 내가 얘기 안 했던
가?"

상희는 고개를 가로저었다. 그러자 석현 씨는 흐흥 하고 웃었다.

언젠가 그는 미군 부대부터 바의 종업원까지 전전했던 그의 어두운
과거에 대해서 가볍게 얘기한 적이 있었다. 지금 동거하고 있는 서양
여자도 바 시절에 만난 친구라고 말했다.

"언니가 야단쳐요. 너무 늦으면."

상희는 일어섰다. 치마 위에 놓였던 시든 꽃잎들이 어둠 속에서 팔
랑팔랑 떨어졌다.

"돌아서면 맘 변할건가?"

석현 씨는 그녀의 얼굴을 두 손으로 싸쥐고 그녀의 눈을 들여다보
며 물었다.

"알 게 뭐야."

"뭐라구? 그런 소리 하면 매 맞아."

얼굴을 맞댄 그 두 검은 형체는 별이 아름다운 밤하늘을 등지고 좀 오랫동안 서 있었다.

"곧 떠나. 확실한 건 나중에 심부름꾼한테 알려 보낼게."

상희가 언덕길을 내려올 때 그녀의 등에 대고 석현 씨는 말했다.

"꼭 내 말대로 해야 해."

아침에 눈을 뜨면서부터 밤에 자리에 들기까지 얼마나 상희는 헛되이 기다렸는가.

그날 밤 숲에서 돌아온 상희는 언니 몰래 자기 짐을 정리했다.

한 시각 한 시각 열중해서 기다리다가 오늘도 또 아니구나 하는 생각이 들 때쯤이면 그 이층집의 유리창은 황금색으로 빛났다.

"애, 넌 꼭 정신 나간 애 같구나. 형부 양복은 걷어 넣었니?"

"아, 아니. 이제 해."

"빨리빨리 해라. 모레면 떠날 텐데. 야 계순아, 아이구 애, 그릇을 그렇게 넣으면 깨지잖니? 그런 것두 하나 모르구, 넌 저능아다, 저능아야. 내 저런 거하구 사느라구……."

끝없는 언니의 잔소리에,

'잘 가르쳐주면 되잖아.'

하고 말할 흥미도 없어졌다.

……왜 석현 씨는 편지를 보내지 않는 것일까? 그새 다른 여자를 좋아하는 건 아닌지…….

언젠가 저 밑 거리의 상점가를 눈 가장자리를 시커멓게 칠하고 미니스커트를 입은 여자와 같이 가던 석현 씨의 모습을 떠올리며 상희는 생각했다.

그것을 본 이래로 그렇게 멋을 낸 여자를 경멸할 수가 없어졌다. 오히려 매력이 있어 보이기까지 했다.

……저렇게 화장을 한 여자도 밥을 먹고 웃고 뭘 생각할까?

어리석게도 그녀는 그런 생각을 한 적도 있었다.

그녀는 이제까지 몰랐던 새로운 세계에 눈을 돌리게 되었다.

"랄랄랄랄…… 흠…… 이거 뭔지 알아? 도돔바야."

스텝을 밟으며 석현 씨는 얘기했다. 형편없이 어질러진 그의 이 층 다다미방에서였다.

"화자라구 하는 여자가 있었어. 춤추러 두어 번 갔었지. 근데 걔가 날 보고……."

예사롭게 이런 말을 할 때면 상희는 흠칠흠칠 놀라는 것이었다.

그의 방의 넓은 침대에는 언제나 이부자리가 펴져 있었다. 석현 씨는 무슨 물건이든지 제자리에 두는 것 같지 않아 보였다. 불이 붙은 담배를 함부로 놔두어서 다다미며 이부자리들은 모두 불에 탄 자리가 있었다. 그 너저분한 방에서 그는 기타를 쳤다. 기타는 새것인 듯 몹시 반들거렸으나 축축하고 어지러운 방 안과 기묘하게 조화가 되지 않았다.

"데어 이즈 어 리버, 콜 더 리버 오브 노 리턴……."

창턱에 걸터앉아서 노래를 부를 때면 상희는 눈물이 나올 정도로 감동받곤 했다.

"가수가 되세요. 유명해질 거예요."

석현 씨는 상희의 볼을 손가락으로 톡 튕기고 눈을 감은 채 다시 노래를 계속했다. 그렇게 눈을 감고 노래를 부를 때면 그는 옆에 상희가 있다는 것도 잊어버리는 것 같았다. 그러다가 가끔 눈을 뜨고 연기같이 희미한 웃음을 눈에 담으며 그녀를 바라본다. 그럴 때면 그녀는 행복이 수액(樹液)같이 온몸에 촉촉이 퍼져드는 것을 느꼈다.

이제까지 지니고 있던 상희의 세계─책을 많이 읽고 책만이 제일 좋은 것이라고 생각했던 상희의 세계─는 조금씩 조금씩 허물어져 내리고 있었다.

그렇게 기다리기도 거의 이 주일이 되어간다. 그리고 모레면 이사를 가게 되고……. 상희는 침울한 마음으로 생각했다.

"언니, 서양 여자 남편 말야……."

저녁을 치운 후 헌 스웨터의 실을 풀어 감는 언니 곁에서 상희는 무관심한 듯 말을 걸었다.

"응, 왜? 또 그 사람 얘기……."

언니의 두 눈이 일순간 상희를 날카롭게 살폈다.

"그 사람 어저께 팔아버린 하얀 레그혼 같아. 목이랑 귀족 같지?"

"그 사람은 나쁜 사람이라구 난 처음 보구 알았다. 그런 사람은 여자를 사랑할 줄 모를 거야."

형광등 밑에서 차갑게 빛나는 꽃꽂이를 보며 상희는 벽에 비스듬히 기댔다.

"왜, 사랑이야 할 테지."

상희는 그가 사랑하는 사람이 바로 자기라고 말하고 싶은 충동에 사로잡혔다. 자기가 사랑하는 사람의 얘기, 가장 하고 싶은 사람의 얘기를 이렇게 늘 무관심을 가장하며 해야 한다는 것이 참 답답했다.

"잘생겼지?"

"어디가? 넌 그전부터 그런 소릴 하지만 그런 남잘수록 제가 잘

났다고 우쭐거리지."

"아, 그래서 형부는……."

하다가 상희는 입을 다물었다. 악의는 전혀 없었지만 너무하는 것 같다는 생각에서였다.

"좀 좋아서?"

언니는 웃었다.

……형부가 들었으면 얼마나 좋아할까…….

"여보, 여보."

조금 허풍스럽게 형부는 언니를 그렇게 부른다.

"이 바지 좀 보오."

사실 좀 다려달라고 하고 싶지만 형부는 기껏 구겨진 바지를 내보이기만 한다.

"까무잡잡한 게 다려 입으면 물기나 나는 줄 아니?"

언니는 형부한테 반말을 한다. 그런데 이상한 것은 언니가 그러면 형부가 좋아하는 것이었다. 혹시 언니가 상냥해질라치면 오히려 형부 쪽에서 시무룩해 있었다.

고모 집에서 살 때 앞집에 하숙하고 있던 형부의 모습이 얼마나 우스꽝스럽게 비쳤던가 상희는 기억하고 있다. 언니가 마당에서 서성거리면 까무잡잡한 형부의 작은 얼굴이 들창을 내다보고 있었다. 앞집은 조선 집이어서 들창이 높은데 키가 작은 사람이니까 아마 무엇을 받쳐놓고 올라서서 보는 모양이었다.

"애, 그런 남자란 남한테 보이기 위해서 포즈만 취하면서 사는 사람이야. 내가 언젠가도 그런 얘기 했지? 닭 모이 사러 갔을 땐가?"

무슨 얘긴가 했더니 석현 씨 얘기였다. 언니는 상희를 똑바로 건너다보며 열성적으로 말하고 있었다.

상희는 별로 관심도 없다는 듯이.

"언니두 가까이 지내보면 안 그렇다는 걸 알걸. 너무 솔직해."

…… 이런 말만 백번 천번 하고 있으면 무슨 소용이 있을까? 그분은 이제 내가 싫어졌는지도 모른다…….

상희의 가슴은 쓸쓸하게 비어 있었다.

"정말…… 그 집에 계란 가져가야지."

문득 생각났다는 듯이 상희가 말했다.

"요전번에 갔을 때 앞으로 못 가져온다는 말 안 했니?"

"했지만……."

상희는 기지개를 켰다.

"이 주일쯤 지나서 한 번만 더 갖다 달라구 그러던데."

상희는 거짓말을 했다.

떠나기 전에 한번 만나보고 싶다. 설사 그분이 나를 잊어버리셨다고 해도 내가 얼마나 그분을 그리워했으며 황금빛으로 빛나는 창이 얼마나 나를 슬프게 했는지 알려드리고 싶다.

"이불 펼까?"

"이거 마저 하구. 너 먼저 자렴."

언니는 무언가 골똘히 생각하는 듯이 보였다.

"이번에 이사 가면 형부한테 잘해줘."

"……."

"……."

"얘."

언니는 정색을 하고 상희를 불렀다. 여학교 때 대대장을 하던 언니가 연단에 올라서서 연설하는 것을 상희는 본 일이 있었다. 그러나 그때와는 조금 다른 위엄이 있었다.

"가도 소용없단다."

"……."

"정말이야. 가도 소용없어."

"뭐 말야?"

상희의 텅 빈 마음속을 당혹과 불안이 휙 스쳐 갔다.

언니는 조금 주저했다.

"그런 사람한테 관심을 가진다는 게 헛일이라는 얘기지. 뜬구름 같은 사람이니까."

"언니 알고 있어?"

조금 멈칫했으나 언니는 얼른 말했다.

"뭘 말이냐. 너 나한테 숨기는 게 있구나."

곧 언니는 평온을 되찾고 힐난하듯 상희를 보았다.

"언니가 이상한 소릴 하니까 그렇지."

"너야말로 이상하구나."

상희는 찔끔해서 벽 쪽으로 얼굴을 향하고 누워 내일은 무슨 일이 있어도 꼭 그 집을 찾아가야겠다고 생각했다.

날씨는 음산하게 흐려 있었으나 늪 저편으로 가는 길과 누렇게 변해가는 풀, 그 위를 구르는 낙엽들, 이런 모든 것들이 상희의 가슴을 따뜻하게 했다. 상희는 느릿느릿 그 좁을 길을 따라 올라갔다. 숲에는 하얀 갈대가 많이 흔들리고 있었다. 향기가 짙은 외국제 쉐이빙 로션의 냄새, 나지막한 음성, 축축한 다다미방, 이런 모든 것들이 바로 석현 씨의 분위기로 짙은 안개처럼 상희에게 안겨왔다. 정처 없던 나그네가 귀향하는 심경이 바로 이럴 것이라고 상희는 생각했다.

마침내 석현 씨의 집 가까이 왔을 때 - 그 이층집이 키 큰 잡초와 나무 사이로 보이기 시작했을 때 - 상희는 걸음을 멈추었다.

그녀는 좀 오랫동안 그곳에서 서성거리다가 마침내 그 집으로 들어갈 용기를 냈다.

그분을 만나러 갔다고 생각하지 말자, 그 집 주인 여자를 만나러 가는 거니까. 그리하여,

"전 이제 시골에 가게 됐어요. 그동안 계란이랑 팔아주셔서 감사합니다."

하고 인사를 한다. 그분이 계시거나 말거나 상관하지 말고……. 상희는 생각하는 것이었다.

잡초가 무성한 마당을 들어섰을 때 집 안은 조용했고 낙엽만이 마치 폐허와 같이 황량한 느낌을 주는 뜰안에 떨어져 구르고 있었다.

상희는 얼른 이 층을 살폈다.

이 층의 창문은 굳게 닫힌 채 난로의 연통에서 노란 연기가 나오고 있었다. 그것을 보니 이제까지의 용기도 꺾이고 석현 씨에 대한 그리움으로 상희는 일순 멍해졌다.

잠시 후 그녀는 아래층의 안방 창문을 두어 번 두들겼다. 그때의 모든 광경은 꿈속처럼 이상한 분위기를 이루고 있었다. 태양이 숨어버린 회색의 날씨, 스산하게 부는 바람, 소리를 내며 지는 낙엽, 문이 모두 꽁꽁 닫힌 이 낡은 이층집…….

"누구요?"

예상대로 주인 여자가 창문을 열었다.

갑자기 싸늘해진 날씨 때문인지 그 집의 주인이랑 어린애들이 모두 부채처럼 누워 있었다.

"시골로 가게 됐어요. 인사드리러 왔습니다."

상희는 생각하고 있었던 말을 음성을 높여 말하고 재빨리 이 층을 살폈다.

"아, 그래?"

주인 여자는 애써 친절하려고 몇 마디의 말을 하고 또 가볍게 웃기까지 했지만 추워서 얼른 창문을 닫고 싶어 하는 기색이었다.

상희는 그 얼굴 표정을 읽었지만 모르는 채 창 옆으로 바싹 다가가서 빠르게 덧붙였다.

"이 층에 사시는 분. 거기도 인사드려야 할 텐데."

말을 채 마치기도 전에 주인 여자가,

"다른 사람이 새로 이사를 왔다우." 했다.

그 말을 듣자 상희는 정신이 아득해지면서 낙엽을 날리는 바람 소리가 꿈속처럼 들려왔다.

"그 남자는 달포 전에 어디론가 가버리구⋯⋯. 난 아주 혼이 났어."

주인 여자의 얼굴에서 얼른 창문을 닫고 싶어 하는 기색이 조금 엷어졌다.

그녀는 '이 층의 남자'가 행방불명이 되고 서양 여자가 '새서방'인지 웬 '미국 병정'을 데리고 와서 '이 층의 남자'를 찾고 하던 때의 광경을 얘기했다.

"그 한국 남자가 서양년 돈을 많이 썼다는군. 글쎄, 고소를 하겠다구 그러지만 어디 가서 찾지? 아 핫, 추워."

하얀 갈대가 바람에 몹시 흔들리는 오솔길 어귀에서 상희는 노란 연기가 나고 있는 이 층의 창을 돌아다보았다.

"이제 저 집에 그분은 안 계시는 거야."

상희는 중얼댔다.

'그런데 왜 날 안 데리고 가셨을까?'

눈물이라도 흘릴 것같이 비참한 마음이 되었다.

'그분은 정말 날 사랑하신 걸까? 도피의 친구로 나를 택한 것은 내가 만만하기 때문이었을까?'

여러 가지 질문을 그녀는 수없이 자신에게 되풀이했다.

바람은 그녀의 머리를 날리고, 스커트를 깃발처럼 팔락거리게 하고, 잡초며 갈대들을 몸부림치게 하면서 늪 주변을 방황하고 있었다.

느릿느릿 언덕길을 내려오는 상희의 멍청한 머릿속에는 눈이 내려서 쌓이는 어느 산사의 조용한 모습이 희미하게 떠올랐다.

꽁꽁 싸 묶은 짐 더미 사이에 언니는 기대앉았다. 모든 피로가 한꺼번에 밀려오는 것 같다고 그녀는 느꼈다.

"이번에 난 현명했어."

그녀는 중얼거리면서 그동안 동생을 밖에 못 나가게 하느라고 얼마나 주의했던가를 생각했다.

"그 애도 이젠 좀 어른이 될 테지."

손에 들고 있던 편지 봉투에서 그녀는 내용물을 꺼냈다.

한 뭉치의 돈과 타이프 용지에 쓴 편지. 그 편지가 자기에게 잘못 전달된 것을 그녀는 다행스럽게 생각하고 있었다.

이 주일 전에 온 것이었다. 수십 번도 더 읽었을 그 편지를 그녀는 또 펴 들었다.

같이 가려 했었는데 난 부득이 새벽 기차로 먼저 떠나. D읍으로 가는 기차 알지? 두 시에 서울역에서 있으니까 늦지 않도록 여기 보낸 돈으로 여비 해. D읍 역에 두 시 십 분 도착이니까 그때 역에서 기다릴게.

그녀는 마침내 돈을 핸드백에 넣고, 편지는 찢어버렸다.
늪 주변을 방황하는 바람 소리가 여기까지 들려왔다.

겨울나무 사이

1

숲에는 어느덧 어둠이 스며들었다. 뱀이 있어요, 조심하세요. 우진이 말했다. 꽤 경사가 급한 언덕길은 낙엽이 깔려 있었다. 낙엽은 여기저기서 계속 지고 있었다.

그들은 비틀거리고 웃으며 걸어 내려갔다. 세 사람의 남자와 두 사람의 여자였다. 그들 중 한 쌍은 부부로, 그 남편은 우진과 같은 대학에 적을 두고 있는 교수였다. 우진과 함께 걷는 남자는 우진의 옛 친구로 이름은 탁이었다. 탁은 학창 시절에도 지금같이 마르고 창백한 모습이었다. 그때 시계 광고나 책 광고 같은 데 나오는 탁과 비슷하게 생긴 인기 남자 모델이 있었다. 탁의 우수에 찬 모습은 인기 모델의 이미지와 연관되어 여학생들의 마음을 설레게 했다.

십여 년 만에 다시 만나본 탁은 하내에게 세월의 흐름을 느끼게 했다. 옛 그대로 미소년 같은 풍모 속에 비바람에 바랜 듯한 분위기가 있었다.

우진의 동료인 대학교수 부인이 오솔길 가장자리로 빨리 걸어 하내 옆에 와서,

"어때요, 고국이 좋지요?"

"네." 하내는 대답했다.

"우리도 처음 귀국했을 때 그렇게 좋을 수가 없었어요. 길에 가는 사람들이 전부 아는 사람 같고 라디오에서 들리는 말소리는 전부 아버지나 아저씨같이 친근하고 그렇더니만, 요샌 또 어디 교환교수로 일 년쯤 나가 살고 싶어져요. 요즘은 옛날과 다르다죠? 우리 있을 때는 한국 사람이라면 대개 유학생으로 그 수도 아주 드물었죠."

그들 앞을 조금 앞서 걷던 우진이 나무 밑에 서서 하내들이 가까이 오기를 기다렸다. 그의 코앞을 낙엽 하나가 뱅글뱅글 돌며 떨어져 내렸다.

"미국에 그렇게 오래 있어도 세련이 하나도 안 되었구나."

우진이 하내에게 말했다. 교수 부인이 웃었다. 그 부인은 우진이 입만 열었다 하면 아무 말에나 웃었다.

"세련?" 하내는 우진의 말을 되풀이해 보았다.

"응." 우진이 말했다. 대학교수 부인이 또 웃었다.

세련? 하내는 미국에서 돌아온 자신을 바보같이 느끼고 있는 터였다. 하내는 유행하는 노래를 모르고 새로운 말들을 몰랐다. 돈도 모르겠고 물건을 살 줄도 모르겠고 사람들이 하고 있는 말도 잘 못 알아들었다. 요즈음 사람들이 무엇에 열중하고 있는지 자기가 매력이 있는지 아닌지 모든 것에 혼란이 일었다. 꼭 오랜 감옥 생활을 하고 나온 것 같았다. 그러나 잘 생각해보면 그것은 새로운 감정이 아니었다.

미국에 사는 동안에도 하내는 감옥에 사는 사람처럼 세상이 어떻게 돌아가는지 그 감을 잡지 못했었다. 그러나 거기에 있을 때 하내는 무엇과 경쟁할 필요가 없었다. 학식이고 개성이고 내보일 필요 없이 그냥 하나의 오리엔탈 여자로 있으면 되었다.

어딘가 순한 짐승 같은 우진의 얼굴을 보며 하내는 자기가 젊은 여자로 고국을 떠나 이제 젊다고 할 수 없는 여자로 그 앞에 서게 된 것이 미안했다. 오늘 오후 서울에서 이 소도시로 탁과 함께 내려온 자기를 마중하느라 현관에 선 우진을 처음 보았을 때 하내는 우진이 오래 떨어졌던 식구같이 친근했다. 그 감정을 하내는 소중히 생각하고 싶었다.

"너는 어쩌면 그렇게 세련이 안 되었어."

이번에는 교수 부인뿐 아니라 일행이 다 웃었다. 하내도 웃었다. 아, 내가 웃는구나 하내는 생각했다. 내가 아주 기뻐서 웃는구나.

구두가 높아서 경사진 내리막길을 하내는 걷기가 불편했다. 오솔길의 어느 모퉁이를 돌아서자 넘어가는 햇살이 그들의 눈을 시게 했다. 그 부신 시선 사이로 우진의 집이 나무들 사이로 보였다. 빨간 지붕의 연립주택들이 무대장치같이 나타났다. 하내가 어려서 생각하던 서구풍의 집이었다. 미국에서도 하내는 그렇게 서구풍인 집을 보지 못했다. 동화 속에 그려진 삽화 같았다.

하내는 가끔 현실과 환상이 혼동되는 것을 느꼈다. 어느 것이 현실이고 어느 것이 환상인지 분간이 안 되는 때가 있었다. 아주 어려서부터 하내는 시집을 안 가야겠다고 생각해본 일이 한 번도 없었다. 자기 마음에 깔리는 그리운 우수 같은 것은 어느 날인가 옳은 남자를 만나면 풀릴 것이라고 생각하고 있었다.

하내가 시집가고 싶다는 소망과 함께 키운 환상은 하내가 스물일곱 살쯤의 부인이 되어 대여섯 살 된 딸아이를 데리고 현관에서 남편을 맞는 것이었다. 엄마와 아이가 같은 옷감으로 된 옷을 입고 물을 뿌려 깨끗이 청소한 현관에는 신발들이 정결히 놓이고 정원에는 화초가 많이 피어 있었다.

그 환상은 너무 오래도록 가지고 있어서인지 가끔 하내는 아직도 앞날에 그런 날이 있을 것 같기도 하고, 아니면 과거에 한번 그렇게 살았던 것 같기도 했다. 가끔씩 그 환상이 혹 스치면 하내는 이제 이 세상에 없는 남편과 아이가 없는 자신을 생각하고 잃어버린 꿈을 보았다.

하내의 결혼 생활은 현관도 신발장도 따로 없는 뉴욕의 한 아파트에서 이루어졌다. 아이를 낳아보지 못한 하내는 아이를 데리고 서서 퇴근하는 남편을 맞아볼 수가 없었다. 하내의 서른여덟 생일은 두 달 전에 지나갔다.

2

피아노를 가운데 하고 앉은 사람은 피아니스트, 그 옆의 사람은 콘트라베이스다. 피아니스트는 갈대같이 거친 콧수염을 기른 백인이고 콘트라베이스를 안고 앉은 사람은 나이가 든 흑인이다. 흑인은 연주하며 목에 용수철을 단 인형같이 머리를 흔들어댄다.

탁자마다 놓인 촛불들이 실내를 비추고 스탠드 바 쪽에서 왁자지껄 웃는 소리가 들린다. 밤 한 시가 거의 되어간다. 밤이 이슥한 탓인지 아니면 겨울치고도 호된 날씨 탓인지 이쪽 편 홀은 하내들을 빼놓고 두서너 그룹의 손님들이 있을 뿐이다.

부엌이 닫힌다면 웨이트리스는 수프밖에 없다고 말한다. 웨이트리스는 곱슬거리는 빨간 파마머리에 새빨갛고 또 새빨간 입술을 하고 있다. 가면극의 인형 같다. 하내는 저게 바로 여자라는 거지 싶다. 갓난애 때고 부모고 뭐고 없이 그냥 하늘에서 뚝 떨어진 여자.

수프밖에 안 된다고 하기에 하내와 하내의 사촌 오빠는 수프를 시킨다. 아무거나 되는 걸로. 빵은 딸려 나오나요? 하내가 묻는다.

"물론." 웨이트리스는 대답하고 부엌으로 걸어간다. 몸동작이 새처럼 가볍다.

"우리 가게가 문 닫고 나면 웬만한 가게는 다 문을 닫아요."

하내가 말한다. 늘 이렇게 늦은 시각에 그와 마주 앉게 되는 것을 변명한다.

건포도가 든 검은 빵이 버터와 함께 조그만 바구니에 담겨 나온다. 빵이 몹시도 새까맣다.

"우진은 박사가 되었다더라."

어두워서 뭐가 들었는지 그저 희끄무레하고 걸쭉해 보이는 수프를 수저로 떠먹으며 사촌은 말한다.

"그래요? 견주 공이 크네요."

사촌은 사업이란 것을 하고 있다. 사업차 그는 한국을 자주 다녀온다. 올 때마다 그는 하내에게 한국 레코드를 사다 준다.

하내는 사람들의 직업에 대해서 늘 모호하다. 음악가, 미술가, 선생님 이런 사람들이 하는 일 말고 전무, 이사, 상무, 장관, 차관 이런 직함이 붙으면 하내는 막연해진다. 자기가 하고 있는 술장사까지 물건 하나를 얼마에 사가지고 얼마 이익을 보고 또 되파는 그 사실이 이상하다. 올림픽이라든가 운동경기조차도 무엇 때문에 그것을 하는가 싶다. 세상 이치가 묘하다 싶다.

"우진 씨 만나봤어요?"

"응, 우연히 산업 회관 빌딩에서. 하내는 애가 몇 입니까 하더라."

하내는 웃는다. 우진과 돌아다닐 때 왠지 늘 괴로웠던 자신의 감정을 하내는 생각한다. 이제 다시 스물이 되어 그와 똑같은 과정을 반복하라 하면 망설여질 만큼. 그러나 하내는 우진과의 사이에 로맨스가 있었다고 믿고 싶다. 우진만 그렇게 생각해준다면 그 시절은 로맨스일 거라고 하내는 생각한다.

부엌이 닫힌다는 웨이트리스의 말과 달리 부엌은 문이 활짝 열려 안이 다 들여다보인다. 그 안에서 흰옷을 입은 요리사가 프라이팬으로 무엇을 만들고 있다.

촛불뿐인 홀은 어둡고 부엌은 비현실적으로 밝다. 흰 타일 벽이며 스토브, 그리고 여기저기 놓인 냄비며 접시들이 환히 보인다. 밝은 부엌이 촛불뿐인 홀의 분위기를 산란하게 깨버린다. 사촌은 부엌과 등을 지고 앉았고 하내는 마주 보고 앉아 있다.

요리사는 가스 불을 한껏 올린다. 높은 키로 불꽃은 자라나 춤추듯 흔들린다. 요리사는 그 흔들리는 불꽃 위에 프라이팬을 대고 사납게 흔든다. 무슨 음식인지 프라이팬 속에서 부대끼며 익는다. 저렇게 하는 요리가 무엇일까 하내는 궁금하다. 먹어보고 싶다.

"이젠 우진 생각 안 하냐?"

"아니요."

그러나 하내는 그가 그립다. 이렇게 호젓한 시간이면 늘 누군가가 그립다.

"괜찮은 사람을 가지고 니 엄마가 그땐 무슨 큰 부랑자나 되는 듯이 야단을 쳤지."

"대학 나와가지고 놀고만 있었으니 그랬겠지요. 그렇게도 반항적이던 우진 씨를 학위까지 얻게 했으니 견주는 참 용해."

자기는 견주같이 우진과 살 힘이 없다고 하내는 생각한다. 같이 계속 있었다면 자기는 우진을 망치고 자신을 망쳤을 것이다. 망치다니 무엇을. 하내는 자신의 생각에 또 의문을 가진다. 좀 생각해봐도 구체적으로 모르겠으나 어쨌든 우진이나 자신이나 둘 다 지독히 미워하다 망쳐버렸을 것 같은 느낌은 확실하다.

"그래, 생활은 어떠냐? 장사는 잘되니."

"모르겠어요. 그냥 정신없이 살아요."

"오늘로 몇 살이지?"

"서른여덟인가, 몰라 나이도 잊고 살아요. 오늘 오빠가 불러주지 않았으면 생일인 줄도 몰랐을 거야."

서른여덟은 여자의 절정이라고 사촌은 말한다.

"무슨 뜻이에요?"

그는 남자는 열일곱이 절정이라고 말한다.

절정이 무엇을 뜻하는지 잘 모르겠으나 열일곱에 오는 편이 낫지 않은가 하내는 생각한다. 인생의 윤곽과 운명이 거의 정해져 있을 때 말고 가능성이 무한한 때 오는 것이.

"밤에 누워 이불을 끌어 덮으면서 나는 나 자신을 타일러요. 내 생을 사랑하고 감사하고 받아들여야 한다, 죽음도 받아들여야 한다, 뭐든지 받아들여야 한다, 이렇게. 그럴 때에 무슨 절정이라니 이상해."

가끔씩 사촌과 앉아 있으면 그가 무슨 애인 같다는 생각이 든다. 애인은 애인인데 가짜 애인. 진짜 애인은 어딘가에 있을 것이라고 하내는 생각한다. 어렸을 때 인형을 껴안고 진짜 아기를 느끼려 했듯이.

"너는 어릴 때부터 이상하게 조숙했지. 늘 재미 없는 얼굴을 해가지고. 니 엄마도 걱정할 만큼."

"내가 그랬어요? 내 태도가 달라지면 내게 닥칠 인생이 달라질까요?"

"예를 들면?"

"예를 들어 누가 나를 예쁘다고 할 때 내가 그 말을 믿으면 나는 예쁜 사람이 되고, 누가 나보고 음식 잘한다고 할 때 그 말을 믿으면 내가 음식을 잘하고, 누가 나를 사랑한다고 할 때 그 말을 정말 믿어도 되는지……."

"그거야 상황에 따라 다르겠지. 말하는 사람의 태도와 또 그동안의 사귐 같은 걸로."

"아니, 그게 아니고, 내 말의 포인트는요……."

하내는 자신도 설명하기 어려워지는 것을 깨닫는다.

"포인트는 다른 사람과는 상관없이 무슨 사실이 있다 할 때 의심 없이 믿고 있으면 다 그것이 긍정적인 사실이 되는가 하는 거예요."

"글쎄, 잘 판단해야 되겠지. 어떤 말이 나올 때는 언제나 그 상황이란 게 있으니까."

"아니, 그게 아니고."

하다가 하내는 입을 다문다. 진짜를 만나지 못하고 항상 임시인 듯한 자리에 머무는 자신이, 모든 것을 그대로 믿으면 세상 빛깔이 달라지는지 알고 싶다. 보이는 그대로를 믿고 싶은 자기에게 또 하나의 의심 많고 교활한 자기가 붙어서 모든 것은 순간일 뿐이라고 악마같이 속삭인다. 일순간의 즐거움으로 일생 신세 망치지 말라고 한다.

하내는 어려서도 진짜인 자기 엄마를 두고 어딘가에 있을 진짜 엄마를 그렸음을 생각한다. 또 자신도 어딘가에 있을 정직하고 귀엽고 착한 어린이, 거짓말 안 하고 어여쁜 아이. 어른이 된 지금도 하내는 생각한다. 진짜인 자신은 아직 먼 데 있고 자기는 거기 노력해서 도달해야 한다고.

사촌은 수프를 다 먹고 수저를 그릇에 놓는다. 그는 아내와 정이 없다고 불행해한다. 담배를 꺼내 무는 그의 몸 움직임이 사업가답게 어른스럽다. 그가 이제는 이모를 따라 집에 놀러 오던 어린 소년일 수가 없듯이 또한 애인도 아니다. 가짜 애인도 아니며 영원한 사촌 오빠일 뿐이라고 하내는 생각한다. 그런데 왜 그가 애인이 아니어서 지금 섭섭한가.

하내는 빵을 물어뜯는다. 정말로 맛이 너무도 없다.

"꼭 시멘트 같아요, 빵이." 하내는 말한다.

"이걸 그렇게 많이 먹다니 정말 비위도 좋아요."

하내는 빵을 씹는다. 얼른 커피를 한 모금 문다.

왜 사촌 오빠를 가짜 애인이라고 느끼는가, 그는 남자이고 나는 여자여서? 밤 깊은 시각 이런 장소, 특히 인생의 피크라는 이런 날에는 애인과 있어야 한다고 생각되어서?

3

숲은 담도 또 그렇다고 뚜렷이 경계를 지을 만한 아무것도 없이 동그맣게 나타난 뜰로 이어지고 있었다. 그들은 어제 내린 비로 인해 습기가 아직도 스며 있는 마당을 가로질러 걸어갔다.

삿갓을 쓴 램프가 불을 켜고 우진의 집 부엌 창에 떠 있었다. 아직 완전히 어둡지는 않았다. 언제나 초저녁의 이런 어둠은 하내에게 밝고 따뜻하고 견고한 것을 그립게 했다. 부엌 창에 달같이 둥실 뜬 램프를 보며 그들은 한 줄로 서서 세 개의 시멘트 층층대를 디디고 현관문을 밀었다. 어느덧 내려간 기온에 모두 몸을 떨었다.

우진은 뜰에 널린 빨래를 아무렇게나 한 아름 걷어 안고 제일 뒤에 있었다. 현관은 부엌과 거실이 한꺼번에 보이는 곳에 있었다. 부엌에 서서 견주가 울고 있었다.

"데었어요. 스토브에 손을 데었어요."

제일 먼저 현관에 들어서던 탁은 신발을 벗고 주춤 섰고(우는 남의 여자를 어찌할 거냐), 그 뒤를 이어 교수 부부가 또 주춤 섰다. 그 뒤에 하내가 있었다.

"스토브에 데었어요, 그만." 견주는 또 말했다.

그들이 즐거이 웃으며 비틀비틀 내려오던 숲 사이 오솔길이 그곳에서 보였다. 더구나 앞서 가던 우진이 기다려 섰다가 하내에게 세련 안 되었다고 말하던 길목은 손바닥 안같이 빤했다. 하내는 그것을 알아보았다. 하내가 안 보려 해도 그 숲길은 울고 섰는 견주의 등 뒤 부엌 창에서 비켜서지 않았다.

뒤에 들어오던 우진이 빨래를 신발장 위에 놓고

"그래, 내가 뭐랬어. 같이 산보하자고 하지 않던가. 뭐하러 음식은
한다고."

허리를 구부리고 배를 내밀고 아무렇게나 울고 섰는 아내에게 말
했다. 그들이 엄연한 부부임에도 하내는 그들이 부부 같지가 않았다.
동고동락한 쌍으로 보이기보다 그냥 우진은 우진대로(아무리 그가 빨
래를 끌어안았다고 해도) 견주는 견주대로(헌 슬리퍼를 끌고 끓는 냄비 앞
에 서 있다고 해도) 개인 개인으로만 보였다.

"어디 많이 데었니?"

하내는 견주 곁으로 가서 그 손을 잡았다. 아냐, 아냐, 견주는 손을
빼며 돌아서서 눈물을 닦았다. 목 하나만큼 하내가 견주보다 컸다.

하내가 언강과 결혼하게 된 이유는 하내의 키였다. 언강의 자로 재
면 백육십칠 센티인 하내의 키는 언강의 백팔십사 센티의 키와 맞
았다. 힐을 신으면 꼭 맞는다고 언강은 말했다.

언강이 선을 본 수많은 여자 중 인품, 학력, 용모, 집안 다른 것 다
제쳐두고 자기가 키 때문에 선택되었다는 얘기를 하내는 결혼 초에
들었다. 자기의 키만큼 자신에게는 당연스러운 것이 없었기에

"맞다니 무엇이 잘 맞아요?"

"춤을 춰도 그렇고."

또 한 번 놀랄 소리를 언강은 거침없이 했다. 하내는 춤을 몰랐다.
춤이 그다지도 중요한가, 늦어지기 전에 하내는 말했다.

"난 춤을 못 춰요. 남이 추는 거 본 적도 없어요."

언강은 조금도 동요 없이

"춤은 가르치면 되지만 키는 그렇게 못하거든. 생긴 거나 뭐나 다
노력하면 고칠 수 있지. 제아무리 뚱보라도 내가 운동시켜 날씬하게

해놓을 수 있지만 키만은 그렇게 안 되지. 내가 너를 세상에서 제일 예쁜 여자로 만들어줄 거야."

하내는 언강 같은 남자를 처음 보았다. 어디서 얘기로 들어본 일도 없었다. 그런 사람이 남도 아니고 친구도 아니고 바로 남편이 되었다.

4

미국에서 왔다는 이십삼 세의 남자가 널리 색시를 구한다고 했다. 집안 아주머니가 가져온 그 남자의 사진을 가슴에 품고 하내는 졸업식장에 갔다.

명절날에나 입어보던 한복 위에 졸업식 가운을 입었다. 아직 보지도 못한 남자의 사진이 하내의 브래지어 속에서 하내의 살을 찌르며 구겨지고 있었다. 그 사진의 딱딱한 감촉을 느끼며 하내는 생각했다. 내 인생이 이것만일 수 없어, 우진의 하숙방에서 끝일 수는 없어. 우진이 견주에게 보이는 미묘한 반응이 하내의 마음에 걸리고 있었다. 전날만 해도 우진은 친구들이 모인 자리에서 견주의 얘기를 열을 내어 했다. 그 여자는 열등감이 없지. 어려서부터 공부를 잘해가지고 아직까지도 국사니 지리니 교과서를 달달 외고 있지.

당시 견주는 같은 과의 남학생과 동거하고 있었다. 하내는 여자대학에 다니고 견주는 남녀공학 대학이었다.

견주가 임신했을 때 그 사실을 우진에게 알린 것은 하내였다.

하내의 말을 듣고 하내의 머리카락 속을 손가락빗을 만들어 달리던 우진의 손이 흠칫했다. 남자와 살고 있는 견주의 임신이 그렇게도 충격이었을까. 그 순간을 생각만 해도 하내는 화가 났다. 도망가야지. 잘해주고 도망가야지, 친절한 여자로나 추억에 남게.

하내의 가족들이 왔으므로 우진은 졸업식에 오지 못하고 있었다. 쌀쌀한 초봄의 바람이 졸업식이 거행되는 운동장을 휩쓸었다. 마이크도 바람 소리를 실어냈다.

단상에 높이 앉은 내빈과 교수들의 옷자락이 바람을 받고 펄럭였다. 지루한 연설의 홍수 속에 앉아서 하내는 십육 년 긴 교육을 마치는 것의 의미는 무언가 싶었다. 이제 더 이상 학생이 아닌 것이 서운하기도 했다. 머리 위에 얹은 사각모가 우스꽝스럽게 느껴지고 몸 치수보다 훨씬 큰 검은색 가운이 어색했다. 식장에 늦게 왔기 때문에 하내는 자신의 과를 찾지 못하고 가사과 자리에 앉아 있었다.

하내의 두어 줄 앞에서는 영화배우인 권수리의 모습을 사진기자들이 찍고 있었다. 식 중임에도 불구하고 권수리 주위에 무거운 사진기를 멘 기자들이 몰려서서 사진을 찍었다. 권수리는 그것을 기대했던 듯 진한 화장을 하고 있었다.

오늘 아무도 야단치는 사람이 없는 것이 하내는 이상했다. 학교라는 곳은 어떤 기준을 세워놓고 거기서 벗어날 때는 벌을 주었었다. 그런데 오늘 하내의 지각에 대해서 아무도 말을 안 했으며 하내가 첩첩 둘러선 학부형들의 열을 뚫고 모두 같아 보이기만 하는 새까만 옷에 새까만 모자를 쓴 졸업생들 속을 걸어갈 때도 아무도 뭐라 안 했으며 또 하내보다도 더 늦게 지금 이 순간도 제자리를 찾아 들어오는 졸업생들이 있었다.

축사를 하는 내빈이 "여러분은 우리나라 전 인구에 비례하여 고등교육을 받은 소수 인텔리에 속한다. 이제 여러분은 이 사회에 나가서 직장이나 가정에서 꼭 있어야만 할 사람이 되라. 한 가정 한 가정의 주춧돌이 되어 훌륭한 어머니 훌륭한 아내로 이 나라의 이 세들을 훌륭하게 키우고 남편들의 좋은 내조자가 되라. 한 가정이 바로 서는 것은 여러분의 책임이며 우리나라의 운명과 밀접한 관계가 있다."고 말했다.

하내의 브래지어 속 사진의 남자는 내일 만나기로 되어 있었다. 하내가 일찍이 가본 일 없는 고급 호텔의 스카이라운지에서 하내는 거기에 시집가고 싶었다. 사진을 가슴에 품은 것은 하내로서는 간절한 기도였다. 하내는 넓은 세계로 훌쩍 떠나고 싶었다. 여기가 아닌 어떤 다른 곳으로. 아무 곳이라도.

모르는 남자의 사진을 품고(이미 자기는 그를 사랑하고 있는 것도 같았다) 자기 자리도 아닌 남의 과 자리에 앉아 있는 자신을 하내는 더 이상 생각하고 싶지 않았다. 분명한 것은 자신은 혼자라는 느낌이었으나 이상한 세상의 이상한 사람이었다.

나는 특별한 사람이 되고 싶지 않다. 그저 오케이인 사람이 되고 싶다. 평범함이 소원이다.

미국에서 선보러 왔다는 양갓집 아들과 낯선 땅에서 하내는 평범한 생활을 하고 싶었다. 힘을 모아 모든 것을 새로이 시작하고 싶었다. 그저 오케이인 생활을.

5

견주가 데었다는 손을 뒤로 감추듯 하고 하내들을 마루에 앉게 했다. 벽 한구석에 피아노가 놓여 있었다. 우진은 손님과 아내 사이에서 두루 미안하여 부엌과 마루를 왔다 갔다 했다.

하내는 우진의 키가 작은 것이 이상했다. 그것이 싫지는 않았지만 어째 자기는 이제까지 그것을 몰랐었는가. 우진도 새삼 하내의 키가 눈에 들어오는지 차 탁자 위를 닦으며

"너 키 더 커졌구나." 말했다.

이미 성년이 되어서 서로 떠난 사람들인데 그동안 한 사람은 키가 크고 한 사람은 작아졌을 수는 없지 않겠는가, 하내는 생각했다. 나이 들어가면서 남자의 용모가 구체적으로 하내에게 보여지고 있었다. 이 잘생긴 나를 당신이 어찌 싫다 하겠소, 하는 의식을 온몸으로 내뿜는 듯한 남자를 전에는 첫째가게 경멸했으나 요즈음 들어 하내는 그들이 그리 싫지가 않았다. 자신과 무슨 연관이 있는 것이 아니고 가게에 들르는 손님이거나 지나치는 행인으로 그런 타입을 만나게 되기 때문인지도 모르지만. 그런 사람 앞에 섰을 때 하내에게 드는 본능적인 감정은 저들은 재미있게 살겠지 하는 선망이었다.

결혼하고도 한참까지 하내는 남자가 객관적으로 보여지지 않았다. 언강이 잘생긴 남자라는 사실도 느끼지 못했었다.

육사에는 키가 얼마 이상이라야 들어간다는 얘기를 듣고 학창 시절 어느 날 하내는 우진에게 물었었다.

"키가 몇 센티야?"

"나야 휘이청 크지."

그래서 하내는 이제까지 막연히 우진이 휘이청 큰 남자인 줄만 알고 있었다.

오늘 저녁 함께 자리한 대학교수는 이웃 교수 사택에 살며 늘 왕래

가 있어 보였다. 그 부인이 견주와 함께 부엌일을 하고 있었다.

우진과 견주는 십이 년을 함께 살아온 부부임에도 신혼집처럼 가구가 새로웠다. 늘 새로이 살림살이를 장만하며 사는 집 같았다. 하내는 그 두 사람이 부부인 것을 인정하기 힘들듯 손때 묻지 않은 가구나 집도 그들의 보금자리 같지 않아 했다. 우진이 칠 줄 모를 피아노가 낯설었다.

하내와 사귈 때 우진은 어떤 여자 때문에 고향과 집을 떠난 사람이었다. 우진에게 고향과 부모를 등지게 한 여자는 남편이 있는 여자라고 했다. 그 여자와 헤어지고도 우진은 박차고 떠난 고향으로 돌아가지 않는 가난한 청년이었다. 때로 연탄도 없고 때로는 쌀도 없었다. 친구들이 그의 하숙방에 드나들고 애인이라고 여대생인 하내가 있었다. 탁도 거기 자주 놀러왔었다. 그 둘은 언제나 함께 붙어 다녔다. 한 사람이 말을 시작하면 다른 사람이 그 말을 끝맺도록 원앙같이 사이가 좋았다. 하내가 단언할 수 있는 것은 거기 드나들던 사람들은 누구나 다 견주와 견주의 동급생을 부러워했다는 것이다.

우진과 하내가 시장에 갔다가 견주를 만난 때가 있었다. 그날도 학교 끝나고 하내가 책가방을 들고 우진의 집에 들른즉

"하숙비가 집에서 왔어, 뭐 사다가 밥 좀 해 먹자."

우진이 말했다.

시장에서 만난 견주는 멋진 바바리코트를 입고 있었다. 그런 바바리를 입고 견주는 시장을 가로질러 집으로 가는 길이라고 했다.

그들 셋은 이것저것 사가지고 우진의 하숙집으로 돌아왔다. 그들이 산 것 중에 상추가 있었다. 수돗가에 하내와 견주가 야채를 앞에 하고 앉아 있으려니 하숙집 주인 여자가 나와서

"약혼자가 있다고 하더니 오늘 오셨구먼. 늘 동생만 드나들더니."

하숙집 대문을 흔들기 싫어하는 하내에게 우진이 약혼자가 있다고 해놨으니까 괜찮아 했었는데 하숙 주인은 그럼 이제까지 하내를 우진의 동생으로만 알았단 말인가. 진종일 우진의 방에서 뒹굴다가 얼굴도 잘 못 들고 나가는 자기를 우진의 동생이라고만 생각했으며 저 성냥 좀 있으세요? 저 이 과일 잡수세요, 하고 안집 방문을 두드릴 때 그들은 자기를 동생으로만 생각했는가, 그때는 그것이 재미있는 에피소드로 상추쌈을 먹으며 셋이서 웃었지만 견주는 우진의 천생배필인 게야, 어제 처음 본 주인 여자가 견주를 대뜸 우진의 약혼자라고 했겠는가. 하내는 부엌에서 움직이는 견주를 새삼스레 바라보았다.

"거 요전에 듣던 노래 있지요? 그 레코드 좀 들읍시다."

박 교수가 별일도 없이 부엌과 마루 사이를 서성이는 우진에게 말했다.

"그러지요, 그게 레코드가 아니라 테이프예요."

우진은 스테레오 옆에 놓인 자그마한 램프를 켜고 카세트테이프가 담긴 나무 상자를 꺼냈다. 무릎 위에 올려놓고서 한참 찾았다. 그렇게 애써 찾을 필요 없다는 생각이 모두에게 들었다. 박 교수가 다시 말했다.

"아, 꼭 그 노래를 듣자는 게 아니라 거 아무거나 트시지."

"아, 여기 있어요."

우진은 일어나서 카세트를 찰칵 끼웠다. 그는 정말 휘이청 큰 사람이 아니었다.

빛 멀리 떠나간 친구여

"자아, 오래 기다리셨죠?"

견주가 찌개 냄비를 가져다가 탁자 가운데 놓았다. 빨간 고추, 파란 파, 또 굵은 조개도 두엇 들어 있는 생선 매운탕이었다. 견주는 이제 밝은 얼굴이었다. 아무도 견주의 덴 손에 대해 더 묻지 않았다.

"그래, 미국에선 어떻게 먹었니. 뭐든지 다 있다지."

"응, 해 먹기 싫으니까 안 해 먹지. 혼자 사니까."

가끔 손님을 청하면 하내는 높이 올려둔 접시와 수저를 꺼냈다.

현관문을 손바닥으로 탕탕 치는 소리가 났다. 이어

"아빠, 문 열어. 빨리."

여자아이의 목소리였다. 빨리, 빨리, 아빠.

우진이 나가서 문을 열고 이어 빨간 코르덴 바지에 흰 스웨터를 입은 눈이 크고 코가 뾰죽한 여자아이를 앞세워 들어왔다.

"인사해야지."

견주가 음식 그릇을 나르며 말했다.

"안녕하세요?"

여자아이는 나는 제비같이 빠르게 말하며 늘 보아 낯익은 박 교수 쯤에다 대고 고개를 까딱했다. 머리카락이 얼굴 앞으로 내려왔다가 뒤로 바람을 일으키며 넘어갔다.

"그래, 재미있었니?"

"응. 엄마, 나 거기서 뭐 많이 먹었어. 저녁은 안 먹을래."

"쟨 시집가면 남편을 종일 굶길 거라. 그렇게 뭘 안 먹는단다."

견주가 하내에게 말했다.

"그래, 그럼 이따 먹어." 우진이 선선했다.

"이름이 뭐지?"

하내가 물어보았다. 아이의 모습이나 표정 부분부분이 우진도 닮고 견주도 닮아 있었다. 이제 그들이 부부인 것을 하내는 비로소 인정할 것 같았다. 왜 그것이 그리 힘이 드는지.

"원이."

"그게 뭐냐. 김혜원이에요 해야지. 혜원아, 이 아줌마는 엄마 옛날 친구야. 우리 딸 되게 버릇 없지?"

"무남독녀 외동딸 티 내는 거지요, 뭐. 금이야 옥이야 하고 귀엽게 길렀습니다." 박 교수가 말했다.

혜원은 몸을 휙 돌려 방으로 들어가버렸다. 방문이 탕 닫히는 소리가 났다.

혜원이 "아빠 문 열어." 하던 것이 하내는 이상히 마음에 와 닿았다.

"혜원이가 왜 아빠보고 문 열어달래니?" 하내가 물었다.

"걘 재 아빠를 동무같이 안단다. 보시다시피 가정교육이 엉망이다."

모두 웃었다.

"왜, 그래두 공부를 얼마나 잘하게. 사내애를 비켜라 하고 뭐든지 일등이에요." 교수 부인이 말했다.

"엄마 닮았네." 하내는 감탄했다.

견주가 교과서 페이지를 마치 펴놓고 읽는 듯 환히 외웠던 사실을 하내는 생각했다. 인간들은 이리저리 부딪쳐 흐르며 자신도 모르는 새 재생산을 해낸다. 아이에게 가문의 이름을 주고 세상을 해설해주며 뭉쳐 살아간다. 아이는 자라며 운명같이 따라다니는 이름에 무슨 연관이 있나 하고 노여워서 반항하고 모험의 방랑도 해보지만 핏줄은 아이를 다시 유인해 들인다. 고향에 가면 어떻게 어떻게 된다는 생면 부지의 할머니나 할아버지들이 아이를 붙들고 다락의 잡동사니를 들추며 이게 전부 네 거다 말한다. 우진과 견주로부터 혜원에게 이어지는 그런 질긴 유대감을 볼 때 하내를 감싸는 것은 소외감이었다.

6

"내가 제일 좋아하는 게 뭔지 알아?"

"해변에서 햇볕 밑에 누워 있는 거."

하내는 비누 묻은 스펀지로 접시를 씻으며 언강의 말에 쉽사리 대답한다. 하내는 접시를 들어 불빛에 살펴본다. 기름기가 아직도 자국을 내고 있다. 하내는 다시 스펀지로 접시를 문지른다. 노란 고무장갑을 끼고 있다.

하내가 설거지하는 싱크대 앞에는 골동품같이 낡아 보이는 거울이 하나 붙어 있다. 골동품 흉내를 낸 새것이다. 어제 센트럴파크 앞을 지나다가 행상에게 하내가 산 것이다. 꽃무늬가 모자이크로 들어 있다. 그 거울을 붙여놓으니까 설거지할 때마다 콱 막힌 듯 답답했던 벽은 저 멀리 물러나 훅 트이는 느낌이다. 그 자그마한 물건이 하내를 기쁘게 한다. 눈을 들면 꽃 모형 색유리 가운데 머리를 대강대강 걷어 올려 머리핀을 꽂은 하내의 핏기 없는 얼굴이 떠 있다.

난 화려한 여자가 좋더라. 언강의 눈이 되어 하내는 화려하지 못한 자신을 미안히 들여다본다. 어느 날이고 화려한 여자가 되리라. 하내는 이마 앞으로 늘어지는 머리를 고무장갑 낀 팔을 들어 쓸어 올린다.

"내가 제일 좋아하는 게 뭐라고?"

침대 위에 벌거벗고 고개를 번듯이 해가지고 누워서 언강은 다시 묻는다.

"해변에 누워 있는 거."

하내는 다시 대답한다. 단조로운 그 대답 소리에 언강은 빙긋 웃는다. 그의 웃음은 사심 없이 맑아서 행복한 느낌이 깃든다. 그가 웃으면 하내는 자기가 그를 행복하게 만든 것 같아 기쁘다.

비누칠이 끝난 그릇들을 하내는 뜨겁게 흐르는 물에 헹군다. 싱크대에 수증기가 서린다.

언강은 구겨진 담요 위에 누워 있다. 하내의 기억 속에 모든 담요의 감촉은 불편하다. 언강의 피부가 되어 하내는 불편해진다.

보디빌딩이란 것으로 세심히 가꾸는 언강의 몸은 그대로 무슨 작품 같다. 작품같이 완벽하게 아름답다는 뜻보다 언강이 타고난 자기의 몸을 가지고 노력하여 어떤 이상적인 형태를 지니려고 한다는 뜻에서 하내는 그렇게 느낀다. 때때로 두뇌 같은 것은 있는지 없는지 상관없을 씨옥수수나 종자말처럼 하내는 그가 인간 종족의 씨앗으로 보이기도 한다.

하내는 더운물로 인해 얇아진 고무장갑을 벗는다. 창가로 간다. 커튼을 조금 들춰본다. 아파트 거리는 가로등만이 호젓하다. 가끔씩 차도 지나간다. 하내는 커튼을 다시금 잘 여며놓는다. 하내가 창가로 간 것은 커튼을 잘 닫기 위해서이다. 하내의 아파트는 일 층으로 길거리에 면해 있어서 행인이 안을 들여다볼 수가 있다. 언강이 벗고 있어 하내는 마음이 쓰인다.

하내는 창에 등을 대고 팔짱을 긴다. 언강을 바라본다. 언강이 누웠던 몸을 반쯤 일으킨다. 유리잔을 들어 마시던 위스키를 한 모금 마신다. 다시 드러눕는다.

설거지할 때 젖은 블라우스 앞이 습기를 하내의 살에 전한다. 여간 조심하지 않으면 늘 앞이 젖는다. 무슨 일이든지 하면 하내는 흔적을 남기는 편이다. 음식을 하면 손을 베고 그릇도 잘 깬다. 하내는 젖어서 섬뜩한 블라우스를 벗기 위해 단추를 푼다.

"한국에서 햇볕에 몸 태우는 사람이 어디 있어, 그런 사람 봤어?"

언강은 두어 마디 사이에 꼭 질문을 넣는다. 이미 몇 번 들은 얘기건만 하내는 물을 때마다 번번이 못 봤다고 대답한다.

"그런데 난 어릴 때부터 선탠을 했어. 집 옥상에다가 목욕 대야 갖다 놓고. 애들 목욕 그릇 알아? 플라스틱으로 만든 거. 조그만 거 말고 욕조같이 생긴 거, 큰 거."

하내는 안다고 대답한다. 하내는 단추를 다 풀고 블라우스를 벗는다. 브래지어도 젖어 젖꼭지가 비쳐 보인다. 하내는 브래지어를 벗는다. 동그라니 단단한 유방이 나타난다.

젖꼭지가 무엇을 묻는 듯 뽈록 선다.

"욕조는 하늘색이었지. 거기다 물 떠다 놓고. 운전수 아저씨가 호스로 물 담아줬지. 그러고 거기 누워 있었어. 조그만 놈이 동네 나가서 놀지 않고 그러고 지냈어."

한국 어느 집 옥상에 누워 있는 어린 사내아이에게 하내는 애정이 인다. 그래, 그렇게 자라서 이렇게 장가들었어?

하내는 바지를 벗는다. 소녀같이 마른 두 다리가 나타난다. 벗은 옷들을 하내는 의자에 걸쳐놓는다. 하내는 욕실로 간다. 살이 빨갛게 되는 뜨거운 목욕이 하내는 좋다. 목욕을 하면 계속 뜨거운 물을 흐르게 해놓는다.

언강은 날씨와 같다고 하내는 생각한다. 어느 날은 껑충껑충 뛰듯 행복해하고 다정한 날이 있는가 하면 어느 날은 너무도 초조하여 안절부절을 못한다. 그는 날씨같이, 구름같이 전혀 예측할 수 없으며 그에게 무슨 잘못을 따질 수도 없다. 날씨에게 어떻게 왜 이랬나 왜 저랬나 할 수 있나. 하내는 더운물 속에 몸을 깊숙이 가라앉힌다.

뭐라고 언강의 말소리가 들리는 것 같다. 하내는 잘 듣기 위해 물을 잠근다. 욕조에 선 채 몸을 굽혀 욕실 문을 연다.

"뭐라고 했어?"

"내 소원이 뭔지 아느냐고."

"빨가벗고 해변에서 어린애 목에 걸고 걸어가는 거."

얼른 대답하고 하내는 물속에 앉는다. 잠깐 떠난 물의 뜨거움이 놀랄 만하다.

"음, 그거야."

언강이 다시 말을 못 붙이도록 하내는 도로 일어나서 욕실 문을 소리 나게 닫는다. 욕조에 몸을 눕힌다. 더운물이 하내의 턱을 넘고 입술 근처까지 와서 찰랑인다. 크림을 바른 얼굴에 물방울이 맺힌다. 욕실 선반 위에는 언강의 화장품들이 하내의 것과 섞여 죽 늘어서 있다. 범선이 그려진 면도 로션은 언강이 애용하는 것이다.

뭉게구름 이는 수평선을 배경으로 언강이 어린아이를 목에 걸고 걷고 있다. 소년도 언강도 빨가벗었다. 언강은 걷는다. 어디로, 하내는 알고 싶다. 긷는다는 것은 어느 지점부터 다른 지점으로 옮아가는 것이다. 그런데 그가 가는 곳은? 그는 자기 남편이지만 자기에게로 오는 것 같지 않으며 더욱이 자기 있는 곳에서 출발하는 것 같지조차 않다. 그는 살아 있으며 움직이고 있지만 무엇 때문에 움직이고 있는지 하내는 모른다.

거친 사막의 대상의 무리들도 가족과 다 함께 움직이며 집시들도 가족을 이끌고 유랑 생활을 하건만 언강은 아직 태어나지 않은 아이 하나만 달랑 목에 걸고 해변을 걷는다.

언강의 꿈은 요즘 생긴 것이 아니다. 금방 결혼했을 때 언강은 이렇게 물었다.

"내 소원이 뭔지 알아?"

"몰라요."

"빨가벗고 애기 목에 걸고 해변을 걸어가는 거야. 애 하나 낳아주고 가야 해. 목에 걸고 해변을 걸을 애."

이제 결혼 생활도 일 년이 되어간다. 하내에게는 아이가 없다. 하내는 몸에 비누칠을 하며 '애 하나 낳아주고 가야 해' 하던 언강의 말을 생각한다. 낳아주고 날 어디로 가란 말인가, 하내는 그렇게 말한 언강이 우습다. 자기 부인에게 그렇게 말하는 사람이 어디 있어, 아유 그렇게도 말할 줄 모를까.

언강의 꿈은 어느 날이고 현실이 될 것같이 여겨진다. 그러나 하내는 그의 목에 얹힌 아이가 자기 아이라는 확신을 가질 수가 없다. 언강의 꿈이 이루어지는 날, 그날 나는 무엇을 할 것인가, 하내는 막연히 그날이 두려워진다. 그 두려움이 훅 덮칠 때 하내는 소스라쳐 놀란듯 더운물 흐르는 수도꼭지를 잠근다.

7

교수 부인이 집에 가서 오징어젓과 게장을 가지고 왔다. 술이 잔마다 가득 부어졌다. 하내는 곧 그 자리에서 자기가 술을 제일 잘 마신다는 것을 알았다. 이상하게도 우진은 술을 못 마셨다. 하내의 기억 속에 있는 우진은 반항적이며 근심스러울 정도로 탐미적이었다. 그러던 그가 지금 보니 술도 잘 못 마실 뿐 아니라 아들에게 휘둘리는 아빠, 아내의 기분을 살피는 착한 어른이 되어 있었다. 오늘 밤 좌중의 어느 누구보다도 술을 잘 마시는 자신이 하내는 스스로 놀라웠다.

뉴욕에 있을 때 하내는 밤마다 포도주를 마시고 잠들었다. 손님들이 맛이 변했다고 가져오는 병 중에서 아무거나 마셨다. 악마같이 뻘 개진 얼굴로 하내는 이불을 끌어 덮고 잠을 청했다.

하내는 여기서 술을 너무 많이 마시지 말아야겠다고 생각했다. 그래서 새 잔이 부어질 때부터 정말 못 마신다고 손을 내저었다. 모처럼 방문한 고국에서 그동안 세련은 하나도 안 되고 박사도 안 되고 술꾼이 되어 왔단 말을 듣지 말자. 정숙한 여자란 술을 너무 많이 마시면 안 된다고 이 세상의 관념 속에 자신을 집어넣었다.

"게장을 보니 생각나는군. 하내 씨하고 하내 씨 오빠 집에 게장을 가지고 갔었지요." 탁이 말했다.

담배는 줄곧 피우면서도 그는 술을 못 마셨다.

"언제요?"

"그때 왜 여름에, 오빠가 세검동 어딘가에 사셨지요, 왜."

세검동? 하내의 오빠는 집을 지을 때까지 세검동 근처로만 셋집을 두어 집 옮겨 다녔었다.

"커다란 알루미늄 통에 담아가지고 가는데 아주 더웠지요." 탁이 말했다.

그랬었나.

그날 아침부터 모친은 하내에게 결혼한 오빠네 집에 게장을 갖다 주라고 성화를 댔다. 그날만 지나면 맛이 변한다고 했다. 뜰의 꽃이 축축 늘어지도록 날씨가 더웠다.

꼼짝하기 싫어서 하내는 그날 종일 모친과 냉전을 벌이고 있었다. 더욱이 오빠네는 또 셋집을 옮겨 얼마 전 오빠가 그려준 약도 하나를 들고 찾아가야 했다. 그때 탁이 들렀던 것 같았다. 그는 왜 들렀을까, 근처에 무슨 일이 있어서 왔다가 모친은 탁에게 약도를 보이며 하내와 같이 나가라고 했다.

"그날 왜 세검동에서 아이스크림 먹고 저녁 먹고 왔지요, 버스 두 번 갈아타고."

탁의 말을 들으니 하내는 자신에게도 청춘 비슷한 것이 있었던 것 같았다.

"혼자 사니 홀가분하겠구나, 결혼 다시 하지 말어."

견주가 젓가락과 밥공기만 들고 하내 옆에 와 앉았다.

"왜? 지금 너 사는 것 보고 부러워 죽겠는데." 하내가 말했다.

"난 점점 일하기가 싫어 죽겠어, 왜 이렇게 일이 많을까. 여자가 결혼했다고 해서 마음대로 어디 가지도 못하고 마음대로 사람을 불러들이지도 못하는 게 갈수록 이상해."

"아유, 김 박사님을 가지고 그런 말씀 하세요? 한국 남자들이 전부 김 박사님만 같아봐요. 우리 집 선생님은 얼마나 뼛속까지 남자인 줄 아세요? 남자 의식이 오천 년 이 겨레 핏줄 속에 흐르나 봐요." 교수 부인이 말했다.

"왜 나한테만 혼자 사니 좋겠다고 하니? 여기 탁 씨도 혼자이신데."

"남자야 결혼하면 이득이지, 뭐." 견주가 말했다.

"그렇지, 남자는 결혼하면 덕을 보는 편이지."

우진은 아내에게 쉽게 동의했다. 편견 없으려는 우진의 옛 면모를 하내는 보았다.

"우리 생활이야 보다시피 빤하지. 니 얘기 좀 해봐." 견주가 말했다.

그래서 하내는 자신의 생활을 지루하고 재미없다는 듯 들려주었다. 아침부터 밤늦도록까지 하루 종일 매달려 있어야 하는 가게, 영어도 잘 못하면서 하는 장사, 그 가게로부터 집으로 돌아가면 앞 빌딩의 담벼락이 자기의 창을 꽉 막고 있는 것, 그것은 어쩌볼 수 없으며 그저 바라보기만 해야 한다는 것, 자신의 모든 나날은 예측할 수 있어서 침묵하는 친구 같으며 뜨고 지는 해 같은 것이라고, 자기 내부는 죽어 있는 것같이 느낀다고.

그러나 하내는 또 전혀 다르게 자신에 대해서 얘기할 수도 있었다. 가게에 나가면 그 가게 내부에 깃드는 청신한 아침, 오후 한 시쯤 되어 유리창으로 들이밀리는 따뜻한 햇볕, 비 오는 날 창에 맺혀 흐르는 빗방울, 라디오에서 들리는 노래.

하내는 노래를 좋아했다. 어느 때고 늘 노래 하나쯤이 가슴속에 있었다. 아침에 훌쩍 들은 노래라든가 아니면 우연히 떠오른 노래 하나쯤. 구체적으로 어떤 특정한 노래가 아니더라도 노래 비슷한 무엇, 멜로디도 가사도 있는 그 무엇이었다.

가게가 한가하면 하내는 라디오를 끄고 거기 붙어 있는 카세트테이프에 대고 아는 노래들을 되는대로 그렇게 부르기도 했다. 그렇게 부른 노래를 집에서 밥을 하고 밥을 먹으며 들었다. 언강이 부르던 노래를 부르면 언강이 그립고, 오빠가 부르던 노래를 부르면 오빠가 그립고, 우진이 부르던 노래를 부르면 우진이 그립고, 모친이 부르던 노래를 부르면 모친이 그리웠다. 그 끝에는 아득한 정욕이 있었다. 무엇을 하든 하내는 맨 밑바닥에서 자신의 정욕을 만났다.

또 일곱 살 연하의 어떤 남자 얘기도 할 수 있었다. 그는 가게에 술 사러 들르는 손님이었다. 어느 날 그는 술을 사가지고 나가다가 닫힌 문을 도로 밀고 들어와서 비밀히 해야 될 이야기가 있다고 "귀 좀 빌려요." 했다. 하내가 귀를 주니까 그는 그 귀에다가 쪽 키스했다. 그런 사소한 장난에 재밌어 웃는 순간도 있었다.

"자, 술장사 한다면서. 이건 와인인데."

탁이 하내의 술잔에 술을 따랐다. 그래서 하내는 자기가 안 마신다면서 어느새 또 잔을 비웠음을 알았다. 언강 앞에서는 이런 면으로는 자유스러웠다. 언강은 이렇게 말했었다.

"지금 생각해도 이상해. 우리 집에선 한 번도 내가 술 먹는 거하고 담배 피우는 거 가지고 말해본 일 없어. 요새 와서 엄마가 술 그만 마시라고 그러지. 어렸을 땐 가만 내버려뒀어. 어떤 날 이 층 내 방 창 앞에서 담배를 피우는데 아버지가 오잖아. 얼른 감추려는데 감출 데가 있어야지. 얼김에 놓는다는 게 창턱이야. 연기가 나잖아, 아버지가 보고 뭐랬는지 알아?"

"몰라."

"담배 피우려면 똑똑히 피우라고, 집에 불내겠다고."

"그때가 몇 살?"

"아홉 살인가, 열 살인가."

"그럼 그때 아버지는 친아버지?"

"응."

언강은 초등학교 졸업하고 이혼한 모친을 따라 미국으로 왔다. 하내는 늘 언강을 열한 살같이 느꼈다. 어려서부터 조숙한 아이였으므로 어른이 누리는 쾌락은 누구보다도 잘 알고 있지만 그의 마음은 그가 부친과 조국을 떠난 열한 살에 머물러 있는 것 같았다. 술도 여자도 담배도 그에게는 장난감 같았다.

언강 앞에서 하내는 술이니 담배 그런 면으로는 별로 자신을 감춘 것 같지 않았으나 또 그 앞에서 완전히 자유로웠던 것도 아니었다.

"참 요전 날 하내 씨가 만든 쇠고기 요리는 어떻게 한 거예요? 거맛이 괜찮던데."

탁이 말했다. 탁의 집에 갔을 때 하내는 탁의 집 가정부와 함께 마침 있던 고기로 음식을 만들어보았다. 같이 갔던 다른 여자들은 다른 요리를 멋지게 만들어냈다.

"그게 맛있었어요?"

"그럼요. 그다음 날 가정부 아줌마한테 봤으니 똑같이 만들어보라 했는데 맛이 영 다르던데."

"쉬워요." 말하며 하내는 그 요리법이 적힌 책이 놓여 있는 뉴욕의 부엌을 생각했다.

"두 테이블스푼의 버터에 고기를 넣고 중간 불에 여러 번 뒤집으면서 익히지요. 그 고기를 뜨거운 접시에 담고 소금과 후추로 간을 해요. 그다음에 한 테이블스푼의 버터를······." 하는데 견주가

"뭐 언제 한 컵 두 컵 하고 있니, 그냥 난 다 대강대강 한다. 그것도 십여 년 하고 나니 손이 다 알아서 척척 한다. 그래서 맛이 요 모양인지 모르지만."

"분량대로 하는 게 편해. 한번 해봐, 얼마나 편한가."

결혼 생활에서 하내는 순종의 편함을 터득했다. 모든 것은 순종하면 편했다. 오트밀 같은 간단한 먹을 것을 만들 때도 하내는 오트밀통에 프린트된 대로 충실히 했다. 사분의 삼 컵 물에 소금은 사분의 일 티스푼, 그리고 보리는 삼분의 일 컵, 그 분량을 마치 더 먹으면 큰일 나는 독약이라도 되는 듯 계량컵으로 정확히 쟀다. 일 분 동안 가끔씩 저으면서 끓이라고 써 있으면 냄비 속을 보는 것이 아니라 손목을 치켜들고 손목시계의 초침이 정확히 일 분을 돌아가는 것을 지켰다. 그러면 결과에 대해 책임을 질 필요가 없이 만사 순조로웠다.

8

철망을 쳐 두른 네모반듯한 놀이터에서 흑인 청소년들이 농구를 하고 있다. 러닝셔츠 밖으로 드러난 검은 팔뚝은 땀으로 번질거린다.

흐린 날씨가 모든 것을 회색 속에 잠기게 한다. 공터 앞 인도에 비둘기 떼가 우 내려앉는다. 무엇인가 보이지 않는 것을 쪼아 먹는다. 차도에는 차들이 전부 오른쪽 방향으로 달려간다. 일방통행인 길이다.

하내는 칠면조가 든 슈퍼마켓 종이봉투를 가슴에 안고 걷는다. 가슴에 한 아름이다. 오백 도에서 십오 분, 삼백오십 도에서 두 시간 반,

하내는 잊지 않기 위해 중얼거린다. 연필이 있어서 좀 적었으면 싶다.

녹색 차가 저편에서 커브를 꺾어 모퉁이를 돈다. 언강이 오나, 하내는 그 차를 더 잘 보기 위해 몇 걸음 뛰어본다. 아니다, 빛깔은 같지만 차가 더 크다.

하내는 안았던 종이봉투를 길옆 벤치에 잠시 내려놓는다. 손으로 머리를 쓰다듬어 다시 핀을 꽂는다.

추수감사절이니 언강이 돌아올지 모른다. 낚시 떠난 그는 이 주일 동안 소식이 없다.

하내는 다시 종이봉투를 안는다. 과일이며 주스가 들어 꽤 무겁다. 오백 도에서 십오 분, 삼백오십 도에서 두 시간 반, 처음 칠면조 요리를 해본다고 하내는 슈퍼마켓에서 칠면조 하나를 사든 길로 서점에 가서 요리법을 읽고 오는 길이다. 제일 작은 것으로 골라 들었건만 이걸 누가 다 먹나 하게 크다. 칠면조가 큰 새라는 것을 비로소 안 듯하다.

오백 도에서 십오 분, 삼백오십 도에서 두 시간 반, 하고 외워대며 하내는 집을 향해 걷는다. 만사가 요리처럼 방법이 분명했으면 한다.

추수감사절이라고 술 상점, 야채 가게, 고기 가게, 생선 가게마다 사람들이 가득 차 있다.

하내는 아파트 층계를 오른다. 밖의 거리와는 딴판으로 계단은 조용히 어둑시그레하다. 오백 도에서 십오 분, 삼백오십 도에서 하내는 아파트 문고리에 열쇠를 집어넣는다. 잘칵 소리를 내며 열쇠가 돌아간다.

언강이 부엌 식탁을 가득히 어지르며 생선회를 뜨고 있다. 생선 머리 토막이며 뻘건 내장이 두껍게 깔린 신문지 위에 굴러 있다. 언강은 생선 껍질을 벗기느라고 펜치를 들고 있다. 언강이 고개를 든다. 그 특유의 사심 없이 행복한 웃음이 얼굴에 퍼진다. 얼굴이 알아보게 그을려 있다.

"왜 거기 서 있어? 사람 첨 봐?"

"언제 왔어?"

"이봐, 여기 와서 이것 좀 봐, 얼마나 큰가. 바다낚시로 잡은 거야. 많이 잡았는데 다른 사람 다 주고 세 마리만 가져왔어. 다른 건 냉장고에 넣었어."

하내는 안고 있던 봉투를 의자에 내려놓는다.

"자, 요기다 뽀뽀."

언강이 지저분한 손을 옷에 안 닿게 주의하며 앞으로 뻗고 뺨을 내민다. 혹 하내는 웃는다. 내 생활은 내가 원했던 대로 평범하다. 하내는 머리를 쓸어 넘긴다. 언강에게로 걸어간다. 언강의 뺨에 재빨리 입술을 댄다. 그 뺨에 립스틱이 묻는다.

"오늘 올 줄 몰랐어."

"그럼 언제 올 줄 알았어?"

"가봐야 안다면서 갔잖아. 전화 하나 없었지."

"낚시 담그고 앉아서 해 지는 거 보려고 하면 해가 어느새 지는 거 있지? 갑자기 추워지고 쓸쓸해지고 그래. 해 뜰 때는 물이 새까매지고 해 질 때는 물이 금빛이야."

오븐 속의 칠면조는 앞으로 한 시간 반 더 있어야 한다. 언강이 샤워하는 소리가 욕실에서 들린다. 문득 욕실 문이 열리고 언강이 고개를 내민다. 머리에서 흐르는 물로 눈을 잘 뜨지 못한다.

"우리 둘이 아이보리 비누 광고에 나가볼까?"

"혼자 나가봐."

하는 생각마다 기발도 해라. 하내는 오븐을 들여다본다. 자신은 가만히 있어도 오븐 속에서 먹을 수 있도록 익어가는 칠면조가 하내에게 안도를 느끼게 한다.

남편이 있고 잠자고 먹을 것이 있으며 우리는 대단한 부자가 되지도 않을 것이며 유명해지지도 않을 것이다. 평범한 생활, 정말 만사 오케이다. 오케이이고 또 오케이이다.

욕실 문이 열리고 언강이 나온다. 타월로 탁탁 머리에 묻은 물기를 털어낸다. 오븐 앞에 꿇어앉았던 하내는 일어난다. 타월 장을 연다. 발끝을 올리고 제일 윗 선반에서 비치 타월을 꺼낸다. 언강은 그것을 발밑에 던지고 그 위에 올라선다.

"그동안 여자를 못 봤어."

언강은 하내를 끌어당긴다.

식탁 위의 굵은 초가 타고 있다. 식탁에 마주 앉은 언강과 하내의 그림자가 방 벽에 일렁거린다. 먹고 마시고 남은 음식도 계곡처럼 그림자를 여기저기 만들어 본래의 먹음직한 형체를 허물었다.

하내는 식탁 위에 놓인 언강의 담뱃갑을 집어 든다. 담배 하나를 꺼내 문다. 반쯤 일어서서 촛불에 불을 붙이려 한다. 술에 취해 촛불이 둘로 셋으로 보인다. 흔들흔들하는 하내를 보고 담배 연기를 뿜으며 언강이 웃는다. 치직 하내의 머리카락 두어 올이 탄다. 마침내 담배에 불이 붙는다. 하내는 도로 앉는다.

"담배 한 모금 빨고 눈 감고 가만있어 봐." 언강이 말한다.

하내는 연기를 물고 눈을 감는다.

"뭐가 보여?"

눈앞에 빨간 점 같은 것이 보이는 것 같기도 하고 아닌 것 같기도 하다.

"아무것도 안 보여."

"난 연기가 머릿속에서 뱅뱅 도는 게 보이는데." 언강은 말한다.

왜 나는 안 보이는가, 하내는 자기도 언강과 똑같은 것을 보고 싶다고 생각한다.

"플로리다에서 말이야, 벌거벗고 운전하면 순경이 쫓아와 마리화나 뒤지고 그래."

"벌거벗고 운전했어?"

"응, 나 옛날 플로리다 살 때 민희란 여자가 있었어. 중식 레스토랑에서 일했는데 이번에 찾아가보니 없었어."

아프게 질투를 느끼며 하내는 가만히 있는다.

"거기 살 때 말이야, 엄마는 내가 거기서 대학 다니는 줄만 알았지. 거기는 시골이라서 주말만 되면 사람들이 다 나가. 아파트가 텅 비어. 주말이면 지루해 죽겠는 거 있지. 아파트 앞 차양에 나가서 담배도 피워보고, 그런 거 알아?"

하내는 안다고 대답한다.

"거기 부대에 주둔해 있는 한국인들이 있었어. 김치 먹고 싶으면 가끔 와. 거기 충청도 출신 군인이 있었는데 괌에서 왔대. 장가도 가고 애도 있대. 하도 여자를 못 봐서 죽겠다고 그래서 민희를 데리고 나가라고 그랬지. 그리고 민희한테 한번 만나서 얘기도 하고 밥도 해주라고 그랬어."

"왜 그랬어? 질투가 안 나?"

언강은 좀 생각하다가,

"질투가 났지, 그런데 어떻게 해. 그 군인이 정말 여자가 보고 싶어 죽겠다는걸. 민희가 군인하고 나간 날 나는 민희 애기 봐줬어. 민희한데 너무도 예쁜 튀기 딸이 있었어. 해피라고. 애를 데리고 아파트에 와서 자는데 애가 엄마랑 떨어져서 그런지 잠을 통 안 자. 거기 비행장이 있었어. 애가 하도 안 자서 창가에 데리고 서서 밤새도록 비행기 뜬다, 봐라, 저기 간다, 봐라 하고 있었어."

"그래서 어떻게 됐어?"

"그놈이 나쁜 놈이야. 내가 형 형 하면서 친하게 지냈는데 나중에 민희를 막 유혹했어. 민희 일 끝날 때쯤 해서 내가 민희 데리러 식당에 가면 이놈이 먼저 와 있는 거 있지."

하내와 언강은 같은 나이이다. 하내가 삼십이 일 먼저 났다. 하내는 삼십이 일 먼저 난 것이 아니라 삼백이십 년 먼저 난 것만 같다.

하내는 일어난다. 담배를 비벼 끈다. 식탁 위의 접시를 싱크대로 옮긴다. 컵 하나가 싱크대에서 깨지는 소리가 난다.

당신이 다정하면 세상이 내 발밑에
당신이 냉정하면 난 가엾은 거지
당신은 날씨 무책임한 날씨
당신이 비 내리면 난 우산을 펴요
당신이 눈 내리면 난 덧옷을 입어요.

종이에 써서 하내는 침대 머리에 붙인다. 여행의 피곤을 한꺼번에 안고 언강은 깊이 잠들어 있다. 하내의 블라우스 앞은 설거지로 젖어 있다. 하이힐을 신어야만 언강과 맞게 되어 있는 나의 키 - 그 하이힐의 작은 차이를 메울 길은?

9

철망을 쳐 두른 네모반듯한 놀이터에서 두 아이가 쪼그리고 앉아 만화책을 읽고 있다. 겨울 햇볕이 연한 그 머리 위에서 부드럽게 빛난다. 맑은 햇살 사이를 쌀쌀한 바람이 누빈다. 공터 앞 인도에 비둘기 떼가 우 모여 앉는다. 무엇인가 보이지 않는 것을 쪼아 먹는다. 차도에는 차들이 전부 오른쪽 방향으로 달려간다.

택시가 한 대 온다. 길옆에 스릇 멎는다. 문이 열린다. 하내가 내린다. 몸이 먼저 나와 꽤 큰 여행 가방을 꺼낸다. 하내가 차문을 닫는다. 택시가 떠난다.

하내는 백을 어깨에 메고 여행 가방을 한 손에 든다. 집을 향해 걷는다. 헐벗은 겨울 가로수가 뒤로 밀려난다. 목에 감은 길다란 목도리가 걸을 때마다 하내의 무릎께에서 출렁거린다.

하내는 아파트 건물 앞에 선다. 언강이 있으려나? 하내는 층계를 천천히 오른다. 계단은 늘 고즈넉하다.

층계를 오르다 하내는 고개를 들어본다. 언강이 보인다. 스웨터 입은 팔로 팔짱을 끼고 아파트 문에 기대서 있다.

"나야."

하내의 목소리는 층계 전체에 울려 퍼진다. 언강은 하내를 보고 조금 멈칫하다가 시선을 발께로 던진다.

"가방 좀 받아줘." 하내가 말한다.

언강이 문에 기댔던 두툼한 등을 뗀다. 층계를 투더덕 투더덕 운동화 발로 뛰어 내려온다. 그의 발소리가 층계 전체에 메아리쳐 울린다.

하내의 가방을 언강은 받아 든다. 하내는 이로 물어 두 손의 장갑을 벗는다. 그것을 코트 주머니에 찌른다.

"전화로도 말했지만 차가 고장이야. 택시가 금방 있었어."

"응, 그런데 어디 아파?"

"아니."

그들은 아파트로 들어간다. 일주일 동안 비웠을 뿐인데도 하내는 아파트가 낯설다. 생각보다 청결하고 길죽길죽 서 있는 듯 느껴진다. 진력나던 부엌살림이며 가구가 모두 질서 있어 보인다. 사열대장같이 집 안을 둘러보며 하내는 만사 오케이라고 생각한다. 안도를 느낀다.

하내는 코트를 벗는다. 옷걸이를 꺼낸다. 거기에 코트를 건다. 길다란 머플러를 그 위에 또 걸쳐 건다.

"집이랑 어지르지 않고 기특해." 하내가 말한다.

"응, 운동했어. 운동했으니까 집이랑 깨끗했지. 그동안 술도 안 먹고 과일 많이 먹고. 이거 봐, 이거 만져봐."

언강이 팔뚝을 내민다. 하내는 스웨터 위로 솟아오른 그의 알통을 만져본다. 하내의 손 밑에서 근육이 울근불근 움직인다.

"운동하는 데 가서 무거운 거 번쩍 들고 거울을 보면 얼굴이 시뻘개져 있어. 그 얼굴이 그렇게 좋을 수 없어. 아, 이렇게 순진한 내 얼굴도 있구나 싶어. 거기 프로페셔널들도 운동하러 오거든. 그런데 운동하는데 그렇게 생각하는 거 있지, 운동하기 전에 한참 앉아서 생각하고 남들 하는 거 보고, 그렇게 한참 관찰하다가 운동하고."

운동하면서 생각한다는 말이 우스워서 하내는 웃는다. 언강은 웃지 않는다.

"그 사람은 다른 데는 다 좋아. 정말 미스터 유에스에이 감이야. 그런데 배가 약간 나왔거든. (언강은 자기 배에 손을 대어 보인다.) 배 운동은 크게 하면 안 되거든. 그걸 그렇게 한참 생각하는 거야."

"근데 왜 울상이야?"

언강이 앉은 의자에 깊숙이 몸을 낮춘다. 하내는 맞은편 소파로 걸어간다. 그 밑에서 슬리퍼를 꺼낸다. 슬리퍼를 신는다. 한 무릎을 소파 위에 얹고 커튼을 조금 들춰 밖을 내다본다.

"오늘은 날씨가 많이 풀렸어." 하내는 말한다.

"시카고는 눈이 얼마나 왔는지 몰라. 명지는 혼자서 아주 잘 지내. 걘 이제 논문만 쓰면 학위를 얻는대. 한 사람은 영어로 공부해서 박사가 될 판인데 나는 보통 쓰는 말도 못하잖아."

문득 언강의 한숨 소리가 들린다. 하내는 하던 말을 멈춘다. 창에서 얼굴을 돌린다.

"이봐, 니가 떠난 다음에 난 조금도 니가 안 그리웠어."

하내는 안 그리웠다는 것을 그리웠다는 말로 알아듣는다. 부부 사이에 그 말을 저리도 심각히 할 게 무언가 싶다. 언강은 계속 말한다.

"일주일 동안 그렇게 생각이 안 날 수가 있을까."

하내는 그제야 언강의 말이 바로 들린다.

"우리 일 년 반이나 붙어 살았지. 신혼도 아니고 결혼은 로맨스가 하나도 없는 비즈니스라고, 부부 교실 책에 보면 그런 말 있어."

하내의 말은 나직하고 느리다. 명랑하게 말하고 싶은데 목소리가 그렇게 침통히 나온다.

"난 쇼크야, 어떻게 내가 그럴 수가 있지? 정말?"

실망을 실어 언강은 머리를 두어 번 흔든다.

"이런 나하고 살다니 참 안됐어. 너는 어디 가서 귀염받고 살 수도 있는데."

언강은 진심으로 하내 편이 되어 그녀의 남편인 자신을 바라보는 듯하다.

"나는 한 번도 귀여워본 일이 없어." 하내는 말한다.

언강은 가만있는다.

"결혼은 할 생각이야?" 하내가 묻는다.

"응, 나는 가정적이지. 그렇지 않아?"

언강의 말에 하내는 웃는다.

"다른 여자랑 결혼하고 싶어?"

"누구?"

언강은 하내가 점지해주는 여자가 누구인지 진정 알고 싶은 얼굴이다. 그 여자가 누구이든 그 여자와 살고 싶은 얼굴이다. 하내는 잠시 말이 막힌다.

"누구든지. 저, 뭐 민희라고 했던가, 또 주유소집 딸 셋에다가 꽃무늬 치마 입었다던 여자(그 여자가 바위에 기대서 날 기다리는데 바람에 치마가 하르르 날리는 게 그렇게 좋은 거 있지). 너무 많아서 들었는데도 다 생각 안 나. 아니면 아직 안 만난 여자 중에 아무나하고라던가?"

"지금 다른 여자는 없어. 그렇지만 나는 독신으로 살 수는 없어. 육체적으로라도. 또 독신이면 다른 여자들을 찾아다니는 일이 피곤해. 그렇지? 돈도 너무 들어."

"다른 여자가 있는 것도 아니고 결혼은 하고 싶고, 나랑 그냥 살 지."

"너한테 불공평해."

하내는 무릎에 깍지 낀 손을 푼다. 일어난다. 언강 앞으로 간다. 팔걸이에 무겁게 놓인 언강 손을 잡는다.

"그럼 이혼하는 게 나한테 공평해?"

하내는 언강 의자 앞 바닥에 앉는다. 언강 다리에 머리를 기댄다.

"남편한테 연애하는 여자 얘기 들어봤어? 나야, 나."

좋은 아내로서 자기의 능력을 증명해 보이고 싶은 하내의 소망이 고개를 든다. 사귀는 기간이 없는 전격 결혼이어서 그런지 하내는 언강이 좋아서 좋은 것인지 아니면 자신을 좋은 아내로 세상에 증명해 보이고 싶은 소망 때문인지 분명치 않다. 하내는 자신도 모르는 새 세상이 여자는 이래야 한다는 역을 하려 애쓴다. 할 수 있는 일도 연약해서 못하는 척하기도 하고 세상이 여자에게 원하지 않는 자신의 요소를 감춘다. 어느덧 의식과 행동 사이는 쉽게 분리되지 않고 아리송해진다.

하내는 언강에게 하는 자신의 말이나 행동이나 웃음이 언강을 즐겁게 하기 위한 것인지 아니면 자기 자신이 진정 원하는 것인지 알 수가 없다. 그 자신도 모르게 되었다.

언강이 하내 머리 위에 손을 얹는다. 세례라도 주는 것 같다.

"이상해, 나는 어렸을 때부터 불만이 있었는데 그 불만이 아직도 있는 거 있지. 이러지도 저러지도 못하겠는 불만."

좀 쉬었다가

"언제나 가는 사람은 좋은 거야, 그거 알아?" 언강이 말한다.

10

학생들 데모 때문에 대학은 휴강 상태였다. 따라서 우진은 출근하지 않았다.

"그러니까 염려 말고 자고 가도 돼." 우진이 말했다.

견주는 가만있었다.

"우리 대학 때도 데모 때문에 사 년 동안을 공부하다 말다 보냈는데 아직도 계속 이러고 있으니 슬픈 나라지. 그런데 사실 대학생 때 뭐 아니, 나는 공부 안 하면 좋기만 하고 그랬어. 시험 때가 되면 어디서 데모 좀 안 하나 궁금해지고." 하내가 말했다.

대학 때만 그런 것이 아니라 아직까지도 하내는 세상과 연관을 못 맺었다.

"난 반대로 생각해. 나는 대학 들어갔을 때가 일생에서 제일 성숙했던 것 같아. 밤잠도 안 자고 공부해서 일류 대학에 들어가라 부모들이 성화를 댔지. 공부방을 따로 만들어놓고는 그렇게 열심히 공부해서 대학에 들어가면 뭐가 되는 거 같았지. 그런데 대학에 들어가니까 아버지가 이제 공부 그만하고 동양화 배우라고, 화가가 되는 게 아니라 취미를 키우라고. 여자니까 공부는 더할 필요가 없고 그림도 그냥 취미로 그쳐야 하는 거야. 졸업 때는 뭐가 뭔지 완전히 혼란 상태야. 남학생들도 그럴까?"

"나는 오늘 밤 서울로 갈 테야." 탁이 말했다.

"왜? 잘 데가 이렇게 많은데. 하내는 우리 딸하고 같은 방에서 자고 탁이는 여기 소파에서. 이 소파가 이래 뵈도 잘만 해." 우진이 말했다.

"출근 때문에 안 되겠어."

"하루도 못 빠지나?"

"응."

"그렇다고 지금부터 일어설 건 없잖아. 아직 여덟 시야."

"미국은 참 통행금지가 없지?" 견주가 말했다.

"응, 그렇지만 밤이 되면 다 자고 별 다른 건 없어. 단지 여기 온 지 며칠 안 되어서인가 열두 시가 넘으면 안 된다고 버스나 택시나 막 달리니까 날만 어두워지면 불안해."

"언제 간다고 했지요?" 탁이 물었다.

"오는 이십팔 일요."

"아유, 금방이네. 사흘 남았나?" 교수 부인이 손가락을 꼽았다.

"혼자 산다면서 뭐하러 도로 가. 여기서 친구도 보고 고국의 진한 맛을 보고 살지." 우진이 말했다.

"우리도 공부 끝나고 처음 귀국했을 때 택시들 달리는 게 참 무서웠어요." 교수 부인이 말했다.

"그렇지만 거긴 또 다른 게 무섭고 다 마찬가지요. 총을 쉽게 살 수 있고 여러 인종이 모여 사니까."

"참, 그렇다지요. 우리 아는 사람은 야채 가게 하다가 권총 강도 만나고선, 미국이 좋다지만 내가 여기서 이러고 살게 됐냐고 보따리 싸가지고 도로 왔어요."

"너는 가게 혼자 한다면서 괜찮아?" 우진이 물었다.

"인희 고모 있지? 그이가 미국 갔다가 너를 만났다면서 한국 사람들이 가게를 많이 하더라고." 견주가 말했다.

"무슨 술이 제일 비싼가요? 난 미국 있을 때 시그램 진이라는 것을 많이 마셨지." 교수가 말했다.

"그게 많이 나가요."

"값도 안 비싸고, 조니워커보다 훨씬 싸지요?"

"네."

"어떻게 가게를 할 생각을 했어? 남편하고 시작했었나?" 우진이 물었다.

"아니요."

언강이 죽고 난 후 언강의 모친이 하내에게 가게를 사주었다. 좋은 주택지에 자리 잡은 작고 아담한 술 가게였다. 잔손이 안 가고 편하다고 해서 술 가게가 되었다. 처음에는 경험이 있다는 언강의 친척과 함께하다가 이 년 전부터 하내가 혼자 맡아 했다.

"권총 강도 같은 일은 없었겠지?" 견주가 물었다.

"응." 하내는 간단히 대답했다(그는 권총이 아니고 칼을 가지고 들어왔으므로).

"그래도 무섭니 않니?"

"가게를 팔았어."

두려움이 하내에게 가게 일을 하게 하고 또 두려움이 가게를 팔게 했다. 강도 같은 구체적인 것보다 막연한 두려움이 하내를 끌고 다녔다. 언강이 죽고 난 후 하내는 여기 이 자리에서 이것을 하지 않으면 무엇을 해야 할지 몰랐다. 낯선 것은 우선 전부 의심쩍고 두려웠다. 그러다가 죽을 때까지 여기 이 자리에서 이것만 하게 될까 봐 또 두려워졌다.

문 쪽에서 잠시 인기척이 나는가 하더니 벨이 조심스럽게 울렸다. 우진이 일어나서 문께로 갔다.

"누구시오?"

"저예요. 길수."

작은 소리인데도 견주가 알아듣고 튕기듯 일어났다.

"웬일일까, 이 밤중에."

견주가 문간에 있는 우진의 곁으로 가서 먼저 문을 열었다.

"웬일로 갑자기."

"들어와, 추운데."

갈래요, 들어와, 들어와서 얘기해 하는 목소리가 섞갈려 들렸다.

방 안에 앉았던 사람들은 모두 문간을 바라보았다. 먼저 키가 큰 소년이 들어오고 이어 멈칫거리며 먼저 소년의 어깨에나 키가 닿는 소년이 꼬붕같이 따라 들어왔다. 그들에게서 비 냄새가 났다.

"웬일로?"

견주가 작게 길수라는 소년에게 물었다. 근심스럽게 들렸다.

"비가 오나, 밖에?" 탁이 물었다.

"네. 조금 빗발이 돋더니 지금은 그쳤어요."

소년은 깜짝 놀랄 만큼 아름다웠다. 홀쭉한 청바지 다리 위로 잿빛 체크무늬 셔츠를 입고 베이지색 점퍼를 걸치고 있었다. 눈썹이 짙고 눈이 검고 컸다.

"이렇게 말하면 알는지, 애가 길수야."

견주가 하내에게 말했다. 하내는 그가 견주가 다른 데서 낳은 아이임을 알았다. 길수라는 이름은 몰랐지만 견주의 어조며 태도가 그렇게 알게 했다. 그렇지 않아도 하내는 그들 졸업 당시에 임신했던 견주가 아이를 어떻게 했는가 알고 싶었었다.

"참 잘생겼네. 몇 살이지?" 하내가 말했다.

"열네 살이에요."

어린 나이임에도 자신의 매력을 아는 태도였다. 이 잘생긴 나를 당신이 어찌 싫다 하겠소 하는 그룹에 그가 속한다고 하내는 생각했다.

"열네 살인데." 교수 부인이 감탄했다.

"요새 아이들은 모두 크지." 교수가 말했다.

"암만 그래도 열 네 살인데." 교수 부인이 말했다.

"앉지그래. 뭐, 저녁은 먹었나?" 우진이 말했다.

"네."

길수는 하내 옆 빈자리에 앉으며 "너도 앉아." 같이 온 소년에게 말했다. 같이 온 아이는 길수와 달리 용모도 입은 옷도 거칠었다.

"오빠 왔어?"

방에서 혜원이 나왔다.

"저, 엄마, 시간이 없어."

하며 길수가 금방 앉았던 자리에서 신경질적으로 일어났다. 견주가 혜원과 길수를 데리고 저쪽 방으로 들어갔다. 견주는 우진의 기색을 살피며 어려워했다.

함께 온 소년은 따라 일어나려는 듯하더니 엉거주춤 앉았던 자리에 그냥 주저앉았다.

11

"산부인과 닥터 장."

읽으며 하내는 벨을 누른다. 하내가 벨을 누르는 방 옆은 치과이고 그 옆은 내과, 또 그 옆은 외과 닥터 오피스들이 복도 양편으로 죽 늘어서 있다.

간호원이 나와 문을 열어준다. 간호원은 풍만한 중년의 백인 여자이다. 소독약에 담근 듯 청결하고 이 세상 사람 같지 않게 사무적으로 상냥하다. 누구에게나 그의 태도는 건조하고 기분 좋게 느껴진다.

하내는 아무 자리나 빈자리에 앉는다. 오늘 닥터 장은 아기를 받은 모양으로 대기실 안에는 많은 여자들이 앉아 있다. 예약 시간을 오래 넘겨 기다린 분위기를 풍기며 여자들은 탁자 위에 놓여 있는 일본 부인 잡지들이며 한국 여성지들을 넘긴다. 영문으로 된 의학 팸플릿 같은 것도 몇 개 있다.

몇 명의 여자들은 당장이라도 책가방 메고 학교 가야 할 아이를 낳을 듯 커다란 배를 하고 있다. 그런 큰 배를 하고 앉은 어떤 여자 무릎에 두어 살 된 사내아이가 붙어 앉아 성가시게 한다.

대기실은 어느 가정집의 거실처럼 안락하게 꾸며져 있다. 램프니 탁자, 소파가 묵중하고 천장에 매달린 화초들이 싱싱한 잎을 뻗고 있다. 화초가 너무 싱싱해서 모조품이 아닌가 하는 의혹을 일으킨다. 배가 홀쭉하고 화장기 없는 여자가 일어나서 그 잎을 만져본다. 화초를 가꾸며 사는 여자인 것이 그 손놀림에서 나타난다. 구석에 놓인 안테나를 길게 뺀 라디오에서 경음악이 나지막하게 들릴 듯 말 듯 흐른다.

여자들 이름이 불릴 때마다 안 불린 여자들은 고개를 들어 진찰실로 들어가는 여자를 본다. 배 모양을 살피며 저 여자는 무엇 때문에 왔을까 한 번씩 생각을 해본다.

간호원이 와서 하내 귀에 작게 말한다. 그 친밀한 행동에도 사무적인 느낌이 있다.

"닥터 장은 오늘 늦게 퇴근하시겠어요. 아기를 받았어요."

"알아요, 괜찮아요."

"올 라이트."

간호원은 안으로 들어간다. 닥터 장이 요새는 오진을 많이 한다고 옆의 여자가 그 옆의 여자에게 말하는 소리를 하내는 듣는다. 하내는 한국말은 알아듣고 일본 말은 못 알아듣는다.

대기실의 여자들은 전부 동양 여자들로 대개 한국 여자와 일본 여자들이다. 닥터 장은 일본 사람과 결혼한 한국 여자이다. 닥터 장의 일본인 남편도 의사이다. 닥터 장은 언강의 모친이고 하내에게는 시어머니이다.

여자들의 수가 점점 줄어들더니 드디어 대기실에는 하내 혼자 남는다. 여기저기 흩어진 잡지책들을 하내는 한곳에 모아놓는다. 마지막 환자를 보내며 닥터 장이 대기실 입구에서 모습을 드러낸다. 잔주름진 얼굴이 예쁘장하고 키가 작은 여자가 언강같이 큰 아들을 낳고 닥터 오다에게서 넷이나 되는 아들을 낳았다.

"어떻게 왔어?"

"그냥요. 퇴근길에 들렀어요."

닥터 장은 가운을 벗고 구두를 갈아 신는다.

"어머니, 이제 저한테 돈 주지 마세요."

닥터 장은 간호원에게 먼저 가라고 말하고 하내에게로 돌아선다. 하내는 다시 말한다.

"돈은 언강한테 직접 주세요."

"왜?"

"어머니가 주시니까 언강은 어디 오래 붙어서 일하지도 않고, 언강도 그래요. 적어도 엄마가 없었다면 자기는 공부라도 했을 거라고."

닥터 장이 잠깐 씁쓸히 웃는다.

"제가 돈이 있다는 걸 알면 언강은 어떻게 해서든지 가지려고 해요. 자꾸 싸우게 돼요. 언강은 어젯밤에도 열한 시나 되어 들어와선 목욕하고 옷 갈아입고 코롱을 온몸에 뿌리고는 어머니가 어제 준 돈을 가지고 나갔어요."

옷을 갈아입은 간호원이 인사하고 떠난다. 잠시 침묵이 한 남자로 인해 맺어진 두 여자 사이를 가른다.

"그 돈을 다?"

"봉투째 내줬어요."

닥터 장이 소파에 앉는다. 팔걸이에 손을 얹는다.

"나는 밤에 누워서 언강이 생각을 많이 해. 언강은 언제나 저 하고 싶은 대로 하지. 나는 몰라, 못 말리겠어."

"저도 못해요."

"나는 언제나 개한테 가깝게 가서 안아주고 싶었어. 내가 모르는 다른 방법으로 내 사랑이 개 가슴에 닿도록. 갓 낳았을 때 참 귀여웠지. 그때도 더 잘 안아주고 싶은데 방법을 모른다고 생각이었지. 나는 팔잔지 직업을 가지고 살림을 살았고, 또 개 어릴 때는 정식 의사도 아니고 공부를 많이 해야 됐었지. 내가 바쁘지 않을 때 내가 피곤하지 않을 때 아이에게 애정과 관심을 쏟아주리라고 별렀지. 놀이터에도 데리고 가고 같이 장난감도 가지고 놀아주고 싶었어. 그러나 언제나 피곤했어. 내 이혼도 나쁜 영향을 미쳤겠지. 어느새 아이는 떠나갔지. 가지마 하고 외치고 싶었어."

"언강이 말했어요. 가는 사람은 언제나 좋은 거라고."

하내는 밖에 나가 잔 언강을 생각한다. 집에 다시 못 들어오도록 새 자물쇠를 철커덕 문에다 달아버리고 싶다.

12

조금 후에 견주가 길수를 앞세우고 방에서 나왔다.

"애 간대요." 견주가 우진에게 말했다.

하내 옆에 앉아 있던 길수 친구가 일어나서 신발을 신었다.

"왜 가? 자고 가지." 우진이 길수에게 말했다.

탁이 일어났다.

"나도 가야 돼. 같이 가지."

탁과 길수 일행은 함께 떠났다. 교수 부부도 반찬을 가져왔던 빈 그릇을 들고 함께 떠났다. 하내는 남았다. 우진뿐 아니라 견주도 이번에는 함께 자고 가라고 만류했다.

"이번 금요일에 미국 간다면서 오늘 가면 언제 또 보겠니."

하내와 견주가 함께 그릇을 씻자 우진이 사양하듯 침실로 들어갔다.

"자, 대강 씻었지. 이 정도로만 하고 우리 차 마시자."

견주가 스토브에 가스 불을 높였다. 유리 주전자 안에서 이미 끓고 있던 물이 팔그르락 팔그르락 용솟음쳤다. 견주가 홍차를 만들어 쟁반에 담았다.

"이리 와 앉아."

"이건 혜원이 그림이니?"

견주를 따라가려다가 하내는 냉장고에 붙어 있는 어린아이 그림을 가리켰다.

"응."

"참 잘 그리는구나. 너 자랄 때 같은가 봐."

하내는 견주가 시키는 대로 차 탁자로 가서 앉았다.

"여자애가 공부 잘하면 뭐하니? 혜원이 아빠도 그래. 혜원이 공부 많이 시킬 필요 없이 곱게 키워 시집보내자고."

"어마, 우진 씨가 그렇게 말하는 건 이상하다. 만일 커서 혜원이가 어려울 때 그럼 뭘 하란 말이니."

"그렇지만 생각해봐. 그게 여자한테 더 친절하잖니."

견주가 만든 홍차는 레몬과 설탕을 많이 넣어 젤리처럼 시고 달았다. 하내는 맛있다고 생각했다.

"욱 씨는 더러 만나니?"

"아니, 길수 때문에 일 년에 두어 번쯤이나 전화하지. 욱 씨는 지금 잘살아. 몇 번 기복이 있었지만 사업가라는 거지. 부인이 무슨 미인대회에 나갔던 여자고. 그런데 길수 때문에 걱정이야. 봤지? 오늘도 한바탕 집에서 우당탕하고 나온 모양이야. 내일 학교도 가야 하는 애가 글쎄 여길 오면 어떡하니. 걔네 집은 서울이거든. 돈 달라고 온 거야. 툭하면 와."

우진이 욕실이며 방 근처에서 움직이는 기척이 거실에서도 느껴졌다. 하내는 우진이 와서 함께 앉았으면 싶었다. 이쪽 편을 흘끔흘끔 보는 것이 견주가 오라고만 하면 우진은 당장 와 앉을 것 같았다.

"어떤 여자가 캘리포니아에서 언강을 찾아온 적이 있었어. 남의 차 얻어 타 가면서 슬리핑 백 하나, 칫솔 하나, 칼 하나 가지고 이 주일

걸렸대. 칼은 과일 깎는 칼. 뭐 깎아 먹으려고."

"대담하다. 부인 있는 줄 몰랐겠지."

"몰라. 놀라는 거 같지도 않았어. 한인 교포 주소록에서 찾아가지고 왔단다. 언강은 또 어디론가 떠난 후고 갈 데 없다는 그 여자를 이틀 재웠어."

"어떻게 그럴 수 있니, 난 못해."

"하루 재우려다가 이틀 재웠어. 아프대. 미워서 혼났어. 막 구박했어. 그 여자 자궁이 뭐든지 삼켜 먹는 젤리피쉬같이 느껴졌지. 그 여자뿐 아니라 그때는 이 세상 여자가 전부 뻘겋고 번질거리는 자궁을 가진 동물들 같았어."

"그건 니 탓만이 아니야. 니 남편 태도하고도 관계가 돼."

"그 여자는 정신이 헤성헤성하고 저만 생각하고 예쁘지도 않더라. 저는 잘 마셔야 기운을 차린다면서 우유도 한꺼번에 한 통씩 다 마시고 고기도 그렇게 먹더라. 그런 여자를 유혹한 언강에게 참을 수 없이 화가 났어. 너무 화가 나니까 몸이 다 떨리더라. 그렇게 먹는 거 보면서 정말 아래로 위로 뭐든지 다 삼키는구나 했다."

하내와 견주는 함께 웃었다.

"언강은 가끔 권태로운 얼굴로 말했어. 자기는 뭐를 해야 좋을지 모른다고. 뭐가 좋은지 모르겠고, 그저 여자하고 지내는 거보다 더 좋은 재미가 뭔지 몰라서 이러고 있는 거라고. 그럴 때 나는 분명 여자는 아니지."

"그렇구나, 참."

한참 기적을 내고 돌아다니던 우진은 이제 단념하고 자리에 든 모양으로 보이지 않았다. 우진의 주의를 끌고 싶어서 하내는 높은 음성과 높은 웃음소리를 냈다.

13

슬리핑 백과 과일칼을 들고 찾아왔던 여자 때문에 하내는 이혼을 생각했다. 꼭 그 여자 때문이 아니라 아, 이젠 끝내는 게 좋지 않아, 하고 생각했다. 그 폭풍이 지난 후 그들은 여행을 갔다. 시어머니인 닥터 장의 소유였던 별장은 숲 속에 등대처럼 고립되어 있었다. 닥터 장이 일본인 남편과 주말이나 휴가 때 시간을 내어 손수 지은 집이었다.

숲 사이로 어둠이 서리기 시작하고 강으로 나간 언강은 돌아오지 않는다. 그림처럼 하내는 창에 기대서 있다. 숲으로 밀리는 어둠을 바라본다. 별이 하나둘 돋는다. 벽난로에 지핀 장작이 잘 타고 있건만 하내는 가벼운 한기를 느낀다. 숲 사이로 인기척이 난다. 언강인가? 하내는 주의 깊게 살피며 오늘 하루 종일 그가 자기를 내버려둔 데 대해 크게 화를 내리라 생각한다. 두려움 없이 화를 내자, 하내는 다짐한다.

인기척을 낸 그는 그러나 낯선 부랑자다. 백인이다. 머리에 허연 띠 같은 것을 두르고 있다. 어스름 속에 흰빛이 도드라져 보인다. 그가 키가 크고 몸이 크다는 것 외에는 어둠에 가려 잘 살펴볼 수가 없다. 하내는 문빗장들을 다시 한 번 잘 보고 창문들도 잘 닫혀졌는가 본다. 무섭다. 이런 때 혼자 둔 언강에게 다시금 화가 치민다. 부랑자는 나뭇잎을 여기저기서 두 손으로 집어다가 한곳에 놓는다. 여러 번 왔다

갔다 하며 그 일을 한다. 무슨 둥지를 트는 짐승 같다.

그는 거기다가 불을 일군다. 얼굴을 검불 더미에 구부려 대고 후후 입김을 불어 넣는다. 마침내 불이 활활 탄다. 불길은 따뜻해 보인다. 하내는 부랑자의 녹아나는 앞가슴과 시린 등을 느낀다. 부랑자가 일어나 검은 숲에 대고 오줌을 눈다. 그리고 다시 앉는다. 동작이 조용하다.

주머니에서 빵을 꺼낸다. 칼로 잘라 먹는다. 뭔가를 마신다. 담배를 피운다.

반 시간쯤 후 부랑자는 떠나간다. 이미 사그라드는 불더미를 발로 비벼 끄고 그는 총총히 숲 속으로 사라진다. 어느새 어둠이 짙다.

산은 어둑했어

너는 가랑잎을 끌어모았어

거기에 불을 일구었지

처음에는 잘 안 탔어

너는 애썼어

마침내 불길이 일었어

언 손을 쬐고 빵을 먹고 담배를 피웠어(할 거 다 했어)

가는 사람은 언제나 좋은 거라고?

가면서 너는 또 다른 불을 여기저기 일구었어

전심 전령으로

추워서래, 자꾸자꾸 추워서래(언강은 얼어붙은 강?)

네가 불을 일군 가랑잎(그게 나야)

너는 들어? 괴롭게 온몸으로 타오르는 내 노래

재로 다 타버리는 내 노래

　언강이 돌아온다. 그는 반코트를 벗고 목도리를 풀어낸다. 그것을
아무렇게나 의자에 던진다. 냉장고를 열려다가 냉장고 문에 붙인 하
내가 쓴 것을 읽는다. 그는 언제나 오래 걸려서 무엇을 읽는다. 평소
에 독서를 하는 사람이 아닌 것이 이럴 때 나타난다. 마침내 언강은
문가에 버쩡 서 있는 하내에게 고개를 돌린다.

　"이게 뭐야? 시라는 거야?"

　"뭐 같아?"

　언강이 기타를 꺼낸다.

　"내가 이렇게도 좋아?"

　언강은 마초맨으로 자라나고 하내는 자신도 모르는 새 순정 가련형
의 귀여운 여자로 작아진다. 언강이 아는 모든 여자들과 경쟁을 한다.

　언강은 기타 줄을 드르렁드르렁 울려본다. 쾌락을 따르는 그의 손
이 기타 줄 위에서 움직인다.

　"가만있어, 이 노래를 김세환 식으로 할까. 아니, 김추자 식으로 해
보자."

　그는 〈님은 먼 곳에〉 곡조에다 가사를 맞추려 한다. 몇 번씩 불러
본다.

　"에, 말이 너무 많다. 곡조가 모자라."

　언강이 웃는다.

　"맥주 좀 줘."

하내는 언강이 김세환·송창식·서유석·조용필·김추자 등 여러 가지 곡조에다 자기가 쓴 말들을 맞추어 넣는 것을 들으며 냉장고에서 맥주와 안주가 될 만한 것들을 집어낸다. 그것을 기타를 든 언강 옆에 놓고 길다란 부젓가락으로 불을 일구기 위해 벽난로 속을 쑤신다.

"내가 제일 행복한 때가 언젠지 알아?"

"지금?" 하려다가 하내는

"해변에 있는 거?" 해본다.

"경마장에 가는 거야. 나는 가만있는데 말이 달릴 때 그렇게 좋은 거 있지?"

그런 기분을 하내는 음식할 때 느껴봐서 안다. 자기는 가만있는데 불 위에서 음식이 익어갈 때 안도를 느끼곤 한다. 그는 강에 간 것이 아니라 경마장에 갔는가, 돈을 땄는가, 잃었는가. 상관없지. 내 돈은 아니야.

언강이 기타 줄을 울리며 말한다.

"할 수 없이 어디 못 가고 이렇게 있어야 하는 상태, 이게 좋아. 난 장가갔으니까 어디 못 가잖아. 싫으면서도 좋아."

당신이 못 간다고? 당신은 한 번도 내 것인 때가 없었어. 그러나 하내는 가만있기로 한다. 언강이 아는 여자－과거·미래·현재 통틀어서 그중에서 자기가 그에게 제일 귀찮게 굴지 않는 여자가 되어보자 생각한다. 이혼한다고 큰 신을 벌이고 난 직후므로 적어도 그렇게 머물러보려고 노력한다.

"이 노래 들어봐. 서울에서 우리 약혼식 할 때 내가 딴 노래하지 말고 이 노래 할걸 그랬어. 이것도 여자가 가르쳐준 노래야. 하여튼 갠 이런 노래를 수없이 알아. 끝내주는 애야."

언강이 노래한다. 흘러간 노래같이 곡조가 구성지다.

> 영자 씨 내 자기 씨 몸 성히 성히 성히 잘 있나요
> 여기에 있는 이 자기는 대학생이 아닙니다.
> 여기에 있는 이 자기는 뉴욕하고도 맨해튼에서
> 야채 닦는 야돌이라오

노래를 마친 언강이 맥주를 쭉 마시고 말한다.

"내가 결혼식 때 목사님한테 부탁해서 이 무식한 언강을 남편으로 삼겠느뇨 하고 물어보시게 할걸 그랬어. 그러면 적어도 내가 무식한 데 대해서 너는 할 말 없을 거 아냐."

하내는 웃는다. 저런 사람을 미워해 뭐하리 생각한다.

좋은 아내로 내 능력을 나타내 보이고 싶으니까, 그 외에는 다르게 내보일 아무것도 내게 없으니까 그걸 이루어보려 하면 할수록 —내가 당신 쪽으로 향해가면 갈수록 당신은 더 쫓겨가는 것 같아. 나는 줄에 걸린 인형같이 피곤해. 나도 화낼 권리가 있지. 그렇지만 내가 화내면 당신은 들어주는 게 아니라 도망가. 내가 당신이 뭘 좋아하리라고 생각하면 당신은 그걸 원하지 않는다는 것밖에 분명해지는 게 없어. 사춘기 아이들이 부모를 무시하듯 당신은 어떻게 살아야 하는지도 모르면서 내가 하는 것마다 반대로만 하려 하지. 우리 관계를 어떻게 개선해가야 할지 난 모르겠어. 내 열등감까지 합쳐서 엉망진창이야. 내 과일을 따 먹을 생각이 아니거든 내 나무를 흔들지나 말어.

기타를 치던 언강이 멈추고,

"나는 지독한 도박꾼이야. 니가 상상도 못할 만큼."

"응."

"포커나 경마 이런 거 말고 뭐든지 승부가 보이면 걸어. 여자들은 보면 다 목적이 있어."

"어떤 목적? 예를 들어봐."

하내는 언강이 말하는 여자에 자기가 포함되는지 아닌지 잘 모르면서 묻는다.

"예를 들면 어떤 여자는 결혼이 목적이고, 어떤 여자는 돈이고, 어떤 여자는 재미를 보기 위해서고, 어떤 여자는 외로워서고. 너는 결혼이 목적이었지."

하내는 언강이 말하는 여자에 자신도 포함되었음을 안다.

"거기 해당 안 될 사람이 어디 있을까. 그럼 어떻게 해야 돼?"

언강 자신도 그 대답을 모르겠는 듯 한참 생각한다.

"순수한 사랑?" 하내가 말하니까,

"응, 그거야 그거." 너무도 기뻐하며 언강이 대답한다.

"순수한 사랑은 그럼 어떻게 하는 거야?"

언강은 가만있다가

"나는 한국에 여자애 하나쯤 두고 뉴욕은 눈이 옵니다, 서울은 어떤지요 하고 편지 쓰고 싶었어."

언강의 말에 아, 우리 둘은 어쩌면 똑같은 사람인지도 몰라 하고 하내는 생각한다.

14

바스락바스락 기척을 내던 혜원이 잠들었는지 조용해졌다. 하내는 그 아래층 침대에 누워 있었다. 처음 자보는 어린이용 벙커베드, 그 아래층의 나직한 높이가 하내는 불안하도록 답답했다. 낯선 베개를 고쳐 베려고 고개만 들어도 이마가 침대 천장에 닿았다.

견주가 여기에 하내의 잠자리를 마련하려고 거기 놓여 있던 혜원의 장난감들을 끄집어내자 혜원이 싫다고 불평했다. 그 옆에 서서 하내는 탁을 따라 서울로 가지 못한 것을 후회했다.

하내는 다른 집 아이들을 어떻게 다룰지 늘 어릿했다. 더구나 똑똑하다는 우진과 견주의 자식에게 하내는 더 어찌할 바를 모르는 기분이었다.

딸의 불평을 무시하며 견주는 혜원의 완구 인형 같은 것들을 집어 냈다.

"이 침대는 우진 아빠 동료가 준 것인데 우린 애가 하나잖니. 그래서 이 안은 비어 있지. 이 침대가 이래 뵈도 참 편해. 가끔 혜원 아빠와 싸우면 난 여기 와서 눕는다. 이상하게 편안해져. 너도 곧 알게 될 거야."

견주의 말과 달리 하내는 혜원이 누운 위층 침대가 곧 무너져 내릴 것만 같아 불안했다. 혜원이 돌아누우며 내는 소리도 애정을 가질 수가 없었다.

외등 탓으로 커튼을 친 창에 희끄무레한 빛이 들어오고 모든 것이 잠든 밤의 정적은 그 자체가 비명을 지르는 것 같았다. 하내는 이 조용함에 적응하기 위해 돌아누울 수도 없는 듯 느껴졌다. 생각해보면 오줌이 마려운 것도 같았다. 그렇게 생각하자 참을 수 없이 오줌이 마려웠다. 욕실은 우진 부부 방 옆에 있었다. 집 구조도 묘해라, 그곳에 소리를 내고 가는 것이 외설스럽고 미안했다.

자기가 마신 물의 양을 하내는 생각해보았다. 자리에 들기 전 견주와 마신 두 잔의 홍차가 마음에 걸렸다. 오줌이 마렵다는 것은 신경 탓만이 아니라 실제로 홍차가 지금쯤 방광을 채우고 있으리라 생각되었다. 홍차가 담겼던 둥글고 큰 찻잔이 떠올랐다. 미술대학 학생이 직접 빚어 구웠다는 두툼한 찻잔은 국그릇만큼 컸다. 가만히 있으면 저절로 방광은 풍선같이 부풀어 터져버릴지도 몰랐다. 이젠 정말 심리적인 문제가 아니라 생리적인 문제였다.

하내는 몸을 굴려 침대를 빠져나왔다. 그렇게도 납작하게 몸을 굴린다고 했건만 어깨 한 짝이 위층 침대를 아프게 스쳤다. 침대 가에 똑바로 서서 하내는 혜원이 깼는가 귀를 기울였다.

아이는 기척 없이 곤히 자고 있었다. 하내는 도도한 이 계집아이에게 질투 같은 미움을 불현듯 느꼈다.

하내는 어디다 조용히 오줌 눌 만한 데가 없는가 하고 방 안을 휘둘러보았다. 장난감이며 책상 같은 낯선 물건들이 커튼을 비추는 희뿌연 빛 속에 이상하게 떠 보였다. 아이들이 흔히 가지고 노는 플라스틱 물통 같은 것도 안 보였다.

하내는 용기 찾기를 단념하고 발소리를 죽여 욕실로 갔다. 살인 음모를 꾸미는 사람처럼 너무도 조심히 움직였건만 어떤 행동도 다 소리를 동반했다. 드디어 욕실, 하내는 어두운 벽을 똑바로 응시하며 마음껏 오줌을 누었다. 시원히 오줌을 누며 내가 환상을 다 깨뜨리고 가는구나 생각했다. 우진을 만난 오늘 십여 년을 성큼 하루같이 당겨놓

왔던 은밀히 오갔던 정다운 시선, 따뜻한 정감 같은 것, 그것을 다 깨고 가느라고 여기서 자는구나, 이게 바로 나란 거지, 생각했다.

이제 미국으로 돌아가면 하내는 학교에 갈 것이다. 하내는 가게를 팔고 대학에 등록했다. 지난 생일날 사촌 오빠와 헤어진 후 하내는 자신에게 자꾸 물어보았다. 내가 뭘 원하나, 내가 뭘 하고 싶어 하나. 그 대답을 찾기만 하면 어디서 시작해야 될지 알 것 같았다. 언강의 사진을 품었던 졸업 무렵 같았다. 그러나 하내는 그때보다 더 두려웠다. 그때는 그래도 세상을 어떻게 가질까 했으나 이제는 안다는 느낌이었다. 하내는 언강을 통해 졸업식에서 들은 축사처럼 좋은 여자가 반드시 좋은 아내여야만 하는가 하는 의혹이 일었다. 한 번도 공부를 좋아해본 적 없는 자신이 대학에서 어떻게 변모되어 나올지 하내는 알 수가 없었다. 이제까지 살아오는 동안 나쁜 결말은 너무도 많았고 새로운 시작은 너무도 적었다. 가끔씩 악성 독감에 걸리듯 사랑에 빠졌다. 허우적 헤어 나오면 현실은 의무만이 가득 찬 낯익은 빛깔로 다가들었다. 하내는 우진이 들을지도 모르는 자신의 오줌 소리를 큰 귀로 들었다. 밤에 깨면 왜 이렇게 절망스러운가. 차라리 죽는 게 낫다고 느낄 만큼 죽음이 안 무서워지는가.

하내는 물을 틀까 말까 하다가 틀어버리고 욕실을 나왔다. 폭포같이 크게 들리는 물소리가 하내의 등을 후려쳤다.

혜원의 방으로 들어와 침대 가에 서서 하내는 한동안 망설였다. 또다시 좁은 공간 속으로 몸을 굴려 들어가기는 싫었다. 하내는 자기가 베었던 베개와 담요를 안아가지고 아까 견주와 차를 마시던 거실 쇼파로 갔다.

그곳에 드러누웠다. 거기는 또 이상하게도 움푹 꺼진 것같이 느껴졌다. 너무 푹신하고 움푹 꺼진 것 같아 하내는 잠을 이룰 수가 없었다. 오늘 자기는 틀렸다 하내는 생각했다. 같은 집에 잠들어 있는 우진을 생각해도 하내는 조금도 마음이 설레지가 않았다.

미국에서 사는 동안 하내는 꿈을 주는 사람으로 우진을 정해놓았다. 언강과 사는 동안에도, 또 그 후에도 집을 어지르고 음식을 마음껏 해 먹고 싶을 때 우진이 지금 이 순간 여기를 들른다면 – 하면 그것은 채찍 같은 효과를 냈다. 그렇게 하내를 이끌어가던 우진이 이제 한 지붕 밑에 있건만 하내는 어서 날이 밝아 이 집을 떠나고만 싶었다. 마음대로 자고 마음대로 소리를 낼 수 있는 곳으로.

잠을 청하려고 하내는 눈을 꼭 감았다. 너무 힘주어 감은 것 같아서 다시 눈을 떴다가 살짝 감았다.

발소리가 나더니 다가온 것은 견주였다.

"왜 여기 누웠니, 안 졸립거든 우리 방에 가서 같이 얘기할까?"

"너도 안 잤었니? 아니면 나 땜에 깼니, 내가 부스럭거렸지?"

"난 안 잤었어, 혜원 아빠도."

견주의 음성은 가라앉은 채 갈라져 나왔다.

"이리 올래?"

견주의 제안에 하내는 그냥 여기서 잘 테야 하고 거의 말할 뻔했다. 하내는 거의 나올 뻔한 그 대답을 누르고

"그럴까, 그럼?" 베개를 안고 일어났다.

우진을 가운데 두고 하내와 견주는 각각 누웠다. 이상하도록 침묵이 깃들고 세 사람은 똑바로 천장을 보고 있었다. 내가 온갖 환상을 다 깨뜨리고 가는구나, 하내는 다시 생각했다.

"얘기 좀 해. 아무 얘기나." 가운데 누운 우진이 말했다.

"무슨 얘기를 할까." 견주가 말했다.

견주의 말에 우진도 하내도 예의 웃음소리를 냈다. 곧이어 허공에 나부끼는 침묵이 있었다.

"동네가 너무도 조용하다. 나 사는 데는 그래도 밤새도록 자동차 소리가 들린다. 거기서 나는 늘 누가 내 이름을 부르며 들어왔으면 싶었다. 손님을 청하면 너무 번거롭거든. 가게 닫는 일요일 같은 때 그냥 누가 들러줬으면 싶었지." 하내가 말했다.

"이런 얘기해도 괜찮은지. 아까 왔던 교수 부부 있잖아. 그이들이 사실은 니 남편 죽인 여자하고 무슨 일가가 된대. 네가 온다니까 보고 싶다고 해서 오늘 같이 지내게 된 거야. 아까부터 묻고 싶었어. 니 남편 죽인 여자가 슬리핑 백 들고 대륙 횡단한 여자니?"

"아니야, 딴 여자야."

"뭐하러 그런 얘긴 꺼내?" 우진이 말했다.

"괜찮아요. 어떤 여자가 언강을 쏘아 죽였다고 했을 때 나는 내가 죽인 것 같기도 했었어요. 집에 들어오는 날이 드물어지니까 어떤 때는 그가 없는 게 낫겠다 싶었으니까. 매일 그를 안 보는 게 낫겠다 싶고. 몰라, 안 보는 것도 괴로웠지만 또 얼굴을 보고 여러 가지 괴로운 일이 생각나는 게 더 괴로웠거든."

언강은 이제 화젯거리로 그들 앞에 떠올랐다. 하내는 우진 앞에 고자질하는 아이 같았다.

"그 사건은 여기서도 꽤 오래 얘기가 됐었다. 맹목적으로 미국이 좋다고 그냥 결혼해서 간 그런 결혼의 예로도 네가 많이 들먹거려지고." 견주가 말했다.

"그랬었구나. 난 통 몰랐지." 하내가 말했다.

"그런데 너희 시어머니가 훌륭하다며, 박 교수 부인이 그러더라."

"응, 며느리인 나한테도 시어머니보다 여자 대 여자로 대하려고 했어. 내가 이혼하고 싶어 하면 하내야, 방이 있어야 개는 돌아와, 내게 애걸했지. 언강은 친구나 적이나 누구한테서나 사랑을 받으려고 했어. 교통 위반으로 딱지 떼러 온 순경까지도 미스터라고 불러 끄는 기술이 있었지. 솔직하게 단도직입적으로 사람을 대했어. 어떤 여자한테든지 세 마디가 오고 가기 전에 벌써 반말을 했어. 언강을 죽인 여자는 동정을 많이 샀어. 그 여자가 법정에서 언강을 죽이기 위해 총을 샀다고 했을 때, 그것이 이상하게 사람들 가슴을 아프게 했어. 그렇게 말 안 하고 그냥 순간적인 격분으로 죽였다고 하면 형이 훨씬 가볍단다. 그 여자는 아주 조그매. 애같이 작아. 언강은 키 큰 여자가 좋다고 했었는데, 나한테는 그렇게 말했는데 그렇게 작은 여자도 좋아했었나 봐."

문득 우진이 상반신을 일으켰다. 그는 견주 이마에 입 맞추었다. 그리고 다시 몸을 돌려 하내의 이마에 입술을 대었다. 짧게 스치듯 했다.

"이제 자자. 자, 이걸로 잠들기야."

하며 우진이 일으켰던 고개를 똑바로 베개로 떨어뜨렸다. 이미 새벽이었다. 동이 트고 있었다. 내가 온갖 환상을 다 깨뜨리고 가는구나, 하내는 다시금 생각했다. 나는 어떤 신비도 지탱해내지를 못해.

"나는 차갑고 고집불통이 됐었지. 언강과 즐길 수 없으니까 심술 나서 같이 있기도 싫고 몸이 닿기도 싫고 이런저런 얘기도 하기 싫었지. 가끔 내가 언강을 죽인 게 아닌가 싶어져."

"아이, 무슨 말을." 견주가 말했다.

"정말이야, 거짓말이 아니야."

우진이 하내의 손을 견주 모르게 더듬어 쥐었다. 그 기척을 알기나 하는 듯 견주가

"너 탁 씨 어떻게 생각해?"

"응? 뭐? 몰라. 왜?"

하내를 잡은 우진의 손에 힘이 주어지고 하내는 건둥 뜬 정신으로 대답했다.

"탁 씨가 너도 혼자 되고 자기도 혼자니 너 생각이 어떤가 알아봐 달라고 그랬어."

견주의 말은 그들 셋은 이렇게 나란히 누웠지만 하내는 우진이나 자기와는 다른 처지란 것을 분명히 해주는 무언가가 있었다.

"이 얘긴 이렇게 하는 게 아닌데. 그냥 내 의견인 것처럼 탁 씨는 물 어봐달라고 했는데." 견주가 말했다.

우진의 몸이 굳어지며 밭은 기침 소리를 냈다. 우진을 스치는 질투를 하내는 느꼈다. 견주와 우진 부부는 묶여 있고 자신은 훨훨 나는 새 같았다. 나쁘지 않았다.

"탁 씨가 정말 그랬어?"

"응, 아까 가면서 나한테 부탁했어. 잘 생각하고 가기 전에 전화하고 만나봐."

환상을 다 깨고 가느라고 납작이 누웠던 하내는 이제 끈적거리는 열기 같은 것에 꼬여 돌아갔다. 앞으로의 나날은 복잡해지고 길어질지도 모른다는 가슴 두근대는 예감이었다.

15

잠깐 졸았는지 눈을 떴을 때 방에는 하내 혼자였다. 꽃무늬 자수가 놓인 노란빛 이불이 하내의 목까지 얌전히 덮여 있고 사람은 물론이고 하내 옆의 이부자리도 깨끗이 사라져 있었다.

정결한 장판방, 벽 한 면을 꽉 채운 장롱, 유리창으로 들이미는 아침의 빛깔. 여기가 어디인가, 자기가 잠들었던 이불임에도 몸에 닿는 침구의 감촉은 온기를 느낄 수 없었다. 눈이 뜨인 순간부터 베개니 침구가 곧 낯선 위치로 냉큼 돌아가 있었다.

아이코, 하내는 벌떡 일어나 앉았다. 어젯밤 우진과 견주와 함께 누웠던 일이 생각났다. 하내는 우선 일어나고부터 보았다. 다시 볼수록 이불은 예뻤다. 미국에 하나 사가지고 가서 닥터 장에게 주고 싶었다. 이불을 개켰는데 접는 방법이 틀렸는지 이불장 속에 들어가지가 않았다.

하내는 이리저리 밀어 넣어보다가 다시 이불을 바닥에 놓고 조그맣게 접어보려 했다. 하내는 나서부터 지금까지 이불을 이불장 속에 넣어본 일이 없었다.

하내의 집에서는 이불을 벽장 속에 넣었었다. 벽장에 넣을 때는 이렇게 접는 데 애쓸 필요가 없었고 또 미국에서는 침대 생활이었으므로 담요와 시트를 몇 장 넓은 공간에서 홀러덩홀러덩 접었다 폈다 하며 지냈었다.

침구를 개키는 간단한 일조차 할 줄 모르는 자신이 하내는 실패자인 것만 같았다.

이제 우진과의 사이에서는 살짝살짝 걸리는 그리움도 없을 것이다.

앞으로 언제 다시 귀국한다고 해도 서로 만날 필요도 없을 것 같았다. 어제 우진과 견주가 한가족인 사실을 그리도 인정하기 힘들었건만 오늘 그들은 무찌를 수 없는 한가족이었다.

조그맣게 갠다고 했건만 이불은 역시 불안정한 형태로 접혔다. 하내는 미끌어지려는 그것을 이불장 속에 꾹꾹 밀어 넣고 문을 닫았다. 어쨌든 문이 닫혀 다행이었다.

방을 나가려는데 콩콩콩 발소리가 나더니 혜원이었다. 방으로 쑥 고개를 디밀어보고는

"엄마아, 아줌마 깼어."

부엌쯤에 대고 소리 질렀다. 견주가 오기 전에 하내는 나갔다.

"깼어? 왜, 더 자지."

견주는 바지 밑을 한 단 접어 올린 진 바지에 누런 무늬가 있는 티셔츠를 입고 있었다. 그 티셔츠가 흉하다고 하내는 생각했다. 왜 남편도 있는 여자가 저런 흉한 옷을 입을까 하는 생각이 들었다.

"나 너무 잤어. 낮과 밤이 바뀐 탓인지 맨날 이런다."

변명같이 하내는 말했다.

"내가 혜원이 빨리 학교 데려다 주고 올게. 그리고 아침 먹자."

견주가 말했다.

"응, 우진씨는?"

"숲에 산보 갔어. 나 갔다 올게. 자, 혜원아, 아줌마한테 인사해. 아줌마는 이제 미국 갈 거야. 그러니까 이제 쉽게는 또 못 볼 거야."

견주가 혜원에게 인사를 시키고는 급히 재촉해 떠났다. 혜원의 가방을 견주가 들고 모녀가 부엌 창 앞길로 해서 사라지는 것을 하내는 부엌에 선 채 바라보았다. 역시 견주의 옷이 흉하다고 생각했다.

견주와 혜원이 사라진 길로부터 눈을 들면 숲이 보였다. 어제 그 일행이 함께 가보았던 오솔길이 낙엽에 덮힌 채 가리마처럼 뚫려 있었다. 그 어딘가를 우진은 걷고 있을 것이었다.

하내는 욕실로 가서 세수를 하고 머리를 빗었다. 수면 부족으로 눈두덩이 뿌숭하게 부어 있었다. 머리를 빗는데 문득 무슨 기쁜 일 하나를 자기가 잊은 것 같았다. 머리 빗던 손을 멈추고 하내는 그게 무엇인가 생각해보려 했다. 탁이지. 불꽃같이 떠올랐다. 그가 결혼하자고 한다지. 그런데 그게 정말인가 아니면 내가 꿈을 꾼 것인가. 새벽녘 잠깐 꾼 꿈 같기도 했다.

하내는 머리를 빗고 방으로 돌아와 소지품들을 가방에 넣었다. 백을 정리하고 망연히 앉아 있었다. 견주가 주부인데 그가 없는 부엌에서 솜씨 부리는 일은 삼가고 싶었다.

현관문이 탕 닫혔다. 들어온 것은 우진이었다.

"응, 잘 잤어요?"

우진이 말했다. 신을 벗고는 곧바로 부엌 스토브 쪽으로 걸어갔다.

"왜 갑자기 존대예요?"

하내가 말하니까 우진이 웃었다. 우진은 하내에게 뒷모습을 보이며 찬장에서 찻잔 같은 것들을 꺼냈다.

"견주는 애 데리고 학교 갔어요."

우진에게 집 안에 자기 혼자만 있음을 하내는 알렸다.

"학교가 멀어요?"

"아니, 가까워."

우진이 주전자에 물을 따라 스토브에 얹었다. 우진이 돌아섰는가 하더니 갑자기 하내 앞으로 왔다. 푸른빛 스웨터가 흔들리며 눈을 막

는가 하는데 우진은 하내를 껴안았다. 반항을 해야지, 여자라면 그래
야 하잖아? 하내는 생각했다. 적어도 반항하는 척이라도 해야지. 그
러나 하내는 가만히 있었다. 그의 혀가 하내의 입술로 블라우스 속으
로 들어왔다. 너는 처녀도 아니고 알 건 다 알지 않아? 내가 너에게
첫 포옹을 가르쳤잖아? 하고 거침없는 그 손길은 말하는 듯했다. 무
례했다. 하내는 그에게 껴안기는 것이 너무도 좋았지만 그냥 좋다고
있으면 안 될 것 같았다. 얄보일 것 같았다. 그러면서도 가만있었다.

　문 바깥쪽에서 발소리가 나는 것 같았다. 하내가 몸을 떼려는 순간
하내보다 더 재빨리 몸을 떼고 얼른 의자에 앉은 것은 우진이었다. 하
내는 껴안겼던 자리에 그냥 서 있었다. 블라우스를 바로 하며 보니 자
기도 모르는 새 브래지어가 거의 턱 밑까지 올라가 있었다. 하내는 브
래지어를 잡아당겨 두 개의 유방을 그 속에 넣었다.

　견주가 들어왔다.

　"커피 물을 엎어놨어."

　우진이 들어오는 견주 얼굴에 대고 총이라도 쏘듯 말했다.

　견주가 아침을 하는 동안 하내는 대강 집 안을 치웠다. 이틀에 한
번씩 가정부가 온다고 했다.

　우진과 견주와 함께 둘러앉아 아침을 먹으며 하내는 가만히 블라
우스 속으로 손을 넣어 자기 살의 감촉을 느끼려 했다. 손을 뺐다가
다시 넣고는 우진의 손이 되어 자기 살이 얼마큼 부드럽게 그 손에 잡
혔을까 알아보려 했다.

　아침을 먹고 우진은 학교 연구실로 간다며 나갔다.

　"난 갔다가 열한 시쯤 올 테니까 하내는 그때까지 있어. 내가 고속
버스 터미널까지 차 태워다 줄게."

우진이 말했다. 하내는 그의 얼굴을 바로 쳐다볼 수가 없었다.

하내는 그릇을 씻었다. 놓여 있는 집안일들이 하내의 눈에 보이기 시작했다. 하내는 견주를 돕기 위해 설거지를 하면서도 그 일이 하기 싫다고 생각했다. 난 어쩌면 이젠 누구 시중드는 일은 못할 것 같아.

"탁 씨 잘 생각해봐."

견주는 그릇 씻는 하내의 옆에서 찬장을 정리했다.

"탁 씨가 진심이었을까."

"애들도 아니고 그런 말을 장난으로 하겠니."

불붙는 듯한 열정은 아니지, 하내는 생각했다. 그냥 나하고 와이프 로서 살면 나쁘진 않겠다고 계산했겠지. 그 입에 요행히도 맛있게 닿 았던 고기 요리쯤 며칠에 한 번씩 먹어가면서. 아, 싫어.

"아, 싫어." 하내의 생각은 말이 되어 나왔다.

오늘 우진은 자기를 껴안으면서 한마디도 정다운 말을 하지 않 았다. 젊은 우진이 하내를 처음 껴안았을 때 그는 사랑해 했었다. 한 번도 아니고 사랑해 사랑해 사랑해 했었다. 우진의 하숙방에서였다.

하내를 방에 앉혀놓고는 연탄불을 보고 오겠다고 나갔던 우진은 문 을 탕 닫고 들어오더니 하내를 껴안았다. 하내는 그때 자기가 입었던 옷도 기억할 수 있었다. 자줏빛 타이트스커트에 빨간 스웨터였다. 그 스웨터는 하내가 좋아서 오래 입었었다.

"어디 편물 잘하는 집 아니?" 하내가 말했다.

"왜 갑자기? 여긴 시골이라 별게 없지."

"아니 서울이라도, 하나 사볼까 하고."

자기를 껴안으면서 아무 말도 안 한 우진이 더 고맙지 않은가 하내 는 생각했다. 적어도 거짓은 없으니까. 그가 오로지 동물 같은 욕정으로 나를 안았다 해도 멧츠 오케이. 그 부분을 하내는 영어로 생각했다. 영어를 잘 못하면서도 어떤 말은 혼잣말로도 영어로 나오는 것이 이상했다.

그릇을 씻고 하내는 전축에 스위치를 넣어보았다. 어제 우진이 틀었던 노래의 후반이 느닷없이 나왔다.

사랑을 찾아 떠나간 친구여
옛 미소 잃은 나의 친구여

하내는 지나치려다가 귀를 기울였다.

웃음 잃은 나의 친구여
방황하는 그 눈길

언강이 빨가벗고 아이를 목에 건 채 걷고 있다. 언강은 죽은 것이 아니라 어느 해변엔가 있다. 하내가 찾을 수 없는 곳.

멀리 떠나간 친구

노래는 이어졌다. 언강이 친구인가, 하내는 생각했다. 그리도 밉던 그가 친구일까.

"지금 떠나지 않으면 늦어. 버스는 오십 분에 떠나거든." 견주가 말했다.

하내는 견주가 우진이 오기 전에 자기를 보내고 싶어 함을 알았다.

하내와 견주는 단둘이 있으면 소망과 절망에 대해 이야기할 수 있는 친구였지만 우진이 끼면 상황은 달라졌다. 하내는 일어나서 전축을 껐다.

"버스는 시간마다 있다며."

하내는 우진을 한 번 더 보고 싶었다. 우진의 감촉이 남아서 몇 분 간격으로 하내의 몸은 화끈화끈 더워졌다.

"응, 그런데 난 오늘 친정에도 들러야 해. 오늘 간다고 해놨어."

"난 다 준비됐어. 백만 들고 나서면 돼." 하내가 말했다.

방금 설거질 끝낸 참에 자기가 너무 서두른 것이 미안한 듯 견주가,

"오랜만에 왔는데 안됐어. 이제 이 나이가 되니 믿고 의지했던 부모는 어린애가 되고 아이들은 타인이 되고 남편은 다른 사람으로 자라버리고 일상생활은 전부 예측할 수 있는 권태가 되었지."

하내가 방에 들어가서 백을 들고 나왔다.

"이제 가면 언제 보겠니. 차나 한잔할까."

그대로 부엌에 선 채 견주가 말했다.

"시간도 없다면서. 얼른 옷 입고 나와."

하내는 먼저 현관으로 가서 신을 신었다. 하이힐 뒤축에 어제 산길에서 묻힌 흙이 있었다. 하내는 그것을 현관에 놓인 구둣주걱으로 긁어냈다. 견주가 그 흉한 티셔츠 위에 바바리 소매를 끼며 나왔다.

우진을 못 보고 떠나는 것이 하내는 서운했다. 우진도 돌아와서 서운해할 것 같았다. 그 우진의 서운함까지 합쳐 하내는 이중으로 서운했다. 언강이 그랬지. 가는 사람은 좋은 거라고. 한 귀퉁이가 허청 허물어지는 듯 허전한 마음으로 하내는 부엌 창을 바라보았다. 지금 나는 가는 사람이지, 다행이지.

견주가 신발장을 열고 손을 길게 뻗어 구석에 놓인 구두를 꺼냈다. 신을 신는 견주에게 하내가

"그 티셔츠 니가 샀니?"

"응, 빛깔이 괜찮지?"

"응."

하내는 현관문을 밀었다. 기다렸던 듯 단풍 든 숲이 눈 안에 들어왔다.

"이제 곧 겨울이겠다."

"그래, 방금 새해라고 부산 떤 것 같았는데 벌써 가을이다. 세월은 정말 잘도 가."

"겨울나무 사이로 뭐가 올까?"

"햇볕이 더 분명히 보이겠지."

"그래, 햇볕이."

하내는 견주의 말을 따라 했다.

"탁 씨 일 잘 생각해봐."

견주가 하내 옆으로 성큼 다가서며 말했다.

"응."

언강 씨, 승부가 보이면 뭐에든지 건다는 나의 친구(죽어서 된 나의 친구), 탁 씨와 결혼하는 것이 괜찮은가요. 괜찮은 도박인가요.

하내는 아이를 목에 건 언강에게 묻는다. 언강은 그냥 싱긋 웃는다.

언강 씨, 여자가 승부에 걸 것은 무엇인가요. 관용? 자비? 희생? 그 외에 또 무엇? 젊음이라고는 말아요.

16

화요일 오전이어서인지 고속버스 터미널은 한산했다.

"나 이제 미국 가면 공부할 거야." 하내가 말했다.

"무슨 공부?"

"사회학이란 거야. 공부하는 사이에, 내가 변했으면 좋겠어."

"그런데 왜 하필 대학이야?"

"어느 한 부분 학문이라도 열심히 공부해보고 싶어서. 하긴 가게 팔고 그 돈을 교육에 처넣는다고 하니 모두 말리더라. 늙은 개한테 새로운 재주를 가르칠 수 없단 속담을 들어가면서. 가끔 어떤 악기 하나만 다룰 줄 알아도 내가 노래를 지을 것 같아. 노래를 짓고 싶을 때가 있거든."

"그럼 이왕 하는 거 그 공부를 하지."

"그 생각도 해봤지. 그런데 그건 두려웠어. 노래 몇 개쯤 아마 지을 수 있을 거다 생각하고 있는 편이 나아. 언강이 나보고 노래가 생각나면 자기한테 말하라고, 자기가 콩나물 대가리 그려주겠다고 했는데 정작 하려니까 그것도 안 되더라. 지금 생각해보면 옛날 우리나라에선 갓 쓰고 마차 타고 한문 공부할 때 미국 가서 박사 된 사람들, 정말 그건 굉장한 거야."

실내에 놓인 전자오락 기계에 붙어서 초등학교 이 학년 정도로 보이는 아이가 게임을 하고 있었다. 조그만 얼굴이 긴장으로 굳어지고 두 손은 조종 핸들 위에서 빠르게 움직였다. 슛슛 치그륵 치르르륵 슈슛, 우주 전쟁은 치열했다.

"지금 너는 너만 책임지면 되잖니. 니 인생에서 제일 좋은 땐지도 몰라. 난 부러워. 나도 너처럼 새로 떠날 수 있었으면 좋겠어. 언제나 누군가가 내게서 뭘 원해. 어떤 사람이나 일이 내 시간과 관심을 원해. 난 하고 싶은 데로 가서 뭘 할 수가 없어. 니 처지가 좋은 줄이나 알아둬." 견주가 말했다.

"그렇대. 서른여덟이 여자의 피크래."

"어떤 의미로?"

"그건 나도 몰라."

언제부터인가 전자오락 게임에 붙어 있는 소년이 하내의 관심을 끌기 시작했다. 하내가 볼 때부터만 해도 그는 어린아이로서는 거액이라고 할 만한 돈을 기계에 투자하는 것 같았다. 몇 번씩, 근처 구멍가게에 가서 지폐를 동전으로 바꾸어 왔다. 둘러보아도 소년에게는 보호자가 없었다. 그로 미루어 소년은 승객이 아니고 이 근처에 살면서 오락기 때문에 이곳에 온 것 같았다.

"너 우리 집에서 나랑 같이 살지 않을래?" 견주가 말했다.

소년에게서 시선을 떼고 하내는 견주를 보았다. 무슨 소리일까.

"길수 있지? 걔를 혜원 아빠가 참 싫어해. 보면 무섭고 싫대. 그래서 길수가 오면 난 어쩔 줄 모르겠어. 그런데 어젯밤 혜원 아빠는 전과 달랐어. 길수를 무서워하거나 싫어하지 않는 것 같았어."

견주는 좀 쉬었다가,

"네가 있었기 때문이야. 혜원 아빠는 길수가 와도 괜찮았던 거야."

탁도 날 오라 하고 견주도 날 오라 하고―하내는 다시 복잡해지는 자기 인생을 보았다.

"우리 둘이 같이 집안일을 하고 그러면서 살면?"

하내를 어서 보내고 싶어 했던 조바심을 견주는 잊은 것 같았다.

"글쎄, 우리 둘이 살면." 하내가 말했다.

날카롭게 맑은 가을 햇살이 고속버스 터미널 앞 보도에 부서지고 있었다. 내가 가도 이 풍경은 그냥 남겠지. 우진의 집 앞 숲도 그냥 남겠지. 내가 안 봐도 봄, 여름, 가을, 겨울 머물다 가겠지. 왜 나는 여기 저기 모든 곳에 머무를 수 없나. 어느 한 자리만 정해가지고 있어야 하나.

"우리 둘이 같이 살다간 우진 씨를 미워할지도 몰라. 우리 둘이 더 친해지고." 하내가 말했다.

"글쎄, 그럴지도."

"우진 씨가 바람 피러 가면 우린 서로 부둥켜안고 위로하겠지." 하내가 말했다.

"그렇겠다."

떠날 차례인 서울행 버스가 객장 입구로 다가와 섰다. 하내는 가방을 어깨에 멨다.

"가려고?" 견주가 말했다.

"그럼, 버스가 왔는데."

"같이 살자고 했잖아."

견주의 말에 하내는,

"너 그거 진심이었니?"

"응."

"생각해볼게, 서울 가서 생각해볼게."

하내는 버스 계단을 밟았다. 키가 큰 하내의 뒷모습이 우아했다. 버스 터미널에 있던 사람들이 모두 하내를 바라보았다. 운전사조차 고개를 돌려 하내를 보았다. 아이를 안 낳아 몸의 선이 곱다고 견주는

겨울나무 사이

생각했다. 여자여, 너는 무엇을 증명하려고 아이를 낳느냐.

창가에 자리 잡고 하내는 앉았다. 이제 내 앞에 무엇이 있나. 견주와 사는 것, 그들의 아이를 같이 기르고 우진의 시중을 들며 사는 것, 괜찮을지도 몰라. 한 남자 시중들기, 사실 여자 혼자로선 좀 벅차지.

길가에 선 견주가 하품을 했다. 보기 흉한 티셔츠가 벌어진 바바리 틈 사이로 보였다.

나 때문에 모두 잠을 설쳤지. 우진도 지금쯤 졸립겠다. 나도 졸립고. 하내는 나오는 하품을 손으로 눌렀다. 눈물이 괴었다.

견주와 사는 것, 그들의 아이를 기르고 우진의 시중을 들며 사는 것, 아직은 싫어. 하내는 고쳐 생각했다. 적어도 아직은, 나는 더 배우고 더 좋게 변해가야지. 불현듯 한 가닥 불안이 하내를 휩쌌다. 나는 실제로 어떤 관계에도 맞지 않는지 몰라, 아주 실패하도록만 태어났는지 몰라.

견주는 이제 무표정한 얼굴로 발밑을 보고 있었다. 왜 이렇게 버스가 지체하지? 하내는 얼른 떠나지 않는 버스가 미안하여 창을 톡톡 두들겼다. 견주가 올려다보았다. 눈길이 마주치자 하내는 웃었다. 그 웃음은 자연스럽지 못하고 비틀려 보였다. 그렇게 웃는 하내가 견주는 미웠다. 생각해보면 자기는 언제나 하내를 밉게 보려고 노력했던 것 같았다. 하내가 같이 살자고 달려들면 어떻게 하나 견주는 불안해지기까지 했다.

소년은 아직까지도 전자오락 게임에 몰두해 있었다. 그 어린 소년의 낭비가 하내는 가여웠다. 세월이 흐르면 저 애도 어느 가정의 우두머리가 되거나 심장이 되겠지. 색시를 얻어가지고 그 색시의 나라가 되고 우주가 되겠지. 하내는 소년에게 그만 집으로 돌아가라고 말하고 싶었다. 그 말을 하기 위해 버스에서 내리고 싶었다. 그런데 그게 저 애에게 친절한 일일까, 하내는 다시 생각했다. 어떤 사람은 나보고 더 크기 전에 많이 놀라고 말할 수도 있겠다. 분명한 것은, 하고 중얼거리며 하내는 머리를 쓸어 올렸다. 분명한 것은 내겐 저럴 시간이 없다는 거지, 이젠 버릴 건 빨리 버리고 단념할 건 빨리 단념하고…….

버스가 시동을 걸고 움직이기 시작했다. 떠나려는 버스에 아이를 업은 한 노파가 올라탔다. 중심을 잃은 노파는 하내의 옆자리에 쿵 주저앉았다. 업힌 아이가 울기 시작했다.

버스가 움직여서 다행이라고 하내는 생각했다. 견주가 발뒤꿈치까지 올리고 서서 멀어지는 하내에게 손을 크게 흔들었다. 하내도 차창 밖으로 손을 내밀어 크게 흔들었다. 지나치게 극적으로 흔들어서 하내와 견주의 손은 서로를 거부하는 것같이 보였다.

지나갈 어느 날

1

　조사 결과에 의하면 결혼한 여자 세 명 중 하나는 정부가 있다. 그러므로 영화관이나 은행, 기타 공공장소에서 줄을 서게 되는 경우에는 여자들 머릿수를 세어볼 일이다. 하나 둘 셋, 하나 둘 셋. 그중 두 여자는 남편에게 충실했을 확률이지만 한 여자는 이번 주나 지난주 아니면 별로 오래지 않은 과거에 다른 남자와 침대에 있었다는 결론이 된다.

　읽던 책에서 눈을 들어 연자는 서점 안을 둘러보았다. 딸아이가 어디 있는지 찾아보기 위해서였다. 목을 빼어 휘돌아보는데 검은 머리는 얼른 눈에 잡히지 않았다. 서점 아래층으로 내려간 모양이었다.

　연자가 서 있는 곳은 뉴욕 시 그리니치빌리지에 있는 달톤 서점의 이 층, '여성'이란 표지가 붙어 있는 서가 앞이었다. 독일 여자 영화감독인 리나 베르트뮐러가 오는 일요일, 저서에 자필 서명을 한다고 서점 입구 전광판에 안내 광고가 돌고 있었다. 자정에 가까운 늦은 밤인데도 서점 안에는 적지 않은 사람들이 있었다. 사람들의 발소리, 책장을 넘기는 소리, 소곤소곤 말하는 소리들을 휘감고 근원을 알 수 없는 곳에서 나직이 실내악이 흐르고 있었다. 가끔씩 직원을 부르는 목소리가 마이크로 부드럽게 울렸다. 아늑한 조명과 키 높이로 차곡히 서 있는 서가 때문인지 실내는 주저앉은 듯 정지된 느낌인데 직원을 부르는 암호와도 같은 마이크 목소리는 더운물 속에 향료 비누가 녹아나듯 연자 귓속에 아늑하고 수월히 풀려들었다.

연자는 두 아이를 가진 가정주부였다. 머리를 쫑쫑 땋아 틀어 올렸는데도 목 뒤와 이마에는 말 안 듣는 머리카락이 서너 가닥 내려왔고 선이 단순한 원피스를 입은 마른 몸은 단정했다.

연자는 다시 책으로 눈길을 돌렸다. 남편들은 정사에 대해서는 공공연히 자랑한다. 그러나 아내의 경우는? 노. 아내들은 다른 남자와 자는 것, 비밀 애인을 갖는 것, 로맨스라는 것, 열정을 아는 것, 그런 세계에 호기심을 가진다. 당신이 혹시 연애나 해볼까 하고 생각한다면 당신은 혼자가 아니다.

작게 흐르던 음악이 멎고 아나운스먼트가 있었다. 곧 문을 닫겠습니다. 손님 여러분들은 일 층 카운터 앞으로 오시기 바랍니다. 속삭이는 듯한 마이크 목소리의 여운이 채 사라지기도 전에 연자가 서 있는 이 층 조명이 소리 없이 낮아졌다. 책 표지 글자나 겨우 읽을 수 있을 정도로 어두워졌다.

안 보이던 딸아이가 연자 옆에 와서 섰다. 요 반년 사이에 수림은 엄마를 내려다볼 정도로 커버렸다. 그리고 조용해졌다.

"이거 사두 돼?"

수림은 무슨 잡지 두 권을 말아 쥐고 있었다.

아래층 카운터 앞에는 길게 줄이 서 있었다. 책을 사지 않고 서둘러 서점을 나가는 사람들도 있었다. 아래층도 조명이 낮은데 두 개 금전 계산기가 있는 카운터 주변만 환하게 밝았다. 차례를 기다리는 동안 연자는 하나 둘 셋, 하나 둘 셋, 앞에 선 여자들 머릿수를 세어보았다. 셋에 해당되는 여자들은 비밀스러워 보였다.

연자 앞에 선 키 작은 남자 차례가 되었다. 그는 들고 있던 책을 카운터에 놓았다. 연자는 그 책을 읽었으므로 내용을 알았다. 소설가 잭 케루악의 애인이었던 여자가 그와의 연애 얘기를 썼다. 책에 나오는 사람들은 필자인 애인 여자는 물론이고 다른 인물들도 독특하고 생기 있었다. 그들은 1950년과 1960년대에 뉴욕 리버사이드 드라이브와 그리니치빌리지를 왔다 갔다 했는데 이 두 곳은 연자가 잘 아는 지역이었다. 빌리지는 연자 자신이 사는 곳이니까 알게 되었고 리버사이드 드라이브 콜롬비아 대학 부근에는 연자 친구가 살고 있었다. 책을 읽어보면 빌리지와 리버사이드는 이십여 년이 지난 지금도 책에 쓰인 모습 그대로였다. 아는 장소를 책에서 재발견하는 재미가 컸다. 한 책은 또 다른 책으로 인도하여 연자는 케루악의 전기를 사서 읽었다. 사백 페이지나 되는 두꺼운 책 속에서 그 여자 얘기는 넉 줄로 쓰여 있었다.

바이킹 출판사와의 일을 마치기 위해 정월 초 뉴욕으로 돌아왔을 때 책은 뜨거운 가마솥에 빠지는 것 같은 관심을 받게 되었으니 두 번째 아내인 조안 해버티를 닮은 편집 보조인 조이스 그라스만이라는 젊은 여자와 데이트하기 시작한 것이다. 중상류층 유

대 가정 출신인 그녀와의 불규칙적인 연애는 일 년 반 동안 유지
되었다.

케루악의 일생에는 그의 어머니와 친구의 부인과 다른 남자 친구들
이 더 중요했음을 연자는 알 수 있었다. 일 년 반 동안의 일을 조이스
그라스만이라는 여자는 한 권의 책으로 썼는데 데니스 맥넬리라는 사
람이 쓴 케루악의 전기에는 단 넉 줄로 처리되었으며, 책 중간에 있는
사진들에도 그 여자는 없었다.

돈 계산하라고 연자의 딸 수림은 들고 있던 잡지책 두 권을 연자에
게 건네주었다. 조이스 그라스만의 책을 산 키 작은 남자는 점원이 봉
투에 책을 넣는 동안 주머니에서 담배를 꺼내 물었다. 그가 그 책을
읽을 것이 연자는 좋았다.

연자는 수림의 잡지 밑에 자기가 고른 책을 숨기듯 놓아 점원에게
내밀었다. 푸른 줄이 쳐진 면 셔츠를 입은 남자 점원이 책을 한 권씩
눈앞에 집어 들고 기다란 일련번호와 가격을 컴퓨터 계산기에 쳐 넣
었다. 연자가 고른 책 표지에 선정적인 그림과 더불어 굵게 박힌 글자
는 줄 끝에 서 있는 사람에게도 보이려고 다투어 튀어나오듯 했다.

"애인을 가진 결혼한 여성들의 충격 보고서."

"모험심, 외로움, 복수심…… 결혼한 여성이 정사를 갖는 이유는
여성, 그 자체만큼 다양하다."

"당신은 과거에 애인을 가졌거나 혹은 현재 가진 주부인가?"

점원이 칠 달러 오십구 센트라고 말했다. 연자는 뜨거운 얼굴로 돈
을 내고 점원이 내미는 책을 받아 들었다.

냉방 장치가 되어 있는 서점에서 길로 나서니까 여름밤의 열기가

후끈했다. 수림은 먼저 나가서 행상인이 펼쳐놓은 귀걸이 목판을 구경하고 있었다. 검은 벨벳 위에 반짝이는 값싼 귀걸이들이 촘촘히 놓여 있었다.

서점과 마주 보고 제법 큰 약국이 있었다. 길모퉁이에 자리 잡았는데 두 면이 유리로 되어 있어 유난히 환해 보였다. 연자는 그 가게도 책에서 발견했다. 오늘처럼 이 층 서가에서 우연히 빼어본 책이었다. 글 쓴 여자는 발목이 삐어 마사지 기구를 사러 바로 6번 애버뉴와 8가 모퉁이에 있는 저 약국으로 갔다. 점원이 거스름돈을 줄 때 손바닥을 은근한 태도로 간질러놓더라고 했다. 때는 1960년대였고 그 여자는 마사지 기구를 사는데 왜 점원이 이상하게 구는지를 그때까지 몰랐다고 했다. 그 글을 이십 년이 지난 1980년대에, 1960년대를 한국에서 보낸 연자가 그 가게를 내려다보며 달톤 서점 이 층에서 읽는 우연한 순간을 가졌다. 연자는 약국이 이십 년 전에도 있었다는 사실과 마사지 기구가 삔 발목을 시원하게 해주는 일 외에 다른 용도로 쓰일 수도 있음을 문장의 느낌으로 알았다. 책은 모르는 사실을 알려줄 뿐 아니라 어렴풋이 깨닫고 있는 사실을 확인시켜 주고 일반화시켜 주는 친구였다. 남에게 말 못할 자신의 감정도 책에서 발견하면 확실하고 용서받을 수 있는 감정이 되었다.

수림은 말없이 걷고 있었다. 별로 빨라 보이지 않는 수림의 걸음을 연자는 따라가기가 힘들었다. 창백한 가로등이 여름 나무를 비추고 있는 공원 옆쯤에서 연자는 수림과 나란히 설 수 있었다.

"엄마 자랄 때는 전쟁 직후라서 엄마한테 공부하라는 사람도 없었고, 책 읽으라는 사람도 없었어."

또 공부하라는 소리 시작하는 줄 알고 수림은 신호들이 바뀌지도 않았는데 차도를 건너 길 건너편에 가서 섰다. 니가 죽을라고 그래 정말, 신호등이 바뀌자 건너는 행인 중 제일 앞서 가서 연자는 수림을 야단쳤다. 다 크기 전에 세상의 아이들은 죽을지도 모른다는 생각이 연자에게 들고는 했다. 지금은 아이들이 태어나 자라서 늙고 죽었던 태평성대가 아니라 핵전쟁으로 지구가 일순에 종말을 고할 수도 있었다. 이 세상은 공정하지 않다고 법률 책에 적어야 한다고 말할 필요도 없는 듯했다. 핵전쟁뿐 아니고 교통사고도 날 수 있고 살해당할 수도 있고 공사장에서 떨어지는 벽돌 조각을 맞고 죽을 수도 있었다. 집 밖 어디서나 위험을 느꼈으므로 연자는 아이들을 과잉보호하고 다소 귀찮게 구는 어른이 되었다.

"엄마는 늘 행복감이 있는데 왜 그런가 생각해봤거든. 어려서 전쟁을 겪어서가 아닌가 싶어."

공원에서 연자가 사는 아파트가 보였다. 브리커와 맥두걸 거리가 교차되는 곳에 가로등 빛을 받고 스카이라인의 부분을 이루며 무대 장치인 듯 건물은 서 있었다. 케루악의 애인이었던 조이스 그라스만에 의하면 1960년경 바로 맥두걸과 브리커 거리에서 사람들은 케루악이 더 이상 좋은 소설을 못 쓸 것이라고 쑤군거리고 다녔다고 한다.

연자가 사는 아파트 건물의 아래층은 가방 가게이고 이 층에는 연자 시누이 일가족이 살고 삼 층은 연자네가 살고 사 층에는 은퇴한 노인 부부가 산다. 각 층마다 가구가 하나뿐인 조그마한 사 층 건물이었다. 아래층 현관문을 들어서면 낡은 나무 층계가 가파르게 이마에 바싹 다가와 있었다. 삐걱삐걱 층계를 밟고 올라가면 희미한 조명에도 벽과 천장의 회벽이 군데군데 떨어져 나간 것이며 금이 간 것들이 눈에 들어왔다. 연자와 연자 시누이네는 이 건물의 공동 소유자였다.

수림은 두 계단을 한꺼번에 디뎌 어느새 집 안으로 들어갔다. 그 뒤를 연자가 한 계단씩 올라가는데 이 층 문이 열리고 시누이 남편이 썩 나섰다. 그는 연자가 가까이 오기를 기다렸다가,

"한국에서 유학 보낼 때는 인품 검사 같은 것도 안 합니까? 지도 교수가 추천장 써야 되고 안 그렇습니까? 공원에서 한국 유학생이라는 놈을 두 명 만났는데 하나는 정치학 하고 하나는 컴퓨터 한대. 뭐 그런 것들이 있어. 내 더러워서 침 한번 탁 뱉어주고 왔어."

시누이 남편은 그 학생들이 인품상 뭘 잘못했는지 말하지 않았다. 그는 늘 분개하는 일이 한 가지 이상 있었다.

2

청명한 날 아침 열한 시경이면 모시 발을 드리운 부엌 창은 태양을 되쏘아 밖이 보이지가 않았다. 건너편 아파트 건물에서 이쪽을 보면 연자의 집 부엌 창은 금빛으로 빛났다. 그 창 안쪽에서 연자는 아침 설거지를 하고 있었다. 끼고 있는 노란 빛깔 고무장갑이 눅진히 녹아나도록 뜨거운 물이 접시에 묻은 기름기를 씻어냈다. 연자는 설거지를 끝내고 고무장갑을 벗어 수도꼭지에 얹어놓고 물이 튄 앞치마는 벗어 못에 걸었다.

결혼 전 연자는 남자들의 마음을 끌려고 몹시 노력을 기울였으나 이제는 아내 노릇 엄마 노릇에 길이 들었다.

연자는 샤워를 하고 옷을 갈아입었다. 닷새째 계속하고 있는 아침 공부 시간이었다. 연자는 무엇에 대해 마음먹어도 실천에 옮기기 힘

들었다. 추를 단 듯 무거운 마음으로 지내다가 어느 날 이것이다 하고 결단이 내려졌다. 그렇게 해서 잠옷 입고 아침 커피 만들던 습관을 버렸고 그렇게 해서 야금야금 마시던 술을 끊었고 그렇게 해서 서성이던 바람기도 재웠으며(잠재웠다고 믿었으며) 그렇게 해서 아침 공부도 시작했다.

하루 일과 중에 삼십 분쯤 공부 시간을 갖자고 마음을 먹고 나서 연자는 무엇을 가지고 할까 하고 교과서 정하는 데 힘이 들었다. 읽어보려 애썼으나 성경은 잘 읽히지가 않았고 결국 연자가 마음을 정한 것이 인도 사상 책이었다. 읽으면 호소력이 있고 마음에 새로운 다짐을 주는 구절이 많았다. 새 피부가 자라고 세포가 새로 바뀌고 머리털과 손톱이 매일 자라듯 연자는 새로워지고 싶었다. 연자는 자기 안에서 되고 싶은 새사람을 느꼈지만 남편은 그 사실을 모르는 듯했다. 남편 앞에서 연자는 아직도 쩔쩔매고 요구 많고 잘 웃던 미숙한 신부였다.

요즈음 연자는 자신과 세상에 대해서 곰곰이 생각하는 일이 많았다. 연자의 학력은 중학교 졸업인데 결혼을 해서는 계속 가정 안에서만 지냈으므로 그나마 있던 지식마저 다 골에서 빠져 달아난 것 같았다. 생선 가지고 음식을 만들 때 동그랗고 뿌연 플라스틱 같은 눈을 달고 있는 생선 대가리를 만지며 생선은 생각을 대가리로 했을까, 믿기지 않았고 남편과 아이들에게 좋은 토막 떼주고 대가리를 뜯어먹으며 두뇌를 먹는다고 농담도 했었다. 연자는 자기 머리나 생선 대가리나 별로 다를 것이 없다고 느꼈었다. 이제 연자는 생각을 달리하게 되었다. 가정 안에서 머리는 녹슬고 몸은 낡아가고 뒷걸음질치며 세월을 보낸 것 같았는데 그동안은 퇴보의 세월이 아니었으며 아이들의 뼈가 세월 속에 굵어지는 것같이 연자 자신도 어느덧 뭔가를 알게 되고 힘을 얻는 것 같았다. 길에서 칼 든 강도를 만났을 때 죽음이 눈앞을 스치고 세상이 핑 도는 중에도 젊은 날의 연자라면 못 했을 말을 감히 했었다. 죽이지 말아요, 애가 둘 있어요.

공부 책을 펴 들고 부엌 식탁에 앉았다가 연자는 일어섰다. 워크맨을 귀에 꽂은 채 침대에 누워 유행가 삼매경을 헤매는 열세 살 난 아들아이에게로 갔다. 아이 귀를 막은 이어폰을 들치고 그 귓구멍에 연자는 제 목소리를 집어넣었다. 너는 나이 사십을 어떻게 느끼나 그것 좀 써봐라. 이건 엄마가 내는 작문 숙제야. 아이에게 숙제를 내거나 공부하라고 말하려면 연자는 아이와 씨름하는 듯 힘겨움을 느꼈다.

연자는 다시 부엌 식탁으로 돌아와 앉았다. 아침에 욕실에서 젖어 나온 남편이 면도를 하며,

"내가 당신 엄마에게 처음 인사했을 때 그때 당신 엄마가 마흔둘이랬어. 지금 나보다 젊었을 땐데 그땐 그냥 노인네로 뵈더군. 당신은 지금 몇 살이야."

"마흔인가."

"아직 젊었는데그래."

마흔여섯인 남편은 말했었다.

열세 살인 자기 아들은 사십 세를 어떻게 느끼는가 연자는 궁금했다. 아이가 무슨 소리를 적어 오든 가지고 있다가 아이의 사십 세 생일에 선물하면 좋겠다고 생각했다.

공부 책을 펼치고 연자는 오늘 해당된 부분을 한 자 한 자 읽어나 갔다. 너무 힘주어 읽은 탓인지 머리에 잘 들어오지 않았다. 요리조리로 뚫려가는 말 길을 따라가다 보면 아물아물 머리가 아팠다. 연자는 두 번 읽었다. 그대는 지금 이 순간에도 더 많은 지식 속으로 파묻혀

가고 있다. 그에 따라 그대 존재의 가장 깊은 내면에도 무지와 어둠이 더욱 쌓이고 있다. 삶은 그 어떤 논쟁도 없이 그냥 존재하는 것이다. 진실은 증거를 필요로 하지 않는다. 진실은 그대의 가슴만을 필요로 한다. 머리로써의 논쟁이 아니라 사랑과 믿음, 그리고 받아들일 수 있는 자세만이 필요할 뿐이다. 연자는 여기서 멈추었다. 받아들일 수 있는 자세란 무엇인가? 모든 것을 의심 없이 믿고 받아들이라 하는 것 같았다. 두 아이와 남편에게 아침마다 배웅하며 연자가 이르는 말은 조심조심, 차 조심, 사람 조심. 이 책의 가르침은 옛 인도에나 해당될까, 아니면 이 현실에서 다 믿고 받아들인다는 듯이 살아도 될까. 모든 고통과 재난에 대비하여 탁 믿고 사는 태도와 조심스럽게 사는 태도 중에 어느 것이 바람직한가. 보고 싶은 것만 보고 무서운 것은 보지 않고 있으면 그것은 그냥 없어질까.

때마침 연자 아들이 사십 세에 대해 쓴 것을 부엌 식탁에 갖다 놓고 뭘 더 시킬 생각 말라는 듯 휘잉 제 방으로 돌아갔으므로 공부 책을 덮고 연자는 아들의 작문을 읽어보았다.

흠, 사십이라, 거기 대해서는 뭐 그리 생각해본 바가 없다. 내 나이로서 생각하기에는 너무 먼 날의 일이다. 차라리 이십 대를 생각하고 싶으나 사십 대에 대해 억지로 생각해보겠다. 사십 세란 어른이 된 후 처음 맞게 되는 관문이다. 사십 세는 성숙 과정으로 치면 마지막 단계이며 노년기로 보자면 첫 발자국을 옮기는 때이다. 사십 세면 여러 가지 책임을 지고는 항구에 닻을 내리는 때이다. 그 책임의 반은 생전 원하지 않았던 것이므로 억울하다. 사십이 되면 골프를 치거나 집에서 같은 책을 사십 번씩 반복해 읽으며 재미있는 척 군다. 아니, 사십 세라는 것이 그렇게 나쁘지 않을지도 모른다. 사십 세면 어른이니까 뭐든지 하고 싶은 것을 한다. 좋은 친구들도 있고 안정된 직업도 있다. 남자는 사십이 되면 약간 긴장을 푼다. 젊었을 때보다 걱정을 덜하는 대신 더 현명해진다. 남자거나 여자거나 사십 세가 되면 내가 너무 늙었나 하고 자기 자신한테 물어볼 것 같다. 내 대답은 아니다이다. 여자 사십은 남자와 좀 다르다. 사십 세 된 여자들은 깨어 있고 귀신같이 뭘 잘 안다. 여자들은 나이 먹으면서 영리해지고(바보짓도 잘하지만) 주위에 무슨 일이 일어나는지 안다. 사십 세 남자와 얘기하는 것보다 사십 난 여자와 얘기하기가 쉽다. 사십 세에 대한 내 결론은 사십이란 늙은 것도 아니고 젊은 것도 아니며 그냥 중간 지점이다, 라는 것이다.

자기 자식이 쓴 것이기에 연자는 재미나게 읽었다. 연자 자신으로 말하면 사십이란 나이에 특별한 느낌이 없었으나 친정이라고 늙은 어머니 혼자뿐인 것은 쓸쓸했다. 연자가 태어나 자란 가정 자체가 한 단위로 묶여 늙어가고 있었다. 같은 부모 밑에서 같이 말을 익히며 자란 연자 동생은 이제 다른 가정으로 가서 어린 시절 가난하고 불화가 끊이지 않던 가정과 초라한 가구들, 어머니 목소리가 묻어 다니는 여러 가지 살림 방법, 먹던 음식, 가졌던 것 혹은 가지고 싶었던 것의 기억을 간직하며 살고 있었다. 네 살 아래인 여동생에게 연자는 일종의 어머니 같은 보호 감정이었는데 이제 동생은 친구가 되었다. 동생은 연자 대신 연자가 못 사는 다른 세계를 살아주는 듯했다. 동생이 아이를 낳았다는 소식을 들었을 때 연자는 막 태어난 동생의 아이에게 벌써

사랑 같은 것을 느꼈으며 그 아이가 제 엄마가 얼마나 특별한 사람인
가 알아주었으면 했다.

젊은 날 연자를 기쁘게 했던 일이 기쁘지 않은 대신 연자는 더 이
상 남편이 자신을 행복하게 해주지 않는다고 불평 않으려 노력했다.
행복은 자신에게 달렸다고 보았으며 요즘 닷새 동안 하는 아침 공부
에서도 가르침은 그것으로 요약되고 있는 듯했다. 타고난 자기 자신
을 좋게 만들어나가는 것은 이 세상에 생명을 가지고 태어난 자신의
임무같이 여겨졌다. 답답한 것은 인간관계에서 무엇이 옳고 좋은 것
인지 잘 모를 때가 많다는 것과 이것이 내 몫의 삶이다 마음먹어 봐
도 뜻대로 안 되는 일에 실망하고 일상 사는 무게를 견디기 싫은 때가
있다는 것이었다.

3

닷새 동안 계속되었던 아침 공부는 한동안 중단되었다. 그날 아침
공부를 끝내고 연자는 아래층 가방 가게에 내려가 시누이 일을 저녁
다섯 시까지 봐주었다. 식구들과 저녁을 먹고 치운 후 전날 달톤 서점
에서 산 책을 집어 든 것이 기껏 닷새간 계속했던 공부를 중단한 원인
이었다. 책이 재미있어서 뜨개질할 때처럼 손에서 놓을 수가 없었다.
다음 날은 퇴근해 온 남편이 누르는 초인종 소리를 듣고서야 저녁밥
을 지었다.

그 책에 나온 가정부들 중 어떤 여자는 나쁜 결혼 생활을 끝내고 싶
어서 애인을 얻었고 반대로 어떤 여자는 결혼 생활을 계속해나갈 힘

을 얻기 위해 애인을 얻었다. 인터뷰에 응한 여자들은 어떻게 애인을 만나게 되었고 어떻게 불길이 붙었고 어떻게 숨기느라 고심하고 어디서 몰래 만나고 다른 남자와 자는 것은 어떻고 남편에 대한 느낌은 어떻고 어떻게 정사가 발각되었는가 등에 대해서 얘기했다. 그중 백삼십사 페이지에 나오는 여자 얘기가 연자는 제일 재미있었다.

그 여자는 삼십오 세 때 이웃집 남자와 연애를 시작했다. 이웃집과 이 여자 집은 온 가족이 모여서 차도 마시고 저녁도 먹고 때로는 한 차를 타고 피크닉도 가고, 일상적으로 친한 이웃으로 지내는 처지였다. 그때까지도 이 여자는 이웃집 남자가 자기 인생에서 중요한 몫을 차지할 줄은 몰랐다고 했다. 어느 날 여자는 이보다 더 나은 관계를 가지고 싶다고 이웃집 남자에게 말했다. 이웃집 남자는 "당신이 그 말을 안 꺼냈으면 내가 꺼냈을 거요." 했다. 그 이후로 두 사람은 '결혼 속에 있는 결혼' 같은 관계로 발전했다. 이웃집 남자는 여자보다 십오 년 연상인 오십 세였다. 처음에는 전화를 걸고 일주일에 두 번 만나서 얘기하고 걷고 커피를 마셨다. 처음 호텔에 자러 갔을 때 여자가 옷을 벗으려 하니까 이웃 남자가 "서두르지 말아요. 나는 당신을 사랑해. 이건 우리 일생에 있어서 첫출발에 불과해."라고 말했다. 그 말대로 관계는 십오 년이나 계속되었다. 관계는 갈수록 강해져서 여자와 이웃집 남자는 아이를 낳기로 결정을 보았다. 결혼은 각각 한 상태에서 마침내 여자는 이웃 남자의 딸아이를 낳았다. 딸아이는 여자와 이웃집 남자는 물론 자기 아이로 믿고 있는 여자의 남편에게도 큰 기쁨을 안겨주었다. 여자의 남편은 늦게 태어난 딸아이를 극진히 사랑했고 좋은 아빠 노릇을 했다. 이웃 남자는 딸아이가 자기 아이라고 나서지 않겠다고 처음부터 말했으며 부인을 떠날 생각도 없다고 했다. 그것은 여자도 바라는 바였다. 그들에게는 종교가 없어서 죄책감에 사로잡힐 종교적인 금기 사항도 없었으므로 딸아이의 탄생은 오로지 기쁨일 뿐 어느 누구도 상처받지 않았다. 여자와 이웃 남자는 가족끼리 친하게 지내도록 노력했으며 따라서 이웃 남자는 아이의 성장을 가까이에서 지켜볼 수 있었다. 딸아이는 기르기 쉽고 우아하고 사랑스러웠다. 남편은 퇴근하면 딸아이가 보고 싶어 집으로 달려왔다. 딸아이는 진짜 아버지인 이웃 남자는 닮지 않고 남편도 닮지 않고 심지어 제 엄마도 닮지 않고 훌쩍 건너뛰어 제 외할머니를 닮았다. 이것만 봐도 딸아이가 얼마나 착한지 알 것이다. 그 딸아이가 지금은 이십삼 세가 되어 갓 결혼했다. 성품이 밝고 고와서 사람들이 다 사랑했다. 형제들도 다 그 애를 사랑했다.

읽어나가던 연자가 어떻게 만사가 순조롭기만 할까 하고 의문을 품을 즈음해서, 이 여자는 이웃 남자와 살고 싶어서 괴로웠을 때도 있었으며 남편이 의심하여 레코드를 던지며 화를 내기도 했다고 고백했다. 여자는 "물론 정열도 한 가지 높이로 머물지는 않았어요. 올라갈 때도 있고 내려갈 때도 있고 그렇지요. 저 스스로도 변하고 가치관도 변하고 인생의 목표도 변해요. 그러나 애인에 대한 좋은 감정만은 지속적이었어요." 하고 말했다.

마침내 여자는 결혼 이십오 주년 기념일을 맞게 되었다. 이웃 남자는 이미 저세상 사람이 되어 있었다(어떻게 죽었는지는 말 안 했다).

결혼기념일 파티에 초대받은 사람들로 집 안이 북적거리는데 여자는 부엌에 들어온 남편에게 말했다. "여보, 우리 결혼기념일에 우리는 별로 행복하지 못한데 손님들은 밖에서 저렇게 즐기는군요. 우리 이 결혼을 끝냅시다."

남편은 싫다고 말했다. 그러면서 "우리 어디 산이나 갔다 옵시다."
했다. 여자가 싫다고 하니까 남편은 혼자 산에 갔다 와서, 산에 갔더
니 외로운 여자가 많더군, 당신도 이혼하면 그런 여자 중 하나일 거
요, 했다. 그 이후 매일 싸움이 계속되어 마침내 부부는 이혼했다. 이
혼할 때 다른 아이들은 담담히 받아들이는데 이웃 남자와 낳은 딸아
이만이 몹시 반대하며 아버지와 헤어지기 싫다고 했다. 이혼 후 남편
은 위자료를 주지 않으려 했고 갖은 방법으로 여자를 괴롭혔다. 남편
은 두 번 재혼했다가 두 번 이혼했고 혼자 살다가 죽어버렸다.

이웃 남자도 남편도 다 저세상으로 보낸 후 여자는 오십 세에 삼십
세 난 남자를 애인으로 삼았다. 삼십 세 된 남자의 부인을 알기에 그
부인에게 죄스러웠지만 그 남자와의 관계는 십 년이 넘었다고 했다
(그럼 이 여자는 이제 육십 세 노파게?). 젊은 남자는 부인도 사랑하고 아
이도 사랑하고 결혼도 사랑하면서 일생 동안 정사를 가질 그런 타입
의 남자라고 했다. "애인을 가져서 제일 좋은 점은 재미있기 때문이
에요. 재미! 그 재미는 산다는 게 좋은 것이라고 느끼게 해주거든요."
이 말을 마지막으로 인터뷰는 끝났다.

한 가지 사실이 연자는 이상했다. 결혼 중에 낳은 딸을 어떻게 애인
의 딸이라고 이 여자는 단언할 수 있을까, 남편의 아이인지 애인의 아
이인지 구별하기란 머리카락을 두 개로 가르는 것만큼 어려울 것 같
았다. 만일 확연히 구별될 정도라면 남편도 의심했을 것이다. 놀라울
만큼 연자는 이 여자의 얘기가 사실이라고 믿고 싶었다. 연자는 책 앞
에 "이 책에 나온 여자들은 모두 실제 인물입니다. 그들이 한 말은 바
로 그들의 언어이고 녹음해서 편집했음—그들의 사생활을 보호하기
위해 지역과 직장과 이름을 변경했습니다."라고 쓴 것을 다시 읽어보

았다.

결혼 일 년 만에 아이를 낳고 또 아이 – 울기만 하는 두 아이의 기저
귀를 갈며 축제의 불꽃 같은 애정 모험을 그렸던 연자의 피가 얼마간
잠잠한가 했더니 다시 술렁거렸다. 번뇌란 결국 바람기인가? 연자는
생각했다.

4

햇볕은 어느덧 맑고 바랜 듯한 가을빛을 띠었다. 가을빛이 카페와
레스토랑과 좁은 보도를 따라 일렬로 주차해놓은 자동차 위에 부서지
고 있었다. 일요일이었다.

옥외 카페에는 사람들이 앉아 있었다. 혼자 커피를 마시며 신문을
읽고 있는 낯익은 동네 사람도 보이고 머리를 맞대고 이야기하는 카
메라 멘 사람도 있고 길 가는 사람들을 구경하는 사람도 있었다. 그들
머리카락이 햇볕에 유순하고 청결히 반짝여 보였다. 사 층 부엌 창가
에서 내려다보고 있는 연자에게 풍경은 수년간 이미 익숙해 있음에도
불구하고 가보고 싶은 곳의 관광 엽서 사진을 보는 것 같았다.

연자는 창가를 떠났다. 부엌 식탁에는 늦은 아침을 먹고 밖으로 나
간 아이들의 그릇들이 있었다. 연자는 그것을 싱크대로 옮겼다. 아이
들 개학이 일주일 후로 다가와 있었다. 여름이 끝나가는 것, 방학 동
안 하루하루 놀아버린 아이들이 학교 가는 것, 그런 것이 연자에게 막
연한 불안감을 주었다. 미국에서 학교를 다닌 일이 없는 연자는 아이
들이 학교에 가서 무엇을 하는지 몰랐으며 아이들이 하는 게임도 몰

랐다.

남편이 거실에서 소리쳤다.

"커피 한 잔 부탁해."

연자는 주전자에 물을 받았다. 주전자를 스토브에 올려두고 물이
끓는 동안 연자는 거실로 갔다. 커피 테이블에 앉아 서류를 들여다
보고 있는 남편의 몸 위로 창문의 그림자가 떠 있었다. 연자는, '보세
요. 남들은 밖에서 저렇게 즐겁게 지내는데 우리 이제 이 결혼을 끝냅
시다' 해보고 싶었다.

남편이 문득 서류 뭉치에서 고개를 들고,

"당신, 왜 거기 문간에 서서 웃고 있지?"

연자는 소리 내어 웃으며 돌아섰다. 이혼을 죽을 만큼 두려워했던
연자는 남편에게 우리 이제 결혼을 끝냅시다 하고 말할 것을 생각하
면 재미있었고 마음속에 무기 하나를 숨겨 가진 것 같은 힘을 느꼈다.
남편 옆 침대에 몸을 누일 때, 새벽에 홀로 깼을 때, 그와 차를 탔을
때, 새 타월을 내줄 때, 창문을 열 때, 창문을 닫을 때, 비 올 때, 해 날
때, 바람 불 때, 남편이 왜 웃느냐 물으면 연자는 더 웃었다.

두 잔의 커피를 만들어 연자 부부는 부엌 창가에 서서 거리를 내
려다보며 마셨다. 그들은 이 땅에서 흉잡히지 않게 공중도덕을 지키
려 애쓰며, 뒷전에 물러나 소리 없이 사는 가정생활을 했다. 남편은
이십육 년 전에 부산에서 떠나는 배를 타고 유학 와서 대학을 졸업한
후 십칠 년 전에 한국에 가서 연자를 아내로 데리고 왔다. 그는 무명
의 이방인으로 살 수 있는 이곳의 자유로움을 좋아했다.

"벌써 구월이군."

남편이 말했다.

"애들 학교 가기 전까지 돈 들 일뿐이에요."

연자가 말했다.

"참 세월이 유수같이 흐르네."

아직도 눈이 오락가락하던 삼월에 남편은 코네티컷 숲 속 호텔에 시월에 쓸 방을 하나 예약해두었다. 미래의 애인과 지내려 했다. 그는 이 년을 계속 헛되이 시도해왔다. 봄에 싹 틔우고 여름에 꽃 피워 가을에 맺어지는 연애를 올해는 꼭 이루려 했는데 벌써 내일이 구월 일일이다. 부엌 벽에 붙은 달력을 보다가 남편은 팔월 달력을 찢어냈다.

5

연자는 언제 끝이 날까를 생각하며 저린 다리로 앉아 있었다. 정면 흰 벽을 배경으로 금물 입힌 부처님이 앉아 있는 제단 위에는 꽃과 촛불이 있었다. 앞에선 스님이 말씀하고 있었다. 맨해튼 강물에 있는 물고기를 여기 법당에 가만히 앉아서 잡으려고 해서 되겠어요. 맨해튼 강물 고기는 맨해튼 강에 가서 잡아야 하는 겁니다. 마이크 목소리가 우렁우렁 울렸다. 설법 중인 스님은 가슴 높이에 닿는 탁상을 앞에 두고 서서 얘기하고 신도들은 바닥에 일정한 간격으로 놓인 방석 위에 앉아 있었다. 부처님 모신 강단 한옆으로 창문이 나 있고 열린 창문으로는 벽돌 벽이 보였다. 벽돌 벽에 담쟁이 잎사귀가 한 줄기 길게 드리워져 흔들리고 있었다.

연자가 하는 아침 공부는 아침 설거지가 끝난 직후에 하지 않으면 그날은 책을 잡게 되지가 않았다. 공부를 하다가 말다가 하는 중에 연자는 신문에 난 광고를 보았다.

　　대산림설법 안내 말씀.
　　특별 계획으로 대승경전인 법화경 대산림설법회가 봉행 중입
니다.
　　한만히 만나기 어려운 성스러운 대승경심지법문(大乘經心地法門)
　　법회상(法會上)에 백사를 뒤로 미루시고 꼭! 오셔서 무루지(無漏
智)를 이루시고 법석(法席)의 주인공(主人公)이 되시어 부처님과 조상
님의 혜목(慧目)을 원성(圓成)하여 불조혜명(佛祖慧命)의 상속자가 됩
시다.

　광고에 쓰인 주문과 같은 말이 연자에게 신비롭게 들렸다. 연자는
맨해튼 빌딩 숲 속에 자리 잡은 절에 와서 앉았다. 와서 보고 집에서
혼자 책을 읽고 세상 이치 마음 이치에 대해 생각해보는 것과 불교를
종교로 믿는 것은 다른 것 같다고 생각했다. 여기서도 무조건 믿는다
는 마음이 전제되는 것 같았다. 스님은 말하고 있었다. "부처님께 자
꾸 비세요. 빌면 아들 낳고, 그런 기적은 불교 역사상 말도 못하게 많
습니다. 죄 지으면 암만 도망 다녀도 경찰이 따라와 잡지만 죄 없으면
경찰에서는 내 발로 걸어 들어가도 아무도 안 잡아요. 내가 감옥에서
떡을 해가지고 부처님 말씀 전하러 갔는데 철문이 몇 개씩 철커덕 열
리고 닫히고 간수들이 그렇게 많이 있어도 나는 지은 죄가 없으니까
그 안에서 맘대로 돌아다녔어요."
　스님의 말씀은 연자의 귓전을 스쳐 지나가고 연자 내부는 오늘도
깊은 잠에서 깨어나려 하지 않았다. 연자는 자신을 잠자고 있는 처녀

로 느꼈다. 그 잠을 깨서 새 숨을 쉬며 이 세상에 나뭇잎인 듯 또는 빗방울인 듯 무리 없이 스밀 수 있기를 바랐다. 곧 그렇게 될 수 있을 것 같아서 가슴 두근거리는 순간이 있기도 했으나 그뿐 언제나 다시 잠 속으로 가라앉아 갔다.

마침내 설법이 끝나 연자는 수많은 신발 중에서 자기 샌들을 가려 신고 밖으로 나왔다. 늘어선 빌딩의 거리에 회색 길은 견고히 누워 있고 바람이 심하게 불었다. 지나가던 행인들이 길쭉하고 좁은 문으로부터 꾸역꾸역 쏟아져 나오는 아시아 인종의 모습을 돌아다보았다. 한국 사람들은 소란스럽게 인사를 주고받으며 슬슬 흩어져갔다. 그 속에서 한 목소리가 연자에게 말했다.

"안녕하세요?"

알 것 같으면서도 모르겠는 예쁘장한 젊은 남자 얼굴이 군중 속에서 가려 보였다.

"사시는 동네에 야채 가게가 있지요?"

"네."

생각을 더듬느라 눈썹을 모으고 연자는 대답했다.

"제가 거기서 일했어요."

"네."

군복 윗도리 같은 것을 입고 과일 상자를 나르던 그의 모습이 생각나는 것도 같아 연자는 다행스러웠다. 통로를 막고 앉아 완두콩 다듬는 것도 본 것 같았다.

절 입구로부터 한 블록 떨어진 거리 나무 밑에 네 개의 벤치가 나란히 놓여 있었다. 걸어가서 그들은 벤치 가에 서서 얘기했다. 청년은 이찬준이라고 자기 이름을 소개했다. 그는 야채 가게 일이 너무 힘들어서 요즘은 공사판에 가서 일을 하고 먹을 것만 있으면 며칠이고 일을 안 한다며, 일하러 다니다 보니 먹고사는 데 매여 아무것도 못 하겠더라고 했다. 연자는 바람에 날리는 머리를 제자리에 잡으려 애쓰며 찬준의 얘기를 들었다. 한 푼이라도 더 벌려는 사람을 많이 보았기에, 연자는 찬준이 일하러 나가는 시간을 아껴가며 혼자 추구하는 일이 무엇일까 궁금했다.

"가족이 다 오셨나요?"

"아직 혼잡니다."

눈썹과 눈 근처가 깨끗하게 생긴 찬준은 엄숙해 보이고 잘 웃지 않았다. 웃고 있던 연자는 문득 허리를 펴고 어른답게 굴려 했다. 찬준은 불경을 공부하는 십여 명이 모이는 작은 집회에 속해 있다고 말했다.

"이런 데 관심이 있으신가 본데요. 한번 모임에 와보시지요. 모이게 되면 안내장이 나가는데 전화번호와 주소 주시면 연락드릴게요."

연자는 절에 나오지 않으리라고 생각했다. 가족이 함께 오지 않는 한 일요일 날 혼자만 나오기도 어려웠다. 오늘은 남편이 아이들을 데리고 뉴저지 어디에서 열리는 고등학교 동창 골프 대회에 참가했으므로 연자는 혼자만의 일요일을 가지는 셈이었다.

"어디서 모이는데요?"

"각 회원 집을 돌면서 하지요. 꼭 철학 얘기만 하는 게 아니고 연사가 택하여 아무 주제로나 해요. 어떤 날은 유익한 말을 들었다 싶을 때도 있고 어떤 날은 시간 낭비다 싶은 날도 있어요."

찬준이 수첩을 꺼내들고 연자의 주소를 적으려 했으므로 연자는 전화 걸면 남편이 싫어할 것 같아 불안했지만 연락처를 알려주었다.

저녁에 땀 밴 옷을 입고 남편과 아이들은 싱싱해서 돌아왔다. 추석 달이 밝은 밤이 되었다. 연자가 절에서 돌아오는 길에 한국 식품점에서 산 송편을 차와 함께 먹고 아이들과 연자 부부는 각각 잠자리에 들었다. 커튼을 열어놓아서 달빛이 침실로 들어왔다. 침대에 누워서 낮에 절에서 십 분쯤 만났던 찬준에 대해 연자는 생각했다. 연자는 찬준을 몰랐으면서도 지금의 자기보다 더라는 것이 꼭 있을 수 있기 때문에 항상 더 더 해야 된다던 그의 말을 생각하고 그가 높은 정신 수준을 가지고 있다고 판단했다.

남편을 향해 연자는 돌아누웠다. 남편의 멋없이 펀펀한 가슴에 한 팔을 얹고 남편 어깨 우묵한 곳에 고개를 묻었다.

"요, 요, 우리가 언제부터 오누이가 됐어요?"

6

찬준으로부터 연락은 생각보다 빨리 왔다. 일요일이 지나고 사흘째 되었을 때 찬준은 연자 시누이 가게에 다음 모이는 곳의 약도와 날짜가 적힌 종이를 가지고 들렀다. 마침 가게 일을 보고 있던 때여서 연자는 찬준을 직접 대할 수 있었다. 카운터 뒤에 서 있는 연자에게 찬준은 말했다. 박 선생님도 같이 나오세요. 부부가 같이들 오시니깐요.

저녁 식탁에서 연자는 남편에게 뉴욕 근처에 사는 교수와 예술가와 의사들이 주 멤버로 모이는 작은 모임이 있다는 얘기를 했다. 같이 가지 않겠느냐고, 안 갔으면 하면서 말해보았다. 남편은 그런 훌륭한 데는 혼자 갔다 오라고 농담했다. 가정주부란 한 나라의 문화와 같아서 바깥바람을 좀 쐬야 집안이 된다고 했다. 십칠 년 전 자기를 안 좋아해도 좋다고, 자기가 두 몫으로 연자를 좋아하니까 결혼하자고 했을 때, 남편의 말은 남편보다 학벌도 낮고 가정 형편도 어렵던 연자의 로맨스한 이상에 들어맞는 듯했는데 이날 저녁 여자와 문화를 같이 말하는 남편에게서도 연자는 작은 기쁨을 느꼈다. 자신이 중세 시대의 서양에서 태어난다면 기사가 나타나 채어 갈 타입이 못 된다고 연자는 생각해왔다. 남성 우월주의로 나가다가도 남편은 가끔씩 너그러운 태도를 보여 남편을 압박자로 여겼던 순간이 있었던 아내를 그 앞에 무릎 꿇고 싶게 만들었다.

토요일 날 저녁 식탁을 차려두고 연자는 찬준이 준 길 안내도를 가지고 기차를 타러 나갔다. 뉴잉글랜드로 나가는 기차 정거장은 얼마 전 어떤 사람이 총기를 난사했던 곳이었다. 총을 가졌으면 사람들 모인 데 가서 한 번 쏴대고 싶은 미친 욕망이 나라도 일어날른지 모르겠다고 생각하니까 흉기가 난무하는 이 세상은 다시 아이들 기르기 어려운 곳으로 연자에게 느껴졌다.

찬준이 준 안내도에 이용수 박사 댁이라고 써 있었음에도 연자는 가는 곳이 절 비슷한 조그만 방일 것이라고 생각했었다. 기차에서 내린 연자가 걸어서 막상 당도한 곳은 철길 연변 고층 아파트에 자리 잡은 가정집이었다. 엘리베이터에서 내리자마자 뜨거운 한국 음식 만드는 냄새가 났다. 한국말 소리와 웃음소리도 들렸다.

음식도 나오는가 본데 초대받지도 않고 어떻게 가나? 연자의 발걸음은 멈춰졌다. 그때 아파트 문이 열리더니 찬준이 얼굴을 내밀었다.

"오셨군요, 쉽게 찾으셨어요?"

찬준이 연자를 데리고 아파트 안으로 들어갔다. 찬준이 미시즈 박이라고만 소개했는데 얘기하던 사람들이 더 이상 묻지 않고 목례하고 소파에 앉았던 부인들이 자리를 좁혀 연자가 앉을 자리를 만들어주었다. 찬준은 그늘지고 엉성한 피아노 옆 벽에 기대어 앉았다. 그 방의 사람들은 친밀한 교제가 있어 보였다.

오늘의 연사는 이 집 주인인 이용수 박사였다. 스무 명쯤 모인 사람 중에서 누군가 녹음기를 틀고 강연은 시작되었다. 우리 옛사람들을 다른 주변 나라에서는 어떻게 표현했는가, 다른 나라의 옛 문서와 고분벽화에 나타난 내용에 관해 이 박사는 이야기했다. 우리 국민이 대체로 온순하고 예의 바르다는 얘기가 많고 용맹스럽고 사냥을 잘한다는 표현도 있었다. 방 안 분위기는 진지하고 엄숙했다. 우리나라에 대한 사랑과 긍지가 대단했다. 강연은 밤 열한 시경 토닥토닥 치는 박수로 끝을 맺고 다음부터는 화기애애한 분위기로 들어가는 듯했다. 연자는 연사의 말씀이 끝나자 곧 일어났다. 찬준도 연자를 데려다 준다고 뒤따라 나왔으므로 연자는 그에게 부담이 된 것 같아 미안했다.

연자는 낡아서 쇳덩어리 같은 찬준의 차를 탔다. 창백한 가로등이 일정한 간격으로 우뚝우뚝 서 있는 하이웨이 상공에 약간 이지러진 달이 조용히 떠 있었다. 찬준과 연자를 태우고 자동차는 거의 빈 길을 달려갔다. 앞 차의 테일라이트들이 멀리 가까이 어둠 속에 담뱃불같이 빨갛게 떠가다가 사라졌다가 둘로 넷으로 나타났다가 했다.

"처음 봤을 때부터 뉴욕은 이미 내게는 놀라운 도시가 아니었어요."

찬준이 말했다.

"……."

"내가 원하는 도시란 사람들이 가만히 서 있어도 에스컬레이터에

탄 듯 길이 움직여주고 자동차는 길을 달리는 것이 아니라 공중을 날아다니고 『아라비안나이트』에 나오는 것처럼 마술 양탄자를 타고 사람들이 하늘을 날아다니고요."

핸들에 손을 얹고 찬준은 단정했으나 가끔씩 연자 눈에도 뜨일 만큼 고단한 표정이 얼굴을 스쳐 갔다.

"미시즈 박은 결혼하신 지 얼마나 되었어요?"

"십칠 년인가요?"

"댁의 가정이 참 단란해 보였어요. 모두 깨끗이 입고 평화로운 얼굴로 얘기해요. 우리 어머니 아버지의 결혼 역사는 바로 전쟁의 역사였거든요. 어머니는 아버지를 완전히 포기하고는 우리 형하고 나하고 내 동생, 이렇게 세 아들을 정성들여 기르는 정도가 아니라 그냥 숭배했지요. 하느님같이 숭배하셨다니까요. 어머니 영향권을 떠나려는 일념으로 지금 나하고 형은 뉴욕까지 흘러 나왔어요."

자신의 가정이 단란해 보인다는 찬준의 말이 좋아서 연자는 웃었다. 자라는 동안 연자는 부모는 선택할 수 없다는 말이나 가족 중가장 미친 사람이 한 가정을 지배한다는 말에 공감했으며 히스테리를 일으키고 누워 있는 어머니 손을 붙들고 앉아 있던 어린 동생의 모습도 보았다. 꺼떡하면 기절을 해버리니 도대체 무슨 말을 할 수가 없단 말이야. 아버지는 집을 나가고 대 여섯이 되었을 때부터 동생은 놀러 나가지 않고 어머니 옆에 있으면 어머니 기분이 풀릴 거라고 생각했다. 시한폭탄을 안은 듯 조마조마한 가정이었지만 그들 형제는 자기 가정이 특별하다고는 생각지 않았다. 전쟁 뒤여서 대부분이 가족의 누군가를 잃고 가난했는 데다가 동네 이 집 저 집에서 싸우는 소리가 났고 어른들은 아이들한테 성난 목소리로 말했다. 저보다 어린 동생을 업은 채 매 맞고 우는 아이도 늘상 보였다. 연자를 비롯해 아이들은 일들을 많이 하고 학교에 다녔으며 어른의 어른인 듯, 어른들을 가엾게 여기고 쓸쓸해했다. 고통스러웠던 어린 시절은 고통스러운 사춘기로 이어졌다. 어른이 되면 성과 같이 견고하고 맛있는 음식이 있는 따뜻한 가정을 이루리라고 연자는 결심했고 그런 노력을 할 수 있는 지금의 결혼 생활이 어릴 때의 원을 푸는 것같이 후련했다. 그러나 가정은 또한 깊은 바닷속에서 어느 방향으로 헤엄쳐나가야 할지 모르는 무거운 수압에 갇혀 앞뒤로 흔들리기만 하는 것 같은, 어찌해볼 수 없는 원인 모를 절망감도 연자에게 안겨주었다.

"한국 어머니들은 딱 두 가지예요. 자식한테 미치든가 종교에 미치든가."

찬준이 말했다.

연자 자신도 한국의 어머니이므로 찬준의 분류대로라면 두 가지 중 어느 한쪽에 속해야 했다. 믿는다는 문제가 늘 걸려 있어 종교는 아니니까 굳이 괄호 속에 들어가야 한다면 자신은 자식에 미친다는 쪽이 아닐까 싶었다. 그러나 그 분류가 연자는 잘 이해되지 않았다.

"앞으로 인류가 자자손손 이어질까요? 핵전쟁이라는 건 실수로도 일어날 수 있다던데요."

연자가 말했다.

"참 그게 문제예요." 하고 찬준은 얼른 말했다. 그는 작년 반핵 시위에 손수 만든 피켓을 들고 참가했다.

"결국은 하나라도 많은 사람들이 그렇게 안 되기를 원하고 기도하고 그 길밖에 없어요. 생각이란 게 우리가 느끼는 결과로 나온 거지요. 우리한테는 은연중 얻게 된 나쁜 습관이 있어요. 어떤 사람은 나쁘다, 어떤 종족은 원수다, 어떤 놈은 우리가 꼭 이기고 봐야 된다, 그런 게 자라는 동안 상식처럼 머릿속에 자리 잡아요. 서로 만나고 얘기하고 그 길밖에 없어요. 모를 때는 상대방이 더 무섭고 나쁘게 보이지요. 대화만이 유일한 길 같아요."

"그런데 사람은 또 피가 끓기도 하지요. KAL 비행기 사고 때는 가미카제 조종사처럼 자폭하더라도 원수를 갚고 싶었거든요. 내 기준에 의하면 소련은 벌을 받아야 했어요. 무슨 일이 일어나지요. 벼락 치라고 기다려지던데요. 그런 식으로 피가 끓을 때는 전쟁이 나는 거겠지요. 나야 평범하고 힘없는 여자니까 괜찮았지만, 그런데 이 통은 뭐예요?"

아까부터 발밑에서 걷어차이며 스타킹에 전선을 내는 플라스틱 통에 대해 연자는 물었다.

"아, 그건 비 올 때 새는 물을 받는 통이에요. 뒷자리에 던지세요."

연자가 집을 새 없이 찬준은 통을 들어 뒷자리에 던졌다. 잠시 차가 기우뚱했다. 찬준은 말했다.

"이 차 대전 직전에 각 나라 모두가 대단히 애국적이었다지 않습니까? 편협한 애국심은 위태로워요. 과학의 발달로 지구는 이제 지구촌 시대예요. 혹시 비행기 사고로 누구를 잃으셨어요?"

"아니요."

"난 그 비행기 탈 뻔했어요. 떠나려고 짐이랑 다 싸놨는데 형님이 추석이나 쉬고 가라고 붙잡아서 비행기 표를 물렀어요. KAL기 타고 가다가 죽었으면 식구들한테 보상금이라도 돌아가고 내 시체는 바닷속에 흔적 없이 사라지고 차라리 그게 낫지 않은가 싶기도 해요. 죽을 때까지 세상에 신세만 지면 어쩌나 싶어요."

차는 어느덧 맨해튼 강변 길을 달리고 있었다. 교통량이 많아지고 빌딩의 불빛들이 검은 강물 위에 어렸다.

"사람들이 모두 자식 낳는 게 중요한 것 같습니다. 그래야 내 자식이 살 지구를 더 좋게 만들겠다는 마음도 들겠고요. 텔레비전 뉴스에서 전쟁 현장을 보면 어느 나라든지 그 어머니가 죽은 아들 때문에 통곡해요. 죽은 테러리스트의 어머니도 통곡하지요. 온 세상 어머니들이 손을 잡으면 세계 평화가 이루어지겠지요."

찬준이 말했다.

"지금 몇 살이세요?"

연자가 물었다.

"스물아홉이에요. 몇 달 있으면 꽉 찬 삼십."

"네에."

찬준이 좋은 나이라고 연자는 생각했다. 연자에게는 지금 열세 살 정도도 된 남자아이들이 위험해 보였다. 자기 아들의 나이였다. 세상 곳곳에서 작은 전쟁이 끊이지 않으며 미국도 징병제를 다시 실시하고 있었다. 지구촌의 한 사람으로서 인간답게 산다는 것도 전쟁이 나면 이상에 지나지 않고 아들은 어느 한 나라에 소속되어 총을 들어야 할 것이었다. 연자 생각으로는 아들이 스물쯤 굵은 청년이 되었을 때 참다 못해 이 지구 어느 지역인가가 곪아 터져 세계는 다시 큰 전쟁 속으로 말려들 것만 같았다. 몇 년 전쟁 치르고 나면 그 뒤로 얼마나 또 조심스러운 평화일 것이니 지금 열 살 미만의 아이들이 클 때쯤 세상은 다시 조용해질 것 같았다.

찬준은 부시럭부시럭 주머니에서 무엇을 찾아 입에다 넣었다.

"사탕입니다. 드실래요? 편도선이 부어선 내리지를 않아요."

연자는 찬준이 건네는 사탕을 받아 물었다. 레몬같이 시고 달았다. 사탕을 좀 빨아 먹다가 연자는 말했다.

"어떤 게 좋을까요? 걱정하며 조심스럽게 살아야 하나, 그냥 모든 걸 믿고 있어야 하나. 우리 딸애는 자전거 타고 집에서 센트럴파크까지도 다녀오고 그래요. 뉴욕 시내 복잡한 교통 속에서도. 걔가 자전거 가지고 나가면 돌아올 때까지 난 앉아 있을 수가 없어요."

"믿으세요."

찬준이 말했다. 말을 분명히 하기 위해 물고 있던 사탕을 손바닥에 뱉어냈다. 찬준은 눈두덩이가 아기 불기짝같이 불끈 솟아오르도록 두 눈을 꽉 감고,

"걱정될 때는 믿사옵니다 하고 크게 소리 내어 말하고는 걱정은 우주 순리에 맡겨버리세요."

이 책 저 책 뒤지며 해답을 구했던 연자의 의문에 찬준은 즉시 대답했다. 오늘 저녁 강연에 모였던 사람 중에 제일 어렸건만 사람들이 찬준을 아끼는 태도로 대하던 것을 연자는 생각했다. 연자에게 찬준은 무엇을 탐구하여 대답을 가지고 있는 사람으로 보였다. 앞서 살고 더 아는 듯했다.

"지금 나한테 말한 걸 책으로 쓰세요."

연자가 말했다. 성기가 두 다리 사이에 있는 것이 아니라 두 귀 사이에 있는 듯 연자는 다리가 무거워지고 젖꼭지가 단단해지고 뺨이 붉어짐을 느꼈다.

"지금 매일 조금씩 쓰고 있어요."

찬준은 말했다. 일하는 시간도 줄여가며 매달리는 일이 바로 자기가 생각한 것을 적는 일이라고 했다. 그 외에 그는 플루트도 불고 명

상도 하고 그림도 그린다고 했다. 없는 시간에 무엇을 그렇게 많이 하는가 싶기도 했으나 연자는 찬준의 재능과 능력에 대해 의문을 품고 싶지 않았다.

연자 집 앞에 차가 당도했다. 토요일 밤이어서 거리는 열에 뜬 듯 소란스럽고 복잡했다. 흔들흔들 걷는 사람들 사이로 차들은 천천히 지나가고 기마 순경이 말 잔등에 높이 앉아 거리를 굽어보고 있었다. 말이 똥을 흘리자 기다렸다는 듯 작달막한 초로의 남자가 삽을 가지고 나와서 담아 갔다. 화단의 비료로 쓰려는 듯했다.

차에서 내리며 연자는 안녕히 가세요 했다. 찬준도 운전석에 앉은 채 안녕히 가세요 하고 말했다. 한국말 교습 시간 같았다. 두 사람은 얘기를 많이 했던 사이 같지 않게 서로에게서 물러섰다.

찬준의 차가 떠났다. 시누이 가방 가게는 불을 환하게 켜고 영업 중이었다. 관광 버스가 근처 어디에 섰는지 여행객들로 가게 안은 복작거렸다. 연자는 아래층 현관문을 열고 아파트 층계로 올라갔다. 후회감 같은 것이 연자를 훑치고 지났다. 젖 한쪽이 잘려나가는 듯 허전하고 아팠다. 찬준 외에는 오라는 이도 없고 아는 이도 없었던 그 먼 데를 찾아간 것도 그렇고, 오면서 차 안에서 남편도 아닌 젊은 남자와 너무 많이 지껄인 것 같았다. 연자는 허술히 서서 아파트 벨을 눌렀다. 남편이 문을 열어주며,

"예술가들 많이 만났어?" 웃고 있었다.

연자는 메고 있던 숄더백을 신발장 위에 얹어놓고 신을 벗었다.

"응, 박사 닥터들하구 의사 닥터들두."

"닥터들은 몰라두 예술가들은 좀 다르지, 위대했어?"

누가 닥터이고 누가 예술가였는지 몰랐으나 연자는,

"응."

대답했다.

7

어느덧 시월도 반이나 지났지, 마루에 닿는 벗은 내 발이 시리다, 하고 연자는 부엌 식탁에 앉아서 동생에게 편지를 쓰기 시작했다. 그 앞에는 방금 받은 동생의 편지와 동생 아이 사진이 놓여 있었다. 아이 는 하얀 운동 모자를 쓰고 빨간 티셔츠에 반바지를 입고 학교 가방을 멘 채 서 있었다. 편지에 동생은 쓰고 있었다. 오늘 헬렌 켈러가 쓴 짤 막한 글을 읽었어. 헬렌 켈러는 그냥 눈, 귀 먹은 것을 딛고 일어서서 유명해진 사람이 아니었어. 어린 시절 처음 사물에 이름이 있다는 것 을 깨치던 날의 얘기인데 나 역시 그런 어떤 순간을 맛보고 싶다는 소 망이 있었어.

거실에서 딸 수림이 피아노 연습을 시작했다. 연자는 피아노 소리 에 잠시 귀를 기울였다. 수림이 내는 피아노 소리가 연자는 듣기 좋 았다. 아들아이 운동복 치다꺼리하기도 좋았다. 아들아이는 학교 농 구부원이었으며 일주일에 세 번은 14가에 있는 태권도 학원에 다 녔다. 태권도 옷을 보면 아이가 학원에 안 가고 다른 데서 놀다 왔는 지 아닌지 연자는 느낌으로 알았다. 아이는 그것을 두렵고 신기하게 여겼다. 어른도 하루하루 바쁘지만 아이들도 바쁘게 지냈다. 식구들 은 똑같은 층계를 걸어서 똑같은 문을 지나 세상으로 나갔다가 다시 똑같은 문을 지나고 똑같은 층계를 밟아 집으로 모여들어서 각각의 잠 속에 빠졌다.

연자는 다시 볼펜을 집어 들었다. 연자는 동생에게 찬준에 대해서 쓸 생각이었다. 지구 반대편에 살고 있어도 편지를 보면 동생은 같은 방향으로 나이 먹고 있는 듯했다.

연자는 구월에 다섯 번, 시월 들어서 두 번 찬준을 만났다. 아까 낮에 찬준은 포스터 한 장을 연자 시누네 가게에 붙여놓고 갔다. '평화의 콘서트'라는 큰 글씨가 쓰여 있고 흰 구름을 배경으로 승려 옷을 입은 머리 깎은 흑인이 플루트를 부는 사진이 있었다. 구름 위에 사진을 몽타주해서 사람이 구름 속에 두둥실 떠 있는 듯했다.

마음의 음악
스리 친모이 씨의 명상 음악
입장 무료

만날 때마다 찬준은 새로운 면모를 연자에게 보여주었다. 다른 데서 놀다가 다른 향기를 가지고 낡은 집에 잠깐잠깐 들러 가는 바람 같았다. 연자가 찬준을 일곱 번 만났다고 하는 중에 오늘같이 포스터를 붙이러 찬준이 연자 쪽에 들른 날도 있고 거리에서 색안경과 지등, 부채 등을 팔고 있는 그의 모습을 연자가 본 날도 있었다. 밤에 스물 네 시간 여는 슈퍼마켓을 다녀오는데 향이나 가방, 액세서리, 값싼 시계를 파는 쭉 늘어선 행상들 가운데 벽에 붙여놓은 동양풍의 지등이 연자 시선에 들었다. 지등을 따라 행길을 건너 발을 멈춘즉 찬준이 있었다. 깜깜하게 문 닫은 책방 앞이었다. 한 팔 안에 드는 목판을 벌여놓고 찬준은 장사하느라고 바빴다. 이 책방 주인은 좀 알아요. 이렇게 작아도 역사도 오래되고요, 여기서는 미술 서적, 종교 서적을 주로 취급해요. 주인이 문 닫은 다음에는 와서 장사해도 좋다고 해서 시작했는데 남의 집 일할 때보다 편해요. 매일 해야 되는 것도 아니고요. 찬준이 가만히 서서 말하도록 행인들은 그냥 두지 않았다. 연인들끼리 휘감아 안고 심심풀이로 아무 물건이나 집어 만져보고 안경도 써보고 값을 묻고 했다. 어색하고 미안해지는 쪽은 연자이고 당사자인 찬준은 손님 시중을 들며 태연자약했다. 길 저쪽에서부터 지등이 눈에 띄어 일부러 길을 건너왔다니까, 네 그게 좀 괜찮지요. 그는 좌판 옆 길바닥에 놓인 나일론 가방에서 착착 접힌 지등을 꺼냈다. 이거 가져가세요. 이걸 펴면 저렇게 돼요.

아니요, 연자는 극구 사양했다. 그러나 연자는 찬준에 져서 지등을 그냥 갖고 필요 없는 부채 하나는 굳이 돈을 내고 사서 가졌다.

연자는 편지에 썼다. 이 사람은 나이도 어린데 사람들한테 존경받고 귀여움을 받아. 요새 사람 같지 않다고 노인들이 칭찬할 타입이야. 젊은데도 어깨에 힘을 빼고 두 팔은 어떻게 해야 할지 모르는 듯 앞으로 축 늘어뜨리고 다녀, 팔 어디쯤은 잘못 꿰매 붙인 인형 같아.

쓰다 보니 연자는 찬준이 정말 인형 같다는 생각을 했다. 어려서 인형을 안고 살아 있는 아기였으면 하고 생명을 넣으려 해도 결국은 물체였듯, 찬준을 만난 후면 어떤 형태로인가 여운은 남았지만 그의 정신적인 차원이 높아서인지 인형을 안을 때같이 허전한 느낌이 연자에게 들었다. 성직자나 동성 연애하는 남자를 대할 때같이 편안하면서도 영원히 안 통할 것 같은 이질감이 있었다.

언제나 고통 없고 편안하세요? 연자가 물으니까 되도록이면 내 둘레에 감옥을 짓지 않으려고 노력하니까요. 찬준은 대답했다.

"그럼 화날 때도 없고 우울하지도 않으세요? 그리운 것도 없고요?"

"나를 그대로 받아들이고 필요한 공간을 주는 사람들하고만 지내요. 참견하고 요구 많이 하는 사람이랑은 친해진 적이 없어요. 그런 사람이라면 우리 어머니 하나로 족해요."

"자신을 완전히 통제하실 수 있나 봐요."

"왜요, 걷잡을 수 없는 감정도 있지요. 그럴 때는 심호흡을 해요."

그는 연자에게 배에 손을 대고 숨 쉬는 방법을 몇 번 시범해 보여주었다.

"그래도 괴로우면 새파랗게 맑은 하늘에도 구름은 지나간다고 그렇게 자신한테 이르지요."

이 사람 속에는 남다른 의견들이 많아, 하고 연자는 동생에게 썼다. 무얼 골똘히 생각하고 그 생각들을 모아서 책을 내려 한단다. 내가 이 사람 얘기를 하면 형부는 그가 젊어서 그럴 뿐 새로운 것은 없다고, 자기도 젊어서는 그랬다고 말한다.

연자는 아이들을 잘 가르치자는 찬준의 글을 읽어본 일이 있었다. 각 나라의 입장으로 보면 어느 전쟁이든 정당한 전쟁이며 어느 나라나 신이 있다. 그러므로 하느님보고 이기게 해달라고 빈다면 하느님은 어느 나라 기도를 들어줘야 하겠는가. 핵무기 시대에 살고 있는 우리들은 전쟁하고 싶은 울분을 참고 견뎌 넘기며 참을성 있게 세월을 보내자. 가지고 있는 핵무기를 쓰지 않기란 몹시 어려울 것이다. 그동안 우리의 자식들에게 사랑을 가르쳐주고 편견 없는 지식을 넣어주고 있으면 우리 시대 말고 다음 시대에 세계 평화를 이룰 아이들이 나올지 모른다. 그런 내용을 노트에 적어가지고 와서 연자에게 보여주었다. 네모지고 넓적한 그의 글씨가 읽기 어려워 그의 글씨 버릇에 근거하여 연자는 다른 종이에 새로 적어가지고 읽었다. 연자는 공부하는 입장에서 그의 글을 읽었다. 그의 목소리로 직접 들을 때와 달리 쓴 글은 납작했다. 말할 때의 마력이 글에서 없어지는 것이 연자는 낭비같이 아까웠다.

연자 마음 밑에는 찬준에 대해 의문부호 같은 것이 있었다. 가끔씩 마음이 쓰였다. 찬준에게 책에서 읽었던 혼외정사 가진 여자 얘기를 한 적이 있었다. 결혼해 있으면서 애인의 아이를 몰래 낳아 기른 얘기를 했을 때 찬준은 의외로 관심을 나타냈다. 두 눈이 빛나고 숨조차 죽이는 것 같았다. 책에서 읽은 얘기라고 말했음에도 내 얘기로 들은 것이 아닌가가 연자의 걱정이었다. 다음에 만나면 내 얘기가 아니라고 못 박아놓아야지. 하지만 정작 찬준을 보면 그 사람은 가만있는데 그런지 아닌지도 모르면서 말을 꺼내는 것은 이상하고 오히려 더 의심을 살 것도 같았다. 그 후로 찬준이 아들아이는 범상히 보면서 딸 수림은 특별한 시선으로 보는 것 같으면 연자는 다시 근심스럽기 시작했다.

내 마음에 걸리는 일이 하나 있어, 이 사람하고 관계되는 일인데 언제나 말 많이 하고 나면 나쁜 기분이 남지. 이것도 내가 실감나게 말하다가 되어버린 일이다, 하고 동생에게 보내는 편지에 연자는 썼다. 잠시 멈추었다가 에이 몰라, 연자는 두 눈을 감고 찬준이 가르쳐줬던 대로 믿사옵니다, 했다.

8

그날 연자네는 손님이 왔다. 손님은 술에 취해 침실에서 잠이 들고 남편은 소파에 앉아 《뉴욕 타임스》 일요일판을 뒤적이고 연자는 수림을 데리고 부엌에서 수북히 쌓인 그릇을 씻었다. 밤 열한 시가 넘었다. 두 귀에 라디오 헤드폰을 꽂고 아들아이는 침대에서 자는 체하며 파티 뒷일을 피하려 하고 있었다.

오늘 온 손님은 여섯 사람이었다. 여섯 사람 중 다섯 사람은 떠나고 술에 취한 이 선생만 남았다. 이 선생은 오늘 온 손님 중에 리버사이드에 사는 연자 친구를 좋아하는 태도를 보였다. 이 선생은 초면인 연자 친구에게 점잖게 굴고 국제 정세에 대해 얘기했다. 우리나라 남북한 통털어 육천만 국민이 가슴 터지도록 있는 힘껏 절규해도 강대국이 우리나라를 놓아줄 것 같지 않은 현실인데도 육천만 국민이 이미 낡은 이데올로기 싸움으로 둘로 갈라져서 등을 대고 있는 처지라는 얘기는 좌중을 감동시켰다. 어디 강연에서 들은 얘기를 다시 옮기는데 자기 안에서 우러나온 생각같이 설득력이 있었다.

열변을 토하던 이 선생은 한 모금씩 입술을 축인다는 듯 마신 조니 워커에 취해 연자 친구를 비틀걸음으로 따라다니고 손 좀 잡읍시다, 안아 좀 봅시다 했다. 봉제 공장을 하는 이 씨라 하여 봉제 리라고 스스로 부르는 이 선생은 연자 남편과 같은 시기에 생물학 석사과정을 마쳤으며 미국에서 발간되는 한국 신문들에 가끔 사회 논평하는 그의 글이 실렸다. 이 선생 부인은 사업을 돌보느라 오지 못하고 연자 친구 남편은 여행 중이었다. 술에 취해 연자 친구를 따라다니던 이 선생은 초대된 두 쌍의 부부에게 시비를 걸다 말다 하다가 연자 부부 침실로 들어가 푹 쓰러지는가 싶더니 잠들어버렸다. 외로워서 저러시는 거예요. 부인이 잘 보살펴드리면 될 텐데. 부인하고 상관없어요. 왕이 되고 싶은데 왕이 못 되니까 그러시는 거예요, 손님들은 낮은 소리로 애기하며 떠나갔다.

연자가 접시에 담긴 음식들을 버릴 것은 버리고 냉장고에 넣을 것은 정리해 넣는 동안 수림은 접시를 씻었다. 어떤 여자를 좋아한다고 하다가 잠든 이 선생이 연자는 쓸쓸하게 느껴졌다. 장난삼아 연애 를 걸었어도 그 여자 앞에서 잘 수 있는지? 적어도 연정이 하룻저녁은 지탱해야잖아, 그렇지?

하던 일이 대충 끝났으므로 연자는 수림을 일에서 해방시켜 주었다. 수림이 끼고 있던 고무장갑을 연자에게 벗어주는데 전화벨이 울렸다. 거실에서 남편이 전화 받는 소리가 났다. 이 선생 부인으로부터 온 듯 남편이 말했다. 지금 자고 있는데요, 술이 좀 과했던 것 같아요.

연자는 그릇 씻는 일로 돌아갔다. 눈물 나도록 하품이 나왔다. 오늘은 긴 날이었다. 어제부터 시장 보고 음식을 만들었으며 손님 초대는 오늘 오후 한 시부터였다. 남편이 부엌에 쑥 얼굴을 내밀었다. 나, 쟤 데려다 주고 올게. 쟤 와이프가 온다는 걸 내가 간다고 했어. 남편은 부엌 벽에 걸린 열쇠를 집어 들었다. 코네티컷 숲 속 호텔에 방을 시월로 예약했던 그는 애인이 없지만 올해에는 그 예약을 취소하지 않았다. 대신 십이월 중순으로 날짜를 옮겨놓았다.

침대에 누운 아들아이를 일으켜 남편은 한량없이 무거운 이 선생을 부축해 나가고 연자는 파티 뒷일을 마쳤다. 욕조에 물을 채우는데 남편으로부터 전화가 왔다.

"꼬리를 집 앞에서 만나잖았겠어. 혼자 외로이 거닐고 있더라구."

꼬리란 찬준을 말했다. 머리 뒤쪽을 길러 새끼손가락 만하게 땋고 다닌다고 해서 남편은 찬준을 그렇게 불렀다.

"꼬리를 만나서 그래도 힘이 됐어. 꼬리가 봉제 리를 차까지 운반 하는 데 힘을 보탰다구. 내가 꼬리더러 오늘 집에 음식이 있을 테니까 가서 먹으라고 했어. 그러니까 당신이 알아서 국이랑 부침개랑 좀 뜨 겁게 해서 먹이라구. 너무 말랐더라구."

남편은 아래층 가게 앞에서 찬준을 처음 보았을 때부터 곧 꼬리라 고 부르며 나쁘게 들리지 않을 정도로 놀리는 태도를 취했다.

남편이 가라고 했다는데 찬준은 연자 집에 오지 않았다. 대신 밖 에서 공중전화를 걸었다. 연자더러 집 앞으로 잠깐만 내려와달라고 했다. 찬준은 연자 아파트에 와본 일이 없었다.

"애들 아빠가 방금 전화했었어요. 올라오세요."

연자가 말했다. 연자는 찬준에게 해놓은 음식을 먹이고 싶었다.

"밖에서 기다리겠습니다."

찬준이 말했다. 연자는 물을 받던 욕조의 물을 빼고 스웨터를 덧입 고 밖으로 나갔다. 찬준은 현관 옆 외등 환한 곳에 서 있었다. 일요일 밤이므로 금요일이나 토요일보다 거리가 한산했다. 가까운 카페로 그 들은 들어갔다. 찬준은 탄산수를 주문하고 연자는 카페인 없는 커피 를 주문했다. 찬준은 술·담배·커피는 입에 대지 않았다.

카페 벽에는 개인전인 듯 그림이 전시되어 있었다. 주방 가까운 쪽 테이블을 넓게 차지하고 앉은 일행은 화가와 그 동료들인 듯했다. 한 갤런들이 포도주 병이 테이블에 올려져 있고 그들은 흥겹게 취해 있 었다.

찬준이 말했다.

"마음이 안 잡혀 하루 종일 서성거리다가 밖에 나왔어요. 집에서 여기까지 걸으며 생각에 생각을 거듭했어요."

그의 손이 떨리고 있었다. 그는 연자와 같이 살고 싶다고 말했다.

"같은 지붕 밑, 같은 유리창 안에요."

찬준이 무엇을 말하는지 잘 알 수 없었지만 연자는 심장에 총알을 한 방 맞은 것 같았다. 무중력상태로 있는데 키 큰 웨이트리스가 주문한 음료를 가져왔다. 웨이트리스는 화가 일행의 테이블에서 포도주를 얻어 마시고 기분이 좋았다. 음료를 내려놓고 웨이트리스가 떠났다.

그동안 남의 부인인 연자와 만날 때마다 도덕적으로 나쁜 일이므로 영혼이 한 계단씩 밑으로 내려가는 것 같더라고 찬준은 말했다. 연자는 찬준이 자기를 '만났다'고 하는 것이 뜻밖이었다. 찬준은 아는 사람도 많고 하는 일도 많고 잘하는 영어도 아니면서 부끄럼 없이 의사소통을 하고 다니다가 바람이 가끔씩 추녀 끝에 달린 풍경을 건드리듯 연자 시누이 가게에 모습을 나타냈다. 바쁜 사람이 잠시 와서 쉬는 것 같았다. 잠깐씩 '들른' 찬준을 연자는 '만났다'는 느낌이었다. 연자는 주로 아이들 세계에서 살아왔다. 어른들 친구는 두어 명밖에 없었으며 동화책과 기저귀와 아픈 아이들이었다가 지금은 교과서와 이런저런 공부하는 아이들로 바뀌었다. 그런 세계에 가끔 찬준이 들렀다.

"더 이상 영혼이 타락하는 것을 막기 위해서는 결혼하는 길밖에요. 이혼하고 저와 결혼해주실 수 있으신지요."

찬준이 물었다.

연자는 할 수 없겠다고 대답했다. 말하는데 귀가 더워지며 가슴이 찢어지는 듯했다. 찬준이 같이 자자고 했다면 좋았을 것 같았다. 연자는 그렇게 말하고 싶었으나 찬준은 고상한 사람이므로 그 말을 하면 자기를 멸시할 것 같았다. 또 여자인 연자의 자존심이 그 말을 못하게 했다.

찬준과 헤어져 집으로 올라오면서 연자는 이제 다시는 그를 만날 수 없게 되었음을 깨달았다. 바깥을 향해 열렸던 단 하나의 문이 꼭 닫혀버린 것 같았다. 인형이라고 서운히 여겼던 찬준은 피가 흐르는 사람이었다.

찬준이 가버린 뒤 연자는 뒤늦게 열병을 앓았다. 연애시들은 연자에게 개인적인 메시지를 전했다. 어떤 초능력이 개성을 빼앗아가 버린 것같이 연자는 변했다. 남편은 아내가 시선을 고정시키고 생각에 몰두하는 모습을 보았으며 식구들은 얼마 동안 맛있는 음식을 못 먹었다.

연자는 변화시킬 수 없는 꿈속에 갇힌 듯한 나날을 보냈다. 이제까지 나는 너무 어린 것 같았는데 갑자기 나는 또 너무 늙어버렸나? 내 시간 동안에 무슨 일들이 일어났나? 가끔 문지방에 나와서 서성이는 때도 없지 않았으나 다시 집 안으로 돌아간 연자는 안도의 숨을 쉬었다. 거기 앉아서 연자는 커튼을 바꾸거나 새 그릇을 사거나 했다.

9

가을은 겨울로 변해갔다. 아이들은 크리스마스 계획을 세우고 라디오에서는 크리스마스캐럴이 들리고 카페와 상점들은 크리스마스 장식을 했다. 남편과 아이들이 직장과 학교로 떠나고 난 아침 찬준에게서 전화가 왔다. 연자는 찬준의 목소리를 듣고 기뻤다.

언 땅이 구두 밑에서 내는 소리를 들으며 연자는 찬준을 만나러 근처 공원 입구에 나갔다. 나무들은 많던 잎들을 떨구고 잔가지들을 부드럽게 회색 하늘 속에 펼치고 서 있었다. 군밤 장수 같은 털모자를 깊숙이 내려 쓰고 코트에 두 손을 찌른 찬준은 연자가 생각했던 것보다 더 익숙한 얼굴이었다. 연자의 베갯머리에 와 있던 얼굴이었다. 빈 어둠 속의 그 얼굴을 향해 내게 찾아오는 당신은 실제인가 가공인가 하고 연자는 묻기도 했었다. 근처에 있는 햄버거집으로 그들은 들어갔다. 이른 시간이어서 문 연 곳이 그곳밖에 눈에 띄지 않았다. 오렌지 색조로 산뜻한 실내에는 커피향이 감돌았다. 찬준은 오렌지 주스, 연자는 커피를 시키고 창가에 앉았다. 마주 보이는 은행에는 상점 주인들이 전날 수입을 입금시키러 들어가고 있었다. 창에는 플라스틱으로 만든 산타클로스가 선물 쿠폰을 들고 웃고 있었다.

찬준이 군밤 모자를 벗으니까 짧게 깎은 머리가 나타났다. 꼬리가 달렸던 뒤통수는 면도 자리가 파르스름하고 머리 꼭대기는 막 자른 잔디같이 포르르했다. 깎은 머리 탓인지 찬준은 전보다도 어리고 단정해 보였다. 그는 연자를 떼어놓고 훨훨 걸어가듯 했다. 연자는 나이 들고 위축되었다. 찬준을 만나러 나오며, 연자는 한낮이 되고 밤이 오는 것을 속수무책으로 지켜볼 수밖에 없었던 지난 한 달을 얘기하고 싶었다. 연자의 뺨은 들어가고 눈가에는 검은 선이 둘리고 입술은 말을 찾아 열리지 않았다. 자신의 이름이 뭔지도 확실치 않았다.

찬준이 몸을 앞으로 숙이고 목소리를 낮추었다. 이제 내가 하는 얘기를 잘 들으시고 우리 생각해봅시다. 먼저 약속해주세요. 무슨 말을 들어도 놀라거나 화를 내지 않겠다고요.

나쁜 예감이 연자를 스쳤다.

"네."

수림이 어젯밤 자전거를 타고 아파트로 찾아왔더라고 찬준은 말했다.

"거길요?"

수림이 자전거를 가지고 나간 것도 연자는 모르고 있었다.

"엊저녁에 학교 댄스에 간다고 나갔는데요. 걔가 찬준 씨 아파트를 알아요?"

"벌써 몇 번씩 왔다 갔는걸요. 수림이가 말 안 하던가요?"

이번에는 찬준이 놀라움을 표시했다.

"자전거 타고 다니면 엄마가 걱정하신다고 주의를 줬더니 지하철을 타고 오곤 했습니다."

"몰랐어요, 난. 걔가 왜 거기에?"

"피아노 레슨 받는 아파트 건물에 제가 살거든요."

"아, 네."

그것도 모르고 연자는 그 건물에 가끔씩이긴 하지만 삼 년째 드나들었다.

"한 달 전인가 수림을 우연히 문간에서 만났어요. 마침 명상한다고 친구들이 집에 와 있어서 같이 지냈지요. 수림처럼 어린 사람은 없었지만 열여덟 살 된 여자애도 있었고요."

찬준은 잠시 머뭇거렸다. 무슨 나쁜 말을 곧 듣게 될 것 같아 연자는 몸이 굳고 차가워졌다.

"수림이 임신했답니다."

찬준은 테이블에 시선을 박고 말했다. 수림은 죽고 싶다고, 엄마가 알면 같이 죽자고 할 거라며 울더라고 했다.

기차가 레일 위를 달려가듯 연자의 생각이 급히 굴렀다.

"걘 아직……."

땅이 잡아당기기라도 하는 듯 연자는 가라앉았다.

수림은 아직 생리가 없었다. 적어도 구월까지 없었다고 연자는 말할 수 있었다. 학기 초인 구월에 학교에서 요구하는 신체검사를 하러 병원에 갔을 때 물어보았었다. 닥터 리는 자기도 열일곱 살에 시작했으므로 수림도 더 기다려보자고 했다.

"남자애는 누구라고 그래요?"

"말 안 합니다."

찬준의 손이 조심스럽게 와서 연자의 손가락을 잡았다.

"수림의 친구가 됩시다. 내가 어머니한테 얘기했다고 수림은 이제 아무도 믿지 않고 세상을 적으로 돌릴지 몰라요."

연자의 손을 한 번 더 꼭 쥐었다 놓고 찬준은 벗었던 털모자를 썼다. 정신없는 연자 눈에도 찬준이 어쩌면 좋을지 몰라 하는 것이 보였다. 찬준은 고개를 숙인 채 바지 무릎께의 헝겊 올을 손톱으로 세고 있었다.

찬준도 갓난아이로 세상을 시작한, 어느 여자의 아들이라고 연자는 생각했다. 연자는 알려줘서 고맙다고 말했다.

연자는 몸을 끌고 간신히 집으로 돌아왔다. 수림이 가엾고 아까웠다. 열다섯 살로 그 자신이 아직 아이였다. 커서 말이 통하고 친구 같다 싶었더니 어느덧 이런 일이 일어났다. 연자는 자신을 비난했다. 찬준에게 마음을 뺏겨 딸이 어떻게 변화해가는지 몰랐다.

찬준이 딸아이의 임신을 알려주었으므로 연자는 두 곱으로 타격을 받았다. 어떻게 남편에게 알리나, 창밖에 보이는 겨울을 견뎌낼 수 없을 것 같았다. 연자는 날이 아무리 날카로워도 그 무엇도 자를 수 없는 가위 반쪽같이 느꼈다.

10

수림은 임신을 하지 않았으며 남자 친구도 없고 아직 첫 생리도 없었다. 학교에서 돌아올 수림을 일 초 일 초 기다렸다가 연자 홀로 알아낸 사실들이었다. 수림은 '꼬리 아저씨'가 깜짝 놀라는 것을 보고 싶어서 그런 거짓말을 해보았다고 말했다.

수림은 아빠한테 말하지 말라고 연자에게 맹세시켰다. 연자는 그 약속을 이틀 지키고 남편에게 말했다. 아무것도 모르는 남편이 아직도 수림을 귀여운 아기인 듯 대할 때 연자는 소리치고 싶었었다. 걔는 이제 아기가 아니라고.

수림에게는 모른 척하라고 남편에게 연자는 맹세시켰다. 성적인 환상이 그런 거짓말을 하게 했나 보다고 남편은 말했다. 참, 참, 남편은 혀를 찼다.

"니 딸이라서 얌전할 줄 알았는데 걔는 다르구나."

남편은 피아노 위에 놓여 있는 어릴 때 수림의 사진을 들여다보았다.

연자는 남편에게 수년 간 거짓말을 하며 산 것같이 느꼈다. 한 말로서가 아니라 말 안 한 말로서.

남편은 좀 있다가

"그런데 왜 꼬리한테 찾아가서 그런 말을 했지? 쟤가 가끔씩 사람을 깜짝깜짝 놀라게 하지."

이 세상 누구도 모르는 수림의 비밀은 꼬리 아저씨가 더 이상 자기를 찾아오지 말라고 해서 수림도 그런 거짓말을 했다는 것이다. 약속을 저버리고 엊저녁 일을 날이 밝자 곧바로 엄마에게 일러바친 꼬리 아저씨지만 수림은 그가 자기를 귀중히 여긴다던 말을 마음에 간직했다. 임신했다고 하니까 그는 등을 안아주고 머리칼을 쓸어 올려주었다. 산다는 것은 여행길같이 정거장과 출발점의 연속인데 중도에 머물러서 목적지가 있다는 것을 잊으면 안 된다고, 수림도 지금 있는 고통의 자리에서 털고 일어나라고 말했었다.

나는 공기처럼 가볍고 몸속에는 햇살이 가득 논다.
나는 걷지 못하고 뛴다.
구름이 내 발밑에 있다.

꼬리 아저씨를 생각하며 수림은 학교 창작 시간에 시를 지었다. 거울 같은 사람이 되고 싶다고 아저씨는 말하기도 했다. 수림에게도 그렇게 되라고 ─. 좋아하는 남자 친구가 있으면 걸으면서 생각하고 자면서 생각하고, 그 사람 생각하느라 아무 일도 못하고 그러지 말고 맑은 거울같이 사물이 있으면 비추고 없으면 안 비추라고. 그런데 그것은 참 어려운 일이라고 했다. 수림은 거울같이 되기 싫었다. 만일 거울이 되어야 한다면 한 가지만 비치는 거울이 되고 싶었다.

11

연자 가족은 남편이 예약해놓았다는 코네티컷 숲 속 호텔로 주말여행을 떠났다. 가기 싫어하는 아이들을 자동차 뒷자리에 태우고 앞자리에는 연자 부부가 앉았다. 아이들을 이끌고 피로하고 지친 부부가 다시 애인이 되려 애쓰는 것 같았다. 차갑고 날카로운 겨울 햇빛이 눈을 시게 했다. 같은 기차 다른 찻간에 타고서 같은 정거장에 내린 모르는 사람같이 연자 가족 네 사람은 말이 없었다.

"브라운 대학교 학생들은 다음 주에 핵전쟁이 났을 경우 낙진 때문에 죽으니 차라리 스스로 목숨을 끊을 수 있도록 학교 내 보건소에 청산가리를 비치하자는 문제에 관해 찬반 투표를 하게 됩니다. 학부 재학생 칠백여 명이 서명한 청원서에 따라 이 문제는 학생 선거에서 학생 총선에 붙여집니다. 이를 제안한 학생 제이슨 살츠만과 크리스 퍼거슨은 1950년대에 나온 소설에서 아이디어를 얻었다고 합니다."

음악 프로그램 사이에 뉴스가 나왔다. 연자가 찬준을 알게 된 뒤부터 세상에서는 핵전쟁 얘기만 하는 듯했다. 신문을 펴도 텔레비전을 틀어도 아이들 숙제를 가끔 넘겨다보아도 그런 것부터 연자 눈에 띄었다. 핵무기뿐 아니라 다른 사물들도 연자에게 보였다. 하늘, 새, 나무, 그런 것들부터 입에 넣는 음식, 인간에 의해 더럽혀지는 자연과 공기, 늘어나는 인구, 한 인종이 다른 인종을 경계하는 태도 같은 것이 눈에 들어오기 시작했다.

"그놈들 참, 핵전쟁이 곧 나는 것 같구만."

남편도 뉴스를 들었는지 한마디 했다.

"아니야, 아빠. 지금 당장이라도 전쟁 날 수가 있다니깐, 이런 세상인데 왜 우리가 학교 다니고 공부해야 돼?"

아들아이가 말했다.

"중세기나 어느 시대나 다 자기 사는 세상을 말세라고들 떠들었었어. 그런데도 사랑하는 아들아 좀 보아라. 오늘도 맑은 하늘에 해는 저렇게 빛나지 않느냐."

무덤 같던 차 속이 활기 있어졌다.

"아빠, 그때는 핵이 없었지."

아들아이는 지려 하지 않았다.

연자가 말했다.

"지금은 전쟁할 때가 아니란다. 좋은 아이들이 나올 때까지 우리는 있는 힘을 다해서 참고 견뎌야 한단다."

찬준은 연자에게 등을 보이며 먼 마을로 통하는 길로 미래의 아이들을 만나러 가고 있는 듯했다. 그가 없어도 연자는 나쁘지 않았다. 연자 안에는 좋아하는 사람이 자기를 좋아했다는 따뜻한 느낌이 있었다. 찬준을 만나게 되는 경우가 있으면 아는 사람이니까 인사를 할 수 있을 것이었다. 찬준에 대해서는 생각해보는 것만으로도 그 무엇이 변해버리는 듯한 섬세한 감정이 되었다. 길에서 꽃을 보고 좋아서 집에 가지고 가려 하면 꺾자마자 벌써 상하듯.

잠잠히 있던 수림이 꿈에서 가까스로 깨어나듯 몸을 움직였다. 우주인들이 우주 속을 유영하는 것 같았다.

"만약 핵전쟁이 난다면 말이야, 누구랑 있고 싶어? 아빠 엄마부터 말해봐."

수림이 말했다.

"우리 수림이가 보이 프렌드가 있는 모양인데그래."

남편이 말했다.

"사랑에 빠지는 건 개인한테는 큰일일지 몰라도 남한테는 정말 쓸데가 없어."

아들아이가 누이를 놀렸다.

연자가 자동차 뒷좌석을 돌아다보았다.

"엄마가 대답할게, 엄마는 너희들하고 있으련다."

"저런저런, 쟤들 생각은 다르다구."

남편이 말했다.

"아, 그런가? 브라운 대학교 학생들은 청산가리를 학교에 비치하자고 했는데 그럼 걔들은 학교 친구들과 죽고 싶은 건가?"

연자가 말했다.

숲길을 돌자 통나무와 돌로 멋을 낸 정취 있는 호텔이 나타났다. 호텔 뒤쪽에는 물소리를 내며 도는 물방아도 있었다. 먼저 도착한 일가족이 자동차에서 스키 장비를 꺼내고 있었다.

"아빠는 여기 이런 데가 있는 줄 어떻게 알았어?"

아들아이가 감탄했다.

남편은 차를 호텔 입구에 세웠다. 차에서 내리자 찬바람이 몸을 움츠리게 했다. 쩡하고 우람한 산이 그들을 에워쌌다. 짐을 호텔 앞에 내려두고 남편은 호텔 뒤편으로 주차하러 갔다.

먼저 온 사람들은 호텔 안으로 모습을 감추고 빈 뜰에 그들만 남았다. 고요했다. 연자는 미국 생활에 진력을 느꼈다. 그냥 죽음이 일어나고 있으며 나는 죽음을 향해 소멸되고 있다고 느꼈다.

차를 주차하고 온 남편의 모습이 바람에 불리듯 벽 한옆으로부터 나타났다. 어제저녁 연자와 남편은 어떤 것부터 돈 내야 하나, 어떤 아이 요구가 우선되어야 하나, 환경이 더 나은 사립학교로 아이들을 옮기자면 남편은 다른 일 하나 더하고 연자도 정식 직장을 가져야 하고, 그런 것을 애기했었다.

"왜 추운데 들어가질 않구."

빠른 걸음에 어깨를 움츠리며 남편이 말했다.

"애들은 안에 있어요."

남편이 여행 가방을 집어 들었다. 연자도 세면도구와 옷가지가 든 가방을 들었다.

호텔 홀 안에는 커다란 크리스마스트리가 장식 전등을 깜빡이며 서 있고 낮게 크리스마스캐럴이 흐르고 있었다. 접수에서 남편이 지난 삼월에 예약한 방 열쇠를 배당받는 동안 연자 가족은 오리 떼처럼 그 곁에 붙어 서 있었다.

접수 사무를 보는 중년 여인 뒤에 조그만 창이 있었다. 창으로 그림자처럼 부드럽게 먼 산 가까운 산이 떠 보였다. 산 모습이 연자 마음을 끌어당겼다.

하루의 끝 무렵 산이 검푸르게 변할 때 연자는 무거운 슬픔을 느꼈다. 산들은 웅기중기 서서 오늘 또한 지나갈 것이며, 사는 데 필요한 것은 오로지 참을성뿐이라고 연자에게 속삭였다. 지금은 전쟁하고 싶어도 전쟁할 때가 아니며 겸손히 참고 견뎌야 하는 때라고.

데메테르 딸들의 노래

― 황도경 (문학평론가)

　데메테르는 그리스 신화에 나오는 땅의 여신이자 농경과 곡물의 여신이다. 그녀는 제우스와의 사이에서 낳은 딸 페르세포네가 하데스에 의해 납치된 후 비탄에 잠겨 딸을 찾아 헤맨다. 그녀의 딸 페르세포네는 졸지에 땅속에 갇힌 신세가 되었다. 땅 위에는 딸을 찾아 헤매는 어미의 울음이, 땅 아래에는 갇힌 신세가 된 딸의 울음이 울려 퍼진다. 땅에 귀를 기울이면 그녀들의 울음소리가 들린다. 김지원은 그 울음소리를 듣는 작가다. 그는 그녀들의 울음에서 몰락과 이별을 노래하는 탄식과 절망의 비가를 듣는가 하면, 동시에 사랑을 확인하고 생명을 키워내는 환희의 노래를 듣기도 한다. 어둠과 죽음을 기억하는 노래는 초목들이 살아나고 곡식들이 열매를 맺는 풍요의 노래로 바뀌고, 다시 이별과 기다림의 노래로 바뀐다. 그녀들의 노래를 들으며 나 역시 때로는 땅속에 갇혀 우는 페르세포네가 되기도 하고 때로는 딸을 찾아 헤매는 데메테르가 되기도 한다. 내 울음도 사랑이 될 수 있을까. 내 노래도 생명의 씨앗이 될 수 있을까. 삶의 긴 여정을 마

치고 바람처럼 자유로운 영혼으로 돌아가 있을 김지원을 떠올리며 그
녀의 소설을 읽는다.

엘자의 꿈

바그너의 오페라 〈로엔그린〉에서 동생 살해 혐의를 받고 심문을 받
게 된 엘자는 대답 대신 꿈에서 위기의 순간 자신을 구해준 로엔그린
을 노래한다. 그러자 꿈에서처럼 로엔그린이 백조를 타고 나타나 그
녀를 구하고, 엘자는 그와 결혼한다. 이 환상적 이야기를 우리는 김지
원 소설에서도 만난다. 「돌아온 날개」를 보자. 이야기는 이렇다. 사람
을 잡아가는 괴물에 의해 세 공주가 납치되고, 한 젊은이가 그녀들을
구출하러 떠난다. 그는 괴물을 만나면 무력을 쓰기 전에 화해와 평화
를 먼저 얘기하자는 인물이다. 공주들은 데메테르의 딸들처럼 땅 밑
에 갇혀 있다. 그는 괴물을 잡으러 미궁 속으로 들어갔던 테세우스처
럼 밧줄로 몸을 묶고 땅 밑으로 뚫린 구멍으로 들어간다. 거기에서 그
는 괴물을 처치하고 세 공주를 구하는데, 정작 자신은 음모에 의해 땅
밑에 갇히게 된다. 하지만 셋째 공주가 돌아와 그를 구해주고, 땅 위
와 땅 아래 사람들 모두가 빛의 세계에서 살게 된다. 그리하여 젊은이
가 마음속에 간직한 왕국, "하늘과 땅이 함께 춤을 추고 싸움이 없고
두려움이 없고 평화로운 곳"이 실현된다.
　이 이야기는 우화이거나 비현실적인 판타지임이 분명하다. 하지만
이 이야기 속에는 신화나 동화의 세계를 지금 우리의 그것으로 마주
하게 만드는 작가의 독특한 시선이 있다. 가령 젊은이가 구멍을 통해

내려간 땅 밑이 땅 위와 다름없는 환한 세상이었다고 기술할 때, 하늘도 땅도 물도 나무도 있었다고 하지만 "무언지 꽉 눌린 듯 무겁고 소름끼치게 두려운 공기는 칼로 벨 듯"했다고 이야기할 때, 이 비유는 땅 밑에 갇힌 공주들의 이야기를 현재 우리들의 이야기로 치환시켜 대면하게 한다. 하늘도 물도 나무도 있는 곳, 하지만 무언가에 짓눌려 있는 세계, 그곳은 곧 우리가 서 있는 지금 이곳이기도 하기 때문이다. 뿐만 아니라 머리 아홉 달린 괴물이 사실 처음부터 괴물이었던 것이 아니고 단지 공평치 못한 세상을 한탄, 저주하던 인물이었고 산사태 속에서도 노여움과 복수의 욕망에 사로잡혀 죽음을 거부하고 독의 힘으로 살아남아 괴물이 되었다는 사실은 그 괴물이 우리와 크게 다르지 않은 존재임을, 다시 말해 그 괴물이 우리의 분노와 노여움 속에서 만들어진 존재임을 환기시킨다.

공주들의 노래는 안팎으로 마주해야 하는 이 수많은 괴물들 속에서 살아남기 위한 안간힘이다. 뿐만 아니라 "내 주변에는 죽음뿐이다. 여자는 땅이다. 흙이 생명의 씨를 품어 싹을 틔워서 세상에 내보내듯이 너희들은 이 불모의 땅에다가 생명을 탄생시키거라"라는 괴물의 이야기에서처럼, 그녀들은 단지 괴물에 의해 납치된 피해자가 아니라 불모의 땅에 생명을 가져오는 씨앗과도 같은 존재들로 그려진다. 그녀들(또는 우리들)에게 필요한 것은 젊은이가 땅 밑에 있는 사람들에게 얘기했듯 계속 움직여나가는 것, "움직여서 뭔가 다른 것, 우리가 언제나 하고 싶었던 것들을" 하는 것, "위를 보고" 사는 것이다.

하지만 꿈속의 기사가 찾아와 행복한 결혼을 하는 것은 여전히 동화의 세계일 뿐, 현실은 다르다. 오페라에서도 엘자는 로엔그린의 도움으로 혐의에서 벗어나고 그와 결혼을 하지만, 그가 누구인지 어디에서 왔는지를 물은 죄로 로엔그린은 떠나고, 그녀 역시 죽고 만다(이 오페라에 나오는 〈혼례의 합창〉이 우리나라 결혼식 입장곡으로 사용되는 것은 결혼의 비극성을 예고하는 아이러니한 선택이 아닐까?). 김지원이 주목하는 것은 로엔그린이 떠난 후의 엘자의 이야기이다. 엄밀히 말해 그녀의 소설에서 꿈이 차면 나타난다는 로엔그린 기사는 없다. 「한밤 나그네」를 보자. 하옥은 세 번의 유산 후 아무도 자신을 모르는 '먼 나라'에 가서 '전혀 다른 사람'이 되고 싶다는 기대로 미국으로 건너왔고 따뜻한 가정에 대한 꿈을 안고 결혼을 했지만, 그것은 다시 '누에고치' 안에 갇힌 생활이 되고 말았다. 그녀는 여전히 어딘가로 떠나기를 꿈꾼다. 소설 서두에 하옥을 묘사하기 위해 등장하는 "앉지 않고 왔다 갔다 하는 하옥"이라는 구절은 그녀의 정처 없는 운명을 상징한다.

그녀에게 경수는 백마 탄 왕자가 아니라 그녀를 구속하고 억압하는 실체다. 그녀는 몸도, 말도 억눌려 있다. 사촌 동생들과 잘 어울려 놀아주지 않았다고 이모에게 면박을 당할 때 "나는 걔들 나이가 아니야. 내가 어떻게 걔들하고만 놀면서 만족할 수 있겠어요?"라는 말이 그저 '속으로'만 외쳐질 뿐이었듯이, 이제 피곤한 아침에 동태를 구워 먹자는 경수에게 "나를 밥이나 하고 데리고 잠이나 자는 여자로서만 만나려 말아요."라는 말도 입밖으로 나오지 않는다. 그녀는 그저 조용히 쌀을 씻어 밥을 안치고 동태 요리를 하기 시작할 뿐이다. 뿐만 아니라 집을 나간 경수가 짐을 가지러 왔을 때에도 "도와줘요. 난 죽을지도 몰라요."의 외침은 밖으로 발화되지 않는다.

하옥은 노라가 되지 못한다. 경수와의 관계가 이미 끝났다는 것을 알면서도 그녀는 쉽게 그를 떠나지 못한다(이는 세상과 삶에 대한 김지원의 인식이 구체적이고 현실적임을 보여준다. 이외에도 하옥을 구박하던 이모도 사실 항상 떠날 준비를 하고 있었다는 것, 그래서 이모 또한 그녀와 다르지 않은 상처 입은 여성이었다는 이해가 드러나는 것이라든지, 남편인 경수 역시도 좌절된 꿈과 상처 속에서 살아가는 인물임을 보여주는 것 등은 세상을 바라보는 작가의 시선이 경직되지 않고 객관적이고 구체적이라는 것을 드러낸다). 유산 후 찾아온 경수에 의지해서 병원을 나오면서 하옥은 혼자 떠나는 건 "힘이 좀 붙은 후에."라며 떠남을 유예한다. 어둡고 지저분한 지하철 층계를 걸어 내려가는 그들의 마지막 모습에서 환기되듯 그들에게 밝은 미래는 없어 보인다. 하옥은 다시 지하에 유폐된다. 경수는 곧 떠날 것이고, 하옥은 여전히 편물을 짜며 살아갈 것이다. 하옥 스스로 그 삶을 박차고 떠날 수 있을 날은 언제일지 기약이 없다. 과연 언제쯤 그녀에게 힘이 붙을 수 있을까? 꿈이 차면 나타난다는 로엔그린 기사 이야기는 그녀가 사촌 동생들에게 읽어주던 동화책 속에서만 가능하다. 아니, 기사가 나타났어도 엘자는 행복하지 않았다. 문제는, 기사와의 만남 그 이후다.

결혼, 자궁의 덫

결혼 후 멋진 기사는 대부분 어긋나기만 하는 고집불통의 타인이 된다. 끝없이 배려와 희생을 요구하는, 외면할 수도 버릴 수도 없는 타인. 결혼 후의 삶이란 이 타인과 함께하는 혹은 이 타인을 견뎌야 하는 무미건조하고 권태로운 일상의 시간이 된다. 「겨울나무 사이」에서 그것은 "철망을 쳐 두른 네모반듯한 놀이터" 안에서의 삶으로 비유된다. 그 안에서 농구도 하고 책도 읽는 아이들의 모습처럼 결혼이란 그 네모반듯한 공간 안에서의 삶이 된다. 요리책에 적힌 분량 그대로 음식을 하듯 정확히, 충실히, 규칙을 지키면서 유지되는 삶. 밖으로 나가려면 철망에 몸이 찢겨나가는 것을 감수해야 하는 삶. 하내는 백육십칠 센티인 자신의 키가 힐을 신으면 백팔십사 센티인 언강의 키와 맞는다는 이유로 결혼했다. 하지만 그때 그녀는 자신의 키가 하이힐을 신어야만 언강과 맞게 되어 있는 키였다는 것을, 말하자면 그녀와 언강은 (키가) 맞지 않는다는 것을, 그리고 그 (하이힐의) 차이를 어떻게 메울 것인가는 미처 생각하지 못했다. 맞지 않는 것이 비단 키뿐이었겠는가. 그녀는 자기 남편이지만 그가 자기에게로 오는 것 같지 않으며 더욱이 자기 있는 곳으로부터 출발하는 것 같지도 않다고 느낀다. 그녀에게 남편은 "한 번도 내 것인 때가 없었"던 타인이었다. 심지어 남편이 어떤 여자의 총에 맞아 죽었을 때 그녀는 자신이 남편을 죽인 것 같았다고 고백한다. 김지원 소설 속에 등장하는 거울은 이런 그녀들의 모습을 되비치는 장치다. 거기에는 그녀들의 핏기 없는 얼굴이(「겨울나무 사이」), 뉴욕의 어둡게 가라앉은 하늘이, 혹은 빈 벽이(「한밤 나그네」) 떠 있을 뿐이다.

상상과 현실은 항상 빗나갈 수밖에 없다. 특히나 사랑이나 결혼이란 대개 환상에서 출발하는 법. 환상이 깨진 후 마주해야 하는 실체는 오롯이 우리가 짊어져야 하는 짐이 된다. 이런 상상과 현실의 차이는 「늪 주변」에선 유리창이 황금빛으로 빛나는 이층집을 통해 드러난다. 멀리서 바라보며 생각한 것과 달리 실제로 가보니 그 집은 생각보다 몹시 낡고 거칠었고, 황혼이면 상희의 가슴을 설레게 했던 유리창들도 사실은 모두 상처투성이의 더러운 유리들이었다. 이는 상희가 석현에 대해 가진 기대와 실상의 차이를 암시하는 것이기도 한데, 상희에게 아무도 모르게 어디 먼 데로 가서 살자고 했던 석현은 실상은 '서양년 돈을 떼먹고 도망간 놈'일 뿐이었다. 상희의 집과 이층집 사이에 놓인 "검고 칙칙한 타원형의 늪", 이것은 우리의 상상과 현실 사이에 놓인 위험한 구렁이다. 김지원 소설에 흔히 등장하는 불륜이 매혹적이지도 달콤하지도 않은 것은 그녀의 인물들이 늪 저편의 실체를 이미 잘 알고 있기 때문이다. 그러기에 「지나갈 어느 날」에서 이혼하고 자기랑 살자고 하는 찬준의 말은 연자에게 유혹적이지 않다. 그녀들은 이미 늪 저편의 이층집을 보았다.

결혼은 여성에게 역할을 요구한다. 결혼을 통해 여자는 아내가 되고 며느리가 되고 엄마가 된다. 그리고 순종을 배우고 사랑과 열정 대신 반복되는 일상을 얻는다(하지만 김지원 소설에서 며느리로서 혹은 엄마로서 겪는 문제나 갈등이 본격적으로 부각되는 적은 거의 없다. 그녀의 관심은 주로 '여자'와 '아내' 사이에, 혹은 '아내'와 '남편' 사이에 놓여 있다. 소설 속 여성들이 마주하고 있는 문제는 거의가 남편(남자)과의 관계 속에서 발생한다. 아쉽게도 김지원은 남편 이외의 다른 타자들과의 관계 속에서의 여성의 위치나 문제에는 관심이 없다. 그녀의 인물들에겐 여전히 사랑이 문제다. 사라져간 사랑, 굴레가 된 사랑이).

「내 노래가 꽃이면」은 바로 그런 '여자'와 '아내'에 대한 이야기이다. 소설에서 초점이 되는 인물은 '아내'와 '여자'다. 두 딸을 둔 '아내'는 또 임신을 하고 있다. 그녀는 남편이 바람을 피우고 있는 것 같다는 의심에 사로잡혀 있다. 남편과는 서로 머리를 다른 방향으로 두고 있는 것 같다고 생각한다. '아내'는 항시 불안하다. 하지만 일상은 여전히 이어진다. 아이의 연극 옷을 만들기 위해 '돌돌돌' 밟는 재봉틀처럼 '아내'의 삶은 제자리를 맴돈다.

이 '아내'의 남편과 바람을 피우는 이가 '여자'다. 그녀는 "길죽길죽 선으로만 생긴 듯한 가냘픈 여자"로 혹은 "오색 풍선 속에 앉아 있는 작은 요정"으로 묘사된다. 그녀는 가냘프고 아름다운, 그야말로 '여자'다. '여자'는 안다. 자신 역시 결혼을 하면 '아내'가 될 것이라는 사실을. 결혼이란 더 이상 '여자'일 수 없는 '아내'가 된다는 것을 의미한다는 것을. 그녀는 "넌 나같이 살지 마라." 했던 어머니가 심장마비로 죽었지만, 그냥 사는 걸 포기해버린 것 같다고 생각한다. 그녀가 읽는 그리스신화는 이야기하고 있다. 여자의 운명은 어머니의 집을 떠나 처녀성을 잃고 아이를 낳는 것이라고. 어머니의 삶은 보여주고 있다. 결혼한 여자의 슬픈 운명을. '여자'는 '아내'가 되지 않기로 한다. 그녀는 하루 종일 불어서 만든 풍선들을 스스로 터뜨린다. 땅에 귀를 대면 "땅속에 잡혀간 딸들이 땅속에서 노래"하는 게 들린다며, 그녀는 '남편'에게 이별을 고한다. 그녀는 그 딸들 중의 하나가 되고 싶지 않았을 것이다. 그녀는 그렇게 '여자'로 남는다.

표면적으로는 '아내'와 '여자', '남편' 사이의 불륜의 이야기로 전개되는 듯 보이지만, 정작 이 소설이 주목하는 것은 '여자'와 '아내' 사이의 거리 혹은 '여자'와 '아내'의 동질성이다. '아내'는 배가 불러 있고, '남편'은 아침부터 나가서 없고, 아이들은 안방의 '아내'를 마치 없는 존재인 듯 여긴다. 뿐만 아니라 "죽은 사람을 집에 두고 나온 것같이 아이들은 뒷손으로 대문을 쾅 닫는다."는 묘사에서 드러나듯 '아내'는 심지어 죽은 사람으로 묘사되기도 한다. 배 속에 새 생명을 잉태하고 있지만, '아내'는 오히려 죽은 몸으로 비유되고 있는 것이다. 한때는 특별하고 아름답고 신비로운 존재였을 그녀가 '아내'라는 이름으로 불리면서 죽은 존재가 되어버린 것이다. 이때 주목해야 할 것은 '아내'가 '여자'와 대척점에 있지 않다는 사실이다. '여자'는 '아내'의 옛 이름이고, '아내'는 '여자'의 미래의 이름이다. 그들은 모두 땅속에 갇혀 울고 있는 데메테르의 딸들이다. 집안의 비밀인 '아내'의 영문 모를 울음, '여자'도 그 울음에서 자유롭지 않다.

그런데 이 소설에서 주목되는 또 하나는 서술 주체로 등장하는 '나'라는 존재다. 그 '나'는 공치기하는 '아내'를 열두 살 때 보았다는 사람이고 더욱이 이미 죽은 사람이다. 과연 '나'는 누구인가? 소설은 왜 이렇게 이상한 서술 시점을 택하고 있는가? '나'는 '아내'가 열두 살 때 자신은 일흔여덟이었고, 그때 자신은 평생 떠돌아다니며 가정에 등한한 벌로 구박덩이 노인네가 되어 있었다고 고백한다. 그는 어린 '아내'를 보며 그 아름다움에 반해 "일흔여덟의 노인으로 저 어린 여자애를 어찌해야 하는가, 바라보는 도리밖에 없었다. 산천을 저리게 바라보듯 이 여자애도 바라보기만 해야 하며 또 내가 두고 갈 것이었다."고 한탄했고, 이 주일 후 죽었다. 그런데 그의 말에 따르면 죽은 그를 되살려낸 것이 바로 '아내'다. 그는 자신의 장례식 때 '아내'도 왔었다고 이야기하면서, 자신을 바라보던 '아내'의 시선을 떠올린다. 그는 그 '아내'의 시선 속에서 살아난 존재다. 이미 죽은 몸인 '나'를 새로 살아나게 한 것이 바로 '아내'라는 사실은 '아내'가 가진 생명과 생성의 힘을 시사한다.

그런가 하면 지금은 비록 땅속에 잡혀간 신세가 되어 누구로부터도 관심을 갖지 못한 채 소외된 존재가 되어 있지만, '나'의 시선 속에서 '아내'는 너무나 사랑스럽고 아름다운 존재로 다시 태어난다. '나'와 '아내'는 서로의 시선 속에서 되살아나고 있는 것이다. '나'는 '아내'

가 '여자'였던 시절을 기억하는 존재이며, 그 기억을 통해 죽은 듯한 '아내'를 되살리는 존재다. 그런가 하면 '아내'는 죽은 '나'를 되살리는 존재이니, 그녀는 그야말로 생명의 씨앗을 간직한 데메테르의 딸이 분명해 보인다. 소설 속에는 '아내-여자'의 운명을 바라보는 쓸쓸한 시선과 '아내'에게서 '여자'를 기억하고 생명의 힘을 확인하는, 그리하여 '아내'를 되살리는 시선이 공존한다. 서술의 초점은 '아내'와 '여자'로 되어 있으면서 서술 주체는 죽은 '나'로 설정되어 있는 이상한 서술 시점은 이렇게 죽음과 생명, 쇠락과 부활을 뫼비우스의 띠처럼 연결시키는 중요한 장치다.

소설에서 결혼은 아름답고 사랑스러운 '여자'를 쓸쓸하고 초라한 '아내'로 만드는 것인 동시에 영혼을 죽이고 몸으로만 살아가는 것으로 이해되고 있기도 하다. '아내'가 남편에게 여자가 있는지 의심하는 장면을 기술하고 있는 다음 대목은 이 점에서 흥미롭다.

> 남편에게 여자가 있는가. 그 증거는? '아내'는 자신의 발가락
> 에 물어본다. 남편에게 여자가 있는가. 그 증거는? 등뼈에게 물어
> 본다. 남편에게 여자가 있는가. 그 증거는? 팔에게 물어본다. 남편
> 에게 여자가 있는가. 그 증거는? 손가락에게 물어본다. 남편에게
> 여자가 있는가. 그 증거는? 생식기관에 물어본다. 반복되는 질문
> 은 비에 두들겨 맞으며 리드미컬해지고 슬픈 노래 같아진다. 대답
> 은 못 찾았는데 침묵이 온다.

'아내'에게 남편의 존재와 부재는 몸으로, 팔과 발과 손가락과 생식기관으로 인식된다. 아니 어쩌면 남편에게 '아내'는 그런 몸으로만

존재하는 것은 아닐까? 임신은 몸으로 존재하는 그녀를, 몸으로서의 그녀를 확인시키는 확실한 계기다. 김지원 인물들에게 임신은 축복이 아니라 덫이다. 그녀들을 지하 감옥에 유폐시키는 질기고도 질긴 굴레. 「내 노래가 꽃이면」의 '아내'가 세 번째 임신 중이듯이, 「한밤 나그네」에서 하옥은 세 번의 유산으로 빈혈을 안고 살고 있고 네 번째 유산을 경험한다. 그녀에게 임신은, 임신한 몸은 '튼튼한 쥐덫' 같은 것이다. 여자 몸속에 있지만 몸의 일부분이 아니고, 여자가 의지력을 발휘할 수 없는 것, 그것이 자궁이다. 여자들은 "제멋대로 의지를 행사하는 자궁을 조종할 행운을" 갖지 못했다(「겨울나무 사이」에서 빨간 파마머리에 새빨간 입술을 한 웨이트리스나 「한밤 나그네」에서 하옥이 찾아간 인공유산 클리닉의 간호원은 임신도, 유산도 한 적 없는 예외적 인물들이다. 그들은 "저게 바로 여자라는 거지." 싶은 인물로, 그리고 "자유롭고 순결함 몸"을 가진 인물로 기술된다.). 「겨울나무 사이」에서도 아이를 낳지 않은 하내는 새로운 삶을 계획하지만, 남편이 아닌 다른 남자의 아이까지 두고 있는 견주에게 그것은 불가능하다. "여자여, 너는 무엇을 증명하려고 애를 낳느냐."는 견주의 자조 섞인 독백은 몸으로 남은 여자의 운명을 쓸쓸하게 드러낸다.

사랑은 마술

「바닷가의 피크닉」에는 이처럼 불행한 삶을 예고하는 결혼을 새로 시작한 커플이 등장한다. 일흔이 되도록 독신을 유지해온 미스터 호레이스가 한국을 다녀오면서 결혼을 한 것이다. 그는 소설 속 네 명의 동창생들의 고등학교 영어 선생으로, 제자들이 뉴욕으로 오게 될 때마다 숙식을 제공한 덕으로 그들과 인연을 이어가고 있다. 소설은 그의 한국인 신부를 환영하는 피크닉 장면으로 시작한다. 그런데 이 파티에 모인 김승언 가족은 곧 한국으로 돌아갈 예정이고 김승언의 아내인 정이는 이혼을 생각 중이다. 피크닉이 결혼과 이혼, 환영과 송별, 만남과 이별이 교차하는 공간이 되고 있는 것이니, 그 자리가 온전하게 기쁘고 설레는 자리일 수는 없다. 그곳에는 늦은 나이에 복이 터졌다고 좋아하는 신부의 설렘과 남편과의 사이엔 이제 더 이상 가망이 없다고 생각하는 정이의 쓸쓸함이, 새 신부에 대한 사람들의 속악한 관심과 무시가, 승언의 귀국을 대학에 자리를 얻어가는 행운의 그것으로 생각하는 동창들의 질투 어린 시선과 말다툼 끝에 대책 없이 이루어지는 귀국을 앞둔 김승언 부부의 황량함이 교차한다.

게다가 초라한 할머니일 뿐인 호레이스의 새 신부는 호레이스 양아들의 어머니로, 양아들이 자기 아내가 해산한 후 어머니를 데려오려는데 비자가 없어 초청이 불가능하자 어머니를 호레이스와 혼인시켜 데려온 것으로 드러나는 마지막 대목에 오면 이 피크닉의 허위와 사람들의 위선은 극에 달한다. 피크닉은 타인에 대한 속악한 시선과 편견, 오해와 질투, 허위가 드러나는 한 장면이 되고 있는 것이다. 그리고 그 가운데에는 가끔씩 괴물로 느껴지는 남편과의 관계로 인해 이혼을 생각하고 있는 정이의 절망감이 자리하고 있다. 그런데 소설은 이런 절망과 허위와 탐욕 속에서도 한 가닥 희망을 놓지 않으니, 소설 마지막에 남편 김승언이 정이에게 내미는 작은 조개껍질이 그것이다. 남편이 바다에서 주웠다는 그 조개껍질을 보며 정이는 타인의 친절, 꽃, 정다운 말씀, 아름다운 사람, 노래 등을 떠올린다. 귀국 후 정이의 삶이 어떻게 전개될지는 알 수 없지만, 그 작은 조개껍질이 환기시킨 따뜻한 기억은 사람에 대한 혹은 사랑에 대한 작은 믿음으로 이어질 수도 있을 것이다. 속임수일망정 그리고 한순간일망정 우리를 다른 곳으로, 다른 삶으로 데려다 주는 것, 다른 삶이 가능하다는 것을 믿게 만드는 것이 바로 사랑이라는 믿음.

「마술의 사랑」은 바로 그 사랑에 대한 믿음을 보여주는 작품이다. 뉴욕 그리니치빌리지의 한 문방구 앞에서 마술을 하는 마술사와 매일 그 모습을 바라보는 운희가 있다. 동전을 자유자재로 이동시키고 담뱃불로 동전에 구멍을 뚫어 보이는 마술사는 불가능한 것을 가능하게 만드는 흥미로운 인물이다. 비록 그것이 순간의 눈속임이라는 걸 알고 있을지라도 어떤 이는 그 마술에 기꺼이 매혹되고 흔들린다. 사랑도 그런 것이다. 믿을 수 없는 매혹으로 우리를 놀라게 하고 흥분하게 하고 환호하게 하는 마술과 같은 것. 이 마술은 한편으로는 놀라움이고 기쁨이지만 다른 한편으로는 그저 속임수에 불과할지 모른다. 자신의 영혼이 육체를 떠나 운희의 방으로 갔었다는 마술사의 말은 여진의 말처럼 속임수일지도 모르고 혹은 한수의 말처럼 가능한 일일 수도 있다. 하지만 어쩌면 마술을 마술이게 만드는 것은 우리들의 믿음이 아닐까. 불가능한 것을 사람들에게 믿게 만드는 것이 마술이라는 믿음. 사랑도 결국 믿게 해주고 꿈을 주는 것이라는 점에서 마술이라는 우리들의 믿음.

자기와 함께 날아보자며 운희에게 영혼 여행을 제안했던 마술사는 결국 정신병원에 갇혔지만, 그렇다고 우리가 그의 꿈마저 외면할 수는 없을 것이다. 아이가 생기면서 결혼을 한 여진과 한수가 이제는 권태로운 일상만을 견뎌내야 할지라도, 운희가 한수와의 불륜을 끝내고 외로운 삶으로 돌아와야 한다고 해도, 그리고 늠름한 왕자가 나타나 탑 꼭대기에 갇힌 공주를 구해내는 이야기가 현실에선 불가능한 것이라 할지라고, 사랑에 대한 꿈마저, 사랑이 갖는 마술 같은 힘마저 외면할 수는 없을 것이다. 마술사의 마술이 속임수였다는 것을 까발리는 여자에 대한 운희의 분노는 그 '마술=사랑의 힘'의 가능성마저 지워버리는 악의적이고 현실적인 시선에 대한 분노였을 것이다. 사랑이 불가능한 것일지라도 혹은 한순간의 속임수와 같은 것일지라도 사랑이 우리를 다른 곳으로, 다른 삶으로 데리고 가는 마술과 같은 것이라는 것을, 그런 기대를 멈출 수는 없다.

그래서 김지원 인물들은 다시 꿈꾸는 엘자가 된다. 탑 꼭대기에 갇힌 공주가 노래를 불러 왕자를 불러들이듯이(「마술의 사랑」에서 한수의 대사), 그녀들은 여전히 사랑의 노래를 부른다. 「돌아온 날개」에서는 땅 아래 갇힌 공주들이 죽지 않기 위해 괴물 앞에서 노래를 부르고, 「내 노래가 꽃이면」에서 노란 찔레꽃을 바라보는 '아내'의 시선은 죽은 '나'를 살리고 '나'의 노래가 된다. 이 작품 제목이 환기하듯 그녀들의 노래는 사랑을 부르고 생명을 부르는 꽃이다. 그런가 하면 「겨울 나무 사이」에서 하내는 노래를 좋아해서 항시 노래를 듣고 부른다. 가게에서도 종일 노래를 듣고 따라 부르고 집에서도 밥을 하거나 먹으면서 노래를 듣는다. 언강이 부르던 노래를 부르면 언강이 그립고 오빠가 부르던 노래를 부르면 오빠가 그립고 모친이 부르던 노래를 부르면 모친이 그리웠다고 고백한다. 그녀들에게 노래는 살기 위한 몸부림이고 사랑을 갈구하는 목마름이고 사람을 향한 그리움이다. 그리하여 그 노래 속에서 하내는 아기를 목에 걸고 빨가벗고 해변을 걸어가고 싶다던 언강의 꿈을 실현시키기도 한다. 그때 언강은 죽은 것이 아니라 어느 해변을 걸어가고 있다. 단지 하내가 찾을 수 없는 곳에 있을 뿐. 이때 하내는 물속으로 사라진 남편을 부르며 노래 부르는 〈공무도하가〉의 백수광부의 아내를 닮아 있다("님이여 강을 건너지 마십시오, 님이여 제 노래를 들어주십시오. 제 노래를 들어주십시오……." 그녀의 이름 또한 물을 연상시키지 않는가). 하내는 냉장고 문에 이런 구절을 써 붙여 놓았다. "너는 들어? 괴롭게 온 몸으로 타오르는 내 노래 / 재로 다 타버리는 내 노래." 언강을 향한 그녀의 이 노래를, 비명을 당신은 듣고 있는가? "괴롭게 온 몸으로 타오르는" 그리고 "재로 다 타버리는" 그녀들의 노래가 들리는가? 아니면, 당신 역시 얼어붙은 강인가?

1942년   경기도 덕소 출생.

1957년   서울 창경초등학교 졸업.

1963년   ≪여원≫에 「늪 주변」이 당선.

1965년   이화여자대학교 영문과 졸업.

1973년   미국 뉴욕으로 이민.

1975년   《현대문학》에 「사랑의 기쁨」 「어떤 시작」이 황순원의 추천으로 발표되

          면서 등단. 단편 「먼 집」을 《현대문학》에 발표.

1977년   자매소설집 『먼 집 먼 바다』(지식산업사) 출간.

1979년   중편 「폭설」(《세대》), 단편 「새벽의 목소리」(《현대문학》), 「바닷가의 피크

          닉」(《뿌리 깊은 나무》), 「알마덴」(《한국문학》) 발표. 소설집 『폭설』(수상사)

          출간.

1980년   단편 「뒷문 밖엔 갈잎 노래」(《현대문학》), 「비」(《문학사상》), 「마술의 생선

          뼈」(《소설문학》), 「마술의 사랑」(《현대문학》) 발표.

1981년	단편 「아내」(《한국문학》), 「내 노래가 꽃이면」(《문예중앙》), 중편 「겨울나무 사이」(《문학사상》) 발표.
1982년	단편 「차나 한 잔」(《현대문학》) 발표.
1983년	단편 「동화(童話)」(《현대문학》) 발표.
1984년	단편 「꿈결」(《문학사상》), 「정다운 말씀」(《소설문학》), 중편 「지나갈 어느 날」(《문예중앙》) 발표. 장편 『멀리서 노래하듯이』를 《뉴욕 한국일보》에 연재.
1985년	단편 「편강 공주와 바보 언달 이야기」(《문학사상》), 중편 「시간과 강물」 (《문학사상》) 발표.
1986년	단편 「베갯머리 꿈」(《동서문학》), 「다리(橋)」(《문학사상》) 발표. 장편 『모래 시계(원제: 멀리서 노래하듯이)』(나남), 소설집 『겨울나무 사이』(나남) 출간.
1987년	단편 「어버이날」(《문학정신》), 「잊혀진 전쟁」(《현대문학》) 발표. 소설집 『잠과 꿈』(고려원) 출간.
1988년	단편 「희망의 속삭임」(《현대문학》), 「보이지 않는 사람」(《문학사상》) 발표. 소설집 『알마덴』(동아) 출간.
1989년	장편 『꽃을 든 남자 1, 2』(세계사) 출간.
1990년	아이오와대학교 국제창작 프로그램(IWP) 참가.
1991년	소설집 『물이 물속으로 흐르듯』(한벗) 출간.
1993년	리믹스소설집 『돌아온 날개』(제삼기획) 출간.
1996년	장편 『소금의 시간』(문학동네), 자매소설집 『집, 그 여자는 거기에 없다』 (공저, 청아출판사) 출간.
1997년	단편 「낭만의 집」(《라쁠륨》) 발표. 중편 「사랑의 예감」으로 제21회 이상 문학상 대상 수상.

1998년	장편 『낭만의 집』(작가정신) 출간.
2002년	소설집 『꽃철에 보내는 팩스』(작가정신) 출간.
2005년	장편 『물빛 목소리』(작가정신) 출간.
2009년	김동환의 장편 서사시 〈국경의 밤〉을 각색해 동명의 시극(詩劇) 극본으로 《문학사상》에 발표.
2013년	1월 30일, 미국 뉴욕 맨해튼 자택에서 타계함.